Die Handlung und die Personen in diesem Buch sind frei erfunden. Jede Ähnlichkeit mit tatsächlich lebenden, realen Personen ist zufällig oder ließ sich nicht vermeiden, weil das Leben manchmal einfach so ist.

Originalausgabe

ISBN 978-3-8434-3044-9

1. Auflage Juni 2014

Umschlag: Simone Leikauf, Schirner, unter Verwendung von # 152885075 (Jacky Brown), # 146103971 (Ermakova Polina) und # 146762399 (James Daniels), www.shutterstock.com
Lektorat: Dirk Grosser, Schirner
Redaktion & Satz: Claudia Simon, Schirner, unter Verwendung von # 146762399 (James Daniels), www.shutterstock.com
Printed by: ren medien, Filderstadt, Germany

www.schirner.com

SUSANNE HÜHN

Die Liga der blonden Engel

Roman

S★tb★

1

Deine Gedanken formen deine Wirklichkeit, du bist ein wundervoller Schöpfer deines Schicksals. Wenn du das weißt, dann bist du frei, dir dein Leben selbstbewusst und glücklich in Fülle und Gesundheit zu erschaffen.

»Oh bitte. Fick dich doch selbst.« Gertrud schlug das zerfledderte Hochglanzmagazin zu und griff nach ihrer Plastiktüte. Oberflächliche spirituelle Weisheiten, das hatte ihr gerade noch gefehlt. Wenn diese Autorin nicht mehr drauf hatte … Ihr Herz begann zu schmerzen, heftig und doch so vertraut, dass es Gertrud fast nicht mehr wahrnahm. Sie schlurfte durch die Gänge der gemütlichen Leihbücherei, die sowieso auf ihrem Nachhauseweg lag und in der sie beinah täglich ein, zwei Stunden verbrachte, und ließ ihre Ausleihexemplare registrieren. Sie rieb sich mit einer Hand das Kreuz, während sie wartete. Seit heute Morgen um vier war sie auf den Beinen. Eine Kanne Tee, eine Suppe und ein gemütlicher Fernsehabend, das war alles, was sie heute noch brauchte. Oder zustande brachte. Sie verließ die angenehm geheizte Bücherei, und der Wind pfiff ihr entgegen, als sie wieder auf der Straße stand. Gertrud zog ihre Wollmütze fester über die Ohren und streichelte den räudigen Hund, der vor der Bücherei auf sie gewartet hatte und sie nun nach Hause begleitete. Jeden Tag saß er da. Eines Tages hatte er sie abgeholt, als wären sie alte Freunde, einfach so. Er hatte ein Zuhause, dessen war sie sicher, denn er brachte sie nur bis zur Haustür. Niemals versuchte er, ihr in die Wohnung zu folgen, obwohl sie es ihm mehrmals angeboten hatte. Sie tätschelte ihm zum Abschied den Kopf und ließ seine spitzen Ohren durch ihre Hände gleiten. Nichts berührte sie tiefer als Tiere, und dieses hier war ein besonders liebenswertes Exemplar. Sie spürte einen Zug in der Brust, Sehnsucht war das wohl. Sie sagte leise »Bis morgen«, griff in ihre Manteltasche und gab ihm ein paar Leckerlis. Der Hund leckte ihre Hand, und am liebsten hätte sie ihr Gesicht in seinem Fell vergraben, räudig hin oder her. Sie war selbst räudig genug. Gertrud schloss die Haustür auf. Er blieb sitzen, als warte er auf etwas, doch Gertrud konnte sich beim besten Willen nicht vorstellen, worauf. Sie hatte bereits darüber nachgedacht, ein Tier zu halten, doch sie war so oft unterwegs, dass es schlicht unzumutbar wäre.

Sie stieg die drei Treppen zu ihrer Wohnung empor, zog Mantel und Mütze aus, verstaute ihre kargen Einkäufe im Küchenschrank, füllte den Wasserkocher und hängte zwei Beutel billigen schwarzen Tees in die angestoßene Teekanne. Sie warf acht Süßstoff-Tabletten hinterher und schüttete einen großen Schuss Milch hinzu. Als das Wasser kochte, goss sie den Tee auf, nahm eine bereits benutzte Tasse von der Spüle und stellte sie auf ein rissiges Holztablett. Sie wärmte die Suppe von gestern auf, schöpfte sie in eine kleine Schüssel und trug alles ins Wohnzimmer. Beinah wäre sie dabei über eine Falte im ausgefransten Teppichboden gestolpert. Ehemals beige, gehörte er längst erneuert. Die Tapeten hätten auch schon vor fünf Jahren geweißt werden müssen, so stand es im Mietvertrag. Aber sollten sie sie doch rausschmeißen. Schwer atmend ließ sie sich in den Sessel fallen. Sie schob sich die ausgetretenen

Halbschuhe von den Füßen und legte die Beine auf einen Schemel. Ich bin gerade mal zweiundvierzig Jahre alt und fühle mich wie hundert, dachte sie, und wahrscheinlich sehe ich auch so aus.

Während sie die Suppe aß, blätterte sie in einem der Bücher, die sie in der Bücherei ausgeliehen hatte. Es ging um Engel, um Licht, um Seelenheimaten – alles klang so einleuchtend, dass sie sich ernsthaft fragte, warum sich die Welt nicht schon längst in einer Lichtfontäne aufgelöst hatte. Wenn es nur tatsächlich so einfach wäre, wie es all diese Autoren suggerierten. Sie selbst scheiterte immer wieder an der Umsetzung dessen, was sie las. Es war, als gälten diese Gesetze, wenn es denn überhaupt welche waren, nicht für sie, da konnte sie so viel lesen und üben, wie sie wollte. Wahrscheinlich war sie einfach zu blöd. Oder nicht blond genug. Die meisten dieser Autorinnen, die über spirituelle Themen schrieben, trugen einen glänzenden, blonden, langen Haarschopf, als wollten sie ihre lichtvolle Präsenz mit einem Ausrufezeichen versehen. Oder ihre aschgraue Durchschnittlichkeit verbergen, wer wusste das schon. Sie machten sie wahnsinnig, diese gestylten, schönen Frauen, die sich Engel nannten, als wären sie dadurch etwas Besonderes. Sie hatten Luxusprobleme, diese Frauen, und Gertrud war sicher, dass keine von ihnen je ein fremdes Klo geputzt hatte. Alle erschufen sich ein wundervolles Leben – wer's glaubte … Was war mit Demut, mit Hingabe, mit »Dein Wille geschehe«? Aufseufzend drückte sie auf die Fernbedienung. Endlich war ihr eigener Tag vorbei, und sie konnte sich dem glamourösen Leben anderer widmen. Sie fuhr sich mit der Hand über das Gesicht, spürte die raue Haut, die Schwielen an den Fingern. Gertrud schloss die Augen. Und während die Darsteller einer Vorabend-Sitcom ihre unsagbar hohlen Dialoge von sich gaben, begann sie zu träumen.

Sie tanzte mit dem Licht der Engel, sie schwebte im regenbogenfarbigen Glimmer der Einhörner, löste sich auf, war leicht, licht, frei. Ihre Seele schwang sich empor zu Gott, ihr Körper begann zu kribbeln, und der Druck im Herzen löste sich. Sie traf Göttinnen und Drachen, Engel und Elfen, und fühlte sich eins mit ihrem lichtvollen Selbst. Dieses Selbst war so viel größer als ihr karges menschliches Dasein, sie fühlte sich, als wäre sie ein Teil einer größeren Seelenflamme, womöglich einer ganzen Seelengruppe. Sie hatte nur einen sehr kleinen Seelenstrom auf der Erde abbekommen, das spürte sie, der allergrößte Anteil war nicht mit ihrem Körper verbunden, wirkte hier nicht, war wohl anderweitig beschäftigt.

Das war es, worüber sie alle schrieben, natürlich. Aber wie konnte man diese Energie auf der Erde leben, wie konnte man die Bürde Menschsein abstreifen, ohne zu sterben? Diese Antwort lag weder in der Kontrolle der Gedanken noch im Feng Shui, dessen war sie sich mehr als sicher.

Unvermittelt schoss ein feuerartiger Schmerz durch ihren linken großen Zeh, und sie landete hart und ungebremst auf der Erde. Nach solch einem Tag schmerzten ihre Füße und Beine immer öfter. Gertrud öffnete die Augen, schenkte sich eine Tasse Tee ein und genoss das warme, süße Getränk. Tränen rannen über ihre Wangen, während sie sich auf die alberne Serie zu konzentrieren begann, unbemerkt und sehr vertraut. Ihre Beine schmerzten weiterhin, heute brachte das Hochlegen nicht viel. Gertrud erhob sich nach einer halben Stunde, schaltete den Fernseher aus und schleppte sich ins Bad. Sie duschte, wusch sich den Schmutz der Menschen, für die sie putzte, aus ihren braungrauen, struppigen Haaren, vermied den Blick in den Spiegel und schlüpfte, obwohl es erst früher Abend war, in ihr kaltes Bett. Sie hatte einen weiteren harten Arbeitstag vor sich. Für einen geliebten Menschen hätte sie schon vor einer Stunde eine Wärmflasche ins Bett gelegt, damit es schön kuschelig und gemütlich würde. Nun, sie selbst gehörte nicht zu den Top Ten ihrer Liste.

Die vertraute Müdigkeit ergriff von ihr Besitz. Wann hatte sie die Lust an ihrem eigenen Leben so gründlich verloren? Wann immer sie ein Projekt starten wollte, und sei es auch nur, ihre Wohnung renovieren zu lassen oder sich ein neues Kleid zu kaufen, sank ihre Energie ins Bodenlose. Schon der Gedanke an Veränderung war anstrengend und ließ sie so müde werden, dass sie sich am liebsten drei Tage lang in ihr Bett gelegt hätte.

»Mutter, du nervst! Lass mich doch die Wohnung machen, meine Firma kann das, das ist ein Klacks, die fünfzig Quadratmeter. Es dauert zwei Tage, und du fühlst dich hier wieder wohl!«

Paul, ihr ganzer Stolz und das Einzige, was sie erfolgreich ins Leben gerufen hatte. Fünfundzwanzig Jahre war er alt und bereits Inhaber einer Baufirma, sie wusste wirklich nicht, woher er diesen Schwung hatte. Von ihr sicher nicht. Sie spürte, wie groß die Last war, die sie ihm durch ihre unentschiedene Graumäusigkeit auf die Schultern legte. »Jetzt nicht«, war ihre bevorzugte Antwort auf sein Angebot, »im Moment wird mir das alles zu viel.« Sie nervte sich selbst damit, doch sie fühlte sich die meiste

Zeit wie gelähmt. Dass sie ihr Tagewerk überhaupt schaffte, war schon ein Wunder. Irgendwie fehlte ihr ein Teil ihrer Lebenskraft. Und obwohl sie ahnte, wo er sich aufhielt, ändern konnte sie es nicht.

Ihr Telefon klingelte, ächzend hievte sie sich aus dem Bett. Es war gerade erst 20 Uhr, doch sie fühlte sich wie gerädert.

»Wir wollten doch ins Kino, wo bleibst du denn?«, fragte eine helle Stimme. Gertrud runzelte die Stirn, dachte einen Moment lang nach. Kannte sie Menschen, die so fröhlich waren? Oder Lust hatten, mit ihr ins Kino zu gehen?

Eher nicht. Da musste sich jemand verwählt haben. Auf einmal durchfuhr es sie wie ein Stromschlag, und sie hörte sich sagen: »Ich hab's vergessen, entschuldige, ich bin in zehn Minuten da – wohin wollten wir noch mal?«

Was ritt sie denn plötzlich, fragte sie sich, als sich ihr Körper wie ferngesteuert erhob. Kino, was war das gleich? Bewegte Bilder, die die Seele erfreuen sollten? Es war so gar nicht ihre Art, spontan aus dem Haus zu gehen und sich fremden Menschen aufzudrängen, und der kleinste Blick in den Spiegel würde sie auf der Stelle entmutigen. Sie beobachtete sich selbst, wie sie einen Mantel über ihr T-Shirt und die Jogginghose warf, die sie im Bett getragen hatte, in ausgetretene Turnschuhe schlüpfte, sich ihren letzten Zehneuroschein in die Manteltasche steckte. Automatisch glättete sie die noch immer feuchten Haare mit ihren Fingern, wie sie es stets tat. Hoffentlich würde sie sich nicht erkälten.

Sie fühlte sich, als bliebe ein Teil von ihr im Bett liegen, während sich ihr Körper erhob und seine eigenen Wege ging, doch als sie sich umschaute, war ihr Bett zerwühlt und leer. Sie hatte gar nicht genügend Energie, um sich in verschiedene Teile zu spalten, dachte sie, sie lief sowieso schon auf Sparflamme. Sie vergewisserte sich, dass ihr Schlüssel in der Manteltasche war, drückte die Mütze auf ihren Kopf und schlug die Tür hinter sich zu.

Schräg. Das war sie wirklich, gestand sie sich ein. Natürlich würde sie sich der Anruferin nicht zu erkennen geben, sondern einfach so tun, als wäre sie mit Freunden verabredet. Sie würde sich in den vollen Saal setzen, eine Tüte Popcorn essen, den Film genießen und sich einbilden, weniger einsam zu sein. Als sie vor dem Kino stand, wäre sie am liebsten wieder nach Hause gegangen. Es ergab überhaupt keinen Sinn, sie hatte weder Geld noch Zeit, sich irgendeinen Film anzusehen. Zumal sie nur die Auswahl zwischen einem kitschigen Liebesfilm und einem James-Bond-Thriller hatte – der in 3-D gedreht war und damit mehr als zehn Euro Eintritt kostete. Sie kramte in ihren Taschen, es fehlten genau zwei Euro fünfzig. Was sollte das? Sie hatte ihre Wohnung verlassen, und jetzt fühlte sie sich noch ausgeschlossener und unzulänglicher als zuvor? Sie schuftete den ganzen Tag, fünf Tage die Woche und hatte nicht mal Geld für einen idiotischen James-Bond-Film? Sie würde nicht klein beigeben, heute nicht. Verdammt noch mal. Andere Menschen bekamen ihr Leben auch auf die Reihe und hatten sogar noch Geld übrig. Also der auf herkömmliche Weise gedrehte Liebesfilm, wenn sie nun schon mal da war. Der Eintritt kostete sieben Euro fünfzig, und so hatte sie noch Geld für eine kleine Tüte Popcorn.

Der Film begann vielversprechend, mutierte aber zu einer dieser Das-hässliche-Entlein-Geschichten. Kaum zog sich die zunächst unscheinbare Hauptdarstellerin das Haarband aus der glänzenden Mähne und setzte die Brille ab, schon verwandelte sie sich in die Schönste der Highschool. Und der coolste Typ verliebte sich in sie. Albern und krank ist das, und dafür gebe ich Geld aus, dachte Gertrud und spürte die vertraute Bitterkeit in sich aufsteigen. Sie könnte aufstehen und gehen, doch irgendeine innere Hartnäckigkeit – »Starrsinn« würde auch passen, dachte sie – hielt sie zurück. Sie hatte bezahlt, jetzt würde sie sitzen bleiben, auch wenn sie selbst wusste, dass sie damit dem verschwendeten Geld auch noch Lebenszeit hinterherwarf. Schnell schob sie ihren Unmut mit einer Handvoll Popcorn zurück in ihre Eingeweide.

Als der Abspann über die Leinwand flimmerte, wollte sie als eine der Ersten gehen, doch auf einmal ertönte eine sehr vertraute Stimme. Sie keuchte auf, ihre Brust wurde eng.

»Wir laden zwei Besucherinnen in das bekannte Kosmetikstudio ›AngelFace‹ ein, bitte schauen Sie auf Ihre Sitznummer – Reihe 16, Sitz acht und Reihe 20, Sitz eins gewinnen je einen Gutschein für einen kompletten Schönheitstag.« Gertrud schnaufte und zog ihre Karte hervor – tatsächlich. Das Schicksal war heute mal wieder besonders gut gelaunt. Sie saß in Reihe 16, und ihre Platznummer war die Acht. Die blonde Fee da vorn war Donna, die Besitzerin des angesagtesten Beautysalons. Und begehrte Autorin teurer Hochglanz-Lifestyle-Magazine. Diejenige, die sie heute Nachmittag nach der Lektüre ihres Artikels noch angeranzt hatte, sie solle sich selbst ficken …

Sie sprach oft im Radio, hatte eine eigene kleine TV-Talkshow und verwandelte graue Langweilerinnen in strahlende Göttinnen. Live im Fernsehen. Gertrud schaltete jedes Mal hastig um, wenn sie ihr Gesicht sah, so makellos, so kokett und so falsch. Sie verkaufte einen Traum, sie verführte, sie redete den Menschen ein, ein jeder könne glücklich, strahlend und schön sein. Sie, gerade sie, sollte wissen, wie hoch der Preis dafür sein konnte.

In genau dem Moment, in dem Gertrud aufstehen und sich unauffällig in den Strom der zum Ausgang strebenden Besucher reihen wollte, fand sie der Suchscheinwerfer. Hastig drückte sie ihre Karte der neben ihr sitzenden Besucherin in die Hand und verließ die Sitzreihe. Natürlich verließ keiner mehr das Kino, alle wollten Donna sehen. Und so stand sie eingekeilt zwischen zwei nach Parfüm duftenden, kichernden jungen Frauen. »Sie ist so toll«, wisperten sie sich zu, und ihre Augen glänzten. Donna verkörperte den Inbegriff der Traumfrau, alle wollten so sein wie sie.

Die Gewinnerinnen betraten die Bühne, lachten glückselig und fielen Donna um den Hals – sie hatte ihre Show.

»Zwei deiner unzähligen Jüngerinnen?«, sagte Gertrud so leise, dass sie es nicht einmal selbst hörte.

Bezaubernd und charmant plauderte Donna mit den Gewinnerinnen, ließ sich feiern, wehrte bescheiden das überschwängliche Lob ab, versicherte ihnen, wie sehr sie sich freue, ihren Seelen zu Diensten zu sein. Am Ende verneigte sich Donna mit den Worten: »Ich bin glücklich, eurer Weiblichkeit dienen zu dürfen!« Gertrud wurde fast schlecht.

Nach zehn Minuten war alles vorbei, doch es war der

teuerste Kinobesuch aller Zeiten gewesen – er kostete Gertrud auch das letzte Bisschen ihrer Selbstachtung.

Sie verließ das Kino, es war mehr als spät, sie musste unbedingt ins Bett. Ein flatterndes laminiertes Pappschild an einem Eisengatter zog ihren Blick auf sich, vier Buchstaben standen darauf. CoDa. Kein Mensch verstand, was sie bedeuteten, wie unermesslich tröstlich dieses Schild war, es sei denn, man war betroffen. Sie schaute auf ihre Uhr, es wurde wirklich höchste Zeit, zu schlafen. Doch wieder übernahm ihr Körper das Kommando. Wie von selbst trugen ihre Füße sie zum Tor. Sie öffnete es und trat in einen Vorgarten. Die Haustür war nur angelehnt, als sie sie öffnete, ergoss sich warmes Licht über die Stufen. Wie magisch angezogen trat sie ein, durchschritt einen Flur und hörte sanfte, ruhige Stimmen aus einem der Räume kommen. Sie betrat den lichtdurchfluteten Raum. Fünf Menschen saßen darin, blickten sie freundlich an und sprachen dann weiter. Sie setzte sich, atmete auf, kam an. Das Gespräch, das offenbar schon länger andauerte, verebbte – nun war die Reihe an ihr.

»Ich heiße Gertrud«, sagte sie. Und ich habe einen Vollschuss, wollte sie hinzufügen, aber dann sagte sie: »Ich glaube, ich bin co-abhängig.« Und unfassbar wütend.

»Hallo, Gertrud«, antworteten fünf Stimmen im Chor, und zum ersten Mal seit Jahren fühlte sie sich warm und willkommen.

2

Zittrig und mit weichen Knien stakste Donna von der Bühne. Als die roten Lichter der Kameras erloschen, fiel ihr Gesicht in sich zusammen. Ausgerechnet Gertrud, niemals hätte sie damit gerechnet, sie bei einer solchen Veranstaltung zu treffen. Sie hatte sie nur für einen Wimpernschlag lang erblickt, als der Scheinwerfer sie streifte, doch der genügte, um ihre sorgsam gepflegte Aura zu zerstören.

Gertrud. Die Ich-geh-ab-sofort-Toiletten-schrubben-Gertrud. Die Ich-überlass-dir-kampflos-die-Arena-Gertrud. Jene Gertrud, die durch ihr bloßes Äußeres wie ein unübersehbarer Vorwurf durch ihr Leben schlich.

Donna zog ein Fläschchen hervor und nahm unauffällig einige Tropfen Notfall-Bachblüten. Die natürlich nicht auf allen Ebenen halfen, das war ihr auch klar. Das, was sie zu bewältigen hatte, konnte nicht durch ein bisschen feinstoffliche Energie beseitigt werden, obwohl es verführerisch klang. Ihren Kunden verkaufte sie es allerdings anders. Die wenigsten wollten hören, dass sie um ihre tiefen Prozesse nicht herumkamen, und so hatte Donna ein Wohlfühl-Imperium aufgebaut. Engelessenzen, verschiedenfarbige Öle, positive Gedanken und eine samtige Stimme, perlende Klaviermusik, sanfte Farben und die betörend duftenden Kosmetika erschufen eine so entspannte und anheimelnde Atmosphäre, dass sie für ihre Behandlungen unterdessen beinah jeden Preis verlangen konnte. Sie hatte es wirklich drauf, das musste man ihr lassen, gaben auch die Kolleginnen der Branche zu. Donna war der unumstrittene Star, wenn es um Selbstdarstellung und um das Verbreiten eines wirklich guten Gefühls ging. Sie gab jeder Frau ihr Strahlen zurück, damit warb sie. War sie zynisch?, fragte sie sich ab und zu, unterstützte sie die Frauen bei ihrer Weltflucht? Für sie selbst funktionierte es hervorragend. Wenn sie sich gut und gepflegt fühlte, dann war sie im Einklang mit sich und sah die Welt wieder mit anderen, freundlichen und vertrauensvollen Augen. Dadurch erkannte sie Möglichkeiten, ebneten sich Wege, die sie sonst gar nicht bemerken würde. Und so gab sie den Frauen, was ihr selbst half und woran sie glaubte. Daran konnte nichts verkehrt sein.

Wenn eine Frau, die sich grau und vom Alltag ausgelaugt fühlte, nach ein paar Stunden sorgsamer Pflege wieder spürte, dass sie ein strahlendes Wesen voller Schönheit und Erotik war, das nur ein wenig Staub angesetzt hatte, dann hatte Donna ihren Job gut erledigt. Sie erinnerte Frauen an die innere Aphrodite, an die Göttin, an die weibliche, romantische Märchenprinzessin und gab ihnen für ein paar Stunden das Gefühl zurück, alles wäre möglich und die Welt läge ihnen zu Füßen. In diesen Stunden konnten Wunder geschehen, denn in diesen Stunden waren die Frauen offen, trauten sich mehr zu, gingen aufrechter, ließen ihren natürlichen weiblichen Zauber wirken. Für einige Stunden waren sie in das Leben und sich selbst verliebt und deshalb weitaus offener, als sie es sich selbst zutrauten. Es war, als verschaffe ihnen Donna ein Zeitfenster für Wunder. Es befriedigte sie zutiefst, wenn sich eine Frau nach den Behandlungen im Spiegel selbst erkannte. Wenn sie das leuchtende Wesen spürte, für das sie sich insgeheim, ganz im Verborgenen hielt. Wenn es dazu Cremes, Wohlgerüche, Farben und eine zärtliche Hand brauchte, na und? Frauen waren sinnliche Wesen, und manchmal kam ihnen diese Sinnlichkeit in den Anforderungen des Alltags abhanden. Donna und ihr Team erschufen eine Oase, in denen sich die Frauen am Brunnen der Weiblichkeit satt trinken konnten. Zumindest die, die es sich leisten konnten.

Jede Frau wusste ganz tief im Herzen, dass sie eine Göttin war. Und so sehr sie sich auch selbst abwertete, für so unscheinbar sie sich auch hielt – dieses innere Wissen wirkte und ließ Frauen sehr verletzlich und sehr empfindlich reagieren, wenn sie nicht gewürdigt wurden. Genauso, hatte ihr Frederik erklärt, fühlte sich jeder Mann im Inneren als Held. Nicht wie eine muskelbepackte Comicfigur, sondern wirklich und wahrhaftig als Retter, der anerkannt und gebraucht werden wollte. Nahm man einem Mann sein Heldentum weg, dann blieb ein Wesen übrig, das nur noch sein eigenes Wohlbefinden und seine Bequemlichkeit pflegte, genauso wie eine Frau zickig, nörgelig und kritiksüchtig wurde, wenn ihre innere Göttin, die strahlende Hüterin des Lebens und der Schönheit, nicht gesehen und gewürdigt wurde. Für Donna ergab das absolut Sinn. Auf dieser Maxime hatte sie ihren Salon aufgebaut, und daran glaubte sie zutiefst – der Erfolg gab ihr recht.

Donna stieg in das wartende Auto, auf ihren Partner Frederik war Verlass. Noch während sie sich von ihren Mitarbeitern und dem Kamerateam verabschiedet hatte, hatte er den Wagen geholt und ihr damit den Weg durch die Tiefgarage erspart. Sie sank in das weiche Polster. Frederik legte schweigend eine Hand auf ihr Knie, während er sich in den Verkehr einfädelte.

»Ich will nur noch heim«, sagte sie.

»Du wirkst völlig ausgehöhlt, war es so anstrengend? Das kenne ich gar nicht von dir.«

Normalerweise zog Donna Energie aus der Bewunderung ihrer Fans. Doch sie würde sich hüten, Gertrud zu erwähnen.

»Heute ja.«

»Willst du darüber reden?«, fragte er. Es war eine große Herausforderung, Donna zufriedenzustellen, und so sehr er sich bemühte, sie glücklich zu machen, so wenig kam er hinter ihren sprunghaft wechselnden emotionalen Zuständen her. Sie war so empfindsam – manchmal allerdings fand er sie durchaus auch empfindlich, aber das würde er ihr niemals sagen. Es war nicht leicht, mit einer Engelfrau zusammen zu sein, dachte er, und ein bisschen war er stolz darauf, sie beschützen zu dürfen. Oder ihr zu Diensten zu sein, wenn sie ihre wundervolle Energie mit anderen teilte. Eine Engelfrau. Eine Frau, die spürte, dass sie ein Engel war, die tief davon überzeugt war. Ein Rockstar unter den vielen spirituellen Lehrern. Er warf ihr einen Blick zu. Wenn man Donna ansah, konnte man ihr durchaus glauben. Ihre großen, strahlenden Augen, das zarte Gesicht, ein Mund wie der einer sorgsam von Hand gefertigten Künstlerpuppe, das sanfte Lächeln, die weichen, seidigen Haare. Für einen Engel hatte sie einen verdammt sexy Körper, schmunzelte er und freute sich bereits darauf, in ihr zu versinken. Im Bett hatte sie ihn voll im Griff, es war unglaublich, was dieser Puppenmund alles konnte, und sie war sich für nichts zu schade. Entweder sie war wirklich ein Engel oder ein gut getarnter Teufel. Manchmal wusste er es tatsächlich nicht.

Er parkte vor dem Eingang eines eleganten Hotels, der Concierge würde sich um sein Auto kümmern. Frederik eilte um das Auto herum, öffnete Donna die Beifahrertür und reichte ihr die Hand.

»Komm, meine Schöne«, sagte er und war wie jedes Mal fasziniert von der Eleganz, mit der sie aus dem Auto stieg. Sie war schon immer eine Prinzessin gewesen. Seit er sie kannte, hatte sie diese Aura, dieses Irisieren, das so zerbrechlich und märchenhaft wirkte. Schon immer hatte er sie beschützen wollen, auch in einer Zeit, in der sie sich kannten, aber nicht zusammen gewesen waren. Donna brauchte einen Beschützer, schon als Kind und Jugendliche. Nun hatte er diese Rolle inne. Sie grüßten den Concierge am Empfang, Frederik verneigte sich vor ihm und gab ihm die Autoschlüssel. »Danke«, sagte er und lächelte dem älteren, in eine militärisch korrekt sitzende Fantasieuniform gekleideten Mann zu. Sie stiegen in ihren persönlichen Fahrstuhl, in dem es andeutungsweise nach Lavendel roch. Frederik gab einen PIN-Code ein, und ohne unterwegs zu halten, schwebten sie ganz nach oben.

Als sich die Aufzugstür öffnete, atmete Donna wie immer auf. Endlich zu Hause. Sie zog noch im Aufzug die Schuhe aus und trat auf den weichen Teppichboden, der so tiefblau war, dass er wie ein Stück toskanischer Himmel wirkte. Wolkenartige, weiße Knautschsessel standen um einen Glastisch gruppiert, die riesige Fensterfront ließ den Raum unendlich wirken. Hier in ihrem gemeinsamen Penthouse empfing sie Reporterinnen, die sie für teure

Frauenzeitschriften interviewen wollten, es war der perfekte Rahmen, um sich in Szene zu setzen. Wenn sie in einem silberfarbenen Chiffonkleid auf einem der Sessel saß, fehlte nur noch die Harfe, um die Illusion zu vollenden, hatte eine der Zeitschriften einmal zynisch geschrieben, Donna hatte sie sofort verklagt. Und gewonnen.

So bühnenartig dieser Raum auch wirkte, Donna liebte ihn und hielt sich, wann immer sie konnte, hier auf. Nur so ertrug sie die Enge, den Schmutz, die Kleinheit des menschlichen Daseins, erklärte sie oft, nur in dieser Reinheit und Weite konnte sie atmen. Und so affektiert das auch in den Ohren anderer klingen mochte, Frederik wusste, dass es stimmte. Oft genug hatte er sie erlebt, wenn sie kurzatmig wurde, zu zittern begann, zu zerbrechen drohte. »Dir fehlt die Erdung!«, tönten wohlmeinende Kolleginnen, und vielleicht stimmte das auch. Doch war es nicht Donnas ganz besonderer Reiz, dass sie überirdisch schien, nicht von dieser Welt, und dass sie deshalb auch nicht allzu viel irdischen Schmutz ertragen konnte? Berührte sie nicht gerade deshalb all die Menschen tiefer, als diese es selbst jemals für möglich gehalten hätten?

Wenn Donna einen Raum betrat, änderte sich die Aura aller. Es war, als erschien ein Engel, hatte mal jemand gesagt, und so empfanden es die meisten Menschen. Man konnte sich über sie lustig machen, man brauchte sie nicht ernst zu nehmen, blond, empfindsam, püppchenartig, wie sie war. Aber jeder, der auch nur ein wenig ehrlich war, musste anerkennen, dass er sich Donnas Ausstrahlung nicht entziehen konnte. Sie leuchtete ein wenig heller, wirkte ätherischer, weniger menschlich als andere. Ihr nachzueifern musste unausweichlich in Enttäuschung enden, es war nichts, dass sie inszenierte, sondern etwas, dass sie war, so hatte es eine Reporterin beschrieben.

Es war nur logisch, dass eine Frau wie sie einen Beautysalon eröffnete. Wo sonst konnte sie ihre Vision von Reinheit und Makellosigkeit, von überirdischer Schönheit besser umsetzen? Wo sonst konnte sie den Engel, die Göttin in all den Frauen berühren, ihm Ausdruck verleihen, sodass die Frauen selbst sahen, wie zauberhaft sie waren? Ein Engelkult war in den letzten Jahren entstanden, und sie war ein tragender, charismatischer Teil davon. Ein Engelkult, der vielen Menschen Vertrauen in eine schützende und inspirierende Kraft gab, genauso vielen aber auch eine Rechtfertigung dafür lieferte, sich dem, was auf Erden getan werden musste, zu entziehen. Donna wusste das, doch sie fühlte sich für diesen Umstand nicht verantwortlich. Und vielleicht war sie es auch nicht.

Frederik brachte ihr einen Drink, genau so gemixt, wie sie es liebte, und setzte sich zu ihr. Er nahm ihre Füße auf seinen Schoß und begann, sie zu massieren.

»Jetzt erzähl, was hat dich so aus dem Gleichgewicht gebracht?«, sagte er. »Du weißt, ich mache mir Gedanken um dich.«

Donna lehnte sich aufatmend zurück und nippte an ihrem Drink.

»Danke, sie ist wunderbar, deine Massage. Ehrlich gesagt, ich glaube, ich habe Gertrud gesehen. Im Publikum.« Ihre Schultern sanken auf einmal, die innere Spannung verschwand, und sie war froh, es ihm doch gesagt zu haben.

Frederik schwieg.

»Sie hat nichts mehr mit uns zu tun, Liebste«, sagte er dann und küsste ihren linken Fuß. »Du weißt, ich liebe nur dich.« Donna entzog ihm ihre Füße und setzte sich auf.

»Ob ich sie …«

»Nein. Sie hat sich klar ausgedrückt. Und sie hat recht. Kein Kontakt. Nie wieder. Ihr tut euch nicht gut.«

Donna stand auf. Sie leerte ihr Glas und ließ es ganz selbstverständlich stehen, ihre Haushaltshilfe würde es wegräumen.

»Du hast ja recht. Kommst du?«

Er folgte ihr ins Schlafzimmer. Donna drehte sich um, damit er ihren langen Reißverschluss öffnen konnte, und er tat es. Sie ließ das pflaumenblaue, lange Kleid fallen, der glänzende Stoff bildete einen schimmernden Kreis um ihre Füße. Frederik umarmte sie von hinten, drückte ihren Rücken fest gegen seine Brust und hielt sie. Seine Hände lagen auf ihrem Bauch, und sie begann, tiefer zu atmen, kam wieder in sich an, stabilisierte sich.

»Ich brauche dich«, flüsterte sie, und »Ich bin bei dir« antwortete er. Seine Hände streichelten ihren Bauch, glitten nach oben zu den Brüsten – er kannte Donna. Das Einzige, das ihr half, sich zu erden, war Sex. Und wenn Donna Sex wollte, dann bekam sie Sex.

3

Co-abhängig. Das hieß, sie setzte die Bedürfnisse der anderen vor ihre eigenen, um zu gefallen, um keinen Ärger zu bekommen, um die Beziehung um jeden Preis zu erhalten. Stimmte es wirklich, war das ihr Thema? Es kam dem, worunter sie litt, am nächsten, dachte Gertrud, während sie den anderen zuhörte. Sie erzählten von schwierigen Beziehungen, von Einsamkeit, von der Fixierung auf einen bestimmten Menschen, ohne den sie meinten, nicht leben zu können. Was immer sie hierher geführt hatte, etwas in ihr kam zur Ruhe.

Eine halbe Stunde nach Gertruds Eintreffen trennte sich die Gruppe mit dem Satz »Kommt wieder, es funktioniert«, und Gertrud spürte, dass es stimmte. Sich selbst offen und schonungslos ehrlich mitzuteilen und die Dinge einer höheren Macht zu übergeben, wie es in den anonymen Selbsthilfegruppen üblich war, schenkte ihr für den Moment eine Art inneren Frieden. Als sie zusammen mit den anderen aus der Haustür trat und sich verabschiedete, fühlte sie sich leichter, freier, und sogar ein Funke Hoffnung stahl sich in ihr Herz. Vielleicht sollte sie doch zumindest die Wohnung renovieren lassen. Gleich morgen würde sie ihren Sohn anrufen.

Doch natürlich wurde nichts daraus. Als Gertrud am nächsten Tag wie immer völlig geschafft von ihrer Arbeit kam, durch zu wenig Schlaf noch müder als sonst, hatte ihre gewohnte Hoffnungslosigkeit ihr Leben wieder fest im Griff. Selbst der struppige Hund, der sie an der Bücherei abholte, wirkte entmutigt, schwächer als sonst. Er schmiegte seine Schnauze in ihre Hand, als sie ihm die gewohnten Leckerlis gab, und sie kniete sich mitten auf den nassen, schmutzigen Bürgersteig. Gertrud legte beide Arme um das zitternde Tier und drückte es fest an sich.

»Wer immer du bist, ich danke dir für deine Begleitung«, flüsterte sie. Und dann kam ihr ein Gedanke. Vielleicht wollte er sie gar nicht nach Hause begleiten? Vielleicht wollte er ihr etwas zeigen, sie an einen bestimmten Ort führen? Woher auch immer diese Idee kam, sie stand auf und ging an ihrer Haustür vorbei. Sie war müde, ja, aber auch dieser Hund brauchte etwas, und sie würde herausfinden, was es war. Würde er ihr folgen?

Und tatsächlich, der Hund begann, mit dem Schwanz zu wedeln, und lief ihr voraus. Ab und zu schaute er sich um.

»Ich komm, ich bin da, ich hab's verstanden«, rief sie ihm zu. Nach einer Viertelstunde blieb der Hund vor einem Hoftor stehen. Es war nur angelehnt, und er drückte es mit der Schnauze auf. Gertrud folgte ihm zögernd. Ein kleines Schild zog ihre Aufmerksamkeit auf sich: »Gnadenhof für Kuscheltiere« stand darauf, außerdem Öffnungszeiten und eine Telefonnummer.

»Wohnst du hier?«, fragte sie ihren Begleiter, und wie zur Bestätigung blieb er vor einer Haustür sitzen. Er drehte sich so, dass er mit dem Schwanz gegen die Holztür klopfen konnte, Gertrud war beeindruckt. Die Tür öffnete sich, eine kleine, schwarzhaarige Frau blickte nach unten und lachte zärtlich. Schnaufend bückte sie sich, um das Tier zu streicheln, dann erst bemerkte sie Gertrud.

»Ja bitte?«, sagte sie mit harter Stimme, und ihr Gesicht

verschloss sich. Ihre sowieso schon schmalen Augen verengten sich zu lodernden grünen Schlitzen. »Wo ist es?«

Gertrud schaute sich um.

»Was?«, fragte sie.

»Ihr Tier. Deshalb sind Sie doch hier, um Ihr altes Tier abzugeben, oder?«

Gertrud schüttelte den Kopf.

»Entschuldigen Sie die Störung. Er hat mich hergeführt. Ich dachte, er braucht was oder will mir was zeigen.« Sie deutete auf den Hund, der sich an die Frau drückte, und wandte sich zum Gehen.

Das konnte auch nur ihr passieren, dachte sie, einfach diesem Tier zu folgen und sich anderen aufzudrängen.

»Anubis hat Sie gewählt? Dann kommen Sie bitte herein. Wenn Sie mögen.« Auf einmal klang die Stimme der Frau atemlos.

Gertrud musste lachen, sie wunderte sich selbst über das Geräusch, das aus ihrem Mund drängte. Sie hatte es lange nicht mehr gehört.

»Anubis? So heißt er? Wie der ägyptische Gott? Hat er nicht dabei geholfen Osiris, seinen Vater, zu finden und zu mumifizieren? Und galt er nicht als Seelenwäger, der entschied, ob das Herz eines Toten leicht genug war, um sich mit seiner Ba-Seele zu vereinen? Ich dachte, er wäre ein schwarzer Schakal.«

Warum auch immer sie plötzlich losplapperte, als sei sie ein verdammtes Lexikon, immerhin schaffte sie es, der fremden Frau in die Augen zu schauen, und das war mehr, als sie seit Jahren getan hatte. Gertrud streckte sogar die Hand zur Begrüßung aus, sie kannte sich auf einmal selbst nicht mehr.

»Gertrud heiße ich.«

»Anubis wird auch als Hund dargestellt, und so heißt er nun mal, so nannten sie ihn schon immer. Kommen Sie rein.« Die Schwarzhaarige schüttelte ihr die Hand, und für einen kurzen Moment war es, als sprühten Funken zwischen ihnen auf. Die Wollmütze, dachte Gertrud, sie elektrisierte ihre Haare und wohl auch den Rest.

»Gut gemacht, mein Lieber.« Die Frau tätschelte Anubis' Kopf, und er wedelte mit dem Schwanz.

Gertrud folgte ihr in eine völlig überheizte Küche, in der etwas köstlich Duftendes auf dem Herd brodelte. Sie riss sich die Mütze vom Kopf und schälte sich aus dem alten Tweedmantel.

»Setzen Sie sich«, sagte die Frau und deutete auf den ovalen Tisch. Er war merkwürdig dekoriert, jemand hatte ein paar zusammengesammelte Kräuter, Gräser und dürre Zweige achtlos in eine Vase gesteckt. Es wirkte so ungelenkt zusammengestoppelt, dass sogar Gertrud, die wahrlich nicht viel von sinnlos auf Tischen herumstehendem Zeug hielt, Hand anlegen wollte.

Die Frau schob Gertrud einen hölzernen Küchenstuhl zurecht. Als wären sie alte Freundinnen, füllte sie etwas aus dem Topf in eine Schale und stellte diese vor Gertrud auf den Tisch. Sie hatte immer noch nicht ihren Namen gesagt, dachte Gertrud, das war sehr merkwürdig, doch ihr Magen knurrte auf einmal laut. So nahm sie den Löffel, der plötzlich wie von Zauberhand neben der Schale erschien, und begann zu essen. Ohne zu warten, ohne Danke zu sagen. Als hätte sie schon immer hier gespeist.

»Auf Anubis ist Verlass, entschuldige, dass ich für einen Moment an dir gezweifelt habe. Aber wenn du wüsstest, wer hier alles auftaucht und sein Tier abliefert, du kämst aus dem Weinen nicht mehr heraus.« Die Frau schenkte sich selbst eine Tasse merkwürdig riechenden Tee ein und setzte sich zu ihr an den Küchentisch. Dann schlug sie sich mit der Hand auf die Stirn, und Tränen traten in ihre Augen, sie schien plötzlich ganz gerührt. Gertrud verstand diese Frau nicht, sie war wirklich komisch. Doch wer war sie, andere komisch zu nennen. »Herrje, jetzt erkenne ich dich endlich! Schön, dass du da bist. Wir warten schon lange, wirklich lange«, sagte die Frau. Dann betrachtete sie Gertrud ausführlich. »Super. Einfach toll, ich hab dich absolut nicht erkannt. Perfekte Tarnung«, lachte sie und griff in Gertruds Haar. Diese zuckte hastig zurück, die Strähne rutschte aus den Fingern der Frau.

»Ein wenig netter Mensch hat mal Putzwolle dazu gesagt. Ach nee«, sagte Gertrud, »das war ich ja selbst.«

Die Frau lächelte sie liebevoll an.

»Du bist immer noch so witzig wie damals. Ich hab dich vermisst.«

Gertrud holte tief Luft. Der Geruch – jetzt erinnerte sie sich. Baldrian. Katzen liebten Baldrian, schoss es ihr durch den Kopf.

»Warum haben Sie mich erwartet, wer sind Sie denn? Kennen wir uns? Dann tut es mir leid, ich habe Ihren Namen vergessen«, sagte sie. Ihre Müdigkeit war auf einmal wie weggeblasen, irgendetwas musste in dem Essen sein. Das wirklich delikat war, auch wenn sie in keiner Weise schmecken konnte, welche Zutaten es enthielt.

Die Frau schaute sie ungläubig an.

»Sogar du?«, fragte sie nur und pfiff leise. Sofort kam Anubis herbei und legte seinen Kopf auf ihre Beine. »Sie hat's vergessen, mein Lieber, du bist großartig«, flüsterte sie ihm zärtlich zu. »Dank ihm, dass er dich gefunden hat!«, sagte sie dann laut. Gertrud schwieg eine Weile, aß die ganze Schale leer, obwohl sie gehen sollte. Das Essen war zu köstlich.

»Was hältst du von Magie?«, fragte die Schwarzhaarige auf einmal unvermittelt. Gertrud verschluckte sich fast.

»Sie meinen die Kraft der Gedanken, Bestellungen beim Universum oder Loslassen zur Wunscherfüllung?« Gertrud spürte ihre Müdigkeit zurückkehren. Sie konnte all das nicht mehr hören, es war so mental, als gäbe es keine anderen Ebenen.

Die Frau schnaubte verächtlich.

»Pillepalle«, sagte sie. »Komm mir nicht mit Gedanken, ich rede von echter Magie. Echte Kraft, nicht Gedankenkontrolle, obwohl sie auf eine gewisse Weise Teil davon ist. Ich nenne es lieber Gedankenhygiene, das klingt besser. Nein, ich meine Kraft, die dich vollkommen durchströmt, die den Himmel mit der Erde verbindet, Kraft, mit der du heilen, aber auch zerstören kannst. Schoßkraft, Sexualkraft, wie immer du es nennen willst. Liebe trifft es auch.«

Während die Frau redete, spürte Gertrud deutlich, dass auf einmal wirklich starke Energie floss. Sie machte besser, dass sie wegkam. Es wurde langsam unheimlich, die hatte doch einen Knall.

»Hören Sie«, sagte sie und legte den Löffel weg, »ich danke Ihnen sehr für das Essen, und ich bin wirklich froh zu sehen, dass Anubis gut versorgt ist, ich habe mir Sorgen um ihn gemacht. Und jetzt will ich nicht weiter stören, ich muss nach Hause. Aber darf ich fragen, was Sie da gekocht haben? Es war einfach unglaublich gut.«

»Herrje, du hast recht! Du musst todmüde sein von der langen Reise. Ich zeig dir dein Zimmer. Übrigens, in dieser Form heiße ich Akasha. Falls du dich tatsächlich nicht mehr erinnern solltest.«

Wie lange wollte diese Frau – Akasha, Sanskrit für »Himmel«, was war denn das für ein Name? – das merkwürdige Spiel noch aufrechterhalten? Gertrud wunderte sich nur ganz wenig über sich selbst, als sie »Gern« erwiderte.

Akasha – Akasha, ob sie wohl die Hüterin der Chronik war?, fragte sich Gertrud und musste kichern. Die spinnen doch, die Esoteriker. Sicher hieß sie in Wahrheit Elfriede! – ging auf die Rückwand der Küche zu und war auf einmal verschwunden. Als wäre sie durch die Mauer gelaufen, ganz wie die Zauberschüler bei »Harry Potter«. Aber das hier war nicht der Londoner King's Cross Bahnsteig neundreiviertel, sondern eine normale Backsteinwand in einer normalen Stadt. Akashas Kopf erschien nun in der Wand.

»Kommst du?« fragte sie und öffnete die nahezu unsichtbare Tapetentür ein wenig weiter.

Gertrud schüttelte den Kopf, eine Tür, was denn wohl sonst. Sie wurde langsam verrückt, das musste an dem Haus liegen. Oder am Essen. Sie trat durch die Tür, und jetzt begann sie, wirklich an ihrem Verstand zu zweifeln. Anubis kam ihr entgegen, es musste Anubis sein, so freudig, wie er sie begrüßte – rabenschwarz, glänzend, so strahlend kraftvoll, dass sie schier von seiner Energie erschlagen wurde.

Der Raum hinter der Küche war riesig. Das Wort »Raum« war sowieso völlig unangemessen, dachte Gertrud, es war ein Palast. Oder eine Pyramide. Sie trat ein und befand sich in einer anderen Welt. Jemand hatte sich ernsthaft Mühe gegeben, die Illusion eines ägyptischen Tempels zu erwecken, doch wozu? Sie schaute sich um, Akasha war nirgendwo zu sehen. Dafür kam ihr eine unbekannte Frau entgegen, jetzt blieb sie stehen. Gertrud war bezaubert von ihrer Schönheit, auch wenn ihre Klamotten ziemlich albern waren.

Grauenhaft viel Gold und irgendeine merkwürdige Tracht, die wie dieser Saal am ehesten noch an das alte Ägypten erinnerte. Doch die Frau selbst war zum Niederknien schön, glänzend fiel ihr dunkles Haar über ihre Schultern. Das Gesicht klassisch, so stellte sie sich Kleopatra vor. Gertrud hob die Hand, die Frau tat es ihr gleich. Wenn es nicht so total absurd wäre, dann könnte sie glatt meinen, vor einem Spiegel zu stehen, zumindest bewegte sich diese Frau vollkommen synchron mit ihr. Eine schwarze, überaus anmutige Katze tauchte auf einmal auf und saß nun neben der zauberhaften Frau.

Etwas schnurrte neben Gertrud, sie schaute zur Seite. Akasha blickte sie mit smaragdgrünen Augen an.

»Ambrosia«, sagte sie mit samtener Stimme. »Natürlich hast du Ambrosia gegessen. Und selbstverständlich bist du nicht Kleopatra, diese eingebildete Zicke.«

Gertrud schluckte. Was hatte sie sich nur gedacht, wie peinlich.

»Weißt du es wirklich nicht mehr?«, fragte Akasha. »Isis. Du bist Isis. Der Inbegriff der weiblichen Liebe und Zauberkraft. Schau dich doch an!«

Sie wies auf die wunderschöne Frau, die ihr reglos wie sie selbst gegenüberstand. Gertrud glaubte auf einmal, sich an die Katze neben ihr zu erinnern, so schlank, so glatt, so königlich. Wie die Statue einer Göttin. Sie starrte ihr Spiegelbild an, wenn es denn eines war, griff in ihr Haar, es fühlte sich noch immer kraus und störrisch an, doch auch die Wundergestalt ließ eine Strähne durch ihre Hand gleiten. Sie ging auf den Spiegel zu. Akasha hielt sie zurück.

»Du kannst sie nicht berühren, sie ist eine Art Hologramm, ein Energiebild. Es zeigt dein wahres Wesen, das, was du normalerweise nur in einer Meditation auf geistige Weise erleben kannst. Das hier ist ein besonderer Raum. Er ist real und auch nicht real, wir können ihn spüren und erfahren, aber nicht mit nach draußen nehmen. Es ist wie das Innere deines Herzens. Es kann nach außen wirken, aber nicht außen sichtbar werden. Hier in diesem Raum bist du, was du schon immer warst, hier bist du Isis.«

Gertrud wagte kaum zu atmen. Welche Drogen auch immer in dieser Speise gewesen waren, die Illusion war zu schön. Isis, klar. Wieder berührte sie ihr Haar, hoffte, es würde sich so seidig anfühlen, wie das ihres Abbildes aussah, wenigstens im Traum. Wieder griff sie nur in Putzwolle.

Dann kam ihr ein Gedanke. »Die Katze, die ich da sehe, bist du das etwa? Bist du Bastet?«, fragte sie und deutete auf das Hologramm. Die Frau bewegte ebenfalls ihre Lippen.

»So nennt man mich. Wenn du genug gestaunt hast, dann komm weiter. Übrigens, du kannst deine menschliche Verkörperung nicht einfach so ändern, da kannst du an deinen Haaren zupfen, solange du willst. Wir sind in der irdischen Realität, was denkst du denn? Das Hologramm zeigt deine wahre Gestalt, das, was du in Wahrheit bist. Komm jetzt. Wir haben zu arbeiten, es wird Zeit. Es läuft einiges völlig schief. Und dein Leben ist ein Teil davon.«

Sie durchquerte den riesigen Prachtsaal und öffnete eine kunstvoll geschnitzte Flügeltür. Gertrud folgte ihr, in diesem Drogenrausch war alles möglich. Sie wunderte sich ein wenig darüber, dass sie sich eben nicht wunderte.

»Hier ist dein Zimmer«, sagte sie. »Du hast es dir selbst erschaffen, es sollte dir gefallen. Wenn nicht, kannst du es jederzeit ändern.«

Gertrud trat ein.

Immer, wenn sie meditierte oder sich an einen inneren Rückzugsort begab, wie sie es einmal in einem Kurs gelernt hatte, stellte sie sich einen bestimmten Raum vor. Er war hoch, hell, licht, unzählige Pflanzen bildeten eine grüne Oase. Helle Schiffsbodenplanken. Gläserne Verandatüren gaben den Blick auf das Meer frei, ein breites, sehr gemütliches Bett mit einem weiß lasierten Holzgestell lud zum Träumen ein.

In diesem Raum befand sie sich nun. Als sie auf das Bett zuging und sich setzte, fühlte sie sich genau so, wie sie es in den Meditationen erlebte – unfassbar geborgen. Sie schaute auf das vor ihrer Terrasse wogende, türkisgrüne Meer – in einiger Entfernung meinte sie, Delfine zu erkennen –, dann blickte sie Akasha an.

»Ist gut so«, sagte sie nur. Und fiel in Ohnmacht.

Eine nasse Zunge holte sie in die Wirklichkeit zurück, noch immer befand sie sich an ihren Traumort. Anubis lag neben ihr und leckte über ihr Gesicht.

»Ich hätte dich vorbereiten sollen«, sagte Akasha und setzte sich zu ihr aufs Bett. Gertrud blickte aus dem Fenster, es waren tatsächlich Delfine, sie sprangen aus dem Wasser und spielten miteinander, taten, was Delfine eben so taten. Natürlich. Akashas Blick folgte ihrem.

»Was?«, fragte sie. »Nicht gut? Zu viel?«

Gertrud schaute an sich herunter und keuchte. Noch immer trug sie die alten Klamotten, sogar ihre ausgelatschten Schuhe hatte sie noch an. Während sie in ihrem Traumbett lag. In einer Meditation würde sie das nicht wagen.

»Wieso ist Anubis eigentlich so glänzend und schön und ich nicht?«, fragte sie, nicht mal im Rauschzustand konnte sie aus ihrer Haut heraus, das war doch wirklich selbstquälerisch.

»Er ist ein Tier.«

Und das sollte eine Erklärung sein? Gertrud schwieg, da ihrem Unterbewusstsein keine Entgegnung einfiel …

»Er ist unschuldig.«

Damit konnte Gertrud etwas anfangen. Sie verstand den Zusammenhang nicht, aber das stimmte. Tiere hatten keine bewusste Wahl zwischen Gut und Böse, zwischen Boshaftigkeit und Güte.

»Anubis ist immer er selbst, er kann nicht anders, es gibt keinen Unterschied zwischen dem räudigen Hund und dem glänzenden Gott. Sein Verhalten, seine Liebe, sein Mitgefühl sind immer dieselben. Er kann die Gestalt verändern, weil sich seine Seelenkraft überall auf dieselbe Weise äußert. Wir Menschen sind anders. Der menschliche Körper kann die Lichtkraft nicht halten, die wir in unserer wahren Gestalt haben, wenn wir auch nur einmal nicht unserem Herzen gefolgt sind. Dadurch wird der Körper eng und seine Schwingung unwiderruflich verändert. Das ist auch richtig so, denn nur auf diese Weise können wir Bewusstsein erlangen und erschaffen. Aber es ist auch der Grund dafür, dass wir nicht einfach so unsere Gestalt wechseln können.«

Aha. Innerhalb dieser ganzen verrückten Angelegenheit schien es zumindest den Versuch von Logik zu geben, das beruhigte sie, auch wenn sich ihr die Argumentation nicht ganz erschloss. Sie nickte, als hätte sie alles verstanden.

»Brauchst du noch einen Moment, oder möchtest du, dass ich dir den Rest zeige?«, fragte Akasha.

»Zeig mir den Rest.« Oder gib ihn mir, dachte Gertrud. Jetzt kam es sowieso nicht mehr darauf an. Mal sehen, was sie sich noch alles ausdachte.

Akasha bedeutete Gertrud, ihr zu folgen, sie erhob sich nur sehr ungern von dem so überaus gemütlichen Bett.

Sie durchquerten zwei weitere prachtvolle Räume.

»Hier besprechen wir uns, und in dem Nächsten verbinden wir uns mit all den anderen Welten«, erklärte Akasha, doch Gertrud hörte ihr kaum noch zu. Es war einfach zu viel für ihr armes Gehirn. Eine weitere Tür öffnete sich, und sie standen wieder auf dem Hof des Tierasyls. Von außen wirkte das Gebäude entschieden kleiner, als es sich innen präsentierte, aber was hatte sie schon für eine Ahnung von Architektur oder Energieräumen, dachte Gertrud. Sie gingen auf eine riesige Scheune zu, und nun begann ein ohrenbetäubendes Gekläffe.

»Schhhhhht«, machte Akasha nur, als sie das schwere, hölzerne Tor aufschob. »Die Hunde mögen mich nicht besonders, wenn ich von drüben komme.«

Aha. Natürlich nicht. »Drüben« war sie ja eine Katze, nein, die Katze aller Katzen.

Gertrud schaute sich um. Der hintere Teil der Scheune war komplett entfernt und durch Schiebetüren aus Sicherheitsglas ersetzt worden. Stützpfeiler stabilisierten das Dach, sodass Licht und Luft in die Scheune strömten. Gertrud erblickte sorgsam geplante und sehr gepflegte Gehege. Und Hunde. Jede Menge Hunde. Katzen stromerten überall herum, lagen auf den hohen Dachbalken, zwei Esel standen in einer Box, und es gab sogar ein Pferd.

»Das sind meine Schätze, und ich brauche Hilfe – bist du dabei?« Akasha wandte sich nicht einmal um, als sie fragte. Es schien selbstverständlich zu sein, dass Gertrud ihr Leben von Grund auf ändern und von nun an nicht mehr den Dreck von Menschen, sondern von Tieren wegputzen würde. Was ihr, wie sie erstaunt bemerkte, sehr viel lieber war. Menschen konnten ihre Scheiße alleine wegmachen. Für Tiere da zu sein, sie zu versorgen und ihnen damit für ihre Liebe und Hingabe zu danken, war hingegen eine Ehre. Gertrud war sehr verwundert über ihre eigenen Gedanken, so hatte sie es noch nie betrachtet, aber es fühlte sich auf einmal unerträglich an, noch einen Tag länger den Dreck anderer zu beseitigen – Dreck, bei dem sie manchmal das Gefühl hatte, die Leute ließen ihn absichtlich liegen. Für einen Hungerlohn. Einige Menschen schienen sich so sehr zu schämen, dass sie Gertrud nicht einmal in die Augen schauen konnten, wenn sie von der Toilette kamen, andere traten geradezu unverschämt auf. »Die lebt doch davon«, hatte sie neulich einen Teenager sagen hören, ein sorgfältig zurechtgemachtes Mädchen, das ihr benutztes Toilettenpapier mit voller Absicht neben der Toilette platziert hatte. »Ich verschaffe ihr nur eine Daseinsberechtigung.« Ihre pubertierenden Freundinnen hatten gekichert, offenbar war das eine Art Mutprobe gewesen. Gertrud stellte ihre Ohren auf Durchzug und tat, was zu tun war – doch die Beschämung, die Demütigung saß.

Am liebsten hätte sie sie gezwungen, einen einzigen Tag lang ihre Stelle einzunehmen, doch natürlich musste sie das Kichern klaglos über sich ergehen lassen.

»Wie meinst du das?« Gertrud hatte das dringende Bedürfnis, an einem vertrauten Ort zu sein, am liebsten in ihrem Fernsehsessel. Das waren entschieden zu viele Eindrücke an diesem Tag, auch wenn sie nur in ihrem Kopf stattfanden. Sie waren auch nicht logisch, diese Eindrücke. Wenn Akasha diese Prachtsäle erschaffen, wenn sie sich selbst als Katze und sie, Gertrud, als märchenhaft schöne Frau erscheinen lassen konnte, wenn selbst der alte Anubis glänzend und gesund aussah, dann sollte sie doch diese Tiere versorgen können, ohne einen Finger krumm machen zu müssen. Ach was, versorgen. Heilen, gesund werden lassen, ihnen das glücklichste Leben erträumen, das nur möglich war!

»So einfach ist das nicht. Und nein, ich kann hier draußen keine Gedanken lesen, aber deine Überlegungen sind ziemlich offensichtlich.« Akasha deutete auf zwei Heuballen. »Setzen wir uns, ich erkläre es dir.«

Gertrud sank seufzend auf einen der Ballen. Anubis, nun wieder struppig wie eh und je, ließ sich zu ihren Füßen nieder.

»Das da«, Akasha wies mit dem Daumen in Richtung Wohnhaus, »das ist zwar real, aber nicht irdisch, verstehst du? Es ist ein feinstofflicher Raum, eine Art Energiekugel, die durchaus große Wirkung auf die materielle Welt hat, aber dennoch ein entscheidendes Stück weiter oben angesiedelt ist. Wir treffen uns dort in unserer wahren Gestalt, du kannst dich in der Kugel aufhalten, wann immer du willst, ausruhen, schlafen, meditieren und natürlich die Geschicke der Welt lenken, aber außerhalb dieser Energiekugel gelten die guten alten irdischen Gesetze. Das ergibt auch absolut Sinn.«

Gertrud schwieg, nickte. Dann schüttelte sie den Kopf.

»Warum?«, fragte sie.

»Weil wir auf der Erde sind, um bedingungslos menschliche Erfahrungen zu machen. Diese Energiekugel ist nicht die Erde. Wenn wir das, was uns in der Kugel möglich ist, hier in der Materie anwenden könnten, dann wäre das ganze Experiment ›Leben auf der Erde‹ hinfällig. Dann könnten wir auch gleich zu Hause bleiben. Einen Zauberstab schwenken, um einen Stall zu säubern, das kann jeder. Aber sich mit der Mistgabel hinzustellen und die Arbeit zu leisten, das ist die menschliche Erfahrung. Wenn du es leichter haben willst, dann lehnst du das Menschsein ab, und dann hast du die Herausforderung nicht anerkannt. Weil wir aber hier sind, um Bewusstsein zu erschaffen, müssen wir auch wirklich hier sein, präsent sein. Verstehst du das? Sonst kannst du deiner Seele zwar einen akademischen Vortrag halten über das, was Menschsein bedeutet, aber sie spürt es nicht und kann sich nicht weiterentwickeln. Aber darum geht's nun mal.«

Akasha hielt inne.

»Warum erkläre ich dir das eigentlich? Ich habe es doch von dir gelernt. Du kannst das nicht vergessen haben.«

Gertrud atmete tief durch. Sie wusste das alles. Irgendwie schon. Aber es hatte nichts mit ihr zu tun, mit ihrem eigenen Leben. Nichts mit der struppig-grauen, wütenden Toilettenfrau, die in einer schäbigen Wohnung hauste und sich von Suppe und zu süßem Tee ernährte.

»Woher weiß ich, dass das alles stimmt, dass ich nicht mit Drogen vollgepumpt am Tisch sitze und mir all das einbilde? Isis … Das ist entschieden zu groß für mich. Isis würde doch nicht putzen gehen, und sie hätte sicher ein bisschen mehr zu sagen als ich.«

»Einer der Beweise dafür, dass du dir das eben nicht einbildest. Eine Einbildung ist logischer und passt zu dem, der sich das alles ausdenkt, er bleibt in seinem vertrauten Weltbild. Aber weißt du, ist es nicht letztlich völlig egal? Warum tust du nicht einfach so, als wäre all das real, und schaust, was passiert? Ich weiß auch nicht, ob das alles so stimmt, woher auch? Es fühlt sich richtig an, und ich nehme es so wahr, aber mehr habe ich nicht. Du hast das Gleiche gespürt. Damit sind wir schon zwei. Schauen wir doch, ob wir was daraus machen können. Hältst du Anubis für real?«

»Den Struppigen: ja, den anderen nicht.« Gertrud stand auf. Sie dachte nicht einmal daran, sich das Stroh vom Hintern zu klopfen, so wenig interessierte sie sich für ihre eigene Erscheinung.

»Ich würde mir gern meinen Mantel holen, ich muss jetzt nach Hause, ich bin todmüde und habe morgen einen harten Tag. Eins noch. Angenommen, das wäre alles real, und ich zöge hierher, arbeitete für dich – wo würde ich wohnen? Im Raum am Meer? Wie soll mich mein Sohn dann besuchen?«

»Ich denke, ich könnte dir durchaus auch einen realitätstauglichen Raum anbieten«, schmunzelte Akasha. »Da kannst du deine Sachen unterbringen und das pure, ungeschminkte Menschsein zelebrieren.«

Akasha schob das schwere Tor auf, und sie gingen über den Hof zum Wohnhaus. Als Gertrud in ihren Mantel schlüpfte, fiel ihr noch etwas ein.

»Die Geschicke der Welt lenken, wie hast du das eben gemeint?« Ungeduldig zerrte sie ihren Haarschopf unter dem Kragen hervor, er reichte ihr bis weit unter die Schulterblätter.

»Du bist Isis, ich bin Bastet, und Anubis ist auch hier. Wie meine ich das wohl? Es wird Zeit, die wahre Schöpferkraft auf die Erde zu holen. Die spirituellen Lehrer, die heute an der Macht sind, rennen in eine falsche Richtung, sind zum großen Teil auf der Flucht vor der Erde, statt sich mit ihr innig zu vereinen. Die großen Religionsführer entfernen sich immer weiter von der Schöpfung und von Mutter Erde, vom Weiblichen, verachten es aus Angst, demütigen das Weibliche und versuchen, es klein zu halten. Dabei gebären wir das Leben, es ist einfach absurd. Das kann ich nicht verantworten, und du solltest das auch nicht, denn wir sind nun mal die Hüterinnen des Lebens. Und das, was da draußen passiert, ist oft das Gegenteil. Es geht immer mehr um Kontrolle und um den eigenen Willen statt um den Willen des großen Ganzen. Es gibt Ausnahmen, und gerade deshalb ist es so wichtig, dass wir diese Strömungen stärken und unterstützen. Sonst gewinnt die Kontrolle, das Denken, überhand. Die glauben tatsächlich, die Gedanken erschaffen die Realität, wie hochmütig kann man sein? Können Gedanken Babys zeugen? Also. Die Zeit ist reif, dass wir uns treffen, wir sind seit langer Zeit verabredet. Deine Unzufriedenheit, deine Wut auf bestimmte spirituelle Lehrer, dein Treffen im Kino, der Besuch in der anonymen Gruppe. All das hat dich zu uns geführt.«

Gertrud fuhr herum. Ihre Augen wurden schmal. »Woher weißt du das?«, fragte sie mit scharfer Stimme. »Manipulierst du mich? Hast du all das bewirkt?«

Akasha lachte.

»Erinnerst du dich an das, was ich dir über die Kugel gesagt habe? Ich kann nichts bewirken, nicht so. Was sollte ich denn mit dir, wenn ich dich so leicht lenken könnte? Dann bräuchten wir dich wohl nicht, oder?« Sie strich Anubis über den Kopf.

»Aber das tun wir«, fügte sie leise hinzu. »Sehr.«

Gertrud verließ das Haus, ungläubig, verwirrt. Sie schloss sachte das Hoftor hinter sich. Gnadenhof für Kuscheltiere. Sie würde ja sehen, ob er morgen noch da war, wenn sie ausgeruht und nüchtern danach schaute. Morgen war Samstag, und sie hatte frei.

Sie tappte nach Hause, todmüde. Als sie sich ins eiskalte Bett legte, ungeborgen wie immer, fasste sie einen Entschluss. Sie hasste es, Entscheidungen zu treffen, sie hatte überhaupt keine Lust, Verantwortung für irgendeine Veränderung zu übernehmen. Aber Tiere zu versorgen ergab so viel mehr Sinn als das, was sie zurzeit tat. Sie hatte die Nase voll von Menschen, sie sollte es tatsächlich für eine Weile mit Tieren probieren. Wenn es diesen Hof morgen noch gab, ob mit oder ohne mysteriöse Energiekugel, dann würde sie dort zu arbeiten beginnen. Zunächst ohne ihre Wohnung aufzugeben, doch vielleicht war es tatsächlich Zeit für den nächsten Schritt. Akasha. Sie war komplett durchgeknallt, diese Frau, aber auf eine wunderbare, belebende Weise. Und sie liebte Anubis, es wäre schön, ihn jeden Tag um sich zu haben. Isis. Das war wirklich verrückt. Was wusste sie eigentlich über Isis? Sie schloss die Augen und bat darum, ihre Energie spüren zu dürfen. Wenn sie das mit Engeln konnte, dann wohl auch mit einer altägyptischen Göttin. Entweder es gab diese Energien, dann sollte sie sie wahrnehmen können, oder sie bildete sich im großen Stil etwas ein. Auch dann sollte es funktionieren.

Auf einmal wurden ihre Füße warm, und es war, als strömte Leben in ihren Körper, besonders aber in ihr Herz zurück, und wenn das nicht verfrühte Klimakterium-Hitzewallungen waren, dann wachte gerade etwas in ihr auf. Bilder, Gedanken, Ahnungen und Gefühle durchblitzten ihre Aura, verbrannten den emotionalen Staub, der sich angesammelt hatte, der altvertraute Schmerz im linken Fußzeh zuckte auf.

»Geh deinen Weg«, hörte sie auf einmal eine klare innere Stimme sagen, »es ist alles in Ordnung, alles ist, wie es sein soll, geh jetzt weiter.«

Gertrud schlug die Augen auf, ihr Herz raste. Es war alles in Ordnung? Das sollte eine Ordnung sein?

»Nein«, sagte sie zunächst leise, dann laut. »Nein. Da mache ich nicht mit. Das ist nicht in Ordnung. Das ist einfach nur Scheiße.«

4

»Hey, das ziept!« Gertrud knuffte ihre Schwester und entriss ihr die Bürste. »Jetzt bist du dran.«

»Kann ich was für deine Drahthaare?« Klara lachte zärtlich und küsste sie auf den Kopf. Dann warf sie ihr eigenes Haar auf den Rücken und vertraute sich Gertruds Friseurkünsten an.

»Du kannst das so gut, du solltest unbedingt einen Beruf daraus machen«, sagte Klara zum wiederholten Male, und es stimmte. Gertrud liebte es, mit der Bürste durch die mausbraunen Strähnen ihrer Schwester zu fahren und sie zum Glänzen zu bringen. Sie selbst hatte eindeutig das schönere Haar, üppig und dunkelbraun ringelte es sich um ihre Schultern. Es war kein bisschen drahtig, sondern fest wie schimmernde Seide. Ihr Zimmer wirkte jetzt schon wie ein Schönheitssalon. Gertrud hatte von ihrer Großmutter eine Frisierkommode, ein uraltes Ding, erbettelt, als diese nach dem Tod des Großvaters zu ihnen gezogen war. Nicht antik, sondern einfach alt. Doch mit dem dreiteiligen Spiegel und den vielen Schubladen, mit der zersprungenen Marmorplatte und den noch intakten Echthaarbürsten verströmte sie das Flair vergangener Bälle und Feste. Sie sah in Gedanken immer ihre junge Großmutter vor dieser Frisierkommode sitzen, die sich für den Ball aller Bälle zurechtmachte, den Ball, bei dem sie ihren Traumprinzen treffen sollte, ihren Großvater.

»Schatz, du träumst, das war einfach ein Feuerwehrball, ich wollte noch nicht mal hin, du verwechselst mich mit

Aschenputtel! Das Wort ›Ball‹ ist viel zu groß, es war ein Tanztee, nachmittags, so spektakulär wie ein Kirchenbasar«, sagte ihre Großmutter jedes Mal, wenn sie mit riesigen Augen an ihren Lippen hing und die Geschichte zum hundertsten Mal hören wollte. »Ich bin nur einer Freundin zuliebe mitgegangen, sie hatte einen jungen Mann kennengelernt und durfte nicht allein aus dem Haus, natürlich nicht. Ich war die Anstandsdame, wenn du so willst. Die Tanzerei dauerte von drei bis fünf Uhr, und das Auffälligste, dass ich trug, war eine gelbe Blume im Haar. Nicht mal eine Rose, sondern ein Löwenzahn.«

»Aber dabei hast du den Mann deines Lebens kennengelernt«, seufzte Gertrud, und ihre Augen wurden glasig. Das Mädchen ist entschieden zu romantisch, dachte die Großmutter besorgt und besprach sich mit ihrer Tochter. »Halt das Kind unter Verschluss«, riet sie ihr, »sie glaubt an die einzig wahre, große Liebe, und das ist in ihrem Alter gefährlich. Sie wird auf den ersten Jungen hereinfallen, der sich auch nur ein wenig mit jungen Mädchenherzen auskennt.«

Doch Gertrud konnte man nicht unter Verschluss halten, erkannte ihre Mutter schnell. Wo sie ging und stand, erregte sie Aufmerksamkeit. Sie war klug, witzig, schön und vor allem so sprühend lebendig, dass sie jeden Raum veränderte, wenn sie anwesend war. Ihre Schwester Klara betete sie an.

»Ich wäre deine Dauerkundin«, sagte sie nun. »Wenn ich erwachsen bin, werde ich auch so schön sein wie du, hoffe ich. Dafür wirst du sorgen, nicht wahr?«

Gertrud legte die Bürste zur Seite und umarmte ihre Schwester.

»Ich werde alles tun, was in meiner Macht steht, damit du glücklich wirst«, sagte sie ernst, es klang weniger wie ein Versprechen als wie ein Schwur. Der Unterschied zwischen den Schwestern hätte nicht größer sein können. Gertrud war schlank, hochgewachsen, mit Kurven an den richtigen Stellen, mit großen, blauen Augen, die einen atemberaubenden Kontrast zu ihrem dunklen Haar ergaben. Die Jungs standen Schlange, um mit ihr auszugehen, trotz des äußerst wachsamen Auges ihrer Mutter. Klara dagegen war kleiner, ätherisch, als wäre sie gar nicht anwesend. Verhuscht und schüchtern. Ihr Blick verschleiert, sie war nicht wirklich greifbar, konnte in der Welt der coolen und aufmüpfigen Teenager nicht mithalten. Sie spielte klassische Musik auf ihrer Geige, was auch nicht zu einem positiven Image beitrug. Die Klamotten, ihr ganzes Gehabe – sie schien nicht von dieser Welt zu sein und nervte oft durch ihre Empfindlichkeit. Allzu oft brach die Familie Tagesausflüge ab, weil es Klara schlecht wurde – von all den Menschen, sagte sie, doch natürlich hatte sie einfach nur zu rasch zu viel süßes Zeug in sich hineingestopft, davon waren die Eltern überzeugt. Gertrud verstand sie, auch wenn sie selbst aus ganz anderem Holz geschnitzt war. Wenn sie jemand nervte, hatte sie immer eine rotzige Antwort parat. Oft genug beschützte sie ihre Schwester auf dem Schulhof, und sie wurde nie müde, sie auch vor ihren Lehrern zu verteidigen.

»Ihr müsst unabhängiger voneinander werden«, mahnten die Lehrer oft, »Gertrud, du beschützt deine Schwester zu sehr, sie muss lernen, für sich selbst einzustehen«. Doch Gertrud war nicht sicher, ob das stimmte, und wehrte sich energisch, als sie sie in unterschiedliche Klassen stecken wollten. Zum Glück erkannten und schätzten die Eltern ihre innige Liebe zueinander und sorgten dafür, dass sie zusammenbleiben durften.

Sechzehn Jahre alt waren sie beide, zweieiige Zwillinge. Die Namen Klara und Gertrud waren seltsam altmodisch, die Namen ihrer beiden Großmütter. »Die Mädchen haben eine Chance verdient, geben wir ihnen einen zweiten Namen, damit sie wählen können«, hatte ihre Mutter entschieden. Doch beide hatten, sowie sie sprechen konnten, darauf bestanden, mit den Namen ihrer Ahninnen gerufen zu werden. »Trud!« hatte das kleine Gertrudchen, deren Zweitname Ariane lautete, protestiert, wenn eine wohlmeinende Freundin ihrer Mutter sie mit dem klangvolleren Namen ansprach. Und »Kala!« schrie ihre Schwester hinterher, wenn besagte Freundin ihr über das Gesichtchen strich und sie »meine kleine Laetitia« nannte.

Gertrud war die um eine halbe Stunde ältere, doch es schienen Jahre zwischen ihnen zu liegen. »Ich wollte einfach nicht raus aus dem Bauch«, lachte Klara manchmal, doch es war ihr bitterernst. Sie war überhaupt nur mit auf die Erde gekommen, weil Gertrud vorausgegangen war, das hatte sie einmal geträumt, und sie bestand darauf, dass es stimmte. Auch Gertrud spürte, dass sie eins waren, als wären sie siamesische Zwillinge, sie teilten sich einen Seelenstrahl. Gertrud hatte mehr Energie im Körper, als wäre sie der Teil mit dem Herz und den Nieren. Doch dafür war Klara feinfühlig, konnte die Aura der Menschen sehen, auch wenn ihre Eltern das bei aller Liebe weder glaubten noch guthießen. Sie gehörten zusammen, und sollten sie sich jemals trennen, würden sie ihre Energien sorgfältig auseinandersortieren müssen, damit keine einen Mangel erlitt. Auf hoher seelischer Ebene war das ganz einfach und klar, sie waren in Liebe und mit ihrem Seelenstrahl verbunden, mehr als Seelengeschwister, tatsächlich wie siamesische Seelenzwillinge. Klara las alles darüber, was sie in die Hände bekam, doch noch nie hatte sie von einer so innigen Verbindung gehört. Es war, als hätte eine Seele zwei Körper gebildet und sich dabei aufgeteilt, nur zusammen waren sie ganz.

So sehr sich die Eltern vor Gertruds erster Liebe fürchteten, so sehr sehnten sie sie für Klara herbei. »Damit sie auf die Erde kommt und ein normaler Teenager wird«, lachten sie oft und meinten es liebevoll. Das Einzige, was Klara zum Leuchten brachte, war Musik. Und der Anblick von Gertruds erstem Freund.

»Kommt er heute?«, fragte sie nun und griff zu einem rosa Lippenstift. Zum ersten Mal in ihrem Leben. Gertruds Schminkutensilien waren sorgfältig auf der Marmorplatte aufgereiht, sie verwendete jeden Pfennig ihres Taschengeldes für Kosmetik und billiges Parfüm.

»In zehn Minuten«, lachte Gertrud glücklich. Er war zwei Klassen über ihr, also schon achtzehn, und sie hatten sich auf dem Schulhof kennengelernt. Seit drei Wochen nun waren sie offiziell ein Paar, gingen miteinander. Sie trugen Freundschaftsbändchen und verbrachten jede Pause miteinander, waren so innig, dass ihre Freundinnen bereits zu jammern begannen. Er hatte sie natürlich schon geküsst, aber weiter war nichts vorgefallen.

»Und was macht ihr?«, fragte Klara und tuschte sich die Wimpern, ungeübt, weil sie es normalerweise ablehnte, ihr Gesicht mit Farbe zu beschmieren. Gertrud nahm ihr das Bürstchen aus der Hand und half ihr, schaute ihr ins

Gesicht und stutzte. Die Wirkung war spektakulär, wundervoll lange und dichte Wimpern umrahmten auf einmal Klaras Augen und brachten sie zum Leuchten.

»Auf der Stelle färbst du dir die Wimpern, ich bezahle es dir«, befahl Gertrud und lachte, doch sie war ernsthaft bestürzt. »Der Unterschied ist wirklich der Hammer, jetzt weiß ich erst recht, was ich später machen will! Ich gebe den Frauen die innere Göttin zurück. Ist alles schon in meinem Kopf. Frag mich nicht, woher das kommt. Und du spielst Geige und gibst allen Menschen die Freude wieder.«

Sie streichelte Klara mit der Puderquaste, gab einen Hauch Rouge auf ihre Wangen. Es war unfassbar, wie sehr sich Klaras Gesicht durch ein wenig Farbe veränderte.

»Wir gehen übrigens ins Kino.«

»Kann ich mit?« Klara schlug sich die Hand auf den Mund. »Nein, entschuldige, das war unmöglich. Ich häng mich doch nicht an euch dran wie ne kleine Schwester. Vergiss es.«

»Doch. Klar kommst du mit. Ich lass dich nicht im Stich, bestimmt ist es ihm recht. Und wenn nicht, dann hat er Pech gehabt. Warte …« Sie stäubte graublauen Lidschatten auf die äußeren Augenwinkel. Dann hantierte sie mit einem Kajalstift.

»So. Fertig. Schau mal.«

Die Verwandlung hätte nicht drastischer sein können. Saphirblaue Augen strahlten, ihr Gesicht wirkte zart wie das einer Puppe. Sogar das sonst so fahle Haar leuchtete.

Vielleicht hätten sich die Dinge anders entwickelt, wenn Gertrud aufmerksamer gewesen wäre, dachte sie später oft. Wenn sie früher bemerkt hätte, dass ihre Schwester rettungslos in ihren Freund verknallt war. Wenn sie nicht so sehr am Konzept der einzig wahren Liebe festgehalten hätte, und wenn sie selbst nicht so unerbittlich romantisch gewesen wäre.

Und nicht so begeistert davon, wie hübsch ihre Schwester auf einmal war. Als er kam, ihr Freund, schenkte er Klara diesen Blick, der schönen Mädchen wohl vertraut war, weil sie ihn andauernd ernteten. Er bedeutete gar nichts, zollte den Mädchen lediglich die übliche männliche Anerkennung und Hochachtung. Für Klara aber war es der Blick, der sie von einer grauen Maus in eine Prinzessin verwandelte. Und weil Gertrud selbst so glücklich über Klaras Schönheit war, bemerkte sie nicht, wie diese ihrem Freund heillos verfiel. Es war natürlich gar kein Wunder, dass sich Klara in denselben Mann verliebte wie Gertrud, teilten sie sich doch eine Seele. Hätten sie es ahnen können? Hätten sie anders damit umgehen können? Wahrscheinlich nicht mit sechzehn.

Sie gingen ins Kino, alle drei. Gertrud behandelte Klara wie immer mit zärtlicher Nachsicht, ganz so, als wäre sie tatsächlich ein paar Jahre jünger. Sie machte ihren Freund auf Klaras riesige Augen aufmerksam, als hätte sie sie erfunden, erntete Anerkennung für ihre Schminkkünste und bemerkte nicht, dass sich seine Aura veränderte, die Art, wie er Klara anschaute. Und selbst wenn sie es bemerkt hätte – niemals würde sie mit Klara in Konkurrenz geraten, das wäre ja, als träte sie gegen sich selbst an. Sowieso nicht, weil sie an die einzigartige, echte Liebe glaubte. Wenn er eine andere anschaute, dann war er nicht ihr wahrer Seelengefährte. Sie brachten Klara nach Hause, fuhren auf einen Waldparkplatz und machten es sich noch ein wenig im Auto bequem.

»Lass mich dich anfassen«, bat ihr Freund, und weil er auch »Ich liebe dich« sagte, weil der Film so romantisch gewesen war und weil sie ihm vertraute, erlaubte sie ihm, ihr den Slip auszuziehen, sie zu küssen, mit seinem aufgerichteten Penis ihre feuchte Mitte zu berühren. Als er in sie eindringen wollte, schob sie ihn sanft zurück und griff nach ihm, rieb ihn vorsichtig und ungeschickt.

»So«, sagte er und zeigte ihr, wie er von ihr angefasst werden wollte. Nach wenigen Momenten begann er zu stöhnen, küsste sie heftiger und versuchte, mit dem Finger in sie einzudringen.

»Nicht«, murmelte sie, dann kam er, und ihre Hand wurde klebrig. Er griff nach unten, streichelte ihre Hand, berührte sie zwischen den Beinen, teilte ihre zarten unteren Lippen und berührte sie an ihrer empfindlichsten Stelle. »Ich will, dass du auch kommst«, flüsterte er und drang sehr liebevoll und zärtlich ein wenig mit dem Finger in sie ein, nur einen Zentimeter. Sie wurde sehr feucht und begann, sich lustvoll zu bewegen, fasste sein Handgelenk und zog ihn tiefer in sich. Ihr Herz drohte fast zu zerspringen, so aufgeregt war sie, war es das, wovon alle redeten, hatte sie jetzt Sex? Er zog seinen Finger zurück und massierte zart ihre Mitte, ihren empfindlichsten Punkt, den, den sie so gern unter der Dusche spürte. Das hier war besser als der Wasserstrahl. Auf einmal spürte sie dieses Gefühl, das sie schon kannte und das sie zum Weitermachen drängte. Sie wölbte sich ihm entgegen, soweit das auf dem Rücksitz möglich war, und bat ihn, nicht aufzuhören, und flüsterte seinen Namen, als sie zu beben begann. Als sie kam, schob er seine feuchten Finger tief in sie hinein, berührte sie beinah am Muttermund, und ein tiefes, dunkelrotes Leuchten breitete sich in ihrem Unterleib aus.

Er hatte nicht verhüten und dennoch mit ihr schlafen wollen, dachte sie, und ein Jauchzen stieg in ihr auf, er liebte sie wirklich. Ganz sicher wollte er eine Familie mit ihr, nicht jetzt, aber irgendwann. Sonst hätte er doch wohl ein Kondom benutzt.

Und dann ging alles sehr schnell. Ihre Periode blieb aus, ihr wurde morgens schlecht, ihre Mutter besorgte einen Test, und keiner glaubte ihr, dass sie nicht mit ihm geschlafen hatte, also gar nicht schwanger sein konnte. Aber sie war es, und als ihr Freund es erfuhr, brüllte er sie an.

»Mit mir willst du nicht schlafen, aber mit anderen bumst du rum?«, schrie er und war so in seiner Ehre gekränkt, dass er nichts mehr mit ihr zu tun haben wollte.

»Nein, natürlich nicht«, sagte sie, doch er war nicht zu überzeugen. Er rannte aus ihrem Zimmer und traf Klara auf dem Flur. Mit großen Augen, wie hypnotisiert – oder verzaubert – stand sie auf einmal vor ihm, er prallte beinah gegen sie. Gertrud stürzte ihm hinterher, wollte ihn aufhalten.

»Ich habe wohl der falschen Schwester vertraut«, sagte er zu Klara und strich ihr so sanft über das Gesicht, dass sich Klara am liebsten in seine Hand hineingeschmiegt hätte. Sie schloss die Augen, genoss den Kontakt.

Alles verlangsamte sich, der Moment dehnte sich aus. Das Schicksal hielt den Atem an.

Wäre Klara nicht so verliebt gewesen, hätte sie ihrer Schwester bestimmt die Treue gehalten. Wäre dieser Mann nicht der erste und einzige gewesen, der sie auf diese Weise angeschaut hätte, dann hätte sie gelacht und ihn energisch in Gertruds Zimmer zurückgeschoben. Doch ihre Seele hatte das Durcheinander der Hormone vollkommen unterschätzt, natürlich, sie kannten es ja nicht, dieses völlige Gebanntsein durch Liebe, durch Verlangen, durch das Leben, das sich ausdrücken und Raum schaffen wollte. Sie waren nun mal zwei, nicht eins, auf der Erde herrschte biologische Trennung. So, wie siamesische Zwillinge vollkommen unterschiedliche Seelenkräfte haben konnten, so konnte offensichtlich eine Seele zwei völlig verschiedene Menschen bilden – damit hatte niemand auf hoher Ebene gerechnet, weder ihre Schutzengel noch ihre Seele selbst. Multidimensional, das war sie nun einmal.

Und so antwortete Klara: »Ja, das hast du«, und glaubte es fast selbst. »Ich bin hier, wenn du mich suchst«, fügte sie hinzu und küsste ihn auf den Mund, als würde sie jeden Tag wütende Männer besänftigen. Er griff nach ihrer Hand und zog sie mit sich aus der Wohnung, in der er sich so schändlich verraten wähnte. Von diesem Moment an waren sie ein Paar – und Gertrud blieb zurück.

Sie stürzte keuchend in ihr Zimmer, weinte eine halbe Stunde lang, dann fasste sie einen heroischen Entschluss. Sie konnte beide verlieren oder nur ihn. Sie hatte die Wahl, Klara zu vergeben.

Klara dachte nicht darüber nach, ob Gertrud tatsächlich von ihrem Exfreund schwanger war oder nicht, es spielte keine Rolle. Gertrud war so zauberhaft, so schön, so strahlend, sie würde sofort einen anderen Mann finden. Aber sie, Klara, hatte nur diese eine Chance. Gertrud hatte

Prince Charming zu ihr geführt, und wenn sie diese Chance nicht ergreifen würde, dann bliebe sie allein, davon war sie überzeugt. Auch sie hatte genau zugehört, wenn ihre Großmutter über Liebe sprach, und sie wusste, wenn man diese eine große Liebe spürte, dann sollte es so sein. Und so kam es ihr sehr gelegen, dass ihr Prinz an Gertrud zweifelte. Ihr selbst war es einfach nicht wichtig, von wem das Kind war, sie verurteilte ihre Schwester sowieso nicht. Hätte er ihre Schwester tatsächlich und aufrichtig geliebt, dann würde auch er Gertrud nicht verurteilen, dachte sie. Sie war so glücklich und verblendet, mit diesem wunderschönen Jungen zusammen sein zu dürfen, dass sie Gertruds Schmerz nicht bemerkte. Das konnte sie auch gar nicht. Denn gegen jede Wahrscheinlichkeit ging Gertrud völlig auf in dieser Schwangerschaft, als hätten ihr Körper und ihr Herz nur auf dieses Kind gewartet. Beinah war es, als brauche sie den dazugehörigen Mann gar nicht mehr.

Was natürlich nicht stimmte. Doch sie sah auch, wie glücklich ihre Schwester war. Und weil sie so romantisch war, weil sie an Märchen glaubte und an das Gute, weil sie glaubte, dass am Ende die Liebe siegte, ließ sie los.

Sie bekam das Kind. Sollte Klara den Mann behalten. Sie waren Schwestern, Zwillinge. War eine von ihnen glücklich, war es die andere auch. Und so vergab sie Klara, segnete ihre Verbindung mit dem Vater ihres Kindes schweren Herzens und fühlte sich doch wie befreit.

Alles schien gut zu werden, doch Klara begann, sich zu verändern. Sie begann, sich stärker zu schminken, als es Gertrud je getan hätte, färbte sich mit ihren sechzehn Jahren das glatte, feine Haar platinblond. Die Wirkung war spektakulär, engelsgleich schwebte sie auf einmal über den Schulhof, wurde beliebt, ein Star.

Gertrud flog nicht von der Schule, die Zeiten waren vorbei, aber ihre Freundinnen wandten sich ab. Sie wurde dicker, interessierte sich auf einmal für Schwangerschaftsgymnastik und nicht mehr für den Schultratsch oder coole Klamotten. Es machte ihr nichts aus, sie war ganz erfüllt von ihrem Baby und ihrem Traum, später ein eigenes Kosmetikstudio zu eröffnen – auch wenn die Ausbildung nun noch ein wenig verschoben werden musste. Ihre Mutter hatte sich bereits angeboten, ihr Enkelchen tagsüber zu hüten, während Gertrud ihre Ausbildung machte. Und doch. So ganz und gar ins Abseits geschoben zu werden, einfach so, schmerzte mehr, als sie es sich eingestehen wollte.

Klara wurde uneingeschränkte Herrscherin auf dem Schulhof, sie hatte auf einmal den richtigen Look und den richtigen Freund. So albern und absurd es auch klang, im unerbittlich coolen Reich der Teenager war es so einfach. Diese bescheuerten Teenagerkomödien, diese Hässliches-Entlein-Geschichten basierten schlichtweg auf dem, was tatsächlich stattfand.

Es war leicht, Klara zu lieben. Sie bemühte sich so sehr zu gefallen, war dabei so anschmiegsam und süß, dass sich ihr Prinz tatsächlich oft fragte, ob er nicht mit ihr die bessere Wahl getroffen hatte. Und so blieb er, sonnte sich in ihrer Bewunderung und in ihrem neuen Glanz, verstärkte ihn, und als er zum ersten Mal mit ihr schlief, verliebte er sich tatsächlich in sie. Gertrud war vergessen, das Kind, das in ihrem Bauch wuchs, war sowieso nicht von ihm.

Klara tat, was die beiden Mädchen niemals erwartet hätten und was, wenn überhaupt, dann nur mit sehr viel Liebe und Achtsamkeit hätte geschehen dürfen – sie trennte sich von Gertrud ab. Sie zog ihre Seelenkraft zu sich, so viel, wie sie nur bekommen konnte. Unbewusst geschah das, natürlich. Gertrud war sehr mit der inneren Versorgung ihres Kindes beschäftigt, ging auf im Mutterwerden. Klara erlebte sich als Geliebte, als angebetete Göttin. Und so spaltete sich die weibliche Energie der Seele auf, trennte sich in die Mutter und in die Geliebte. Weil Gertrud Mutter wurde, war ihr Körper intensiv mit Erdkraft versorgt, und weil Klara so ätherisch und feinfühlig war, wenn sie nicht gerade mit ihrem Aussehen und ihrer Verliebtheit beschäftigt war, strömten die feinstoffliche Kraft und die Hellfühligkeit zu ihr. So zersplitterte die Einheit, die die beiden Schwestern bildeten, sie fielen auseinander, teilten sich in zwei Hälften, die von nun an allein klarkommen mussten – und es war, als wären auch sie aus dem Paradies vertrieben worden. Wahrscheinlich aus ähnlichen Gründen wie Adam und Eva.

An ihrem siebzehnten Geburtstag, Ende Februar – natürlich waren sie im Zeichen der Fische geboren worden, und der Wunsch nach Verschmelzung, nach Einheit, beherrschte ihrer beider Leben –, Gertrud war im fünften Monat, ließ Klara die Bombe platzen.

»Ich werde Kosmetikerin«, verkündete sie und zeigte den Vertrag, mit dem sie an einer Berufsfachschule angenommen worden war. Ihre Eltern waren stolz auf sie, ergriff sie doch die Initiative und übernahm Verantwortung für ihr Leben.

Gertrud erstarrte. Das war ihr Traum, und auch wenn sie ihn nun durch die Schwangerschaft verschieben musste, so war ihr Weg doch klar vorgezeichnet. Natürlich verstand niemand ihren Zorn. Konnten nicht beide Kinder die gleiche Ausbildung absolvieren, sich irgendwann gar gemeinsam selbstständig machen? War das nicht einfach herzig, wie Klara ihrer Schwester folgte, wie sie sich von ihr inspirieren ließ? Und waren sie als Zwillinge nicht sowieso für Ähnliches begabt?

»Und deine Musik gibst du einfach auf?«, zischte Gertrud ihr zu, als sie gemeinsam die Kerzen der Torte ausbliesen. Es war die letzte Torte, die sie zusammen aufschnitten.

Klara lächelte nur, dieses träge, zufriedene Lächeln, das sie auf einmal an- und ausknipsen konnte. Es war, als sei sie verhext.

Gertrud sprach mit ihren Eltern, bat sie, zu ihrer Tante ziehen zu dürfen, weil sie, wie sie sagte, ein schlechtes Vorbild für Klara abgab. Die Schule würde sie wechseln, sie hatte das Getuschel satt. Die Eltern, die besonders Klaras Veränderung mit einer Mischung aus Sorge, Freude und einem Schmunzeln betrachteten – das Kind kam spät, aber dafür umso heftiger in die Pubertät, und solange sie gut in der Schule blieb, war alles in Ordnung –, unterstützten Gertrud und erlaubten es ihr. Die Tante, eine Schwester ihrer Mutter, liebte Gertrud aus ganzem Herzen, schon immer hatten sie sich sehr gut verstanden. »Bei ihr finde ich die nötige Ruhe«, erklärte Gertrud, und auch das verstanden die Eltern. Waren sie froh, dass sie ihre halbwüchsige, schwangere Tochter in die Obhut einer anderen geben konnten? Vielleicht. Doch es klang so vernünftig, einfach wie eine sehr gute Idee. Und das war es auch.

»Wir sind immer für dich da«, versprachen sie.

In der Nacht, bevor sie auszog, schrieb Gertrud Klara einen Brief:

»Ich liebe dich mehr, als ich sagen kann, du bist mein Fleisch, mein Blut, und unsere Seelen sind eins. Ich will, dass du glücklich bist, und wenn du das mit ihm sein kannst, dann werde es, doch ich kann dich nicht länger in meinem Leben ertragen. Ich weiß, dass alles richtig ist, wie es ist, und doch schmerzt es mich unsagbar. Meine geliebte Schwester, ich lass dich gehen, indem ich gehe. Werde du auf deine Weise glücklich, und ich werde es auf meine. Behalte die Frisierkommode, ich brauche sie nicht mehr.«

Theatralisch und romantisch, so klang es, und so war es auch gemeint – ihre Großmutter hatte recht. Sie war siebzehn Jahre alt, selbstverständlich führte sie ein Drama auf, was sonst?! Doch niemand griff ein, denn durch ihre Schwangerschaft wurde sie auf einmal wie eine erwachsene Frau behandelt, und ihre Eltern respektierten jede ihrer Entscheidungen.

»Bald bist du Mutter, dann bist du für ein kleines Wesen verantwortlich, wir sagen dir nicht mehr, was du zu tun oder zu lassen hast«, sagten sie und meinten es gut, wollten das Richtige tun. Und so zog sie aus, verließ die Stadt und fand bei ihrer Tante Unterschlupf.

Sie bekam ihr Kind, war zu ihrer eigenen Überraschung überglücklich mit ihm, obwohl sie bei seiner Geburt selbst gerade erst siebzehn war. Frederik hatte sie seitdem nie wieder gesehen, sie verschwieg seinen Namen und ließ »Vater: unbekannt« in die Geburtsurkunde eintragen.

Wenn sie das in den Augen der anderen zur Hure machte, sollte es ihr recht sein.

Sie war eine glückliche Mutter, doch mit ihrem eigenen Leben ging es bergab. Sie vermisste ihre Eltern und ihre Schwester mehr, als sie sagen konnte. Die Eltern versuchten, sie an Weihnachten und an ihren gemeinsamen Geburtstagen zu versöhnen, doch die Schwestern vermieden den Kontakt. Sie waren viel zu jung, um die Situation zu meistern, und ihre Eltern hielten sich raus, glaubten, dass sie schon von allein zur Vernunft kommen würden. Sie freuten sich darüber, Großeltern zu sein, weil alles Leben in dieser Familie willkommen war, doch sie respektierten Gertruds Wunsch, bei ihrer Tante zu wohnen. Schon immer hatten sie ein ganz besonderes Verhältnis gehabt, und so spaltete sich die Familie.

Von außen betrachtet wirkte es wie eine Verkettung unglücklicher Umstände, und an jedem Punkt hätte ihr Geschick möglicherweise geändert werden können. Doch vielleicht auch nicht.

Wenn, wenn, wenn, dachte Gertrud, während sie im Bett lag und einzuschlafen versuchte. Wenn Klara nicht begonnen hätte, ihr, Gertruds Leben, zu leben, wenn sie nicht so verzweifelt probieren würde, zu sein wie sie und doch ganz anders …

Lange hatte Gertrud versucht, Frieden zu finden und ihr Herz offen zu halten. Doch je erfolgreicher Klara wurde, je häufiger sie als Vorbild galt – »Kind, wolltest du nicht auch Kosmetikerin werden und einen Laden eröffnen?! Schau, Klara kann es doch auch …« – desto größer wurde ihr Groll.

Warum hatte sie sich nicht unabhängig gemacht? Warum war sie nicht ihren eigenen Weg gegangen? Weil, so verrückt es in ihren eigenen Ohren auch klang, Klara einen wesentlichen Teil ihrer Seele mit sich gerissen hatte, ganz einfach. Es tönte wie eine billige Entschuldigung. Doch Gertrud spürte, dass ihr etwas fehlte, dass ihr ein großer Teil ihrer eigenen Magie abhandengekommen war. Ihr Strahlen, ihr Zauber war dahin gewesen, noch bevor sie ihn überhaupt hatte entfalten konnte. Ihre Weiblichkeit. Was hätte sie anderen Frauen schon zu geben? Wozu sollte sie eine Ausbildung zur Kosmetikerin machen, wenn sie ihre eigene Schönheit längst nicht mehr spürte? Welches Funkeln sollte sie vermitteln? Welche Göttin wollte sie in den Kundinnen erwecken, wem wollte sie etwas vormachen? Sie hätte sich um Kinder kümmern können, hatte sie doch den Mutter-Anteil ihrer Seele voll und ganz bei sich, doch darauf kam sie nicht. Und es war auch nicht Teil des Weges ihrer Seele.

Und dann, Ende der Neunziger, boomten sowohl die Wellness- als auch die Esoterikbranche, Klara passte mit ihrem Engelsgesicht perfekt dazu, bediente beide Trends, sie nannte sich auf einmal Donna und begann, schlaue Texte herzubeten. Als hätte nicht Gertrud den seelischen Preis für ihren Erfolg bezahlt. AngelFace, Klaras Kosmetikstudio, wurde vor allem dank Frederik, der Gertruds unterstützende und schützende Funktion voll und ganz übernommen hatte, überaus erfolgreich, und Gertrud schaute vom Rand aus zu, wie sich Klaras Leben in aller Schönheit entfaltete.

Sie war unfassbar wütend. Nicht darauf, dass sie ihr den Mann genommen hatte. Das kam vor. Wenn Frederik sie nicht liebte, dann brauchte sie ihn sowieso nicht, und sie und ihr Sohn kamen gut allein klar, danke schön. Es war seine Verantwortung, er war gegangen, weil er es nicht fassen konnte, Vater zu werden. Nein, Gertrud war wütend auf die Art, wie sehr Donna ihre Verbindung verleugnete, wie sie allein all das lebte, was sie sich zusammen hatten aufbauen wollen. Wie sie Gertrud einfach so aus ihrem Leben gestrichen hatte, ohne dass es sie zu schmerzen schien.

Sie war Mutter, doch nie wieder gab sie sich ernsthaft einem Mann hin, nie wieder verliebte sie sich. Sie machte eine Ausbildung, die sie nicht interessierte, zog, als die Tante einen neuen Mann kennenlernte, mit ihrem Kind in eine eigene Wohnung, arbeitete viele Jahre lang viel zu viel, um ihren Sohn großziehen zu können, wurde krank, erhielt ihre Kündigung, entschied, übergangsweise putzen zu gehen, damit sie sich ihre Arbeitszeiten einteilen konnte. Und da blieb sie hängen. Ab und zu traf sie einen Mann, natürlich, sie war ein biologisches Wesen. Doch sie achtete sehr auf Verhütung, und als sie begann, Toiletten zu putzen, war es auch damit vorbei. Zu viel Aschenputtel, entschieden zu wenig Bälle und schöne Kleider. Den Dreck anderer Menschen wegmachen, das beschrieb bei aller Liebe und Zärtlichkeit sowieso einen Großteil des Mutterseins, dachte sie manchmal, und wenn sie in den Spiegel schaute, dann blickte ihr das gleiche erschöpfte Gesicht entgegen, das sie so oft auf den Straßen entdeckte.

Ihr Sohn war der liebevollste Mensch, den sie sich nur vorstellen konnte, er war einfach großartig, und es war ihr eine einzige Freude, für ihn sorgen zu dürfen. Doch mittlerweile lebte er bereits seit über sieben Jahren nicht mehr bei ihr, es gab überhaupt keine Entschuldigung dafür, dass sie ihr Leben nicht endlich in die eigenen Hände nahm. Aber wer war sie noch, wenn sie nicht Mutter war? Viel war nicht übrig geblieben. Kein Wunder, das ihr Unterbewusstsein ihr im Drogenrausch oder einfach aus Übermüdung idiotische Ideen in den Kopf setzte, wie es das wohl schon immer getan hatte. Als Teenager die Idee, dass sie sich eine Seele mit ihrer Schwester teilte, jetzt die völlig bescheuerte Vorstellung, Isis zu sein. Dabei beschäftigte sie sich nicht einmal mit ägyptischer Mythologie. Am Ende war sie vielleicht einfach nur unfähig, Verantwortung für ihr Leben zu übernehmen und etwas aus sich zu machen.

Und alldem sollte eine Ordnung zugrunde liegen? Wie absurd war der Kosmos?

5

»Wenn ich ganz ehrlich bin, dann würde ich am liebsten ein paar Wochen gar nichts tun, einfach nur kochen, ein paar Löcher in die Luft gucken und nicht gut sein müssen, nicht schön, nicht erfolgreich. Klingt das undankbar?« Donna rekelte sich im Bett, griff zu dem Roman, den sie gerade las. Eine halbe Stunde hatte sie noch. Sie musste dringend duschen, sie fühlte sich irgendwie klebrig, verschwitzt. Eklig. Frederik brachte ihr eine Tasse Kaffee und setzte sich zu ihr.

»Nein, das ist sehr verständlich. Du bist immer perfekt, wie aus dem Ei gepellt, kein Mensch kann das auf Dauer leisten. Was kann ich denn für dich tun?«

Donna nahm die Tasse und atmete den aufsteigenden Dampf ein. »Nichts, mein Schatz, du tust doch schon alles.« Sie hielt ihm die Tasse hin, er nippte daran und gab sie ihr zurück.

»Herzlichen Glückwunsch zum Geburtstag, meine Süße«, sagte er, beugte sich nach vorn und zauberte ein Päckchen unter dem Bett hervor. Als er sich aufrichtete, griff er sich an den Kopf.

»Schwindlig«, sagte er nur und atmete tief durch.

»Du bist immer noch nicht ganz in Ordnung, diese Grippe hatte dich ganz schön erwischt.« Tatsächlich war Frederik vor einigen Monaten zwei Wochen lang schwer krank gewesen, eine Erkältung mit ganz plötzlichem hohen Fieber, die ihn ans Bett gefesselt hatte. Zum Arzt war er nicht gegangen – diese Krankheit war von selbst gekommen, sie würde auch von selbst wieder gehen –, er hatte aber immerhin bereitwillig Salbeitee, Wadenwickel, homöopathische Kügelchen und Tropfen zu sich genommen. All das Handauflegen, das Donna ihm angedeihen ließ, hatte nichts genutzt, es war, als müsse sein Körper da einfach durch. Er hatte sich noch immer nicht ganz erholt, wurde schnell müde, erbrach sich manchmal grundlos, musste nachts öfter auf die Toilette. Donna arbeitete jeden Tag mit ihm, führte ihn durch heilende Lichtmeditationen und reinigte seine Organe mithilfe ihrer beider Vorstellungskraft. Es war in ihren Kreisen ziemlich verpönt, zu einem Schulmediziner zu gehen, als würde man damit ein Versagen eingestehen. Wenn Licht und Liebe nicht heilen konnten, dann hatte man sich noch nicht genug darauf eingelassen, daran glaubten viele, Donna allen voran. Gestern nun hatte Frederik endlich Mut gefasst und sich einem Internisten vorgestellt, Donna hatte er es verheimlicht. Im Laufe des heutigen Vormittages würde er angerufen werden, wenn es einen besorgniserregenden Befund der Blutwerte gab.

Donna nahm das golden eingepackte Geschenk, doch sie öffnete es nicht. Besorgt strich sie Frederik über das Gesicht, er war schweißnass.

»Wie wär's, wenn wir beide einfach abhauen, Angel-Face verkaufen, die Wohnung vermieten und mit dem Wohnmobil durch Norwegen oder Schottland ziehen? Ich brauch neue Impulse, ich kann mich selbst nicht mehr hören. All das Gerede über Licht und Liebe, so sehr ich einst davon begeistert war, so sehr hab ich das Gefühl, da fehlt was. Gestern sagte eine Frau, mit der ich über vegane Ernährung gesprochen habe, wenn wir aufhören würden,

Tiere zu töten, dann würden die Tiere selbst auch aufhören, sich gegenseitig zu jagen. Ist es überheblich, wenn ich sage, diese Leute hätten nichts begriffen? Oder bin ich einfach nicht erleuchtet genug?«

»Sagen wir es so«, antwortete Frederik und atmete wieder normal, »ich finde all die Vorstellungen darüber, wie es wäre, wenn die Menschheit nur endlich erleuchtet wäre, absurd, denn wir wissen nicht, wie das wäre, und die meisten nutzen diese Vorstellung doch nur, weil sie mit dem, was auf der Erde nun mal geschieht, nicht klarkommen.«

»Wie ich selbst ja auch, ich komme mit ganz vielem nicht klar. Und ich weiß nicht, ob ich nicht nur deshalb Licht und Liebe lehre und so dringend verbreiten will, weil ich alles andere gar nicht aushalten kann. Und wer weiß, vielleicht haben sie sogar recht? Weiß ich das?« Donna seufzte schwer. »Mir fehlt was, ein Gen, etwas Menschliches, etwas, das im Menschsein aufgeht und sich wohlfühlt.«

»Und genau das macht deinen Zauber aus, mein Engel«, lächelte Frederik zärtlich.

»Aber es macht mich auch schwach und lebensuntüchtig. Deshalb brauch ich dich so, Liebster.« Donna trank ihren Kaffee aus, dann stand sie auf und schlüpfte in ihre warmen Fellhausschuhe. Sie sah bezaubernd aus, schlank, in einen weißen Seidenpyjama gekleidet. Die riesigen Hausschuhe und die zerzausten blonden Strähnen ließen sie wie eine gestrandete Elfe wirken, und Frederiks Herz schmerzte vor lauter Beschützerinstinkt. Er lächelte ihr hinterher, dann brachte er die Tasse in die Küche. Dieses Gespräch führten sie häufig, und wenn er ganz ehrlich war, dann wusste er sehr genau, dass Donna kokettierte. Sie war viel zu abhängig von der Bewunderung ihrer Fans, als dass sie ihren luxuriösen Schönheitssalon gegen ein Leben in einem engen, unbequemen Reisemobil getauscht hätte, egal, wie großzügig dieses auch geschnitten sein sollte. In der Einsamkeit und Rauheit der schottischen Highlands würde sie eingehen wie eine Primel, denn dort wirkte ihr Zauber nicht. Frederik seufzte, schaute nervös auf die Uhr. Ob wohl ein Anruf seines Arztes kommen würde? Er breitete die Zeitung aus, las das Feuilleton, den Sportteil und ließ sie aufgeschlagen liegen. Donna betrat die Küche, ein nach Weichspüler duftendes Handtuch um die gewaschenen Haare gewickelt. Sie hielt das goldene Geschenk in der Hand und setzte sich, dann wurden ihre Augen groß.

»Das ist ja wundervoll, hast du das gesehen?« Ihr Bild füllte eine ganze Seite der Zeitung aus, darunter stand »Wir lieben dich« und das Logo ihres Kosmetiksalons. Ihr Verlag hatte eine zweite Anzeige geschaltet, und auch Frederik selbst grüßte sie mit einer Annonce. Die gesamte aufgeschlagene Doppelseite würdigte ihren Geburtstag. Sie füllte eine frische Tasse mit Kaffee, stellte auch Frederik einen dampfenden Becher hin. Er öffnete den Kühlschrank und nahm eine Flasche Rosé-Champagner heraus, besorgte drei Gläser. Und wie jedes Jahr füllte er alle drei, stieß mit Donna an. Beide brachten auch das dritte Glas zum Klingen.

»Auf dich und auf Gertrud«, sagte Frederik, und beide schwiegen für einen Moment. »Auf dich, Schwester«, murmelte Donna und trank ihr Glas in einem Zug aus. Dann begann sie, an der goldenen Folie herumzuzupfen. Frederik hatte ein Händchen für Geschenke, und so sehr sie sich auch alles, was ihr Herz begehrte, selbst kaufen konnte, so gespannt war sie, was er ihr diesmal ausgesucht hatte. Immer traf er ihren Geschmack, immer überraschte er sie und schenkte ihr etwas, auf das sie nie gekommen wäre, ohne das sie aber keine Sekunde länger leben wollte, wenn sie es erst in den Händen hielt.

Sie wickelte die Goldfolie ab. Dann stutzte sie. Eine Schachtel, keine Schmuckverpackung, sondern eine simple, graue Pappschachtel. Sie schüttete das Geschenk auf den blank polierten gläsernen Esstisch. Es war Erde. Mit kleinen Muscheln durchsetzte Erde. Sonst nichts. Sie lächelte tapfer und umarmte ihn.

»Du schenkst mir Erdung, das ist lieb von dir!«, sagte sie.

»Ehrlich gesagt, es ist kein Geschenk, sondern eine Bitte. Das ist Erde aus Kalifornien. Ich bin ganz egoistisch – ich will ungeteilte Zeit mit dir verbringen. Lass uns für einen Monat oder so an die Küste zwischen Los Angelos und San Francisco fahren, auch wenn ich weiß, es ist ein großer Schritt für dich und du wirst im Laden gebraucht. Aber weißt du was, ich brauch dich im Moment auch.«

Donna zerkrümelte die Erde zwischen ihren Fingern, ihr wurde kalt.

»Was meinst du denn damit, wieso sagst du nicht einfach, dass wir mal wieder Urlaub machen sollten?«, sagte sie und konzentrierte sich darauf, die Erde zu einer festen Kugel zusammenzurollen. Der plötzlich ausbrechende Angstschweiß ihrer Hände half dabei.

Frederik schwieg eine Weile. Dann lachte er und nahm sie zärtlich in die Arme.

»Dann wär's ja nichts Besonderes«, sagte er, streichelte

ihr über den Rücken und berührte sie genau so, wie sie es am liebsten hatte.

»Lenk nicht ab«, sagte Donna und wand sich aus der Umarmung. »Auch wenn mir deine Ablenkungsmanöver gut gefallen. Was ist los? Meinst du, ich spüre nicht, wenn was nicht stimmt?«

»Ich will nicht, dass du dich zurückgewiesen fühlst. Aber in Kalifornien gibt es einen Heiler, einen total verrückten Schamanen, da will ich hin. Nach Big Sur, an die Küste zwischen Los Angeles und San Francisco, dahin, wo diese ganze Bewusstseins-Bewegung ihren Anfang genommen hat. Es gibt dort ein Institut, 1962 von zwei Aussteigern gegründet. Viele der größten spirituellen und psychologischen Lehrer, die du auch kennst, treffen sich seit den frühen Sechzigern dort und entwickeln neue Methoden, ganz ohne Dogma. Außerdem treffen sich dort Künstler, Musiker, Maler, Heiler, all das Volk, das du so liebst. Es geht dort um Innovation und darum, sich selbst immer wieder ganz neu auszuprobieren. Erinnerst du dich an diese fünf Rhythmen, die du in einem Workshop mal getanzt hast? Weißt du noch, das Langsame, dann das Schnelle, Chaotische, das Fließende und die Stille, die Rhythmen, aus denen, wie die Erfinderin sagte, alles Leben immer wieder neu entsteht? Die wurden dort zum ersten Mal getanzt. Ich hab das Gefühl, das könnte ich brauchen. Etwas stimmt nicht mit mir, und hier komme ich dem Ganzen nicht auf die Spur. Ich habe dort angerufen, und sie haben mir netterweise diese Erde geschickt, direkt aus ihrem Garten. Eine Unterkunft mit Blick aufs Meer haben sie uns bereits reserviert.«

Das Telefon klingelte, gerade als Donna antworten wollte. Frederik hob den Hörer ab, lauschte, sagte »ja«, »nein« und »Ist das Ihr letztes Wort?«

Donna fegte währenddessen die Erde mit den Händen zusammen und füllte sie in die Pappschachtel zurück. Sie wischte sich die schmutzigen Finger an dem Handtuch ab, das sie noch immer um das nasse Haar geschlungen trug. Frederik legte auf, blass und geschockt.

»Was ist los, Liebster? Sprich mit mir, was ist?«

Er ließ sich schwer auf einen Stuhl fallen, begann, stockend zu reden. Bleich vor Anspannung hörte sie zu.

»Und da kann man nichts machen? Warum hab ich nichts gemerkt?« fragte sie nach einer Weile.

»Jetzt muss ich unbedingt nach Kalifornien. Aber letztlich, sagte der Arzt, wird es wohl darauf hinauslaufen, dass ich eine neue Niere brauche. Er hält nichts von Scharlatanen und meinte, ich solle mich bald entscheiden. Meine Nieren versagen. Erinnerst du dich, ich habe den Dachboden ausgeräumt und renoviert, dabei hab ich wohl Mäusekotstaub eingeatmet. Dabei hab ich mich wohl mit etwas angesteckt, irgendein sogenannter Hantavirus, der sich zuerst wie eine Grippe anfühlt. Das Fieber und die Gliederschmerzen, das war meldepflichtig, ich hätte zum Arzt gehen sollen. Jetzt hab ich den Salat.«

Donna räusperte sich, setzte an, verstummte.

»Warten wir's mal ab, vielleicht heilt dich der Schamane. Ansonsten gibt es ja noch …«

Frederik schaute sie scharf an.

»Nein. Auf gar keinen Fall. Wir haben ihr genug genommen. Außerdem ist Gertruds Kind nicht von mir. Anders wäre es nicht zu ertragen.«

Donna zog sich wie in Trance an, föhnte ihr Haar glatt, legte Make-up auf und verließ das Hotel durch den Vordereingang. Heute hatte sie kaum einen Blick übrig für das freundliche Personal. In ihrem Laden angekommen, feierten ihre Mitarbeiter sie, die Geschäftsräume waren märchenhaft mit ihren Lieblingsblumen, dunkelroten und rosa Pfingstrosen, geschmückt. Wer wusste, wo sie diese herhatten?! Es war Ende Februar, sie mussten saumäßig teuer gewesen sein. Hoffentlich hatte Frederik etwas dazu beigetragen, damit ihre Mitarbeiter in den nächsten Wochen nicht nur von Wasser und Brot leben mussten. Es gab bestimmt irgendwo einen Händler, der die Reichen und Spinnerten belieferte, die, die auch im Dezember Spargel haben wollten und im März auf Pfingstrosen bestanden – ökologisch nicht besonders wertvoll. Aber natürlich ein einziger Blüten-Traum. Mechanisch lächelte sie glücklich, bediente ihre Klienten, verbreitete Licht und Liebe, wo sie ging und stand, schenkte Freude und Kraft. Doch sie war innerlich völlig weggetreten. Sie hatte versagt. Ausgerechnet bei dem Menschen, der ihr am wichtigsten war, nutzte all ihre Heilenergie gar nichts. Hätte sie darauf bestehen müssen, dass er zum Arzt ging? Was waren ihre Lehren wert, wenn sie nicht verhindern konnte, dass Frederik wirklich schwer krank geworden war? Sie hatte es ja nicht mal bemerkt! Schwer drückte ihr die Verantwortung auf die Brust. Sie hätte ihn zum Arzt schicken müssen, natürlich. Jede normale Frau hätte darauf bestanden. Gertrud mit Sicherheit. Die Niere, das stand für unterdrückte Trauer. Besonders für die Ahnen. Und für Beziehungen. War er traurig? Vermisste er etwa Gertrud? Seinen Sohn? Im Gegensatz zu Frederik war Donna mittlerweile davon überzeugt, dass Gertrud sein Kind ausgetragen hatte, sie kannte ihre Schwester. Sie hätte Frederik davon überzeugen müssen, dass er Vater wurde, das war ihr klar, auch wenn sie dieses Wissen immer wieder vor sich selbst versteckte. Trug er Trauer? Egal, wie die Antwort lautete, sie war ein Verrat an ihrer Liebe, denn was immer auch die Ursache war, er hätte es mit ihr besprechen können und müssen. Sie konnte nur hoffen, dass er es selbst nicht wusste. Und dass dieses Kind, wenn der Schamane versagte, seine Rettung war. Plötzlich öffnete sich ihr Blickfeld weit, und sie atmete auf. Natürlich. Nur darum ging es. Frederik sollte endlich seinen Sohn anerkennen, durch die Nierengeschichte musste er sich mit ihm auseinandersetzen. Sofort wurde ihre Brust wieder eng. Und dann? Wäre sie dann abgemeldet? Würde nicht die Mutter seines Sohnes wieder in den Vordergrund rücken, wenn er sich plötzlich als Vater fühlen würde? Die gleichen Ängste, die sie als Sechzehnjährige durchlitten hatte, schnürten ihr den Hals zu. Sie spürte förmlich, wie die Panik all ihre vernünftigen Gedanken aufsaugte.

Oder war das alles einfach Quatsch, und er hatte sich schlichtweg mit diesem Virus angesteckt, ohne jeden sonstigen Hintergrund? Automatisch räumte sie eines der geschliffenen Kristallglasregale um, in denen sie besonders kostbare Kosmetika präsentierte, um Platz für neue Ware zu schaffen: eine zarte Rosenblütencreme, die so glamourös duftete, dass man sich allein schon deshalb besser fühlte. Sie liebte es, ihre kosmetischen Schätze, die sie mit der Begeisterung eines Goldgräbers in aller Welt zusammensuchte, in den Blickpunkt zu rücken. Diese Creme kam aus Marokko, zwei großartige Frauen stellten sie von

Hand her, so voller Liebe und Sorgfalt, dass Donna sie unbedingt haben musste. Genau diese würdigende Achtsamkeit wollte sie ihren Kundinnen schenken, denn das war es, was sie alle brauchten. Doch in diesem Moment waren es einfach rosenförmige Glasdosen, die sie in ein Regal stellte.

Wurde es Zeit, auf Gertrud zuzugehen und sie auf ihre Seite zu ziehen, um, falls nötig, Zugriff auf ihren Sohn zu bekommen? Es würde ihr gelingen, dessen war sie sicher. Sie hatte Gertrud schon immer um den Finger wickeln können, weil sie sie so sehr liebte. Als Kind hatte ihr diese Liebe tiefe Sicherheit gegeben, sie hatte sie zum Überleben gebraucht. Heute brauchte sie sie wieder.

Sie rief einen Blumenhändler an und gab die Bestellung auf.

6

Gertrud saß in Akashas überheizter Küche und rührte in ihrer Tasse. Pünktlich um zehn Uhr hatte Anubis vor ihrer Tür gekläfft, zwei laute Beller. Gertrud, die sich gerade eine Bürste durch die Haare zerrte und versuchte, das heutige Datum zu ignorieren, hatte bestürzt aus dem Fenster geschaut, die Bürste auf die Ablage im Bad geworfen, Mantel und Mütze gegriffen und war aus dem Haus gerannt. Er hatte sie zu Akasha gebracht, als wären sie verabredet gewesen, zufrieden lag er jetzt zu ihren Füßen und wedelte ab und zu träge mit dem Schwanz. Diesen Hof gab es also wirklich, nun ja. Also konnte sie auch Kaffee mit Akasha trinken, das verpflichtete sie zu nichts. Doch dann hatte sie angefangen, von Donna zu erzählen, von ihrem Sohn, von allem. Akasha hatte etwas an sich, man konnte nicht anders, als ihr das Herz auszuschütten.

»Verstehst du es nicht? Ihr musstet euch teilen«, erklärte Akasha geduldig, während Gertrud weiter in ihrer Kaffeetasse rührte. »Du musstest erst dieses graue Leben führen, damit du nun deinen wahren Platz einnehmen kannst. Du weißt jetzt, wovon du redest, und predigst nicht von oben herab. Donna zeigt die dunkle Seite der Spiritualität, du wirst die wahre Kraft zurückbringen – und beide seid ihr eins!« Gertrud erschauerte trotz der Wärme. Irgendetwas daran stimmte, und doch klang es sehr merkwürdig.

»Dunkle Seite, ist das nicht ein wenig krass ausgedrückt? Sie bringt den Menschen Schönheit und Freude, das kann doch nicht dunkel sein …«

Akasha schwieg. Gertrud rührte in ihrer Tasse. Akasha war wohl noch viel radikaler als sie selbst.

»Was fühlst du, wenn du ihre Artikel liest?«, fragte diese nach einer Weile.

»Ganz ehrlich? Ich glaub, ich bin einfach neidisch. Sie hat's geschafft, ich nicht. Mich hat sie ganz vergessen, sie braucht mich nicht mehr. Das ist überhaupt das Schlimmste, sie braucht mich gar nicht.« Endlich trank Gertrud ihren Kaffee. Selten war sie so aufrichtig. Ihre Kehle wurde eng, schnell schluckte sie ihre Gefühle hinunter. Lächerlich, ihr immerwährender Schmerz um Klara. Vor allem lächerlich einseitig.

»Seelenverträge können grausam sein.« Akasha nickte. »Weil die Seele nicht fühlt. Sie will Wissen erlangen, sie will Bewusstsein erschaffen, aber sie fühlt nicht. Das ist unsere menschliche Herausforderung, das Erleben von Emotionen, und dadurch entwickelt die Seele Mitgefühl. Mitgefühl mit dem Menschen, der wir sind, der die Seele selbst ist. Wenn du dir erlauben würdest, all das wirklich zu fühlen, dann dürfte deine Seele gerade jetzt sehr viel über Trennung und Spaltung lernen und sehr viel Mitgefühl mit dir, mit euch beiden, und damit auch mit sich selbst, erlangen. Nicht nur der Mensch vergisst, wenn er geboren wird, dass er eine Seele hat, auch die Seele vergisst, dass sie einen Menschen hat. Es ist wie eine Fernbeziehung, und die Distanz ist manchmal einfach zu groß, besonders, wenn man die Verbindung nicht bewusst pflegt.«

Akasha stand auf und öffnete den Ofen, holte einen Marmorkuchen heraus. Sie stürzte ihn aus der Form und schnitt ihn auf, heiß, wie er war. Sie träufelte flüssige Vanille-Butter und Honig darüber und schob ihn Gertrud hin. Diese konnte nicht anders, als gierig hineinzubeißen. Wann hatte sie das letzte Mal gebacken? Schon wegen des Kuchens wäre es klug, zu Akasha zu ziehen.

»Was für ein schönes Muster!« Gertrud war bereits als Kind von den zufälligen Schlieren fasziniert gewesen, die entstanden, wenn man die unterschiedlich farbigen Teige ineinander rührte, aber dieses hier war wirklich besonders kunstvoll.

»Das bildet die Verschlingung zwischen deiner Seele und deinem Körper ab, jeder Kuchen wird anders, je nachdem, für wen ich ihn backe.«

Gertrud hielt inne, spuckte den Kuchen beinah wieder aus.

»Ich esse die Verbindung zwischen meiner Seele und meinem Körper?« japste sie. Ausgerechnet heute, wie merkwürdig.

»Eine alte schamanische Tradition, was meinst du, wer hat den Marmorkuchen erfunden? Noch ein Stück? Ich habe heute Morgen, als Anubis darauf bestand, dich abzuholen, eine innere Reise für dich gemacht, mit der Trommel, dann bekam ich die Information, ich soll dich dabei unterstützen, Körper und Seele zusammenzubringen. Das hier ist das Ergebnis. Es ist wie eine Art Seelenrückholung.«

Gertrud traten Tränen in die Augen.

»Das hast du für mich getan?«, fragte sie und runzelte dennoch die Stirn. Marmorkuchen. Eine schamanische Tradition. Akasha machte ein seltsames Geräusch, fast konnte man es für ein Maunzen halten.

Gertrud warf ihr den Löffel an den Kopf.

»Hey!! Ich hab dir fast geglaubt!«

Akasha umarmte sie fest.

»Böse?«

»Hast du sie noch alle? Schon sehr lang hat sich keiner mehr die Mühe gemacht, mich auf den Arm zu nehmen. Eine super Idee übrigens, das mit der Seele und dem Körper, und ehrlich gesagt gar nicht mal so dumm. Kann man doch machen, oder?« Die beiden Frauen grinsten sich an. Das war mal eine Geschäftsidee.

»Donna würde das vermarkten, sei dir sicher. Sie würde den Frauen sogar noch weismachen, dass der Kuchen gut für ihre Figur sei.

»Ist er doch auch. Kommt nur drauf an, was für eine Figur du haben willst.« Akasha schnitt sich selbst ein Stück ab.

»Gestern bin ich in deiner Küche irgendwie weggetreten, du ahnst nicht, was ich für einen Schwachsinn geträumt habe.« Gertrud trank einen Schluck kalten Kaffee und schaute Akasha mitten ins Gesicht.

Diese nickte.

»Ich weiß schon. Der Isis-Traum. Und lass mich raten, ich war eine Katze, richtig? Bastet vielleicht?« Gertrud schüttelte überrascht den Kopf, dann nickte sie.

»Ja, wieso weißt du das? Träumt das jeder, der zum ersten Mal hier ist?«

Akasha seufzte und strich Anubis über den Kopf.

»Nein, Süße. Nur du. Hast du dich übrigens entschieden?«

»Wozu?« Gertrud kniff die Lippen zusammen, schon wieder hatte sie keine Antwort auf ihre Frage bekommen, zum zweiten oder dritten Mal schon nicht. Die Sache mit der dunklen Energie stand auch noch aus.

»Also im Ausweichen bist du Meisterin, das könnte durchaus auf ein Alter Ego als Katze hinweisen«, lachte Gertrud, dann schob sie ein paar Krümel auf dem Teller herum.

»Es ist nur so, wenn du hier arbeiten willst, dann kannst du nicht wie die Königin von Saba am Wochenende herumlungern, die Tiere brauchen dich jeden Tag. Jetzt zum Beispiel.« Tatsächlich, Gertrud hörte Hundegebell und irgendein Scharren.

»Das sind die Esel. Warum nimmst du dir nicht noch einen Kaffee und kommst mit, schaust zu und entscheidest dann? Und übrigens, das war kein Traum. Die Energiekugel gibt es, und du bist Isis. Zumindest ein Teil davon. Glaub es, oder lass es, so ist es nun mal.« Akasha sagte es freundlich, lächelnd, doch weiter würde sie sich dazu nicht äußern, erkannte Gertrud.

»Du bist sauer. Sag, wenn das stimmt, warum habe ich es dann so gründlich vergessen?«, fragte sie. »Du weißt es doch auch, Anubis weiß es, wer eigentlich noch?«

Akasha legte ihr die Hand auf den Arm.

»Ich bin nicht sauer. Ich bin eine Katze. Ich habe andere Verhaltensgrundlagen, ich halte mich zum Beispiel nicht lange mit Zweifeln auf. Ich traue dem, was ich sehe, fühle und rieche. Und das solltest du auch. Lerne von den Tieren, komm einfach mit.«

Schon wieder antwortete sie nur auf die Hälfte der Fragen. Außerdem klang sie ganz schön selbstgerecht. Gertrud dachte darüber nach, eine Liste der ausstehenden Antworten anzulegen. Leider hasste sie Listen. Dann lächelte sie. Diese Frau hatte einen so schrägen Humor, sie tat ihr einfach irgendwie gut. Sie fühlte sich jünger, lebendiger, sogar witziger, wenn sie mit ihr zusammen war. Die Selbstgerechtigkeit war besser als ihre eigenen, langweiligen Selbstzweifel.

»Ich mach's. Ich helfe dir. Wird ohnehin Zeit für eine Veränderung.«

»Ganz besonders heute, nicht wahr? Herzlichen Glückwunsch zum Geburtstag, liebste Gertrud, ich bin froh, dass wir unsere Verabredung eingehalten haben. Komm, ich zeig dir dein Geschenk, auch wenn du es dir quasi selbst erschaffen hast.«

Gertrud schüttelte nur wieder den Kopf, natürlich. Warum sollte Akasha etwas verborgen bleiben?

»Ich hüte die Chronik, ich weiß fast alles!«, rief ihr diese nun über die Schulter zu und schlüpfte in ein Paar hohe Gummistiefel, die vor der Tür standen. Gertrud folgte Akasha. Na klar hütete sie die Chronik, irgendeiner musste es ja tun … Besagte Hüterin stiefelte über den Hof und wirkte dabei so energisch und zielstrebig, dass Gertrud von ihrer Tatkraft angesteckt wurde.

»Hast du noch so ein Paar?«, rief sie hinter ihr her.

»Nein, ich nicht, aber du. Komm mit!« Akasha öffnete eine braun gestrichene Holztür und verschwand in einem Nebengebäude. Gertrud trat ein und blieb schockiert stehen. Sie stand in einem warmen, mit gemütlichen Landhausmöbeln eingerichteten Raum, ein Feuer brannte im Kaminofen, es gab eine Küchenzeile und einen Küchentisch mit dazu passenden Stühlen. Auf dem Tisch stand ein zauberhaft bunter Frühlingsstrauß aus Tulpen, Osterglocken und Anemonen. Eine Karte lehnte daneben, unwillkürlich griff Gertrud danach. »Herzlich willkommen und alles Gute« stand darauf.

»Entweder kannst du zaubern, oder du hast auf Zufall gesetzt. Aber warum machst du dir eine solche Mühe?« Gertrud sank auf einen der Küchenstühle.

Akasha küsste sie auf die Wange.

»Du wirst dich wieder erinnern. Komm, das hier gehört auch noch dazu.« Sie führte Gertrud in das Schlafzimmer.

Gertruds Kehle wurde eng. Ein wundervoll bemalter Bauernschrank. Ein romantisches Messingbett. Blümchenbettwäsche, die grauenvoll spießig wirken könnte, hier aber den ganzen Raum aufheiterte. Und ihre alte Frisierkommode. Mitsamt aller Bürsten.

»Irgendwann wirst du es mir erklären«, hauchte Gertrud tonlos und sank auf das Bett.

Akasha öffnete den Schrank, eine Auswahl Kleider hing darin, definitiv nicht Gertruds vertraute, sondern farbige Kleider, rot, königsblau, flammend goldorange – und da stand ein Paar nagelneuer Gummistiefel. Gertrud schlüpfte hinein, sie wunderte sich nicht, dass sie ihr wie angegossen passten.

»Sagtest du nicht, hier draußen könnten wir nicht zaubern?«, meinte sie und räusperte sich.

»Schätzchen, ich muss nicht zaubern, um ein paar Klamotten zu kaufen. Es gibt Umzugsunternehmen und Lieferdienste, das wirst du noch herausfinden.«

»Aber …«, wollte Gertrud sagen, doch sie schwieg. Wenn ihr das Universum ein Wunder servieren wollte, wer war sie, es infrage zu stellen?! Die Kommode hatte sie nicht durch ein Umzugsunternehmen hergeschafft; dessen war sie sicher. Die hatte sie Klara dagelassen, als sie ausgezogen war, der Himmel wusste, wo Akasha sie aufgetrieben hatte.

»Ich liege bestimmt irgendwo im Koma und träume das alles. Irgendwann stehe ich unter der Dusche und wache auf, wie Bobby, erinnerst du dich?«

Akasha lachte.

»Dallas, ich weiß. Eine wirklich grottenschlechte Fernsehserie. Aber das Leben ist kein billiger Trick, Süße. Komm mit, ich zeig dir, wie real das alles ist.«

Gertrud räusperte sich. Da gab es noch eine Kleinigkeit, wenn das wirklich alles real sein sollte.

»Was willst du denn an Miete haben?«, fragte sie und wappnete sich. Akasha blickte sie grimmig an.

»Du hast schon alles bezahlt«, sagte sie schroff. »Mehr als genug.«

Sie verließen die Wohnung, Gertrud einigermaßen eingeschüchtert. Womit hatte sie Akasha nur verärgert?

Wieder schlug ihnen lautes Gebell entgegen, als Akasha das Scheunentor öffnete, doch als sie eintraten, verstummten die Hunde schlagartig. Schwanzwedelnd strichen sie in den Zwingern umher, setzten sich und warteten. Akasha lief rasch durch die gesamte Scheune und öffnete alle Verschläge, auch die der Esel und des Pferdes. Sofort mischten sich die Tiere, bildeten Gruppen, begrüßten sich. Die Katzen stoben auseinander, als die Hundemeute den Raum zu beherrschen begann, doch sie hatten auf dem verzweigten Gebälk der riesigen Scheune genug Platz.

»Ich hasse Zwinger, das ist nur für das Amt und für Besucher«, erklärte sie. Dann begann sie, Futter zu verteilen, zeigte Gertrud, wie sie das Trockenfutter mit Wasser, Eiern und Mineralflocken mischen sollte, jeder Hund bekam einen gesonderten Napf.

»Ich schreib dir eine Liste, das brauchst du dir nicht zu merken«, sagte sie.

Gertrud begann, einen der Hunde zu streicheln, einen entzückenden Mischling, andere kamen, um sie kennenzulernen. Und auf einmal war es ihr, als öffnete sich etwas in ihrem Herzen. Sie spürte die Tiere, alle, auch die Esel, sie wusste auf einmal genau, was sie brauchten, wovon sie träumten und was sie glücklich machte.

»Nicht nötig«, antwortete sie und griff zu, verteilte die Schüsseln, die Akasha vorbereitete. Sie wusste instinktiv, welcher Napf zu welchem Tier gehörte, streichelte alle, dann nahm sie einen Besen und eine Schaufel und mistete die Ställe aus, als hätte sie nie etwas anderes getan.

Sie arbeiteten hart, schweigend, gerieten gehörig ins Schwitzen, doch es war erfüllender als alles, was Gertrud bisher erlebt hatte.

»Gibst du jemals ein Tier weg?«, fragte sie, als sie Akasha einen der Esel so liebevoll striegeln sah, dass ihr Tränen in die Augen traten. Mit genau diesem Ausdruck, diesem Gefühl, hatte sie ihre Schwester gebürstet, damals, als sie noch Schwestern waren.

Diese lächelte.

»Nur an ganz besondere Menschen und sowieso nur, wenn die Tiere es wollen.«

Gertrud nickte. Natürlich. Dann fasste sie sich ein Herz.

»Wieso warst du denn vorhin sauer, als ich dich nach der Miete fragte?« Akasha blickte auf, Gertrud wirkte auf einmal wie ein Kind, sie sah beschämt zu Boden und war irgendwie geschrumpft.

»Ach herrje. Ich hab nicht dich gemeint. Tut mir leid, ich bin manchmal echt unsensibel. Ich bin wütend, ja, aber nicht auf dich. Dein Weg war zu hart, finde ich, ich hab nicht damit gerechnet, dass du alles vergisst. Keiner hat das, auch du selbst nicht. Das war der Preis, den du gezahlt hast.«

Gertrud arbeitete schweigend weiter, kratzte angetrockneten Kot von einem der Zwingerböden, schrubbte mit warmen Wasser nach. Er hatte Durchfall, der Arme, dachte sie plötzlich, und wusste genau, welches homöopathische Mittel das Tier brauchte. Obwohl sie sich noch nie damit beschäftigt hatte. Es war, als käme lang verborgenes Wissen zurück, und niemand wunderte sich mehr darüber als Gertrud selbst. Sie schüttelte den Kopf. Etwas veränderte sich in ihr, jetzt schon. Sie war nicht mehr so wütend.

Spät am Abend kam sie in ihre Wohnung zurück, sehr erschöpft, aber nicht ausgelaugt. Noch war es besser für sie, in ihrem vertrauten Zuhause zu schlafen, dachte sie, zumal sich sowohl ihre Zahnbürste als auch die billige Allzweckcreme, mit der sie Gesicht, Dekolleté, Hände, Augenpartie wie auch Füße einschmierte, hier befanden. Ein riesiger Blumenstrauß wartete vor der Tür auf sie. Er steckte in einer schlichten Glasvase, die Gertrud entschieden bekannt vorkam. Sie riss das Papier ab und erstarrte. Nur ein einziger Mensch auf der Welt schenkte ihr diese Blumen, jeder andere fand sie spießig. Schon als Kind hatte Gertrud weiße Nelken geliebt, je mehr, desto besser. Klara hatte zu jedem Geburtstag ihr gesamtes Taschengeld zusammengekratzt und ihr alle Nelken geschenkt, die der Blumenladen nur vorrätig hatte. Schon sehr, sehr lange hatte sie diesen Duft nicht mehr in der Nase gehabt.

»Was soll das, Klara?«, fragte sie leise, und Tränen rannen ihr über die Wangen, tropften in die fedrigen Kelche der Blumen.

»Was willst du?«

Dann entdeckte sie die Karte.

»Liebste Schwester,
ich habe dich im Kino entdeckt, ich weiß, dass du gewonnen hast, und so findest du hier einen Gutschein für einen Tag in meinem Studio. Herzlichen Glückwunsch zum Geburtstag,
in Liebe, Klara

PS: Falls du dich wunderst – ich finde das nur gerecht.«

Gertrud schleppte den Blumenstrauß mitsamt der Vase in ihre Küche. Noch nie hatte sie es verstanden, wenn betrogene Ehefrauen oder verlassene Freundinnen makellose Blumen, Geschöpfe der Erde, in den Mülleimer beförderten, statt ihnen eine Chance zu geben, wenigstens noch ein wenig durch ihre Schönheit zu wirken. Wenn sie schon keine Samen oder Zwiebeln bilden durften. Bei aller Wut und aller Scham, die Blumen konnte nichts dafür, und so dankte sie den Geschöpfen der Erde, dass sie diese zauberhaften Wesen in ihr Heim gebracht hatten. Dann griff sie sich an den Kopf. Sie dankte der Erde? Für die zauberhaften Wesen? So ganz ohne Zynismus? Das war so gar nicht ihre Art.

Irgendetwas wirkte äußerst besänftigend auf sie, dachte Gertrud, entweder war es der Umgang mit den Tieren oder die Aussicht, endlich einen guten Platz für sich selbst zu finden, oder beides. Vielleicht, dachte sie, vielleicht sollte sie Blumen und Karte als Zeichen sehen. Und sich tatsächlich in diesem Salon behandeln lassen. Schlimmer als jetzt konnte ihr Aussehen sowieso nicht werden. Vielleicht sollte endlich Frieden herrschen, es wurde ja Zeit. Schon allein der Eltern wegen, die sich zwar an die strikte Trennung der Schwestern gewöhnt hatten, aber sehr darunter litten. Weihnachten war immer eine Katastrophe aus Schuldgefühlen, versteckten Bitten, Termin-Verhandlungen und tapferen Mienen. Noch nie, tatsächlich noch nie, hatten Donna und Frederik Paul zu Gesicht bekommen, Gertrud hatte es strikt vermieden. Nicht einmal ein Bild durfte bei den Eltern herumstehen. Das war paranoid, aber Gertruds absurde Angst, die beiden könnten ihn ihr wegnehmen, kannte keine Grenzen. Donna hatte ihr schon so viel genommen, was würde geschehen, wenn ihr Auge auf ihr Kind fallen würde? Womöglich hätte sie sogar die besseren Karten. Frederik hatte sie ja auch bekommen – das war der leichte Teil gewesen – aber sie hatte ihn auch halten können, und das war nicht so einfach. Vielleicht wurde es Zeit für einen Neustart. Die Blumen … Was, wenn Donna tatsächlich Frieden schließen wollte? Ihr Unterleib begann zu schmerzen, das war eindeutig. Wenn Gertrud auf etwas hörte, dann war es auf ihren Bauch. Natürlich wollte Donna etwas, hatte irgendwelche Absichten. Gertruds friedliche Gedanken waren nichts als schwesterliche Wunschträume.

Gertrud putzte sich die Zähne und cremte ihr Gesicht ein. Dabei strich sie fest mit den Fingerkuppen von innen nach außen über die Augenbrauen, drückte die Punkte an der Nasenwurzel, wie sie es bei Klara oft getan hatte, wenn sie »Behandlung« spielten. Schon seit Ewigkeiten hatte sie ihr Gesicht nicht mehr bewusst berührt, wozu auch. Es fühlte sich erstaunlich gut an, wie etwas, das sie sich leicht jeden Tag zukommen lassen könnte. Etwas in ihr begann zu erwachen, das war nicht zu leugnen. Es war, als hätte sie die ganze Zeit unter einem Bann gestanden, einem Fluch. Oder waren einfach ihre hundert Dornröschen-Jahre vorbei?

7

»Du musst ihn treffen, ihr müsst einen Gentest machen!« Donna lief in ihrem riesigen Wolkensalon umher. Gerade war sie nach Hause gekommen, hatte ihre Schuhe wie immer im Fahrstuhl von den Füßen gekickt und marschierte nun in dicken Wollsocken vor ihm auf und ab. Sie hatte eine Entscheidung getroffen, eine ganz einfache. Sie würde Frederik wieder gesund machen, Ende der Diskussion.

»Ich hab Gertrud in den Salon eingeladen. Wir müssen sie auf unsere Seite ziehen.«

»Wozu, Liebste?« Frederik blickte müde auf. Sein Gesicht war grau, warum war ihr das noch nicht aufgefallen?

»Kannst du dir vorstellen, wie zuwider mir das wäre? Wenn ihr Kind tatsächlich meins wäre, dann hätte ich sie beide auf die schändlichste aller Weisen im Stich gelassen. Ich will gar nicht mal darüber nachdenken, was das bedeuten würde. Nein, Donna, ganz einfach, nein. Lass sie in Ruhe.« Dann verzog er sein Gesicht zu einem verschmitzten Lächeln. »Denk doch nur an die Tausende Euro, die wir ihr nachzahlen müssten!« Er hoffte, sie damit wenigstens zum Schmunzeln zu bringen, doch sie hob die Augenbrauen. Offensichtlich nahm sie seinen Einwand ernst. Was schlimm genug war, dachte er. Natürlich würde er für sein Kind zahlen. Auch im Nachhinein. Wenn es denn seines wäre. Was es nicht war, auf keinen Fall. Eine Jungfrauengeburt wäre wahrscheinlicher als eine Schwangerschaft nach diesem Gefingere auf dem Rücksitz, damals, vor unterdessen – er rechnete rasch – sechsundzwanzig Jahren.

Donna war währenddessen in ihre eigenen Gedanken versunken, lauschte nach innen.

»Gut, wir machen was anderes. Ich schaue jetzt auf der Stelle, was du mir spiegelst, damit du damit aufhören kannst.« Donna kniete sich vor ihn und legte ihre Hände auf seine Knie. Auch Frederik schloss die Augen. Ob vor Erschöpfung, vor Erleichterung, dass sie nicht mehr auf dem Gentest herumritt, oder aus echter Bereitschaft, sich auf ihre Übung einzulassen, konnte er nicht einmal selbst sagen.

Donna rief ihre Schutzengel, bis sie ihre wärmende und tröstende Kraft spürte. Wie ein Mantel legten sich die Energien um ihre Schultern. Oft wurde sie gefragt, woher sie wüsste, dass sie sich all das nicht einbildete. Und immer antwortete sie: »Ich weiß es nicht, aber es spielt auch keine Rolle. Es fühlt sich gut an, und mehr brauche ich nicht.« So war auch heute, doch zum ersten Mal flehte Donna, dass es all diese Kräfte wirklich gab. Es war schwierig, die Energien der Engel zu spüren, wenn man so verängstigt war wie Donna, das wusste sie. Und so wunderte sie sich nicht, dass sie nur einen kleinen Hauch des normalerweise so starken Trostes wahrnahm. Sie atmete in ihr Herz, öffnete sich für die Gefühle, die durch Frederiks Krankheit in ihr aufstiegen: für das Entsetzen, die Schuld, die Scham, die tiefe Angst, den Schmerz. Die Wut.

Vor allem für die Wut. Wieso traf es ausgerechnet Frederik, den liebevollsten, zärtlichsten Mann, den sie kannte?

Es trifft nicht ausgerechnet Frederik, ermahnte sie sich, komm von diesem Opfertrip runter, das bringt nichts! Sie atmete wieder tief durch, spürte noch tiefer.

Welche Erfahrung mache ich gerade, dachte sie, worum geht es wirklich? Und wie durch ein Wunder konnte sie ihren Geist tatsächlich offen halten, trotz der Angst kam eine Antwort:

Loslassen. Die Wahrheit ans Licht bringen. Beziehungen klären. Er trägt deinen Schmerz um deine Schwester.

Donna stieß die Luft scharf aus, keuchte dabei.

Wenn du etwas für mich trägst, dann gib es mir jetzt, dachte sie und öffnete sich. Und wurde auf einmal todmüde, so träge, so schwer, dass sie sich am liebsten sofort ins Bett gelegt hätte.

»Lass uns gleich morgen einen Flug nach Kalifornien buchen«, sagte sie mit schwerer Zunge, »ich glaube, ich brauche deinen Schamanen noch dringender als du.«

8

Als Gertrud am Sonntagmorgen aufwachte und das Rollo hochzog, lag plötzlich ein Hauch Frühling in der Luft. Diese allzu frostige, Anfang März leider nur noch entmutigende Winterstimmung schien einer Art Freude Platz zu machen. Weitaus energischer als üblich schwang sich Gertrud aus dem Bett, angelte mit den Füßen nach ihren Pantoffeln, tappte in die Küche und setzte Kaffee auf. Automatisch streckte sie die Hand aus, um Anubis zu streicheln, wie sie es gestern immer wieder getan hatte, doch natürlich griff sie ins Leere. Sie lächelte. Dann holte sie einen lang nicht mehr genutzten Schreibblock aus einer Küchenschublade und schrieb zwei Kündigungen. Gertrud schenkte sich eine große Tasse Kaffee ein und goss Soja-Schoko-Milch hinzu, wie sie es liebte. Vor sich hin lächelnd träumte sie von ihrem neuen Leben. Zum Glück hatte Akasha die Energiekugel, Isis und diesen Quatsch gestern mit keinem Wort mehr erwähnt, sonst hätte Gertrud sicher das Weite gesucht. Aber in diese bezaubernde Zwei-Zimmer-Wohnung einzuziehen, sich um Tiere zu kümmern und eine neue Freundin gefunden zu haben, war das schönste Geschenk, das ihr das Leben zu ihrem Geburtstag überhaupt nur hatte machen können. Paul, ihr Sohn, hatte sich nicht gemeldet, bemerkte sie auf einmal, doch sie lächelte. Wer wusste, wo er sich gerade herumtrieb, im Himalaja, um zu klettern, oder in einer einsam gelegenen Höhle, um eine abenteuerliche Outdoor-Erfahrung zu machen – auf jeden Fall in einer Gegend ohne

Netz und Vollkaskoversicherung. Solange sie nichts von ihm hörte, war alles gut, das hatte ihr Sohn sie früh gelehrt. Wahrscheinlich waren Männer so.

Sie trank ihren Kaffee aus, stellte die Sojamilch zurück in den Kühlschrank, duschte kurz und warf, noch im Bademantel, einen riesigen Koffer auf ihr Bett. Gertrud öffnete ihren Schrank. Doch egal, welches Kleidungsstück sie auch zusammenfalten und in den Koffer legen wollte, sie schienen alle irgendwie fremd zu sein, hatten ausgedient, sie gehörten nicht mehr zu ihr. Ich kann doch nicht meinen gesamten Kleiderschrank entsorgen, dachte sie, doch dann klappte sie den leeren Koffer energisch zu. Warum eigentlich nicht? Sie nahm zwei Paar Jeans und drei dicke Pullis, ein paar T-Shirts und ein wenig Unterwäsche und stopfte alles in eine kleine Reisetasche. Dann packte sie ihre spärlichen Kosmetikartikel zusammen, spülte ihre Tasse aus und zog sich an. Sie steckte ihr Handy ein, hielt inne und zog es wieder aus der Manteltasche. Der Gutschein, glänzender, dicker Karton, der mit rosa Rosenblüten bedruckt war, lehnte an der Vase mit den Nelken, ganz so, wie es sich für einen Geburtstagstisch gehörte. Gertrud griff danach, wählte die angegebene Nummer. Es war Sonntag, heute würde sowieso keiner anwesend sein.

»AngelFace, seien Sie willkommen, was darf ich heute für Sie tun?«, meldete sich eine überaus freundliche Stimme.

»Ich habe einen Gutschein«, wollte Gertrud sagen, doch sie stammelte nur. Entnervt legte sie wieder auf. Die Karte mit der Nummer warf sie in den Karton mit Altpapier neben der Spüle. Keine Hässliches-Entlein-wird-schöner-Schwan-Geschichte für sie. Sie schwang sich ihre Reisetasche dynamischer, als sie sich seit ihren frühen Dreißigern bewegt hatte, über die Schulter und verließ die graue, staubige Wohnung, ohne sich noch einmal umzuschauen. Natürlich käme sie spätestens morgen wieder her, um ernsthaft ihre Habseligkeiten auszuräumen, aber als die Tür leise ins Schloss fiel, war ihr, als wäre eine lange, freudlose Periode ihres Lebens endlich beendet. Voller Zuversicht machte sie sich auf den Weg zum Tierasyl.

Ohne viele Worte räumte sie ihre Sachen in den Schrank ihrer neuen Bleibe und trat zum Dienst an. Sie streichelte an einem Tag mehr Tiere, als sie es in ihrem ganzen Leben bisher getan hatte, verteilte Futter, putzte, bürstete Felle, führte das Pferd und die Esel auf die große Weide hinter dem Hof, ließ die Hunde tollen, entsorgte die Häufchen, die das Tollen mit sich brachte, und kochte dann ein Essen für Akasha und sich selbst. Als sie zusammen in der Küche saßen und Gertruds Suppe aßen, beide rechtschaffen müde, griff Akasha nach Gertruds Hand.

»Ich lasse dir alle Zeit der Welt, aber wann immer du so weit bist, wartet Arbeit in der Kugel auf uns.«

Verdammt, die Kugel. Wie sollte Gertrud ihr nur klarmachen, dass sie nicht an Dinge wie feinstoffliche Kugeln, in denen man aussah wie eine ägyptische Göttin, glaubte? Doch sie nickte nur, zu müde, um zu widersprechen.

»Dann lass es uns gleich tun«, sagte sie, es war ja egal, wann sie halluzinierte.

Akasha nickte und stand auf. »Komm«, sagte sie und streckte ihr eine Hand hin. Es war wirklich verrückt, sie kannten sich nicht mal eine Woche und waren schon so vertraut miteinander, dachte Gertrud und war doch jederzeit auf dem Sprung, bereit, wieder in ihr altes, graues Leben zu schlüpfen. All das war bis jetzt einfach nur ein Traum, nicht real, ein Ausflug. Eines nicht allzu fernen Tages würde sie aufwachen, da war sie sicher. Heute zum Beispiel hatte sie eine Idee gehabt, so großartig, dass sie auf keinen Fall realisierbar und echt sein konnte. Sie vereinte ihr geliebtes Lesen in der Bibliothek und das Streicheln der Tiere auf allerbeste Weise, war aber viel zu teuer. Schnell hatte sie den Gedanken wieder verworfen.

Akasha verschwand hinter der Tapetentür, ohne sich umzuschauen, als wäre sie vollkommen sicher, dass ihr Gertrud folgen würde. Diese erhob sich schwerfällig, schüttelte den Kopf, dann schlüpfte auch sie in den Raum hinter der Küchenwand. Und wieder geschah das Wunder. Nicht der riesige, prachtvoll geschmückte Raum. Nicht die goldglänzende Frau, die ihr entgegenkam. Nicht Anubis, der jung und gesund an ihr hochsprang. Nein. Sie fühlte sich besser. Frei. Neu. So, als hätte sie eine gesunde, gute Art von Macht. Als könne sie die Welt aus den Angeln heben und neu positionieren. Eine Katze strich ihr um die Beine, nicht Bastet, das würde diese niemals tun. Katzengöttinnen strichen niemandem um die Beine. Eine weiße, kleine – Gertrud hatte sie heute in der Scheune immer wieder gestreichelt und mit ihr gesprochen. Es konnten also auch normale Tiere in diesem Raum erscheinen, was immer das bedeutete. Realer wurde er dadurch nicht, auch diese weiße Katze könnte sie sich durchaus einbilden. Doch der Raum erschien ihr heute plastischer zu sein, als gewöhne sie sich langsam an die Illusion.

»Dein Gehirn kann die Informationen und Eindrücke besser zusammensetzen, es ist eine neue Erfahrung, in einem feinstofflichen Bereich so unterwegs zu sein, als wäre er physisch«, sagte Akasha. »Du läufst hindurch, bewegst dich in ihm und das nicht nur in deiner Vorstellung, das ist sehr merkwürdig für dein Gehirn. Es verbindet die verschiedenen Ebenen, erfasst beide Ebenen mit denselben Sinnen. Es braucht diese Erfahrung, diesen Saal und auch dein Abbild, um sich anzupassen, um in der physischen Welt der Bewegung und der feinstofflichen Welt des Bewusstseins zugleich agieren zu können. Du übst gerade das, was du können musst, wenn wir tatsächlich etwas in der Welt verändern wollen, nämlich physische Tatkraft und geistige innere Bilder gleichzeitig synchron zu erleben.«

»Aha.« Mehr konnte Gertrud dazu nicht sagen. Die Welt verändern, nun ja, sie hatte sich ja schon verändert in den letzten Tagen, so war es doch gut, oder?!

»Nicht deine, und das weißt du auch. Stell dich nicht dümmer, als du bist. Komm weiter.«

Gertrud schluckte, dann lachte sie laut auf.

»Sag mal, meine Liebe, hier bin ich doch Isis, oder?«

Akasha nickte.

»Wie redest du denn dann eigentlich mit mir? Solltest du nicht ein wenig hochachtungsvoller sein?«

Akasha drehte sich um, erschrocken. Sie presste sich eine Hand vor den Mund. »Entschuldigung. Ernsthaft, ich rede so daher, wie ich eben rede, das war unangemessen.«

Gertrud lachte wieder laut auf.

»Ich fasse es nicht. Du glaubst es wirklich. Rede, wie du willst – egal, wer ich bin.

Sie glaubt es wirklich«, murmelte sie noch ein paar Mal vor sich hin, dann griff sie wieder einmal in ihr Haar. Und wenn sie jetzt kein Wunder erlebte, dann wusste sie nicht, was eines sein sollte. Ihr Haar fühlte sich anders an. Weicher, griffiger, seidiger. All die Wörter, die in Shampoowerbungen so verschwenderisch genutzt wurden, passten auf einmal. Das war ja nett von ihrer Illusion. Sie begann zu lächeln und betrat einen der Räume, durch die sie beim ersten Mal nur hindurchgehuscht waren.

Tiefblauer Lapislazuli schmückte die Wände. Goldene Ornamente, an der Decke ein funkelndes, ihr unbekanntes Sternbild. Da ihr aber nahezu alle Sternbilder unbekannt waren, bedeutete das gar nichts. Kerzen schimmerten, wer auch immer sie angezündet haben mochte. Gertrud fühlte sich wie elektrisiert, ihre Müdigkeit war vollkommen verschwunden. Sie war so lebendig, als wäre sie verliebt. Akasha schob ihr einen weich gepolsterten Stuhl hin, beide setzten sich an einen runden Tisch. Ein dritter Stuhl war frei, die kleine weiße Katze sprang darauf und machte es sich bequem.

»Wollen wir anfangen, bist du bereit?«, fragte Akasha.

»Bereiter werde ich wohl nicht, ich bin vor allem gespannt.« Gertrud trat innerlich ein wenig zurück, sie hatte nicht die geringste Ahnung, was von ihr erwartet wurde. Sollte sie einen vernünftigen Vorschlag zur Befriedung des Nahen Ostens unterbreiten oder nur eine kleine Hausarbeit über die Rettung der Wale präsentieren? Beides war simpel. Hört auf, euch die Köpfe einzuschlagen, und hört auf, die Weltmeere zu verschmutzen und die Tiere abzuschlachten. Erledigt, dachte sie. Menschen verursachten die Probleme, Menschen konnten sie genauso auch lösen, indem sie schlichtweg aufhörten, sie zu verursachen.

Auf einmal lag ein unwiderstehlicher Duft in der Luft, es roch nach Erde, nach Blumen, nach frisch geschnittenem Gras und nach Brot. Da, wo noch vor zwei Sekunden die weiße Katze geschnurrt hatte, saß nun eine überaus reich geschmückte Frau, sie trug aufwendig gearbeiteten Schmuck aus Edelsteinen, war in Seide und Leder gekleidet, Federn und Fellstreifen waren in ihre Haare geflochten. Sie sah aus wie eine sehr teuer gewandete Großstadt-Designer-Schamanin, direkt aus New York importiert.

»Mutter. Ich verneige mich vor dir und bin glücklich, dich sehen zu dürfen«. Das klang kein bisschen schalkhaft, Akasha verneigte sich tatsächlich, dann standen beide Frauen auf und lagen sich in den Armen.

»Es ist lange her.« Die Frau wandte sich an Gertrud. »Ohne dich ging es nicht, es wurde so dringend Zeit, dass wir uns endlich wieder begegnen. Ich habe euch so sehr vermisst.«

Gertruds Gedanken wurden plötzlich wie magisch von ihrer alten Wohnung angezogen, sie musste noch so viel erledigen, die vertraute Schwere und Antriebslosigkeit ergriffen von ihr Besitz. Am liebsten würde sie diesen Raum verlassen und sich in ihr Bett legen, auch wenn es kalt war. Rückzug, schrie es in ihr. Was sollte diese zauberhafte Frau an ihrem Tisch, wer war sie, woher kam sie so abrupt? Das war einfach viel zu verrückt, zu lebendig, zu aufregend. Dem konnte sie nicht mehr standhalten, dachte sie, sie war über vierzig, hatte sich in ihrer Bewegungslosigkeit eingerichtet. Ihre Nervenzellen waren irgendwie verschlammt, sie hatte Rückenschmerzen, und überhaupt war es einfach zu merkwürdig. Zu prachtvoll, zu funkelnd. Sie passte nicht hierher, sie war am besten bei den Tieren aufgehoben, erkannte sie, da war sie ebenbürtig, einfach ein Teil der Erde, ein Teil der hier lebenden, fressenden, schnarchenden Lebewesen, die weder besonders strahlen mussten noch die Welt verändern wollten. Die Luxusvariante einer Schamanin griff nach ihrer Hand.

»Du hast dich verändert, Liebste, ich bitte dich um Vergebung, früher erfreutest du dich an meiner Pracht.« Sie schüttelte sich ein wenig, war auf einmal verschwunden, erschien neu. Nun trug sie glattes, langes, aschblondes Haar, in der Mitte gescheitelt, eine weite, dunkelgrüne Hose aus einem Naturstoff und eine lose cremeweiße Tunika, die nur von einer schmalen Goldborte geschmückt wurde. So ganz ohne Glitzer konnte sie nicht daherkommen. Es entsprach ihr einfach nicht, ihre Schönheit und die leuchtenden Farben vollständig zu verbergen. Blumen. Wassertröpfen, die in der aufgehenden Sonne erstrahlten. Sich brechende Wellen, schleierartige, vor Lebendigkeit berstende Wasserfälle. Regenbögen. Das ersehnte, freudig begrüßte Grün des Frühlings und die feuerwerksartige Wucht der Herbstfarben. Eisberge, die Diamanten Gottes. Schnee. Wie konnte sie vermeiden, zu glitzern, solange es Schnee gab? Eine Lederschnur hing um ihren Hals, das Leder ein Geschenk der Tiere. Zwischen ihren Brüsten funkelte ein polierter Malachit.

»Besser?«, fragte sie. Gertrud nickte beschämt. Seit wann konnte sie schöne Frauen nicht ertragen, was war denn nur mit ihr los?

Akasha griff nach ihrer Hand.

»Mutter«, wandte sie sich an die Frau, »sie ist noch nicht so weit, sie braucht zuerst menschliche Unterstützung. Schau«, sagte sie zu Gertrud, »das ist unsere Mutter, das ist die Erde.« Gertrud atmete scharf ein. Jetzt trieb sie ihre eigene Illusion ein wenig zu weit, oder? Doch Akasha ließ sich nicht stören.

»Du hast die Erde in den letzten Jahren als einen harten Ort kennengelernt, schmucklos, anstrengend, eher grau als funkelnd grün und blau. Das war früher anders. Deshalb erträgst du es nicht, wenn sie in all ihrer Pracht erscheint, es tut dir zu weh. Es wird Zeit, zunächst den Schmerz anzuerkennen, den dir das irdische Leben zugefügt hat. Bevor wir die Welt verändern, müssen wir bei uns selbst anfangen.«

Die Frau – Mutter Erde? Ernsthaft? – stand auf, trat hinter Gertrud und legte die Hände auf ihre Schultern. Gertrud ließ es zu, es fühlte sich erstaunlich tröstlich an. Bilder zuckten durch ihr Gedächtnis, sie selbst lachend, voller Freude, immer bedacht, die Schönheit des Lebens sichtbar zu machen. Unverletzt, frei, voller Hoffnung und Liebe war sie, ihr Lebensweg klar vorgezeichnet und perfekt zu ihr passend.

»Ich wollte weibliche Schönheit sichtbar machen«, murmelte sie, »und damit meine ich die Schönheit der Erde, des Lebens, ich wollte die Frauen an ihre eigene Strahlkraft erinnern und ihnen Freude über sich selbst schenken. Ich wollte sie ermutigen, auf sich zu hören und ihre Weisheit voller Würde zu nutzen.« Ein dumpfer Schmerz bahnte sich seinen Weg in ihr Bewusstsein, trocken schluchzte sie auf.

»Liebste, ich sehe deinen Schmerz.« Mutter Erde legte ihre linke Hand auf Gertruds Herz, die rechte zwischen die Schulterblätter.

»Weißt du, damit du der weiblichen Kraft ihren rechtmäßigen Platz zurückgeben kannst, darum geht es nämlich in Wahrheit, musstest du erst einmal selbst all die Verletzungen erfahren, die ihr zugemutet werden. Die Abwertung, die Demütigung, den Verlust der Freude, der Liebe. Das Opfersein, die Selbstaufgabe.« Mutter Erde wiegte Gertrud, summte ein wenig. Gertrud spürte ein Glühen tief in ihrem Bauch.

»Eine Verletzung ist mir erspart worden, ich bin eine sehr, sehr glückliche Mutter. Ich musste nie erleben, wie es ist, ein Kind zu verlieren oder erst gar nicht schwanger zu werden.« Und auf einmal wurde ihr klar, welch ein Segen das war, wie wenig selbstverständlich.

»Dieses Schicksal trägt deine Schwester. Ihr habt euch die Verletzungen geteilt. Ihr verkörpert zusammen die uralte weibliche Wunde, die Aufspaltung in die verschiedenen Aspekte und Göttinnen. Damit seid ihr beide unvollständig. Deshalb seid ihr beide hier, um das zu heilen und zusammenzufügen, was niemals hätte getrennt werden dürfen.«

Gertrud schüttelte die Hände ab.

»Darum geht es hier? Du meinst, wenn ich mich mit meiner Schwester versöhne, dann retten wir das Weibliche?«, sagte sie, und ihre Augen blitzten.

»Irgendwie schon, ja.« Akasha warf Mutter Erde einen Blick zu. Diese schüttelte leicht den Kopf.

»Alles zu seiner Zeit. Wenn wir eines haben, dann Zeit. Die Rhythmen sind, wie sie sind, und es ist noch nicht so weit.«

Gertrud stand auf. Es war ihre Illusion, und deshalb konnte sie sie ja wohl beenden, wann sie wollte. Mutter Erde. Wie verrückt war sie?

»Ich werde mich nicht mit meiner Schwester versöhnen«, sagte sie, dann verließ sie den Raum. Die weiße Katze folgte ihr.

»Es tut mir leid, dass du herhalten musstest«, sagte Gertrud und hob sie auf den Arm. »Meine Fantasie ist leider nicht besonders originell.« Die Katze schnurrte und rieb ihr Köpfchen an Gertruds Wange. Sofort war sie wieder friedlich. Das hier war alles, worum es ging, dachte sie, das pelzige, warme Köpfchen eines Lebewesens, das Pochen des Herzens, die selbstverständliche Liebe und Fürsorge füreinander. Alles andere war zu kompliziert und hausgemacht, hier war der Ursprung, und hierauf würde sie sich konzentrieren. Gertrud betrat ihre neue Wohnung, setzte die kleine Katze ab, packte ihre Sachen wieder ein und ging nach Hause. Egal, wie trist dieses auch war, dort war sie frei und konnte selbst entscheiden, wann sie sich mit wem versöhnte. Niemand konnte von ihr verlangen, dass sie mit ihrer Schwester Frieden schloss, es ging einfach niemanden etwas an, nicht mal eine Mutter Erde oder eine Katzengöttin, die ihrer Fantasie entsprangen. Zum Glück hatte sie die Kündigungen noch nicht abgeschickt. Wenn das ihr Unterbewusstsein war, das sie manipulieren wollte, dann hatte es bislang eher das Gegenteil bewirkt, dachte sie, es sollte wissen, dass sie jede Art von Druck wirklich hasste. Es tat ihr sehr leid um die Tiere, sie hatte sich gerade daran gewöhnt, von all dem lebendigen Gewusel umgeben zu sein. Aber der Preis war zu hoch. Sie ließ sich nicht dermaßen beeinflussen, ganz sicher nicht.

Auf einmal klingelte es. Gertrud schrak zusammen, schon sehr, sehr lange hatte sie ihre eigene Klingel nicht mehr gehört, so lange, dass sie ihren Ton total vergessen hatte. Er klang eigentlich ganz hübsch, ein sanftes Ding-

Dong. Gertrud drückte auf den Summer und öffnete ihre Wohnungstür, das konnte sowieso nur ihr Sohn sein. Also kam er doch, lächelte sie, wenn auch einen Tag zu spät.

Akasha schnaufte die Treppe empor.

»Es tut mir leid!«, rief sie schon im Treppenhaus. »So war das nicht geplant, ich habe es ernst gemeint, als ich sagte, es geht nicht um dein Leben. Das geht wirklich niemanden was an.« Schwer atmend stand sie endlich von Gertrud.

»Geh nicht weg, bitte, die Tiere brauchen dich, und ich bin froh, eine Freundin gefunden zu haben. Lass uns all das vergessen, diesen ganzen Isis-Kram, komm einfach, und hilf mir, wie wäre das?«

Gertrud dachte nach. Dann griff sie in ihre Haare. Struppig wie immer. Grrr.

»Schon aus Eitelkeit werden wir das nicht vergessen, ich fühl mich besser, wenn ich mit dir zusammen Halluzinationen habe. Aber lass mich persönlich in Ruhe, ich bin einfach nicht so weit, und vielleicht werde ich es auch nie sein.«

»Dann kommst du wieder?«

Gertrud, die sich langsam ein bisschen blöd vorkam bei all dem Hin und Her, nickte. Sie nahm ihre Reisetasche, steckte die beiden Umschläge mit den Kündigungen ein, griff nach dem Blumenstrauß, drückte ihn Akasha in die Hand – fraßen Esel eigentlich Nelken? Dann wäre der Strauß wenigstens zu etwas Sinnvollem gut! – und war sicher, dass sie ihre Wohnung nun endgültig verließ.

Es stellte sich heraus, dass Esel, zumindest diese beiden, ganz verrückt nach Nelken waren, und es erfüllte Gertrud mit tiefer Befriedigung, als sie an sie ihren Blumenstrauß verfütterte. Sie streichelte sich durch alle Gehege und Käfige hindurch, sagte allen Tieren Gute Nacht. Das weiße Kätzchen wich nicht von ihrer Seite, und als sie sich nach einem Gute-Nacht-Tee in Akashas Küche zum ersten Mal in ihr romantisches, warmes Bett legte, kuschelte sich das Kätzchen sofort zu ihr unter die Decke. Schon ewig hatte sich Gertrud nicht mehr so zärtlich berührt gefühlt, zuletzt, als sie den winzig kleinen Paul in die Arme gelegt bekommen hatte. Und dann immer wieder, wenn sie ihn hielt, versorgte, fütterte und später als Teenager ab und zu noch umarmen durfte – doch all das war sehr lange her. Das weiche Fellchen, die zarten Glieder, das Schnurren, das Vertrauen, das ihr diese kleine Katze entgegenbrachte, obwohl sie es nicht musste, schmolzen den Panzer, den sie um ihr Herz gelegt hatte, während sie einschlief. Nicht den kompletten Panzer, natürlich nicht, aber immerhin ein kleines Stückchen. Sie konnte es deutlich spüren. Nur das war wichtig, nur das hier. Das Zusammenkuscheln und das gemeinsame Atmen. Das hier war das Leben auf der Erde, dachte sie, nur darum ging es, dafür lohnte sich der ganze Aufwand. Wenn die Menschen das verstehen würden, wenn sie sich daran erinnern würden, dann wäre die Erde ein wahrhaft paradiesischer Ort. Dann rief sie ihre Gedanken zur Ordnung. Es war für SIE das Wichtigste. Andere mochten das mit Recht anders sehen.

Am nächsten Morgen musste sie sehr früh raus. Sie trat ein letztes Mal ihren Dienst bei der Reinigungsfirma an, übergab die Kündigung und nahm sofort ihren Jahresurlaub. Ihr Chef faselte etwas von einem Aufhebungsvertrag, und Gertrud stimmte zu, auch wenn sie wusste, dass er sie damit über den Tisch zog. Es war ihr egal, die Hauptsache, sie konnte so schnell wie möglich wieder gehen. Als sie ihre Schlüssel auf den Tisch legte und er ihr für die gute Zusammenarbeit dankte – nachdem sie den Aufhebungsvertrag unterschrieben hatte, der ihn von weiteren Zahlungen entband, sehr weit her war es nicht mit seiner Wertschätzung –, war ihr zum Jubeln zumute. Sie verließ das Büro und fühlte sich zehn Kilo leichter. Und dann wurde sie übermütig. Sie simste Akasha, fragte, ob sie sie unbedingt brauchte, nahm einen Bus und fuhr geradewegs mitten in die Stadt, in die belebte Einkaufszone. »Feiere deine Befreiung«, kam eine SMS zurück, »ich kümmere mich um alles, freu mich auf dich! Ich koche.«

Gestern Abend beim Tee hatten sie beide dankbar erkannt, dass sie sich gegenseitig Freiheit ermöglichten. Die Arbeit konnte von einem allein getan werden, wenn man gut organisiert war, Akasha hatte es all die Jahre vorgemacht. Und so würden sowohl Gertrud als auch Akasha ab sofort ein paar Stunden am Tag oder auch mal ein, zwei ganze Tage freihaben. Noch immer hatte Gertrud nicht verstanden, wie Akasha ihren Gnadenhof finanziell über Wasser hielt, sie hatte gestern Abend etwas von einem großzügigen Spender gesagt. Es war ein eingetragener Verein, es gab also wohl so etwas wie Spendeneinnahmen. Womit Gertrud selbst ihr Geld verdienen würde, stand noch in den Sternen. Sie hatte eine zauberhafte Unterkunft, Akasha kochte, und sie hatte Arbeit. Die kleine finanzielle Belastung, die blieb, würde sie irgendwie meistern. Hoffentlich konnte Akasha sie für kleines Geld anstellen, damit sie wenigstens versichert war, doch auch da würde es Lösungen geben. Vielleicht würde sie sich sogar selbstständig machen … womit auch immer.

Nun erstmal die Innenstadt. Seit Langem hatte sich Gertrud nicht mehr in die schicken Einkaufspaläste getraut, wozu auch, grau, pleite und schäbig, wie sie sich fühlte. Nein, korrigierte sie sich, wie sie war. Die Gefahr war groß, dass sie sofort zur Kundentoilette rannte und dort zu schrubben begann, statt sich im Gourmettempel zwei sündteure Pralinés zu gönnen und in der Kosmetikabteilung von einer schlanken, zu stark geschminkten jungen Frau mit blumig duftendem Parfüm bestäuben zu lassen. Sie hatte vergessen, wie es war, als Kundin umworben zu werden, denn sobald sie einen Laden betrat, wandten sich die Verkäuferinnen ab. Sie wirkte einfach nicht wie eine Frau, die Geld für sich ausgab, und egal, was man aus ökologischen Gründen davon halten mochte, dachte Gertrud, als sie an den glitzernden Schaufenstern vorbeiging, sie hatte vergessen, dass es Spaß machen konnte, Lippenstift und Schuhe zu kaufen.

Mit sechzehn hatte sie gar nicht genug von Farben bekommen können, und so befreit sie sich auch fühlte, weil sie sich seit fünfundzwanzig Jahren keinem modischen Diktat mehr unterworfen hatte, so sehr spürte sie auf einmal, wie ein Teil von ihr brachlag. Was war daran neu, fragte sie sich, während sie nach einer ganz bestimmten Hausnummer Ausschau hielt. Was war auf einmal anders, sie hatte sich doch gut eingerichtet? Sie hatte ihr Auskommen gehabt, und wer brauchte schon Silikon und aufbereitetes Erdöl oder, die Öko-Variante, Kakaobutter, um es sich mit ein paar Farbpigmenten versetzt ins Gesicht zu schmieren? Ich, meldete sich eine längst verschollen geglaubte Stimme in ihr, und ein Funke ihres alten, vielleicht eitlen, aber immerhin selbstsicheren Wesens zeigte sich in ihren Augen. Irgendeine Uhr war abgelaufen, und eine andere begann zu ticken, spürte sie, etwas Neues wollte beginnen. Isis. Nun ja. Vielleicht war es Isis, die nun hier unterwegs war und Gefahr lief, sich demütigen zu lassen.

Gertrud atmete tief durch, da war es. In warmem Gold schimmerte der Schriftzug, der Eingang war üppig mit Frühlingsblumen geschmückt und, was Gertrud besonders liebte, einige Kerzen brannten in großen Stalllaternen. Das Licht wies den Kundinnen den Weg, das war so symbolisch und so typisch werbewirksam, dass Gertrud zynisch werden wollte, doch in Wahrheit seufzte sie auf. Sie war willkommen, symbolisierte das Licht, und auch wenn sie wusste, dass sich dieses Willkommen nur auf ihren Geldbeutel bezog, so genoss sie es, derart umschmeichelt zu werden.

Sie betrat den Kosmetiksalon, trat ein in einen Garten voller Pfingstrosen. Natürlich, Donna bekam immer, was sie wollte. Perlende Klaviermusik empfing sie, und ihr Herz begann, wie wild zu klopfen. War sie da, ihre Schwester? Und sie selbst, war sie noch zu retten?

»Wir freuen uns sehr über Ihren Besuch, was dürfen wir für Sie tun?«, begrüßte sie eine blonde Frau in einem zartrosa Kostüm. Sie passte so perfekt zu den in schimmernden Glasregalen aufgereihten Rosencremes, dass Gertrud nur respektvoll nicken konnte. Donna hatte es wirklich drauf.

»Ich hatte einen Gutschein, aber ich hab ihn verloren, ich hab in dem Kino gewonnen«, sagte Gertrud mit erstaunlich fester Stimme, sie hatte nichts zu verlieren, erkannte sie. Ihr Leben sortierte sich gerade neu, es stand ihr frei, endlich selbst ihre Kosmetik-Ausbildung zu machen. Einen Weg würde sie schon finden, wenn sie das wirklich wollte.

»Moment mal … Gertrud? Ist das Ihr Name?«, fragte die blonde Rosenfee. Gertrud nickte verblüfft.

»Für Sie ist ein Platz reserviert, wann immer Sie möchten, direkte Anweisung von ganz oben«, lächelte die Kosmetikerin. Gertrud schaute sich um.

»Donna ist kurzfristig verreist«, erklärte die Angestellte. »Möchten Sie sofort einen Termin? Was dürfen wir denn für Sie tun?«

Welcher Teufel sie auch immer ritt, als sie nickte, er war auf jeden Fall weiblich.

9

Sie flogen zunächst nach Paris, von hier aus würde der schnellste Langstreckenflug mit dem Airbus nach Los Angeles starten. Es war unglaublich, wie leicht sich alles regeln ließ, wenn Geld keine Rolle spielte. Den Einreiseantrag mit den verrückten Fragen über ihre mögliche Nazivergangenheit – es fehlte nur noch die Frage, ob sie in näherer Zukunft planten, mit einem voll besetzten Jumbojet in eines der höheren Gebäude des Landes zu stürzen – hatten sie im Internet ausgefüllt, je vierzehn Dollar Gebühr bezahlt und sofort ihre Bestätigung bekommen. Sie waren willkommen in den USA, was für eine Ehre. Frederik schien sich zu erholen, während sich Donna krank und alt fühlte, beladen, wie es in der Bibel hieß. Sie übernachteten einfach aus Spaß in einem zauberhaften kleinen Hotel in Paris an der wie ein Edelstein schimmernden Sacré-Coeur. Sie stiegen wie jedes Mal, wenn sie in Paris waren – und das waren sie häufig, denn nirgendwo fühlte sich Donna so sehr inspiriert wie in der Hauptstadt der Schönheit – die vielen Stufen zur strahlend weißen, im Zuckerbäckerstil erbauten Basilika empor und teilten sich den besten Platz für einen Sonnenuntergang mit vielen Menschen jeder Nation.

»Weißt du, wie oft sie gestrichen werden muss, um so weiß zu bleiben?«, fragte Donna und lehnte sich an Frederik. Er war ein wandelndes Lexikon, der Brockhaus auf Beinen.

»Gar nicht, Süße. Der Stein, aus dem sie besteht, gibt

nach und nach Kalzium ab, er wird immer weißer. Praktisch, oder?«

Donna schüttelte den Kopf, damit hatte sie nicht gerechnet. Sehr pflegeleicht. Sie holte eine Papiertüte mit der zuckersüßen Spezialität des Landes hervor und reichte sie Frederik. Selig knabberten beide an den braunen und pinkfarbenen Macarons und gingen dann in ihr Zimmer zurück. Alles hätte so perfekt sein können. Das Hotel am Montmartre, lavendelblau getüncht mit genauso pittoresk verschnörkelten, ein wenig verwitterten Geländern und Balkonen, wie man es getrost von Paris erwarten durfte, lud sie zu schwelgender Romantik ein. Korbmöbel, zarte Farben, edler Shabby Chic, feines Porzellan. Das Bett ein duftiger, weißer und – passend zur Außenfassade – lavendelfarbener Traum, eine Filmkulisse für zärtlichen, leise seufzenden Sex, dachte Frederik. Donna legte sich hin, streckte die Beine aus. Doch als er sie berührte, drehte sie sich von ihm weg.

»Schau, ich hab die Stufen geschafft, so schlimm kann es also nicht sein!«, sagte er. Glaubte sie ernsthaft, er sei zu erschöpft für Sex? Mit ihr? Wusste sie nicht, wie sehr er sie begehrte, wie sie ihn immer noch in ihren Bann zog? Wenn es etwas gab, das ihn gesunden ließ, dachte er, während sich sein Herz schmerzhaft zusammenzog, dann war es das Privileg, diesen zarten, elfengleichen Körper besitzen zu dürfen. Von ihr gebraucht zu werden, ihr Entspannung und Erdung zu verschaffen und sie zu beschützen, das war es doch, wozu er auf der Erde war.

Als er aus Gertruds Zimmer gestürzt war, damals, als er erkannte, dass sie ihn nicht brauchte, dass sie ohne ihn klarkam, damals, als er ihre wahre Stärke für einen Moment lang in ihren Augen schimmern sah, da war etwas in ihm erwacht. Eine Art Ritter, ein Held. Seine Bestimmung. Er musste schützen. Er musste gebraucht werden. Und Donna erfüllte ihm dieses Bedürfnis nur zu gern.

»Ist mein Leben eine Lüge?«, fragte Donna jetzt leise und starrte an die Wand.

Frederik hielt die Luft an. Was sollte die Frage? Natürlich war ihr Leben eine Lüge, zumindest baute es auf Verrat auf. Wusste sie das wirklich nicht?

»Wie kommst du darauf, Schatz?«, entgegnete er.

»Sei ehrlich, ist mein Leben eine Lüge?«

»So einfach ist das nicht, meine Süße.«

Donna setzte sich auf.

»Doch, so einfach ist es. Ich habe meiner Schwester den Mann genommen, die Berufung und die Anerkennung, und ich glaube, einen großen Teil ihrer Seele noch dazu. Meinst du, ich weiß das nicht?«

Frederik räusperte sich.

»Warum fragst du dann?«

»Weil wir nie darüber reden. Hast du sie geliebt, so richtig, meine ich?«

Frederik schwieg.

»Ich liebe dich, mein Schatz«, sagte er nach einer Weile.

»Du weißt, das beantwortet nicht meine Frage.« Donna stand auf und betrat den kleinen Balkon. Sie schaute über die Stadt, deren Lichter schimmerten wie eine mit Tau benetzte Wiese in der Morgensonne.

Frederik ging zu ihr, legte seine Hände von hinten um ihre Taille. Und stellte entsetzt fest, dass er sie am liebsten vom Balkon werfen würde. Natürlich tat er es nicht. Aber er konnte nicht umhin, zu erkennen, dass er wütend war. Sehr wütend. Ja, sie hatte ihrer Schwester einiges genommen. Ihn aber hatte sie komplett ausgeraubt. Beide, Gertrud wie auch er, waren selbst für ihr jeweiliges Leben verantwortlich, das war ihm schon klar. Doch wenn sie ihn wirklich liebte, hätte sie dann nicht darauf bestehen müssen, dass er zumindest die Möglichkeit in Betracht zog, Gertruds Sohn wäre auch seiner? Hätte er nicht ein eigenes Leben haben sollen, eine eigene Karriere? Unabhängig von ihr? Sein Kopf begann zu schmerzen, und er wurde kurzatmig. Was sollten diese absurden Ideen, er hatte freiwillig und eigenständig entschieden, sich um den Aufbau ihres Kosmetiksalons zu kümmern und für sie da zu sein. Jeder Weg hatte ihm offen gestanden, Donna hatte niemals gesagt, er solle all seine eigenen Pläne aufgeben, um ihr zu dienen. Doch da gab es diesen Blick in ihren Augen, diesen Engelsblick, wie er es nannte, verletzlich wie ein Kind, großäugig und so unschuldig, dass er gar nicht anders konnte, als ihr die Sterne vom Himmel zu holen. Beziehungsweise sie dabei zu unterstützen, das für andere zu tun.

Donna drehte sich zu ihm um.

»Schatz, komm, leg dich hin. Es tut mir leid, ich stresse dich mit meinen blöden Fragen.« Sie legte ihre Hände auf ihn, schenkte ihm Energie, rief ihre Engel und das violette Licht, das in ihrer Branche so gern bemüht wurde. Sie sorgte für ihn, war für ihn da. Irgendetwas durchströmte ihn. Sie war absolut nicht ansprechbar, wenn sie in ihrem Licht schwelgte, und so war er nicht sicher, ob er ihr sagen durfte, dass sein Herz zum Zerreißen zu schmerzen begann. Es würde sowieso keinen Sinn haben, ihr das mitzuteilen.

»Ah, du reagierst, das ist gut, es sind die alten Verletzungen, die sich jetzt zeigen«, würde sie säuseln, und oft genug hatte sie auch recht. Aber heute war es anders. Er spürte es ganz deutlich. Sie schlang ein Band aus Energie um ihn, legte es nicht, wie sie es selbst immer predigte, in eine Achterschlinge um sie beide, die Kreuzung zwischen ihnen, damit jeder seinen eigenen Platz für sich behalten konnte, sondern zog ihn mit dieser Schlinge förmlich an sich. Und er genoss es. Wenn er so wichtig für sie war, dass sie ihn bannte, dass sie gegen ihre eigenen Grundsätze handelte und ihn festhielt, dann liebte sie ihn wohl sehr.

Er entspannte sich, gab sich ihrer Magie hin und wurde auf einmal von inneren Bildern überflutet, die so deutlich waren, als schaute er sich einen Film an.

Eine im Äther herumlungernde Herde verschiedenfarbiger Drachen hob die Köpfe und knurrte, als Donna das violette Licht rief. Schon lange beobachteten die Drachen die spirituelle Szene, wusste Frederik plötzlich. Es gab wirklich viel Licht, viel Heilung und jede Menge Aufrichtigkeit, doch einige Menschen saugten die zur Verfügung gestellte Energie wie süchtig auf, pumpten sich voll damit, tarnten ihre eigenen Unzulänglichkeiten und dunklen Flecken. Andere nutzten das aus und stellten sie ihnen zur Verfügung, in dem Wissen, dass sie damit selbst zur Droge wurden. Nun, was sicherte die eigene finanzielle Existenz besser als eine Horde Junkies, die ihren Stoff brauchten?

Besser ging es nicht für die dunklen Drachen. Sie brauchten nicht mehr zu verführen, sie bekamen die Brocken einfach so hingeworfen. Niemals waren die Drachen besser genährt als jetzt, die Menschen boten ihnen ein nie gekanntes Festmahl. Wohl versorgt gewesen waren sie schon immer, auf den Narzissmus der Menschheit war Verlass, aber das hier übertraf alles. Gut, da gab es das Mittelalter, Tod und Teufel, alle fünf Minuten eine Hexenverbrennung, jede Menge Schwarzer Magie. Ein üppiges Büffet aus fehlgeleiteter, der persönlichen Macht statt dem Leben dienender Energie. Doch es gab damals starke Gegenbewegungen im Osten, die Drachen wurden als Glücks- und Heilsbringer verehrt und bestens gehütet. Die Glücksdrachen hatten die Dunklen einigermaßen ausgeglichen und unter Kontrolle gehalten, indem sie ihre Strahlkraft einfach dahin leuchten ließen, wo die Dunklen wirkten. Dann das Dritte Reich, hier waren sie bewusst von der Leine gelassen worden. Hitler und seine Kumpanen hatten dafür gesorgt, dass die zerstörerische Drachenkraft endgültig entfesselt wurde, als sie die uralten Runen und Zeichen missbrauchten, um ihr grauenvolles Werk zu verrichten. Das Hakenkreuz, eine über sechstausend Jahre alte Swastika, die ursprünglich nichts als Glück bringen sollte. Pervertiert, in der Bedeutung bis heute in gewissen Kreisen völlig verdreht. Drachensymbole an den Gebäuden, die größenwahnsinnigste Egomanie vermittelten. Glühender Fanatismus, der sich selbst glaubte. Millionen Drachen traten ihren todbringenden Dienst an, als der totale Krieg ausgerufen und freudig bejubelt wurde. Sie konnten nicht anders, sie dienten der Heilung wie auch der Zerstörung, so, wie es ihnen befohlen wurde. Der Osten? Auch der hütete seine Drachen nicht mehr. Das Leben wurde nicht mehr geachtet, die alten, geheimen Heilkünste verhökert und verleugnet.

Drachen standen im Gegensatz zu den meisten anderen Krafttieren sowohl im Dienst des Lichtes und der Dunkelheit, wie einige besonders liebende Engel, allen voran Luzifer, erinnerten sich die ältesten von ihnen.

Ein besonders furchterregend wirkender, noch junger Drache richtete sich auf. Er leuchtete blutrot. Sein Gehabe erinnerte an einen coolen Teenager, dem nichts und niemand etwas anhaben konnte. Er entfaltete seine gewaltigen Flügel auf eine bestimmte Weise, die den anderen zeigte, dass mit ihm nicht zu spaßen war.

»Die greif ich mir«, grollte er und hustete qualmend. Ein durch viele Kämpfe entstellter, betagter Feuerdrache breitete seine Flügel aus, nur ein wenig, doch es genügte, um die anderen vor Ehrfurcht erstarren zu lassen.

»Klauen weg. Die gehört mir. Schon längst. Seit Äonen begleite ich sie, was meinst du, warum ich so vernarbt bin?« Er senkte seine ausladenden, lederartigen Flügel.

»Du gehörst ihr, meinst du wohl.« Eine graue Drachendame grinste hämisch.

»Wie, er gehört ihr? Wie funktioniert das denn mit den Menschen?« Verächtlich spuckte der Jungdrache die Frage aus. Interesse an überhaupt irgendetwas zu zeigen, war peinlich genug. Der Alte schnaubte, die anderen gingen in Deckung.

»Vor langer Zeit«, begann er die uralte Legende zu erzählen, die von Generation zu Generation weitergegeben wurde, »vor langer Zeit gehörten die Drachen und die Engel zusammen. Wir waren eine große Familie, zu der sogar Einhörner gehörten.« Wieder schnaubte der Alte. Der Junge tat es ihm nach. Lächerlich, Engel und Einhörner. Die Weicheier in der Welt der Energiewesen, zu nichts Aufregendem zu gebrauchen. Sie waren dazu verdonnert, lichtvoll und langweilig zu sein. Bis auf Luzi natürlich, der war cool, ein echter Rockstar.

»Wir alle dienten der großen Göttin, die auch von den Menschen verehrt wurde. Die Menschen riefen uns, wenn sie Hilfe brauchten, nicht bewusst, nicht mit Namen, doch wir erkannten genau, welche Kraft gerade gebraucht wurde, und standen zu Diensten, gemeinsam mit all den anderen Krafttieren und Energiewesen.«

»Wozu?«, warf der Junge ein. »Wieso dienen wir? Haben wir das nötig?« Er richtete sich auf, bewegte sich hin und her, machte sich groß.

»Alles dient, es geht gar nicht anders. Wir dienen immer noch, ich komm gleich dazu. Unterbrich mich nicht. Wir Drachen hüten die größten Schätze der Erde, heißt es, und das stimmt. Es ist die Heilkraft. Wir aktivieren mit unserer Energie die Selbstheilung der Wesen, zu denen wir gerufen werden, wir sind magische Wesen, wir geben sehr starke Ordnungsimpulse.«

»Was soll denn das sein, ein Ordnungsimpuls?«, warf der Jungdrache ein, er konnte sich nicht beherrschen, selbst wenn er es gewollt hätte.

»Du kriegst ihn gleich zu spüren, den Ordnungsimpuls«, brummte der Alte, doch der Qualm, den er ausstieß, strafte sein Knurren Lügen. Er war weiß, ein sicheres Zeichen dafür, dass er sich königlich amüsierte.

»Ein Ordnungsimpuls lässt sich nicht beschreiben. Es ist wie ein sehr starker Energiestrahl, der alles Alte löscht und den Inkarnationsschub erneuert.«

»Inkarnationsschub?« Der Rote machte große Augen, nichts war von seinem angeberischen Gehabe übrig geblieben. Er erlaubt sich, neugierig zu sein, lachte der Alte innerlich, und es fiel ihm schwer, die Farbe seines Qualmes zu kontrollieren. Am Ende würde er vor lauter Vergnügen noch rosa Wölkchen ausstoßen, befürchtete er und unterdrückte angestrengt sein Schnauben. Es war, als widerstehe man einem starken Niesreiz: fast nicht zu schaffen.

Die anderen Drachen rückten näher, schwankend, flatternd, machtvoll. Endlich traute sich einer, Fragen zu stellen. Der Uralte schaute sich drohend um.

»Wieso weiß der Kleine das nicht? Wer ist für ihn zuständig?« Niemand meldete sich.

»Zu wem gehörst du?«, wandte sich der alte Drache, dessen Qualm nun ganz von selbst tiefschwarz wurde, an den Roten. Dieser zuckte nur die Flügel.

Stille breitete sich aus, nur unterbrochen von schabenden Flügelgeräuschen und nicht zu vermeidenden Feuerstößen.

»Wir sind die machtvollste Spezies im ganzen Energiewesen-Reich. Und die gefährlichste, denn wir dienen dem Lichten wie auch dem Dunklen. Ich wollte euch erzählen, dass uns die Menschen nicht mehr hüten, dass wir dunkel geworden sind, weil wir für das Dunkle eingesetzt wurden. Ich wollte euch von euren Engeln erzählen, die eure Herzen aufbewahren, während ihr dem Dunklen dient, so lange, bis ein Mensch eure Engel ruft und euch eure Herzen voller Mitgefühl zurückgibt. Das müssen die Menschen machen, denn wir dienen ihren Seelen, es waren die Menschen, die uns in die Schwarze Magie hinabgerufen haben. Ich wollte euch erzählen, dass wir einst große Heiler waren und es wieder werden können. Werden wir von unseren Menschen alleingelassen, hüten uns unsere Drachenreiter nicht, dann werden wir böse, wir verkommen, wir werden hart und zynisch, beginnen, uns am Dunklen zu erfreuen. Das ist bereits geschehen, wir bringen voller Lust Tod und Vernichtung. Ich wollte euch von der großen Herausforderung erzählen, die es für einen Menschen darstellt, einen von uns zu hüten, denn wir reagieren auf jeden Impuls, egal, ob er vom Herzen kommt oder aus der Angst heraus geboren worden ist. Dienen wir der Angst der Menschen, so vernichten wir das Leben. Dienen wir den Herzen, so bringen wir höchstes Glück und heilsamste Erfüllung. Die neue spirituelle Welle macht es uns leicht, denn wie ihr selbst erkennt, verbrämen die Men-

schen ihre Angst und ihr Ego nun mit salbungsvollen Phrasen und glauben, sie könnten alles selbst, statt unsere Engel hinzuzubitten. Sind unsere Engel bei uns, dann dienen wir nur den höchsten, reinsten Absichten, sie sind der Garant dafür, dass wir dem Dunklen widerstehen.

All das wollte ich euch erzählen. Doch wie ich sehe, spielt es keine Rolle mehr, ob uns die Drachenreiter hüten oder nicht. Wir selbst haben aufgehört, füreinander da zu sein, und damit ist alles verloren. Wenn nicht ein Mensch die große Drachenmutter ruft, die uns alle vereint, dann weiß ich nicht, wie wir gerettet werden könnten. Die Menschen wenden sich immer weiter ab, sie beten und meditieren sich von der Erde weg statt zu ihr hin. Wir verlieren sie. Sie wollen nicht hier sein, was nur zu verständlich ist, wenn man sich anschaut, was sie alles angerichtet haben. Sie erschaffen sich eine Traumwelt, eine Astralwelt, sie ist schon sehr stark, wie ihr wisst. Es gibt einen kollektiven Traum vom Paradies, eine Welt, in der wir zahm und freundlich sind, in der die Menschen auf Einhörnern reiten können und selbst Engel sind. Weil ihn so viele träumen, erschaffen sie diese Welt, das stimmt. Aber sie ist nicht real, sie ist ein Traum, sie hat nichts mit dem wahren Auftrag und der ursprünglichen Absicht zu tun.«

»Und was wäre dieser Auftrag?«, fragte der rote Drache und stieß Ringe aus Rauch aus, als hinge ihm eine Kippe schräg im Maul. Er hatte es lange geübt und war wirklich stolz auf seine Fähigkeiten. Der Alte nickte, der Kleine gefiel ihm. Er entschied, ihn ein wenig unter seine Drachenflügel zu nehmen.

»Ganz einfach. Himmel und Erde miteinander zu verbinden. Aber sie wollen die Erde nicht. Sie wollen nicht das, was »auf der Erde sein« wirklich bedeutet. Sie wollen ein bisschen manifestieren, wie es ihnen gerade passt, aber sie vereinen sich nicht

mit Mutter Erde. Mehr kann ich dazu nicht sagen, ich bin kein Mensch. Woher soll ich das wissen?«

»Du bist nicht so zynisch und verloren, trotz all der Kämpfe und obwohl du nicht gehütet wirst. Woher kommt das?«, fragte der graue, weibliche Drache.

»Ich diene einer Zwillingsseele. Sie hat sich in zwei Menschen aufgeteilt. Ein Teil der inkarnierten Seele ist voller Mitgefühl und führt mich, wenn auch unwissentlich. Der andere Teil dagegen würde mich am liebsten wegsperren, ignoriert mich, statt all das Wissen, das wir zusammen erarbeitet haben, zu nutzen. Es ist eine ganz besondere Herausforderung für diese Seele.«

»Das klingt anstrengend. Und sehr abgefahren. Definitiv nichts für mich. Irgendwo gibt's immer einen Krieg, bei dem ich mitmischen kann.« Der graue Drache spreizte die Flügel und stieg pfeilschnell in die Lüfte, einige folgten ihm johlend. Es war, als flögen sie zu einer Party.

Der junge Drache atmete aus, und Rauch quoll aus seinem Maul. Keine kunstvollen Ringe, sondern trauriger, schmutziger Qualm. Er waberte über den Boden, löste sich auf.

»Und wo ist mein Mensch?«, fragte er und warf den Kopf in den Nacken, wandte sich um, breitete die Flügel aus und stieg empor. Er streckte die mittleren Klauen mit einem gefauchten »Fuck you« empor, hielt den Rücken gerade und spie einen beeindruckenden Feuerstoß. Dem Alten traten die Tränen in die Augen. Tapfer war er, der Kleine. Er könnte ein großartiger Hüter des Lichtes werden, bekäme er nur sein Herz zurück. Und seinen Menschen.

All das blitzte durch Frederiks Bewusstsein, so eindringlich, als wäre es real. Er rieb sich die Augen, als wäre er selbst dieser gerührte Alte. Drachen. Natürlich. Er konnte gerade so damit leben, dass Donna tief und innig an Engel glaubte, das taten viele. Wenn es half … Marias Verkündigung durch Erzengel Gabriel bildete schließlich einen festen Pfeiler im Gerüst der Religion, die in diesen Breitengraden üblicherweise praktiziert oder ignoriert wurde. Aber Drachen? Wie alt war er?

Auf einmal wurde es ihm zu eng, er wollte aufspringen und ihre Hände von sich stoßen, doch so funktionierte ihre Beziehung nicht. Es würde sie verletzen, und das war wirklich keine gute Idee. Er teilte sein Leben nun seit sechsundzwanzig Jahren mit ihr, und in all der Zeit hatten sie nie über seine Trennung von Gertrud gesprochen. Das war fast nicht zu glauben, doch nachdem Frederik ganz zu Beginn ihrer Beziehung einmal einen Versuch gestartet hatte und kläglich abgeschmettert worden war, verstaute er diesen Teil seines Lebens weit hinten in den verstaubten Regionen seiner Erinnerung. Wie so vieles andere auch. Sie ließ nun weißes Licht durch ihre Hände fließen, er spürte, wie die Frequenz wechselte. So vertraut war er mit ihr, dass er sogar die Lichtenergien erkannte, die sie rief.

Noch schöner wäre es, wenn er mit sich selbst ein wenig vertrauter wäre, dachte er in einer unbequemen Windung seines Gehirnes. Er döste wieder ein, erinnerte sich an sich selbst.

Frederik. Einser-Schüler, besonders in Sport. Hervorragendes Elternhaus, der Vater Arzt – und das war es selbstverständlich, was auch Frederik anstrebte. Die Mutter eine angesehene Naturwissenschaftlerin. Eines Tages würde sie ein Medikament entdecken und damit alle Kinder retten, erklärte sie oft. So, wie sie sich ins Zeug warf, konnte es sich dabei nur noch um wenige Tage handeln, bis sie ihr

Ziel erreichte. Auch die gemeinsten Viren und Bakterien hatten neben ihrem Willen und ihrer Durchsetzungskraft keine Chance. Jede seiner Kinderkrankheiten hatte sie als persönliche Niederlage empfunden und ihn mit den neuesten, sich oft genug noch in der Testphase befindlichen Mitteln behandelt. Man konnte es verantwortungslos nennen, doch seine Mutter war zutiefst davon überzeugt, dass ihr Kampf gegen das Mikro-Ungeziefer jedes Mittel rechtfertigte. Der Erfolg gab ihr Recht, Frederik besiegte seine Krankheiten meistens in der Hälfte der üblichen Zeit. Umso absurder war es, dass er nun an diesem idiotischen Virus erkrankt war. Wenn er nur seine Mutter um Hilfe bitten könnte … doch sie war tot, vor wenigen Jahren an einer Krankheit gestorben, die sie sich selbst zugefügt hatte. Ihr neues Heilmittel, das sie testen wollte, hatte versagt – und Frederik hatte den Glauben verloren. Was für ein Scheißgott war das, der seine Mutter sterben ließ, während sie sich für das Leben anderer aufopferte?

Seine Kindheit war irgendwie verrückt, so, als lebte Frederik auf einem anderen Planeten als seine Mitschüler. Seine Mutter kochte nie, geschweige denn backte sie jemals Kuchen. Sein Vater war viel zu beschäftigt, um mit ihm Fußball zu spielen, schwimmen zu gehen oder zu raufen. Schwäche ließen seine Eltern nicht gelten, der Dienst an der Menschheit war das Einzige, das in ihren Augen zählte. Es gab natürlich Mahlzeiten, diese wurden immer geliefert. Als er ein ganz kleines Kind war, dachte er, eine Küche diene nur dazu, Kaffee zu kochen und sich zu streiten. Denn das taten seine Eltern stets herzhaft und ausführlich. Auch die leidenschaftliche Versöhnung fand meistens in der Küche statt. Da sowieso nicht gekocht wurde, wäre es schade um die Arbeitsplatten, lachte sein Vater oft. Natürlich sah Frederik nicht zu, wenn sich seine Eltern miteinander versöhnten. Das wäre doch zu merkwürdig gewesen, selbst für diese Familie. Zumindest sah er nicht zu, wenn es sich vermeiden ließ. Was nicht immer der Fall war.

Wahrscheinlich wäre Frederik ein Amok laufender oder ein psychopathischer Massenmörder geworden, wenn er nicht eine ganze Clique von Freunden mit normalen Familien gehabt hätte. Andere Mütter sorgten für ihn, andere Väter setzten ihm Grenzen, zeigten ihm die Welt und gingen mit ihm angeln. Seine Eltern bauten darauf. Hilf dir selbst, war ihr Credo, und so war es selbstverständlich, dass Frederik bei der halben Klasse zu Hause war.

Neben der Schule fotografierte er ein wenig, meistens Landschaften mit spektakulären Lichteffekten durch Sonne oder Mond. Doch niemand, nicht einmal er selbst, nahm sein Hobby ernst. Er hatte einfach einen guten Blick für Details, erkannte die Schönheit eine Szene, und, ganz besonders wertvoll, er hatte Geduld. Frederik konnte stundenlang auf den richtigen Lichteinfall warten, jenes Licht, das dieses Stück Natur in all seiner Pracht zur Geltung bringen würde. Und das schon mit zehn Jahren. Diese Geduld verlor sich, als er dreizehn wurde, lieber streifte er mit seinem Walkman durch die Stadt und traf sich mit den Jungs. Doch ab und zu, wenn er sich einsam fühlte, nahm er seine Kamera und suchte sich ein Motiv. Er umwarb es, schmeichelte ihm, lockte das Licht und schoss am Ende ein einziges Bild. Mehr brauchte er nicht, ein einziges Bild, das im perfekten Moment entstand. Er gab sein gesamtes Taschengeld für die Entwicklung dieser Bilder aus und pinnte sie statt Bravo-Poster, wie die anderen seiner Klasse, an die Wand seines Zimmers. Weniger ambitionierte Eltern wären sicher begeistert gewesen, hätten ihn gefördert, ihn als Künstler bezeichnet. Doch seine eigenen konnte er nicht beeindrucken, nicht auf diese Weise. Sowohl Gehirnchirurgen als auch Biologinnen hatten Wichtigeres zu tun, als sich die Natur auf Bildern anzuschauen, so erklärte sein Vater oft, und wenn er in seine Fußstapfen treten wollte – was außer Frage stand, schon wegen des Lebensstils, den ihnen der Vater dadurch ermöglichte –, täte er besser daran, exzellente Schularbeiten abzuliefern. Eine Anforderung, die Frederik natürlich erfüllte.

Und dann traf er Gertrud. Dieses übersprühend lebendige, schöne Mädchen. Ein Sonnenstrahl hatte sich in ihrem Haar verfangen, als er sie zum ersten Mal wahrnahm, einfach irgendein beliebiger Sonnenstrahl. Doch für ihn, der das Licht kannte, der es verführte und sich die Zeit nahm, zu warten, bis es die Verabredung mit ihm und seinem Motiv einhielt, war dieser Sonnenstrahl eindringlich wie Amors Pfeil. Genau in dem Moment, in dem er sie auf dem Schulhof erblickte – seine Augen waren suchend über die Menge geschweift, ein Mitschüler hatte seine Hausaufgaben von ihm abgeschrieben und er brauchte sein Heft zurück –, wurde die Wolke, hinter der sich die Sonne verborgen hatte, von einem Engel zur Seite geschoben. Anders konnte es nicht gewesen sein. Statt seinen Freund zu suchen, hatte er wie gebannt auf Gertruds lockiges Haar gestarrt und gewusst, dass es nie wieder so schön aussehen würde, wie Tannenhonig, flüssig, seidig, überirdisch. Es war der perfekte Moment, und dass er seine Kamera nicht griffbereit hatte, ärgerte ihn noch heute. Doch sein

Herz schoss das Bild, dieses einzigartige Bild einer erwachenden Erdgöttin. Hatte er sie geliebt, so richtig? Ja, natürlich. Wie könnte er nicht? Er liebte sie, wie er all seine Motive liebte, innig und neutral zugleich. Er hatte eine schlechte Note kassiert, weil er seine Hausaufgaben nicht abgeben konnte, und in der nächsten Pause hatte er sie angesprochen. Und von da ab auf den zweiten perfekten Moment gewartet.

Donnas Behandlung war zu Ende, Frederik streckte und rekelte sich. Es ging ihm viel besser. Zum Dank und weil sie es so erwartete, hob er sie auf das Bett, öffnete ihre Beine und senkte seinen Mund über sie. Sie fühlte sich auf der Zunge an wie das Innere eine Auster, so zart und klein. Zum Glück liebte Frederik Austern, scherzte er oft. Er ließ seine Zunge um ihre Perle kreisen, langsam, so lange, bis sie stöhnte, seinen Kopf festhielt und sich schließlich aufbäumte. Er wurde hart, riss sich die Hose vom Körper und drang in sie ein. Sex funktionierte jedes Mal bei ihnen, seit sechsundzwanzig Jahren, und das war großartig. Nach ein paar Minuten lagen sie umschlungen auf dem Bett, Donna schmiegte sich endlich so an ihn, wie er es sich schon beim Betreten des Zimmers gewünscht hatte.

»Ich liebe dich«, murmelte er in ihr Haar, dann schlief er zusammen mit ihr ein.

Hätte er sich damals umgedreht, damals, als er aus Gertruds Zimmer gestürzt war und Klara in die Arme lief, hätte er sich umgedreht und Gertrud angesehen, dann wäre es um ihn geschehen gewesen. Denn da war er, der zweite Moment. Diesmal waren es ihre Augen, die blitzten, als wären sie nicht von dieser Welt. Blaugrün, mitfühlend, weise. Er hätte sie erkannt. Doch sie blitzten vergeblich, und so nahm das Schicksal auf andere Weise seinen Lauf. Erfüllen würde es sich sowieso.

10

Wenn Donna ihre eigene Aura hätte sehen können – wozu sie nicht imstande war, sie hatte es ausprobiert, aber sie nahm nur unergründliche Lichtreflexe wahr –, dann hätte sich ihr ein ungewohntes Bild geboten: Sie quoll über. Ihr zarter Körper schien zu schmal zu sein für all die Energie, die sie handhaben und verwalten musste. Das hatte ihr einmal eine Lichtarbeiter-Kollegin gesagt, die es selbst nicht glauben konnte. Donna war einfach zu voll mit seelischer Kraft, auch wenn die Kollegin laut ihrer eigenen Aussage von diesem Phänomen noch nie gehört oder gelesen hatte. Diese Erklärung hatte Donna sehr geholfen, denn sie war vierundzwanzig Stunden am Tag, sieben Tage die Woche, damit beschäftigt, all diese Kraft in Form, zum Ausdruck zu bringen. Anders war die innere Spannung nicht auszuhalten. Drogen zu nehmen, wäre die zweite Möglichkeit gewesen, sich selbst zu organisieren. Endlich verstand sie, warum sie so rastlos war. Denn Donna stand ständig unter Strom. Selbst wenn sie sich entspannte, wenn sie still wurde und Energie ungenutzt durch sich hindurchfließen ließ, spürte man ihre Ausstrahlung im ganzen Haus. Das war unglaublich anstrengend und unglaublich sexy. Denn auch ihre weibliche Kraft quoll über, war mit Händen greifbar, das sagte ihr Frederik oft genug, und irgendwann hatte sie begonnen, es zu glauben. Sie würde diese Kraft nutzen, um allen Frauen der Welt ihre ureigene Schönheit zu zeigen, hatte sie entschieden und dabei ganz vergessen, dass das ursprünglich Gertruds Worte gewesen waren. Doch mit diesem Hintergrund konnte sie gar nicht anders, als erfolgreich zu sein. Weil sie nicht nur ihre eigene, sondern auch einen guten Teil von Gertruds Seelenkraft manifestieren musste – anders ging es nicht auf der Erde, entweder man manifestierte sie, oder der Körper erkrankte durch all die stockende, versumpfende Energie –, zog sie rasch Menschen in ihren Bann. Es war, als spürte ihre nahe Umgebung, dass sie voll bepackt war. Und wie man automatisch zugriff, wenn jemandem eine Einkaufstasche vom Arm zu rutschen drohte, so packte auch Frederik mit an und half ihr, all die Kraft in Form zu bringen. War sie egoistisch? Oder konnte sie einfach nicht anders, als sich um ihren eigenen Kram zu kümmern und dabei jede Hilfe in Anspruch zu nehmen, die sich ihr bot, ob bewusst oder unbewusst?

Donna dachte oft darüber nach, die Kraft, die zu Gertrud gehörte, zurückzugeben. Sie wusste nicht, auf welche Weise sie sie an sich gebunden hatte, doch durch all ihre Ausbildungen und Erfahrungen traute sie sich durchaus zu, die Dinge in Ordnung zu bringen. Bringen *zu lassen*, denn natürlich würden die geistigen Kräfte durch sie wirken. Sie brauchte sich nur selbst zurückzuführen, den Moment zu erwischen, in dem sie die Seelenenergie an sich gerissen hatte, und es rückgängig zu machen. Doch sowie sie darüber nachdachte, fühlte sie, wie Trauer und ein undefinierbares, graues Gefühl sie zu durchströmen begannen. Wollte sie zurück in die Unscheinbarkeit, die sie als Teenager erlebt hatte? Ganz sicher nicht. Natürlich könnte sie das Beste aus dem, was sie unabhängig von Gertrud in diese Welt mitgebracht hatte, machen, sie könnte Musikerin, Künstlerin werden. Und immer Gefahr laufen, in der zweiten Reihe zu landen, nicht bemerkt zu werden. Sie wusste nicht, wie sie die Kraft an sich gerissen hatte, das war aus Versehen geschehen, unbeabsichtigt. Das stimmte. Aber sie wusste sehr wohl, wie sie sie hielt. Und weil ihr natürlich sehr bewusst war, dass dieses Verhalten durchaus als Seelenraub bezeichnet werden konnte, musste sie die Beste werden und sein. Sie war es Gertrud schuldig, ganz einfach. Den meisten Menschen wäre diese Innenschau viel zu kompliziert, absolut nicht nachvollziehbar. Aber Donna arbeitete mit Energie, sie kannte sich in den Gefilden des Bewusstseins aus wie ein Bauer auf seinem Acker. Dafür würde sie kläglich scheitern, wenn sie Kartoffeln pflanzen müsste.

All das ging ihr halb unbewusst durch den Kopf, während sie die scheinbar endlos lange Strecke nach Los Angeles flogen. Sie döste, schrieb ein wenig, las ein paar Geo-Zeitschriften, schaute sich einen der wenigen interessanten deutschsprachigen Film an – es war ein uralter Liebesfilm, der sich um E-Mails, Missverständnisse und Buchläden drehte –, aß, was man ihr vorsetzte, und achtete darauf, ihre Nahrung jedes Mal zu segnen.

Als sie endlich zur Landung ansetzten, begann ihr Herz, schneller zu schlagen. Kalifornien! Sie drehten eine Schleife über Los Angeles, und sie konnte nicht fassen, wie weit sich diese Stadt ausdehnte. In der Zeit, in der sie über diese eine Stadt flogen, könnten sie das gesamte Ruhrgebiet und Frankfurt noch dazu überqueren. Ein Witz, den sie einmal in einer Fernsehserie gehört hatte, fiel ihr unvermittelt ein, und sie schob es auf die Übermüdung: Was sagte Gott, als er das Ruhrgebiet geschaffen hatte? Wie jedes Mal, wenn sie an die dazugehörigen Urheber, ein Frauenkabarettduo, dachte, musste sie kichern, und Frederik schaute sie verwundert an.

»Essen ist fertig«, sagte sie, und Frederik nickte lächelnd. Er beugte sich über sie, küsste sie und blickte aus dem Fenster. Das Flugzeug neigte sich zur Seite, und er konnte bequem hinausschauen. Die berühmten Beverly Hills mit den absurd teuren, riesigen Villen und Hotels. Einstöckige Häuser in üppigen Gärten für die Wohlhabenden, so weit das Auge reichte. Graubraune Gebäude in graubrauner Landschaft für die anderen. Die für eine so gigantische Stadt winzig kleine Downtown mit einigen wenigen Hochhäusern. Verrückt lange Autokolonnen, die sich über die sechsspurige 405 schoben. Dann eine weitere Schleife – das Meer. Goldene Sandstrände, Long Beach, Santa Monica, Venice. Malibu.

Die Einreiseformalitäten dauerten ewig. Zwei Stunden lang standen sie an einem der zahlreichen Doppel-Schalter, um sich Fingerabdrücke nehmen und die Gesichtskontrolle über sich ergehen zu lassen, während ihre Koffer auf den Gepäckbändern hinter den Schaltern ihre Kreise drehten. Gerade als sie die Nächsten in der Reihe waren und der Zeitpunkt, den palmenbestandenen Ausgang des gigantischen Flughafens zu passieren, nicht mehr fern schien, ging einer der beiden Schalterbeamten in seine bestimmt wohlverdiente, aber dennoch sehr ärgerliche Pause, während sich eine ganze Gruppe von Touristen vor sie schob. Die Gruppe konnte nichts dafür, einer der die Menschenmassen ordnenden US-Beamten hatte sie durch eine Art Seitenpforte an den Anfang der Schlange beordert. Sie zwitscherten aufgeregt auf Französisch und lächelten Frederik und Donna zwar bedauernd zu, nahmen ihr Vorrecht aber dennoch ungerührt in Anspruch.

Eine Dreiviertelstunde später waren sie endlich an der Reihe. Sie gaben ihr endgültiges Reiseziel an, der müde Beamte, der sich sichtlich über seinen immer noch abwesenden Kollegen ärgerte, nahm gelangweilt ihre Fingerabdrücke, überprüfte die elektronische Gesichtserkennung, kontrollierte ihre Pässe und winkte sie schließlich durch. Sie griffen nach ihren Koffern, die noch immer ihre Kreise drehten, und standen schon in der nächsten Schlange, die durch den Zoll führte. Die Palmen mussten noch warten.

Doch dann endlich – der Ausgang. Stickige, heiße Luft, kakofonisches Stimmengewirr, die übliche Hektik eines Großflughafens, Busse, die die ankommenden Gäste der USA zu ihren Zielorten führten, seien es Hotels oder Autovermietungen. Und Palmen. Zerfleddert und staubig, nicht besonders gesund aussehend, aber eindeutig Palmen.

Sie stiegen in den Bus, der sie zu ihrem Hotel fuhr, wuchteten die Koffer auf die Ablagen. Der Fahrer half, die Gepäckstücke ordentlich aufzustellen, fragte die Gäste nach ihrem Heimatland.

»Welcome home«, sagte er zu einem wie frisch aus dem Ei gepellt wirkenden Geschäftsmann, der in breitestem Amerikanisch antwortete. Donna war eigentümlich berührt. Hatte jemals jemand in Deutschland »Willkommen zu Hause« zu ihr gesagt, wenn sie am Flughafen ankam?

Sie übernachteten in einem der zahlreichen, unpersönlichen Flughafenhotels, taten so, als seien sie auf einer Urlaubsreise, vermieden alle schwierigen Themen.

Am nächsten Tag standen sie früh auf, checkten, ohne zu frühstücken, aus und holten das Auto, welches Frederik per Internet bereits von zu Hause aus gebucht hatte. Gegen eins wollten sie den Schamanen zum ersten Mal treffen. Sie quälten sich durch Los Angeles, und plötzlich, trotz des langen Fluges und aller Umstände, die sie auf sich genommen hatten, und obwohl es bekanntermaßen nun mal der Weg nach Big Sur nördlich von Los Angeles war, gänzlich unerwartet, tauchte ein grünes, kleines Schild vor ihnen auf. Es standen nur eine Zahl und ein paar Buchstaben darauf, doch Donnas Herz begann, so rasch zu pochen, als würde sie nach Äonen der Suche nach Hause kommen. Was wirklich absurd war.

California 1 N. Nichts weiter. Nur dieses Schild. Die Auffahrt auf den weltberühmten Pacific Coast Highway, der an einer der wohl atemberaubendsten Küsten der Welt entlangführte.

Das Meer. Venice, Santa Monica. Dann, als sie nach Malibu kamen, zur Straße hin hermetisch abgeschirmte Fassaden und Garagenzufahrten, ab und zu ein Blick auf einen dem allgemeinen Publikum zugänglichen Strandabschnitt. Sie hielten an einer malerischen, im mexikanischen Stil gehaltenen und üppig bepflanzten Einkaufsmall in Malibu.

»Hier wohnt Jennifer Aniston«, flüsterte Donna, die es bis heute nicht verwunden hatte, dass Brad Pitt einer der Männer war, die ihre Ehefrauen verließen. Auch nicht für eine der schönsten Frauen der Welt. Für die schon gar nicht. »Lass uns mal bitte aussteigen.«

Ehrfürchtig öffnete sie die Autotür und kam sich gar nicht komisch vor. Immerhin hatte ihr diese Schauspielerin viele, viele wundervolle Abende beschert, und die Serie »Friends« war ihr oft genug Halt in einer turbulenten Welt gewesen. Solange Rachel und Ross ihre komplizierte Liebesbeziehung zu verstehen versuchten, konnte sie sich eine Auszeit von ihrem eigenen, ab und zu entschieden zu aufreibendem Leben nehmen.

»In der Mall?«, zog Fredy sie auf, sie war zu süß, wenn sie sich für etwas begeisterte.

»Ja und wenn? Ist doch ihre Sache!«, schmollte sie zurück. »Nein, hier in Malibu natürlich. Blödmann.« Sie küsste ihn zärtlich auf die Wange.

Eine Frau mit einem absurd großen durchsichtigen Plastikbecher ging an ihnen vorbei, er war gefüllt mit einem sehr grünen Brei.

»Frühstück! Ich muss auf der Stelle so einen grünen Smoothie haben«, japste Donna, und Frederik lachte. Er liebte sie so sehr, wenn sie wie ein Kind war, begeistert, aufgeregt, so ganz und gar nicht die vernünftige und zuverlässige Geschäftsfrau mit der glatten und zuvorkommenden Fassade.

»Vielleicht hat sie hier auch schon eingekauft …« Sie gingen in die Richtung, aus der die Frau gekommen war, und fanden ein kleines, europäisch aussehendes Geschäft, das an einen der frühen Öko-Läden erinnerte: ein bisschen chaotisch mit bunt durcheinander gestapelten Schachteln und Tüten mit seltsam klingenden Namen. Donna fühlte sich wie zu Hause, sie gluckste vor Freude. Hier gab es alles, worauf die Gesundheits-Szene in Deutschland schwor: Spirulina-Algen, Kokoswasser, die verrücktesten Power-Drinks und Getreide-Riegel. Eine riesige Theke beherrschte den Raum, es gab kaum Ablagefläche, überall stapelten sich die Waren-Displays. Dahinter türmten sich grüne Gemüse, Spinat, Feldsalat, Berge von Gräsern und Kräutern und in Stücke geschnittenes Obst. Voller Glück bestellte Donna einen großen Smoothie, zahlte stolz mit Dollars und trank selig lächelnd den ersten Schluck des gesunden, aber nicht besonders schmackhaften Gebräus. Sie spürte dem Geschmack nach – eindeutig zu viel Zitrone. Ihre eigenen grünen Smoothies, die sie ihren Kundinnen anbot, waren um Längen besser. Der weiche Bananengeschmack fehlte. Nun, die extrem schlankheitsbewussten Kalifornier weigerten sich vielleicht, welche zu essen. Ob sie vielleicht … Aber sie würde niemals eine Aufenthaltsgenehmigung bekommen, nur, um grünen Brei für Jennifer Aniston herzustellen.

»Bestimmt kauft sie hier manchmal ein«, flüsterte Donna. Auf die Idee, einfach zu fragen, kam sie natürlich nicht, und wenn, hätte sie sich lieber die Zunge abgebissen, als sich als kichernder, zitternder Fan zu outen. Frederik bestellte ebenfalls.

»Kauft unsere Freundin Jennifer Aniston hier ihre Drinks, von denen sie so schwärmt?«, fragte er auf Englisch und zog eine Augenbraue hoch.

Donna nippte an Frederiks Getränk, nun ja. Es ging wirklich besser. Sie verzog unauffällig ihr Gesicht. Die Zitrone würde sie weglassen und durch konzentrierten Pfefferminztee aus ganz frischer Minze ersetzen. Oder durch ungesalzenen Spargelsud zum Entwässern. Und auf Brokkoli stand sie auch nicht so. Aber vielleicht war das der ultimative California-Style, und sie hatte einfach keine Ahnung. Doch als der Verkäufer freundlich nickte und »Sure it is« antwortete, natürlich sei das *der* Laden, breitete sich Donnas Grinsen über all ihre Organe aus. Sie schlenderten zum Auto zurück, beide saugten an den Halmen ihrer riesigen Plastikbecher.

»Wir fahren fünf Stunden«, sagte Frederik, als sie an einem Starbucks vorbeikamen, »wenn du noch mal musst …«

Donna lachte nur und schüttelte den Kopf.

»Im Gegenteil, ich hol mir noch einen dieser komplizierten Kaffees«, sagte sie, betrat das Café und bestellte einen Moccachino mit Sojamilch. Frederik ließ sich einen ganz normalen Kaffee, schwarz ohne alles, einschenken. Er zahlte, und sie balancierten ihre Getränke zum Auto. Zum Glück war es mit genügend Becherhaltern ausgestattet. Frederik setzte sich hinter das Steuer, schloss seinen iPod an, und sofort erklang fröhliche Rockmusik, perfekt passend zum Meer, zum Himmel, zu Kalifornien. David Lee Roth sang über kalifornische Mädchen und Kokosnusshaine. Donna gluckste vor Freude, wippte im Takt mit den Füßen, und Frederiks Herz flog ihr zu. Sie wirkte wie geschaffen für Malibu, hochhackige Sandalen, eine hauchzarte Tunika über einer weißen Caprihose, eine riesige Sonnenbrille, die sie in das kunstvoll zerzauste Haar geschoben hatte, leuchtender Lippenstift.

Sie fuhren los, ließen das L.A.-Ballungsgebiet hinter sich. Sie passierten Santa Barbara und San Luis Obispo – und auf einmal atmete Donna scharf ein, und sie verstand, warum alle so verrückt nach dieser Schnellstraße waren. Steile Klippen, an denen sich in der Tiefe das Meer brach, es schäumte an die Felsen, die Küste war einfach nicht zu beschreiben. Frederik bekam Gänsehaut am ganzen Körper, als er nach einer Kurve plötzlich die Weite des Meeres, die

Naturgewalten, die großartige Kraft des Pazifiks in jeder Zelle fühlte. Sofort schaltete er die Musik aus. Die Landschaft war zu spektakulär für jede Form der Ablenkung.

Sie hielten immer wieder an, stiegen an jedem Haltepunkt aus, um diese Schönheit in sich aufzunehmen, schwiegen, hielten sich nur an den Händen.

»Was immer ich habe, hier muss ich gesund werden, das geht ja gar nicht anders«, flüsterte Frederik einmal, als sie Hunderte von Seeelefanten auf einem Strandabschnitt liegen sahen, einfach so, sie hätten bequem mitten hineinspazieren können. Was sie sicher nicht tun würden, denn die Tiere stanken erbärmlich.

»Stopp mal, das ist ja wie im Film«, rief Donna auf einmal, und sie hielten an einem direkt an der Steilküste gelegenen, ganz aus Holz erbauten Café mit Theke und roten Kunstledersitzen. Donna kaufte zwei Flaschen Wasser, einfach nur, um Teil dieser Szene zu sein.

»Wieso geht hier irgend ein vernünftiger Mensch jemals wieder weg?«, sagte sie, als sie mit den Plastikflaschen ins Auto stieg, und konnte es nicht fassen, dass sie diese Kraft, diese ungebändigte Schönheit und Wildheit der Natur so hautnah erleben durfte.

Dann endlich ein Hinweisschild, beinah hätte sie es übersehen. Das Zentrum. Ein Schotterweg führte nach links Richtung Küste, so steil, dass Donna den Atem anhielt. Doch Frederik hatte den Wagen voll im Griff. Wie übrigens alles, dachte Donna, es wäre nicht auszudenken, was sie ohne ihn anfangen sollte. Auf einmal entdeckte sie überall blaue Holzhäuschen, die wie zufällig in die Landschaft gestreut gebaut worden waren, mit Veranda zum Meer hin, mit Blumen- und Gemüsegärten. Menschen, die fröhlich lachten, einen in Fels gehauenen Pool, der von einer heißen Quelle gespeist wurde, wie sie im Internet gelesen hatte, Massageliegen unter dem freien Himmel. Donnas Herz wurde weit. Sie parkten am Ende des Schotterweges, stiegen aus. Donnas hochhackige Sandalen waren zum Laufen denkbar ungeeignet, und sie schleuderte sie von sich, verzog keine Miene, als sie barfuß über die scharfkantigen Steine schritt. Frederik beobachtete sie, was war denn mit ihr los? Normalerweise war sie so empfindlich, dass sie lieber im Auto sitzen geblieben wäre, als sich diesen Weg zuzumuten. Er stieg ebenfalls aus, hob ihre achtlos im Schotter liegenden Schuhe auf, legte sie in den Fußraum des Beifahrersitzes und schaute sich endlich um. Donna stand dem Meer zugewandt, ihre langen Haare flatterten im Wind, die zarte Tunika schmiegte sich ihren Körper, sodass ihre Konturen deutlich erkennbar waren. Wunderschön war sie. Warum nur störte es ihn auf einmal, dass sie genau wusste, wie sie sich selbst vor dieser Kulisse am besten inszenierte? War das nicht ihr Beruf, das, was sie ausmachte? Den Traum von weiblicher Makellosigkeit zu verkörpern und zu verkaufen? Auf einmal erschrak er. Nein, das war nicht ihr Beruf, das würde sie weit von sich weisen. Wie kam er bloß auf diese Idee? Sie wollte den Frauen Energie geben, Mut machen, ihnen ihre Schönheit zeigen. Nicht sich selbst in Szene setzen. Jetzt breitete sie die Arme aus, als wolle sie das Meer in sich aufnehmen. Er schlug die Autotür zu, fester als gewöhnlich, und schaute auf seine Uhr.

»Halb eins. Perfekt. Schauen wir mal, wo wir gelandet sind!«, sagte er, und Donna schrak zusammen. Sah er nicht, dass sie gerade ihre Chakren reinigte? Dass sie das

Meer in sich aufnahm, Kontakt zu Venus, der Schaumgeborenen, schuf? Seit wann war er so unsensibel? Schweigend liefen sie den Weg entlang, der nun mit unzähligen Muscheln bestreut war. Links und rechts blühten pinkfarbene Eisblumen. Jemand kam auf sie zu, ein Mann, erkannte Frederik, langhaarig, vertrauenerweckend. Er trug tatsächlich nur eine Art Lendenschutz.

Der Mann begrüßte sie auf Deutsch.

»Euch hab ich die Erde geschickt, richtig?«, strahlte er sie beide an, und seine leuchtend blauen Augen wirkten so liebevoll, dass Frederik gegen seinen Willen sofort von ihm bezaubert war.

Donnas Gesicht dagegen versteinerte. Der einzige Mensch, von dem Frederik verzaubert sein sollte, war sie selbst. Kurzfristig hatte Frederik das vergessen, dachte er, und sein Herz sank. Förmlich streckte er dem Mann die Hand entgegen.

»Ja, und ich danke Ihnen sehr dafür! Zeigen Sie uns bitte unsere Unterkunft?« Der Mann nahm Frederiks Hand, drückte sie kurz, schaute ihm in die Augen. Dann lächelte er zärtlich.

»Aber natürlich. Kommt mit.«

»Hast du seine Aura gesehen?«, fragte Donna, als sie allein waren. Sie nahm sich nicht einmal die Zeit, sich für eine Bettseite zu entscheiden, so entgeistert war sie. Frederik, der gerade auf die Veranda treten wollte, zögerte. Sie wusste, dass er nicht ihre Fähigkeiten hatte, was sollte die Frage?

»Nein, Schatz«, sagte er.

»Ich auch nicht. Er hat keine. Das hab ich noch nie gesehen, er hat einfach keine. Wie kann ein Mensch ohne Aura sein?«

»Dann bist du gar nicht sauer?«

Donna, die verschiedene Essenzen und Sprays aus ihrem Koffer zog, wandte sich um.

»Hm?«, machte sie und schüttelte den Kopf. »Worauf könnte ich hier sauer sein, schöner geht's doch gar nicht!«

Frederik trat zu ihr und umarmte sie fest. »Ich brauche dich«, murmelte er in ihr duftendes Haar. »Mehr als du glaubst.«

»Und ich bin da. Wie wir es verabredet haben.«

Sie packten schweigend die Koffer aus, geübt durch ihre häufigen Geschäftsreisen. Donna versprühte ihre Essenzen, obwohl es an diesem Ort absolut nicht nötig war, sie spürte nichts Ungutes, nur die unbändige Kraft der Natur. Doch sicher war sicher.

Als sie fertig waren, setzte sich Donna an den kleinen Holztisch, der einladend auf der Veranda stand. Sie hielt ein Frederik sehr vertrautes Stoffsäckchen in der Hand und schüttelte drei Schachfiguren, weiße Bauern, hervor. Dieses Säckchen führte sie immer mit sich, es war ihre eigene, ganz besondere Kristallkugel, um Energieformen zu identifizieren, lachte sie manchmal. Energetische Topfguckerei nannte es Frederik, doch er meinte es freundlich. Zumindest meistens.

»Ich muss das sehen«, murmelte Donna und stellte die Schachfiguren so vor sich hin, dass sie ein Dreieck bildeten. Von außen betrachtet wirkte es äußerst seltsam, doch sie wusste genau, was sie tat. Frederik nahm im zweiten Sesselchen Platz und legte seine Beine auf das Geländer der Veranda. Er streckte sich und seufzte auf.

»Wir verkaufen unseren Kram und bleiben hier, meine Süße, wie wär's?«, fragte er und meinte es ernst. Dann erst sah er, dass sie sich konzentrierte.

»Keine Greencard«, brummelte Donna und schob eine der Figuren ein Stück zur Seite.

»Ich sehe es nicht, zum ersten Mal sehe ich nichts. Was ist das denn nur?« Sie hob den Kopf. »Fredy, Schatz, hast du ein gutes Gefühl bei diesem Schamanen? Ich spüre bei ihm gar nichts, keine Aura, nichts.« Sie schob die Figuren hin und her, stockte auf einmal, lachte.

»Sag mal, kann es ein, dass du dich ein bisschen in ihn verliebt hast?«, fragte sie und blickte Frederik mit einer hochgezogenen Augenbraue an. Er stutzte und lachte ebenfalls.

»Ein bisschen, ja, er hat was, das ich auch gern hätte, so eine Art innere Freiheit und Güte.«

Auf einmal bekam sie keine Luft mehr. Ihr Herz zog, als gehöre es nicht zu ihr, als würde es wie mit einem starken Magneten aus ihrem Körper herausgezerrt werden. Keuchend krümmte sie sich zusammen. Frederik fegte aus Versehen die Figuren vom Tisch, während er aufsprang. Und sofort entspannte sie sich. Atmete ruhig und friedlich, schüttelte sich, als erwache sie aus einer Trance.

»Gibt's hier eigentlich Kaffee?«, fragte sie, als wäre nichts geschehen. Frederik hielt sich am Geländer der Veranda fest, ihm war schwindlig, und er hatte weiche Knie. Und dann, weil er sie liebte und verehrte, begab er sich auf die Suche nach dem, was Donnas Herz begehrte.

Kaum hatte er den Raum verlassen, sprang Donna auf. Ihr Herz schlug bis zum Hals, als sie wie ferngesteuert ihre Sachen in den Koffer zurück warf und ihn zur Tür schleppte. Panisch griff sie nach ihrer Handtasche und dem Autoschlüssel. Hier lief etwas sehr Merkwürdiges, und Frederik schien ein Teil davon zu sein. Keine Sekunde länger als nötig würde sie hier bleiben.

Später, als sie den Highway 1 weiter in Richtung Norden entlang brauste und sich beruhigte, fragte sie sich, wie sie um alles in der Welt Frederik hatte zurücklassen können. Und ob sie noch ganz bei Sinnen war. Nicht mal einen Zettel oder eine SMS hatte sie ihm hinterlegt oder geschickt. Doch dazu würde sie später noch Zeit finden.

11

Gertrud machte es sich in einem der weichen Sessel des Kosmetikstudios bequem. Sie lehnte sich zurück und schloss die Augen. Die sanfte Musik und der Rosenduft entspannten sie tief. Auf einmal streifte sie ein Hauch Parfüm. Maiglöckchen. Sie lächelte, jetzt wurde alles gut. Maiglöckchenparfüm, die Essenz ihrer Jugend. Literweise hatten sie sich das billige Zeug in den kleinen, kugelförmigen Flakons übergekippt. Die einen das, die Cooleren, Alternativen, die, die gegen Atomkraft und für AC/DC waren, wählten Patchouli- oder Opiumduft. Es hatte auch Kokos gegeben, doch das ging gar nicht. Die Patchouli-Nutzer hatten außer dem grauenvollen Duft, der immer irgendwie modrig roch, diese hässlichen schwarz- oder rot-weiß gestickten Tücher getragen, die für oder gegen irgendwas standen. Palästinensertücher, erinnerte sich Gertrud. Am besten auf links gedreht und als Dreieck gefaltet, Jungs wie Mädchen. Gertrud war definitiv ein Maiglöckchentyp gewesen, kokett, freundlich, mädchenhaft. Sie hatte sich keine an Küchenhandtücher erinnernden, mit Fransen und Bommeln versehenen, politisch wertvollen Stoffmonster umgeschlungen, sondern zarte Chiffonschals mit eingewebten Silber- und Goldfäden getragen. Silbern lackierte Fingernägel und perlmuttschimmernder Lippenstift. Bis sie schwanger wurde, dann war es mit all ihrer leuchtenden Mädchenhaftigkeit aus gewesen.

Die Tür wurde geöffnet, jemand deckte sie zu, kippte den Sessel nach hinten, sodass Gertrud auf dem Rücken lag. Zarte Finger berührten ihr Gesicht. Warme, feuchte Tücher. Etwas Kühles, Frisches mit intensivem Zitronenaroma. Es fühlte sich angenehm rau an, so, als schmirgelte ihr jemand die starre Maske vom Gesicht. Finger streichelten, massierten, glätteten. Wieder feuchte Tücher, es wurde wohlig dunkel und warm. Ruhe. Perlende Klavierklänge, dann Helligkeit, jemand machte sich an ihrem Gesicht zu schaffen. Sie spürte Zupfen an den Augenbrauen, viel Zupfen, Druck an verschiedenen Stellen im Gesicht, eine heiße, klebrige Masse, dann ein scharfer Schmerz über der Oberlippe. Kühle, nach Lavendel duftende Creme, massierende Hände am Hals, am Dekolleté. Die Zellen schienen die Wohlgerüche und Pflegestoffe aufzusaugen wie ein Schwamm, sie fühlten sich satter an, genährt. Abermals warme, feuchte Tücher, eine zitronenfrische Flüssigkeit. Leichte Creme, Orangenaroma verbreitend. Watte unter den Augen, etwas wurde auf ihre Wimpern aufgetragen, eine Stimme.

»Bitte halten Sie die Augen geschlossen.« Nach einigen Minuten wurden ihre Wimpern wieder abgewaschen, jemand hantierte mit feucht-kühlen Wattepads. »Großartig«, hörte sie die Stimme sagen.

Irgendwann kippte der Sessel wieder in eine sitzende Position. Gertrud öffnete die Augen und sah sich im Handspiegel, den die Kosmetikerin vor sie hielt, an. Sie wirkte entspannter, weicher, das Gesicht besonders durch die gut gezupften Augenbrauen viel offener. Ihre Augen grün und intensiv leuchtend, mit langen, schwarzen Wimpern. Lebendige Sternenaugen. Sie erkannte sich, erinnerte sich an das junge Mädchen mit all dem Maiglöckchenparfüm und den Prinzessinnenträumen.

Verdammt. Sie war darauf hereingefallen, auf den Rosenduft und die Lavendelmassage. Sie hatte einen triftigen Grund gehabt, Klos putzen zu gehen und sich nicht mehr im Spiegel anzuschauen. Wütend und struppig zu sein ergab einen Sinn in ihrem Leben. Gezupfte Augenbrauen, gefärbte Wimpern. Ging es eigentlich noch? Was hatte sie sich nur gedacht? Sie zog die Stirn in Falten, stand auf und gab dem Stuhl einen Stoß. Einen heftigen, scheppernden. Denn da war kein beschissener Scheißkerl von einem Prinz. Der war längst mit seiner verlogenen Prinzessin in den Sonnenuntergang geritten.

Akasha hatte ihr Versprechen gehalten und gekocht, eine köstliche Quiche mit sehr viel Käse dampfte zwischen den beiden Frauen. Außerdem hatte sie den Tisch neu dekoriert, und nun lagen drei große Kiesel in der Mitte. An einem der Steine klebte als besondere Note noch ein wenig Erde. Sonst nichts. Steine, Erde. Das war für Akasha Deko genug, dachte Gertrud schmunzelnd, und war nur froh, dass sie nicht noch eine tote Maus dazu gelegt hatte.

»Und dann hast du den Stuhl umgeworfen und bist gegangen?«, fragte Akasha mit seltsam glänzenden Augen.

»Asozial, oder?«, kicherte Gertrud. Nach dem Studiobesuch hatte sie ihre Wohnung ausgeräumt, die Wut in Tatkraft verwandelt und ihre gesamten Habseligkeiten in Säcke und Kisten verpackt. Nun saß sie an diesem Tisch, fühlte sich willkommen und müde. Wie sehr freute sie sich auf ihr Bett!

»Schon. Du siehst aber echt gut aus, irgendwie aufgeräumt im Gesicht.« Akasha füllte ihre Teller. »Warum?«

»Warum was?« Gertrud atmete tief aus, begann zu essen.

»Warum diese unangemessene Reaktion?« Akasha blickte auf einmal ganz ernst.

Gertrud hörte auf zu kauen. Sie legte die Gabel hin.

»Verurteilst du mich?«, fragte sie und war gerade im Begriff aufzustehen, als die kleine weiße Katze erschien. Sie sprang auf ihren Schoß.

»Nein. Aber die Kosmetikerin kann doch nun wirklich nichts dafür, oder?«

Gertrud schwieg. Sie streichelte die Katze, verkroch sich in sich selbst. So weit, dass sie sich nicht einmal mehr selbst erreichen konnte.

»Komm.« Akasha zog sie vom Stuhl, nahm sie an der Hand und führte sie hinter die Tapetentür. Heute wirkte der Zauber nicht, Gertrud war einfach Gertrud. Sie durchquerten den Prachtsaal, Gertrud konnte kaum die Füße heben, so müde war sie auf einmal. Akasha öffnete eine Tür, und sie betraten ihren Rückzugsort, in jenem Raum, in dem Gertrud bereits beim ersten Besuch ohnmächtig geworden war. Sie schlurfte zu ihrem Bett, ließ sich auf den Rücken fallen und war schon eingeschlafen, bevor ihr Kopf das Kissen berührte. Die weiße Katze kuschelte sich auf den Hügel, den Gertruds Bauch bildete.

»Wir müssen reden, Mutter«, sagte Akasha zu der Katze.

»Noch nicht«, antwortete diese.

Während sie wie betäubt schlief, träumte Gertrud. Jenen Traum, um den sie in keiner einzigen Nacht herumkam. Es war, als hätte ihre innere Schallplatte einen Sprung, da gab es diesen einen Moment, wie eine Zeitschleife. Ihr Unterbewusstsein kaute ihn Nacht für Nacht durch, so, als versuche sie noch immer zu verstehen. Sie war eins mit sich, mit ihrer Schwester, eins mit dem Leben, und nun hatte sie diesen wundervolle Jungen an ihrer Seite und sein Kind in ihrem Bauch – nur, dass er ihr nicht glaubte. Nur, dass er ihre Schwester küsste. Nur, dass er sie verließ und alles, wirklich alles mitnahm, alles bis auf seinen Sohn. Doch heute war der Traum anders. Er begann an der gleichen Stelle, wie immer.

Frederik stürzt aus ihrem Zimmer, sie bleibt zurück, wie vom Donner gerührt. Wie kann er nur glauben, sie hätte ihn betrogen? Er ist der Erste und der Einzige, wie kann er das nicht wissen? Sie ist sechzehn Jahre alt, mit sechzehn betrügt man niemanden, nicht, indem man mit einem anderen schläft. Mit sechzehn ist es bereits Betrug, wenn ein Junge ein anderes Mädchen zu lange anschaut oder gar mit einer spricht, die man selbst nicht mag. Was glaubt er nur von ihr? Gertrud legt die Hände auf ihren Bauch und verspricht ihrem Kind, ihm immer zu glauben. Dann rennt sie Frederik hinterher. Bestimmt wird er sich wieder einkriegen, denkt sie, nach ein paar Tagen müsste er doch erkennen, dass sie zusammengehören und füreinander bestimmt sind. Diese Seele hat die erste Gelegenheit ergriffen, zur Erde zu kommen, und sie beide als Eltern gewählt, das muss doch wohl etwas bedeuten!

Er steht mit dem Rücken zu ihr, Klara ist mit ihm zusammengeprallt, er streicht ihr über das Gesicht. Sie schließt die Augen, lehnt sich an ihn. »Ich hab wohl der falschen Schwester vertraut«, sagt er, und sie nickt. Und dann öffnet sie die Augen, zum ersten Mal, seit Gertrud diesen Traum hat. Sie schaut Gertrud unverwandt an, lange. So, als wüsste sie genau, was sie tut. So, als raube sie ihr den Mann ganz bewusst. Würde Klara jetzt lachen, ihn herumdrehen und ihn zu ihr schieben, wäre alles gut, alles gelöscht, das Schicksal erfüllt. Der Moment dehnt sich aus, Gertrud könnte ihn ändern, spürt sie, sie könnte »Sag mal, spinnst du!« schreien und ihn zu sich zurück ins Zimmer ziehen. Sie könnte ihn zurückholen. Doch sie bleibt stumm, überlässt Klara die Entscheidung.

Diese schließt wieder die Augen und sagt: »Ja, das tust du.«

Keuchend wachte Gertrud auf, so plötzlich, dass die weiße Katze vor Schreck vom Bauch fiel.

»Scheiße«, sagte sie, dann hieb sie mit der Faust auf das Bett. Leider erwischte sie die Bettkante. Und obwohl das Bett nur ein Traum war, eine feinstoffliche Illusion, tat es verdammt weh. »Scheiße.«

Akasha, die es sich neben Gertruds Bett in einem Schaukelstuhl bequem gemacht hatte, schreckte auf.

»Bindest du mich in deine Ausführungen mit ein, oder soll ich mir später den Film ansehen?«

»Ich bin selbst schuld. Eben hab ich es gesehen. Ich hätte alles anders haben können.« Gertrud raufte sich die Haare. »Wie konnte ich nur so blöd sein? So stolz? Oder so naiv? Ich hätte ihn haben können, Paul hätte mit seinem Vater aufwachsen können. Ich bin echt nicht zu retten. All die Wut, all der Groll – eben hab ich zum ersten Mal gesehen, dass ich es in der Hand hatte. Ich hab es Klara überlassen, ich habe die Verantwortung abgegeben.« Die weiße Katze sprang zurück auf das Bett und begann, hektisch Gertruds Gesicht abzulecken.

»Bist du sicher?«, fragte Akasha und wirkte auf einmal sehr besorgt. »Bist du ganz sicher, dass du in der Hand hattest, was geschah?«

Gertrud nickte.

»Ganz sicher.«

Sie konnte es nicht fassen. Gertrud sprang auf, dynamischer als seit Jahren.

»Hab ich meinem Sohn den Vater genommen? Bin ich schuld? Hab ich Klara all die Jahre umsonst gehasst und meine Eltern verletzt? Das ist doch verrückt!« Sie wollte keine Antwort, und sie bekam auch keine. Doch die weiße Katze begann zu knurren. Es klang seltsam, so, als wäre sie ursprünglich nicht zum Knurren gemacht worden. Gertrud beugte sich über sie, um sie zu beruhigen, die Katze hob eine Tatze, fuhr die Krallen aus und hieb sie Gertrud mitten ins Gesicht. »Sag mal, spinnst du?«, brüllte diese laut aus, es tat höllisch weh, besonders, weil ihr Gesicht durch die kosmetische Behandlung so auf Sanftheit eingestellt war, nicht mit Schlägen rechnete. Akasha nahm die weiße Katze auf den Arm, flüsterte ihr etwas zu und setzte sie wieder ab. Sie maunzte zart.

»Es tut ihr leid«, sagte Akasha. »Du sollst aufhören, dich selbst zu verletzen und dich anzuklagen. Dich und andere. Sagt sie.«

»Sagt sie das?« Gertrud ächzte und stand auf. Sie hielt sich die Wange, war da tatsächlich Blut? Sie verließ den Raum, ohne sich noch einmal umzuschauen, war mal wieder auf der Flucht, dachte sie. Sie lief über den Hof, wuchtete das schwere Scheunentor auf, und obwohl sie den ganzen Tag in ihrer Wohnung geschuftet hatte, putzte sie die Käfige und Zwinger gründlicher als je zuvor, wusch alle Näpfe sorgfältig aus – mit heißem statt wie üblich mit kaltem Wasser, auch wenn das bedeutete, dass sie unzählige Male in ihre neue Küche gehen und den Eimer füllen musste. Ihre Quiche war mit Sicherheit längst kalt geworden, und sie hatte Hunger, doch auch das kümmerte sie nicht.

Wie hatte all das nur geschehen können? Hatte sie sich nicht gut eingerichtet? Ihre Komfortzone war sicher nicht besonders gemütlich gewesen, aber das hier war einfach zu viel, zu viel Märchenstunde – Isis! Mit weniger gab sie sich wohl nicht zufrieden. Was sagte das über ihr Ego? Zu viele Gefühle, zu viel von allem. So viel Veränderung es auch zu geben schien, sie fühlte sich festgefahrener als je zuvor, geradezu handlungsunfähig. Jetzt hatte sie zwar äußere Möglichkeiten, aber ihr fehlte die innere Freiheit, diese auch zu nutzen, dachte sie. Was wohl Akasha von ihr halten mochte? Bis jetzt war sie nicht gerade eine Bereicherung gewesen. Sie trocknete den letzten Napf ab und füllte ihn, schob ihn in den letzten Hundezwinger. Japsend machte sich der kleine Mischlingswelpe darüber her, so begeistert und dankbar, dass sich Gertrud auf den Schlafplatz des Kleinen, ein verfilztes Schaffell, setzte und ihm Gesellschaft leistete. Nach einigen Bissen leckte sich das sandfarbene Hündchen das Maul, winselte leise und kletterte auf Gertruds Schoß. Er drehte sich ein paar Mal um sich selbst, machte es sich bequem, legte seine Schnauze auf Gertruds Knie und schlief ein. Nun gut. Dann würde sie eben die Nacht hier verbringen. Es war nicht das Schlechteste, den Schlaf eines Hundekindes zu bewachen. Sie lehnte sich an die Holzwand des Zwingers und schloss ebenfalls die Augen. Sie schrak zusammen, als das Scheunentor schepperte, der kleine Hund auf ihrem Schoß dagegen kuschelte sich nur noch dichter an sie heran.

»Hier.« Akasha hielt ihr einen großen Teller mit heißer Quiche hin, dann setzte sie sich ebenfalls auf den Boden. Der Hund schnüffelte im Schlaf, doch er wachte nicht auf.

»Danke«, sagte Gertrud, anschauen konnte sie Akasha allerdings nicht.

»Weißt du«, meinte Akasha, während Gertrud zu essen begann, »ich kenne deinen gesamten Lebensweg, durch sämtliche Leben hindurch, wahrscheinlich besser als du selbst. Denn du erinnerst dich nicht mehr, und das macht mich wütend. Nicht auf dich, keine Sorge. Ich will dir eine Geschichte erzählen, die du glauben kannst oder nicht. Vielleicht verstehst du dich selbst dadurch besser, vielleicht auch nicht. Erzählen muss ich sie, das hab ich dir versprochen. Bist du bereit?«

Gertrud nickte.

»Bereiter werd ich nicht, ich kann dir nicht versprechen, sie zu glauben. Aber ich hör dir gern zu, ich sitze hier sowieso fest.« Sie streichelte den Hund und lächelte so liebevoll, dass sie plötzlich wunderschön war. Akasha griff in die Tasche des Kittels, den sie immer und überall trug. Wie von Zauberhand erschienen zwei dickbauchige Wassergläser und eine Flasche Wein. Sie entkorkte die Flasche, und ein köstlicher Duft stieg auf. Wie auch immer all das in ihrer Kitteltasche Platz gefunden haben mochte, Gertrud nahm den Wein gern an. Die beiden Frauen stießen ihre Gläser aneinander. »Danke, dass ich hier sein darf«, murmelte Gertrud, »ich weiß, ich bin eine Zumutung.«

»Nur für dich selbst«, sagte Akasha und wischte sich eine Träne aus dem rechten Augenwinkel.

Schweigend tranken sie, genossen den Moment der Ruhe in dieser mit so viel Leben erfüllten Scheune. Schlafende, schnarchende, fressende, scharrende, wohlversorgte Tiere, der Geruch nach Heu und Futter, nach Holz und auch nach Tierkot. Nach Leben. Schließlich setzte sich Akasha zurecht, lehnte sich ebenfalls an die Holzwand und begann.

»Eines schönen Tages – oder einer Nacht, das weiß man nicht mehr genau, weil es diesen Unterschied noch gar nicht gab – entschied die große Schöpferkraft, dass sie sich nun lange genug im Zustand der absoluten Ruhe und der Einheit befunden hatte. Es wurde Zeit, etwas zu erschaffen, denn das war ihre Aufgabe. Woher die Schöpferkraft selbst kam, wer ihr diesen Impuls gegeben hatte und wozu das Ganze überhaupt diente, ist eine andere Geschichte und soll ein anderes Mal erzählt werden. Heute nur so viel: Sie rekelte sich, erwachte wie aus einem langen Schlaf und schaute sich um. Natürlich war da nichts, und zwar genau das – Nichts. Wir auf der Erde können uns nur ganz schemenhaft vorstellen, was dieses ›Nichts‹ bedeutete, wahrscheinlich würde es uns auch ein wenig erschrecken. Für die Schöpferkraft aber war es, als beträte sie eine riesige, leere Bühne! Sie hatte unzählige Schauspiele im Kopf, jede Menge Stoff, der verwirklicht werden wollte. Sie hatte ja lange genug Zeit gehabt, sich die verrücktesten Geschichten auszudenken. Obwohl … Zeit gab es ja auch noch nicht …

Eine Geschichte, die in ihr herangereift war, war folgende:

Sie würde sich in zwei Pole aufspalten, in hell und dunkel, kalt und warm, männlich und weiblich! Es würde eine Art Erd-Raumwesen geben, ein Wesen, das sich selbst als Raum empfand und die Energien in sich spürte, und ein Sonnenaktivitäts-Wesen, das sich selbst über den Ausdruck, das, was es nach außen gab, erfahren würde. Was für eine spannende Erfahrung, die beiden würden sich ideal ergänzen und dabei komplett und total unterschiedlich sein. Das hatte es im Universum noch nie gegeben, ja, eigentlich gab es nicht einmal ein Universum. In einem wunderschönen, atemberaubenden Urknall, den leider niemand sah, schuf sie zunächst Planeten und Sonnen, aus lauter Spaß noch ein paar Monde und Milchstraßen. Sie schuf Engel, Liebe, Zeit und Raum, sie schuf Licht und Schatten, sie schuf eigentlich alles, was es auf der Welt gibt, bis auf Plastiktüten und Autos. Irgendetwas sollten ihre Geschöpfe ja auch selbst erfinden dürfen. Und dann schuf sie die ersten Lebewesen, die Pflanzen, und sah, dass es nicht nur gut, sondern einfach unglaublich schön war, wie sich das Leben entfaltete. Sie liebte es, den Pflanzen zuzuschauen, wie sie wuchsen und sich vermehrten, sie schaute den Meeren zu, wie sie gegen die von ihr besonders sorgfältig gestalteten Felsen donnerten, sah, wie das Wasser den Stein umformte, wie sich die Erde veränderte und immer schöner und bunter wurde. Auch die anderen Planeten und Sonnen betrachtete sie oft verliebt. Alles war wunderbar im Gleichgewicht, eine einzige Harmonie. Die beiden Pole tanzten miteinander, sie bedingten sich gegenseitig, hielten sich die Waage, bildeten gemeinsam die Grundlage für einzigartige, sich immer wieder erneuernde und sich immer weiter entwickelnde Muster und Lebensformen. Das ganze Universum war ein einziges Paradies, natürlich gab es Leben und Tod, aber alles war im idealen Gleichgewicht, war genau so, wie es sein sollte.

Irgendwann aber wurde es ein bisschen langweilig in all der Harmonie. Es wurde also Zeit, dachte die Schöpferkraft, ihre Schöpfung zu ergänzen. Sie schuf – wie sie das bewerkstelligte, bleibt ihr Geheimnis – Wesen, die gehen, stehen, schwimmen und fliegen konnten, alle hübsch nacheinander, damit sie genug Zeit hatte, sich anzuschauen, wie sie sich auf der Erde so anstellten. Einige von ihnen kamen sehr gut zurecht, andere wiederum hielten es nicht lange aus. Und eines Tages kam sie auf die Idee, Menschen zu erschaffen. Hier würde sich ihr Plan vollenden können, dachte sie, hier würde sie sich diese beiden Pole, um die es ging, in aller Ruhe anschauen können, so lange, bis sie genug davon hatte.

Und dann kam sie auf eine unglaublich gute Idee. Gemeinsam mit allen Geschöpfen des Universums – die Schöpferkraft bevorzugte ein vorwiegend demokratisch regiertes Universum, auch wenn sie sich das letzte Wort gern selbst vorbehielt, denn letztlich war ja sowieso alles sie selbst – fasste sie einen Entschluss. Sie würden beide Pole – den männlichen und den weiblichen – durch die Menschen in aller Ausführlichkeit studieren! Dazu brauchte es nur eine klitzekleine Kräfteverschiebung, mal sollte der eine Pol ein winziges bisschen überwiegen, mal der andere. Dadurch zeigten sie sich viel deutlicher in all ihren Auswirkungen. Die Schöpferkraft kalkulierte durchaus einige Extreme ein, damit auch wirklich jeder im Universum erkennen konnte, was diese beiden Pole auslösen konnten, was es mit ihnen auf sich hatte, wie ihre jeweils besondere Energie wirkte. Natürlich durfte das universelle Gleichgewicht dadurch in keiner Weise gestört werden. So gab es überall Ausgleich, einige Planeten erklärten sich zum Beispiel bereit, den weiblichen Pol zu unterstützen, andere fühlten sich mehr zu dem männlichen Pol hingezogen. Alle Lebewesen und Planeten, alle Sonnen, Milchstraßen, alle Monde und alle Lichtwesen entschieden, an diesem allumfassenden, unvorstellbar spannenden Experiment mitzuwirken. Ein riesengroßer, sehr heller Engel erklärte sich gar bereit, die Rolle des sogenannten Bösen zu übernehmen. Das sogenannte Böse war ein wichtiges Werkzeug, das nötig war, damit sich die beiden Pole überhaupt in all ihrer Kraft zeigen konnten.

Und dann kam das Wichtigste: die innere Rollenverteilung. Es sollte in jedem Menschen einen Prinzen geben, der für die männliche Energie zuständig war, außerdem eine Prinzessin, die die weibliche Kraft verkörpern sollte. Der Prinz lebte in der linken, die Prinzessin in der rechten Gehirnhälfte, und damit das Ganze noch ein bisschen spannender wurde, sollten die Menschen zunächst vergessen, dass sie diese beiden Pole in sich trugen! Die Wesen, die sich bereit erklärten, als Menschen zur Erde zu gehen und dieses Spiel zu spielen, waren begeistert. Es waren sowieso alles Romantiker, Pioniere, Abenteurer, die die lichten Sphären des Himmels und des Lichtes verlassen wollten, um der Schöpfung vor Ort, ganz direkt, in ihrem großen Plan zu dienen. Sie liebten die Vorstellung, in sich selbst einen Prinzen und eine Prinzessin zu beherbergen, auch wenn sie zu diesem Zeitpunkt noch nicht genau wussten, was damit überhaupt gemeint war. Das würde eine aufregende Schatzsuche werden, Erfahrungen, die spannender waren als alles, was das Universum bis jetzt bereithielt. Irgendwann, wenn sie genug hatten, würden sich der männliche und der weibliche Pol ausgleichen, genau zu dem Zeitpunkt, zu dem die Sehnsucht danach in ihnen groß genug geworden wäre. Die Menschen kamen, nachdem diese Entscheidung getroffen worden war und sich jeder seine bevorzugte Rolle ausgesucht hatte, in einem langen, von außen betrachtet ziemlich umständlichen Prozess zur Erde.

Und dann begann der Spaß. Sie hatten tatsächlich vergessen, dass sie diese beiden unterschiedlichen Energien in sich selbst trugen! Viele, wirklich sehr viele Jahre lang versuchten sie, ihre scheinbar fehlende Hälfte außen zu finden, sie suchten, suchten, suchten. Natürlich fanden sie nie, was sie suchten, denn das war ja in ihnen selbst angelegt. Weil die Kräfte sich immer wieder verschoben, mal war der eine Pol übermächtig, dann der andere, fehlte ihnen immer entweder weibliche oder männliche Energie. Gerade deshalb mussten sie sich damit beschäftigen, gerade deshalb machten sie es zum Thema Nummer eins, zum wichtigsten Diskussionsgegenstand des gesamten Planeten. Die Schöpferkraft lauschte fasziniert, alle Wesen des Universums schauten gespannt und tief beeindruckt auf die Erde, waren hingerissen von der Ernsthaftigkeit, mit der die Menschen sich ihrem Schauspiel widmeten. Das Experiment funktionierte perfekt! Die Wesen, die sich bereit erklärt hatten, einzugreifen, wenn das Ungleichgewicht zu groß wurde, die Engel, Drachen und wie sie alle hießen, führten sanft und behutsam Regie, aber nur so viel, dass es auf der Erde nicht bemerkt wurde.

Doch irgendwann – genau zum richtigen Zeitpunkt, so, wie es von Anbeginn der Zeit geplant war – kam der Tag, an dem die ersten Menschen bemerkten, dass sie ein Spiel spielten. Sie wurden müde, noch ein äußeres Abenteuer zu erleben, noch eine Schlacht zu schlagen. Sie begannen, den Blick nach innen zu wenden und in sich hineinzuschauen. Der Jubel im Universum war riesengroß, hier begann der Weg des Ausgleichs, die aufregendste und schönste Zeit der Schöpfung! Langsam, sehr umsichtig und Stück für Stück, begannen die Engel und andere Lichtwesen nun, die Informationen, die nötig waren, zur Erde zu schicken, damit die Menschen, die sich bereit erklärt hatten, als Erste zu erwachen, Zugang zu ihnen bekamen. Es war ein langsamer Prozess, denn die Nerven der Menschen waren solch hohe Schwingungen nicht gewöhnt. Doch nach und nach trainierten sie, diese hohen Schwingungen zu lesen, zu hören, zu erkennen, und sie begannen, direkt mit den Lichtwesen zu reden. Sie erkannten, dass sogar Gedanken Wesenheiten waren, schnelle, lichte und langsame, dunkle. Die langsamen Gedanken fraßen die Lebensenergie der Menschen, die sie dachten, ernährten sich von ihnen, schadeten ihnen gar – die schnellen Gedankenwesen dagegen erhoben die Menschen, sie gaben Kraft und geniale, spritzige, einfach aufregende und erhebende Einfälle. Die Menschen, die ihr Bewusstsein schulten und erhoben, erfuhren durch die schnellen Gedankenwesen, dass sie Teile der einen Schöpferkraft waren, dass sie alle in einem riesigen, universellen Bewusstseinsprozess mitwirkten. Viele von ihnen glaubten den schnellen Gedankenwesen und begannen, sich selbst als Seelen zu erleben, als multidimensionale Wesen, die zwar Menschen waren, aber eben nicht nur. An keinem Tag der Schöpfung war die Freude im Universum größer.

Doch nun kam die größte Aufgabe. Sie mussten die alten Spiele, die sie über Jahrtausende hinweg miteinander gespielt hatten, erkennen – und lassen! Das war beinahe nicht zu schaffen, denn etwas anderes kannten sie ja gar nicht. Doch zum Glück waren die Menschen ihrer eigenen Spiele so überdrüssig, dass es immer wieder einige gab, die alles daran setzten, neue Wege zu finden und in sich selbst zu suchen, was sie außen so schmerzlich vermissten. Die Zeit war reif, die Sehnsucht nach echter Erfüllung war so übermächtig, dass der innere und damit der äußere Ausgleich einfach kommen mussten.

Ein vollkommen neues Zeitalter brach nun an. Die Menschen begannen, sich nach innen zu wenden, sie hörten auf, im anderen die Erfüllung ihrer Selbst zu suchen – und entdeckten zum ersten Mal, was Liebe wirklich war! Ganz andere Wege waren nun möglich, Beziehungen wurden frei, die Angst verschwand, Männer und Frauen begannen, sich mit völlig neuen Augen zu betrachten …«

»Moment mal.« Gertrud hatte fasziniert gelauscht, doch nun schüttelte sie den Kopf. »Das kenn ich alles. Ich hab es irgendwo gelesen, das ist nicht von dir.«

Akasha zog beide Augenbrauen hoch.

»Pffft. Du hast mich erwischt. Ich hab's natürlich auch durch andere gelernt. Ich schreib ab und zu mal was. Ich hab es so ähnlich in einem Buch veröffentlicht, in der Hoffnung, dass es dich erreichen würde. Hörst du jetzt weiter zu oder was?«

»Wie, du schreibst ab und zu was? Finanzierst du damit diesen ganzen Kram hier?«

»Irgendwie muss ich es ja bezahlen, oder? Können wir jetzt weitermachen? Bitte?«

»Okay. Aber was hat diese Geschichte mit mir zu tun?«

»Das kommt jetzt. Und das steht bis jetzt nirgendwo, außer in deinem Herzen.

Einige Seelen waren besonders groß und liebevoll. Es gab ganz außergewöhnlich hell leuchtende Seelen, die den weiblichen beziehungsweise den männlichen Weg wählten, sie wurden als Gottheiten und als Göttinnen verehrt. Sie waren auf der Erde so etwas wie Erzengel oder, wenn du es so willst, wie Präsidenten – sie hatten eine Menge zu sagen, viele hörten auf sie, und sie hatten dadurch eine hohe Verantwortung. Und natürlich einen großen Einfluss auf die Erfahrungen, die das Männliche und das Weibliche miteinander machten. Niemand konnte sich vorstellen, dass es jemals diese Kriege, diese Konkurrenz und Feindseligkeit zwischen dem Männlichen und dem Weiblichen geben könnte. Niemand hatte damit gerechnet, dass die Seelen, sobald sie als Menschen auf der Erde wirkten, so unfassbar tief vergessen würden. Und dass die Energien einander verraten würden. Besonders überrascht hat es uns, die wir im Himmel blieben, wie unterschiedlich die Energien sich hier auf der Erde ausdrückten und in Szene setzten, so unterschiedlich, dass man meinen könnte, Männer und Frauen kämen von verschiedenen Planeten. Du nun, meine liebste Gertrud, du gehörst zu einer Seelengruppe, einer Seelenfamilie, deren Seelen sich gar nicht einzeln ausmachen lassen. Du bist mit einigen anderen Anteilen deiner eigenen Seelengruppe in Form anderer Menschen auf die Erde gekommen, weil ihr ein für alle Mal das Männliche und das Weibliche erlösen wolltet. Ihr gehört zusammen, ihr vier, untrennbar. Seelengruppen gibt es im Guten wie auch im Bösen. Im Bösen bedeutet, es gibt auch Seelengruppen, die es auf sich nehmen, der Welt einen schmerzhaften Spiegel vorzuhalten, damit Bewusstseinsprozesse schneller geschehen können. Das ist keine Wertung, auch wenn sich das so anhört. Sie sind von Karma befreit, weil sie sich außergewöhnlich tief verstricken müssen, um die Prozesse zu beschleunigen, das könnte karmisch nie wieder ausgeglichen werden. Sie haben einen Sonderstatus, bilden ein geistiges Sonderkommando. Du, Liebste, gehörst zur Seelengruppe der Isis, und du hast sie in vielen Inkarnationen verkörpert. Jetzt seid ihr ein letztes Mal gekommen, um das Männliche und das Weibliche wieder zu vereinen, in Frieden, in Liebe, in tiefer Hochachtung voreinander. Deshalb bist du hier, und ich unterstütze dich dabei. Ich unterstütze und behüte die weibliche Energie. Wir sind alle hier, wir haben uns alle auf die Erde begeben, in menschliche Körper, um euch beizustehen und um das Schauspiel live zu erleben.«

Akasha trank ein paar Schluck Wein und setzte sich bequemer hin, sie war im Laufe ihrer Erzählung nach und nach von Katzen belagert worden. Nur die weiße, kleine war nicht dabei.

Gertrud fuhr sich mit beiden Händen durch das Haar.

»Ganz ehrlich, ich hoffe doch sehr, wenn wir das alle vorher gewusst hätten, dass wir es uns dann erspart hätten. Bei aller Liebe, aber weißt du, wie das für mich klingt? Wie dieser unsägliche Esoterik-Quark, den all diese sorgfältig gestylten Blondinen von sich geben, allen voran meine Schwester. Wir sind Engel auf Erden, und wir sind hier, um Erfahrungen zu machen, um den Himmel auf die Erde zu bringen, und wenn wir nur positiv genug denken und blond genug sind, damit auch ja jeder sieht, wie sehr wir strahlen, dann haben wir das spätestens übermorgen erledigt. Das ist Schwachsinn. Und es nervt mich unsäglich. Ich dachte nicht, dass auch du so einen Müll verzapfst, entschuldige bitte, aber das ist doch Gehirnwäsche. Nichts als Schmerzvermeidung, die älteste Funktion unseres Gehirns. Statt einfach hier zu sein, unser Leben zu meistern und wieder zu gehen, ohne dass wir gleich einen mehrteiligen Hollywoodfilm mit bombastischer Musik, Barbiepuppen ähnlichen Darstellern und Happy End drehen müssen. Mich nervt das wirklich mehr, als ich sagen kann.«

Akasha streichelte die Katzenschar.

»Warum?«, fragte sie.

»Hä?«, antwortete Gertrud. Dann seufzte sie tief auf. Ihre Abscheu hing wie eine Wolke im Gehege. »Weil uns genau diese affige Sichtweise daran hindert, das Leben zu meistern. Wir haben für alles irgendwelche rosaroten, romantischen Erklärungen, statt die Ärmel hochzukrempeln und das Nächstliegende zu tun. Oder statt sich anständig zu verhalten. Und weil sich viele von uns nicht für gut genug halten, weil wir nicht so glatt, so perfekt aussehen. Schau sie dir doch an, die Szene. Wunderhübsche Frauen, coole, charmante Männer, je jesusartiger, desto besser. Menschen mit Charisma. Kennst du einen erfolgreichen Guru, der nicht außergewöhnlich gut aussieht oder sich gut verkaufen kann? Gleichzeitig werden all diese Leute von ihren Anhängern mit Argusaugen betrachtet, auf ihre Makellosigkeit überprüft. Sie müssen perfekt, beinah übermenschlich sein, einen Traum verkörpern. Muss ich das ernst nehmen? Denn genau dieses unsägliche Geschwätz gibt meiner Schwester die Rechtfertigung für das, was sie getan hat. Es sollte so sein, meine Engel haben mich dahin geführt, es sollte dir nicht wehtun, denn es ist so gewollt – das ist einfach ätzend. Statt sich anständig zu verhalten und selbst Verantwortung zu übernehmen, schieben die Menschen ihr Verhalten auf irgendeine höhere Führung, die ihnen das erlaubt. Sie bleiben kindlich, schieben die Verantwortung auf die Eltern. Papa, Jesus, Erzengel Michael oder sonst wer hat aber gesagt … Ich muss kotzen, wenn ich das höre. Ernsthaft.« Gertrud machte ein würgendes Geräusch.

»Weißt du was?« Akasha stand auf, und all die Katzen, die in einem Augenblick noch eine tröstliche Felldecke gebildet hatten, waren auf einmal verschwunden. »Du hast recht, ich hab's blöd ausgedrückt. Ich hätte wissen sollen, dass du diese Sprache nicht magst. Sie ist sowieso überstrapaziert. Wie viele reden von Energien und Quantensprüngen und haben überhaupt keine Ahnung, was sie damit meinen?! Kein Wunder, dass die wenigsten diese ganze Bewegung ernst nehmen. Dabei ist sie bahnbrechend, wirklich neu, das merkt nur keiner, weil sie schon wieder von albernen und langweiligen Regeln durchdrungen ist. Lass mich dir eine Frage stellen. Was ist dir das Wichtigste im Leben, das, was du unter allen Umständen tun und erleben willst, auch wenn du nicht weißt, wie?«

Gertrud schob das kleine Hündchen von sich, bettete es auf das weiche Schaffell, streichelte die Schnauze und stand ebenfalls auf.

»Ich weiß es nicht mehr, ich wusste es mal, aber ich hab's vergessen. Jetzt gerade ist mir das Wichtigste, endlich zu schlafen. Akasha, ich bin gern hier. Aber verschone mich mit diesem Mist. Ich will einfach hier sein, die Tiere versorgen und in Ruhe meine Sachen machen. Ich bin dir tief dankbar, dass ich diese Möglichkeit habe, aber ehrlich, ich will mich nicht mit diesem spirituellen Zeug beschäftigen, das lenkt mich nur von dem ab, was gerade zu tun ist. Es interessiert mich einfach nicht. Ich bin hier. Ich füttere Tiere. Mehr will ich nicht. Kannst du das akzeptieren?«

Akasha lächelte, und auf einmal war da auch die weiße Katze, sie strich um Gertruds Beine und schien ihr »Danke« zu sagen. Gertrud bückte sich, strich ihr über das Fell.

»Du kannst nichts dafür«, sagte sie. »Du bist ein Tier, und du hast niemals eine böse Absicht. Tut mir leid, dass ich dich so angeschrien habe.«

Das Kätzchen schnurrte.

Gertrud nahm den Teller, Akasha die Gläser und die leere Flasche, und sie gingen in die Küche. Gertrud stellte den schmutzigen Teller auf den Tisch und ließ sich schwer auf einen der Küchenstühle fallen. Akasha nahm ihn, ließ heißes Wasser darüber laufen.

»Stopp, du Liebe«, sagte Gertrud. »Ich nehm den Teller mit, ich wasch ihn bei mir ab, das brauchst du nicht zu machen. Weißt du was? Tiere zu versorgen ist wirklich alles, was mich im Moment interessiert. Man könnte so weit gehen, zu sagen, dass ich das wiedergutmachen möchte, was lieblose, verantwortungslose Idioten versaut haben. Ich bin dir zutiefst dankbar, dass ich hier bei dir wirken darf, das erfüllt mich mehr, als ich es mir jemals vorstellen konnte. Die armen Tiere können nichts dafür. Jemand muss sie hüten. Ob ich eine Seele bin oder nicht, ob ich was mit Isis zu tun habe oder nicht – ich bin nicht mehr so verrückt nach Menschen. Ich kümmere mich lieber um

Tiere. Dann verfehle ich im schlimmsten Fall eben meinen Auftrag, irgendwas wieder ins Lot zu bringen. Ich hoffe, das Universum baut nicht allzu fest auf mich. «

Gertrud sagte es leise, nachdenklich, mehr zu sich selbst. Es stimmte. Anubis, der in der Küche gelegen und geschlafen hatte, war auf einmal bei ihr und leckte ihr die Hand.

»Tiere zu versorgen ist nicht der schlechteste Lebensplan«, erwiderte Akasha und lächelte in sich hinein. Sie trocknete den Teller ab, dann setzte auch sie sich an den Tisch. Egal, was das Leben so brachte, eine Sache ging immer.

»Noch ein wenig Quiche? Oder Erdbeereis?«

Gertrud nahm ihre Hand.

»Danke fürs Kochen. Fürs Abwaschen. Danke, dass ich bei dir sein darf. Und danke, dass du mich lässt, wie ich bin. Du bist das Beste, was mir außer meinem Kind je passiert ist. Aber sag mal, diese vier Menschen, sind das die, von denen ich glaube, dass sie es sind?«

»Nein, Liebste. Einer fehlt noch.«

Mehr würde sie auf keinen Fall dazu sagen, ermahnte sich Akasha, sie hatte sich heute Abend sowieso aufgeführt wie – nun ja, wie sie selbst. Sie hütete nun mal die Akasha-Chronik. Ihr war überhaupt nicht bewusst gewesen, dass Katzen dermaßen geschwätzig waren. Sie ließ Gertruds Hand los, stand auf, ging zum Kühlschrank, holte einen großen Becher aus dem Eisfach, stellte ihn auf den Tisch und legte zwei Löffel dazu. Sie blickte Gertrud prüfend an, während sie einen der Löffel wie einen Spaten in das zartrosa Eis stach. Genüsslich führte sie ihn zum Mund.

»Dieses Zupfen da, das solltest du beibehalten. Du siehst echt gut aus. Nicht zu fassen, was das für einen Unterschied macht.«

»Und noch weniger ist es zu fassen, wie gleichgültig mir das ist«, brummte Gertrud und entschied, sich eine Pinzette zu kaufen. Wenn sie Akasha damit eine Freude machte …

»Kann sein, dass ich ein bisschen einsam war ohne dich.«

»Gut, dass du es zugibst«, sagte Akasha.

12

Als Frederik mit den zwei dampfenden Bechern – das hier war Amerika, es gab keinen Ort, egal, wie spirituell er auch war, in dem es nicht »free coffee« in der Lobby gab – zurück ins Zimmer kam, fielen sie ihm beinah aus der Hand. Hastig stellt er die Becher ab, irgendwohin. Er sank auf eines der Betten. Seltsamerweise war ihm sofort klar, dass Donna verschwunden war, dass sie sich ernsthaft aus dem Staub gemacht hatte. Verliebt. Das war doch Schwachsinn, natürlich hatte er sich verliebt, in das Lächeln, das Strahlen, in die Liebe und den Frieden. Aber selbstredend nicht in den Mann. Auch Donna predigte, dass sie ihre Kosmetik am besten verkaufte, wenn sie mit ihren Kundinnen flirtete, dezent natürlich, aber ging es nicht eben um dieses Gefühl von Verliebtsein in sich selbst, in das Leben, in die Erde? War es nicht das, was den Zauber von Kindern ausmachte? Sie verliebten sich in alles, was sie sahen, auf der Stelle, waren entzückt und begeistert, und alles, dem sie begegneten, war sofort das Wichtigste der Welt. Für diesen Moment, nun ja. Wann hörte das auf? Es musste aufhören, schon aus wirtschaftlichen Gründen. Es kostete einfach zu viel Energie, und es gab zu vieles, in das es wirklich schwierig war, verliebt zu sein. Wer bekam schon ein vor freudiger Aufregung klopfendes Herz, wenn der Spaßverderber Finanzamt vor der Tür stand, oder wenn einem die Schlange an der Kasse Zeit raubte? Wann genau kam endlich die Weihnachtskarte, auf der »Vielen lieben Dank, dass Sie durch Ihre ehrliche und harte Arbeit an der

Aufrechterhaltung unseres Staates teilhaben, wir wissen das sehr zu schätzen und danken Ihnen, dass wir Ihr Geld verwalten dürfen« stand? Den Euro für die Finanzierung dieser Karte würde er gern als Sondersteuer draufzahlen. Es war schwierig, die Aufregung und die Freude in sich lebendig zu halten, wenn man sich so viele freudlose Situationen erschaffen hatte. Sich selbst, wohlgemerkt. Und nur sich selbst. Die Schmetterlinge flogen noch genauso entzückend, und das Meer war wie immer atemberaubend. Sie waren ihre eigenen Spielverderber, die Menschen, dachte Frederik, während er da saß und nicht wusste, woher all diese Gedanken kamen. Und doch schoben sie alle es auf das »Menschsein«, auf die Erde, auf was auch immer, statt zu erkennen, dass sie sich ihre Suppe selbst versalzten. Er stand auf und suchte seinen Kaffee. Auf dem schmalen Kaminsims wurde er fündig, zum Glück dampfte er noch. Donna war fort. Und so sehr es ihn erschütterte, so sehr er sich schuldig fühlte, so konnte er doch nicht verleugnen, dass er erleichtert war.

Es klopfte. Frederik stand auf, warf einen raschen Blick in den Spiegel – Hatte er sich die Haare gerauft? Nein? Nicht mal das? – und öffnete.

»Kommst du zurecht?« Der lendenbeschürzte Schamane. »Ich möchte mit dir die Termine absprechen, wir können gleich beginnen, wenn du willst.« Und trotz des Jetlags, trotz des hoffentlich vorübergehenden Verlustes seiner Lebensgefährtin und obwohl er nicht mal ausgepackt hatte, fühlte sich Frederik entspannt, als wäre er seit Monaten hier. Er fuhr sich mit beiden Händen durch das Haar.

»Was muss ich machen?«

Der Schamane lächelte strahlend.

»Erst mal ziehst du das zivilisierte Zeug aus und nimmst das hier.« Er zeigte ihm ein leuchtend rotes Tuch. Frederik wollte ins Bad gehen, doch der Schamane hielt ihn mit einer Handbewegung fest. »Hier. Wir sind Menschen, Männer. Wir sind keine kleinen Mädchen, die sich schämen müssen.«

Frederik schüttelte den Kopf, natürlich, was sollte das? Er war dermaßen gewöhnt, sich Donna zuliebe allzu zivilisiert zu verhalten, dass er es schon automatisch tat. Er riss sich das gebügelte, dezent gemusterte Hemd vom Leib und schlüpfte aus den teuren Freizeithosen. Er stockte einen Moment, dann zog er auch den perfekt sitzenden Slip und die nahtlosen, venenfreundlichen Socken aus. Er verzichtete darauf, die Socken zusammenzurollen, legte sie auf das Bett. Nackt stand er vor dem Schamanen. Dieser betrachtete ihn aufmerksam. Dann reichte er ihm das Tuch.

»Knote es dir einfach um die Hüften.«

Noch nie hatte Frederik sich dermaßen ungeschützt gefühlt, ein leichtes Tuch, mehr trennte ihn nicht vom Wind und von den Blicken anderer. Üblicherweise trug er so perfekt sitzende Slips, dass sein Geschlecht nur einen dezenten Hügel in der Hose bildete, eine leise Andeutung von Mannsein. Wie Ken, der fast androgyne Partner von Barbie. Dieses Tuch dagegen hielt gar nichts, alles schwang und baumelte gerade so, wie es wollte.

»Halte die Unsicherheit aus, du wirst sie schnell verlieren. Ich verspreche es dir. Wie willst du mit dir in Kontakt sein, wenn du deine Zeugungsorgane fest verschnürst? Wie sollen dir deine Eier sagen, was richtig und was falsch ist, wenn du sie nicht spürst?«

Frederik schluckte. Das hier war das Gegenteil dessen, was Donna ihm immer wieder erklärte: Männer müssten lernen, mit dem Herzen zu denken, auf gar keinen Fall mit dem Schwanz. Genau daher käme all das Leid.

»Donna ist eine Frau. Frauen haben Angst davor, dass wir mit dem Schwanz denken, zu Recht. Ich sagte ja auch, deine Eier wissen, was richtig und falsch ist. Und nein, ich lese keine Gedanken, ich höre nur immer wieder die gleichen Einwände. Natürlich von Frauen. Hat ein Kerl aber keine Eier in der Hose, dann passt es ihnen auch nicht. Keine Sorge, darüber werden wir noch eine Menge reden. Jetzt komm erst mal mit in die Schwitzhütte, wir haben eine aufgebaut, dir und deinem Mannsein zu Ehren. Willkommen im Kreis der Männer. Wir sprechen deine Sprache. In jeder Hinsicht.«

»Ich muss dich was fragen. Donna sagte, auch wenn das natürlich absurd klingt, du hättest keine Aura, sie habe keine gesehen. Wie kann das denn sein?«

Der Schamane lächelte. Dann blitzte etwas auf, so grell, so flirrend, dass Frederik erschrocken die Augen zukniff. Es war, als blicke er ungeschützt mitten in die Sonne. Schweigend folgte er dem Schamanen. Er hatte Donna schlichtweg vor seinem Licht geschützt. Und sie war unangenehm davon berührt gewesen, was sagte das über sie?

Sie verließen die Holzhütte und gingen ein Stück am Meer entlang, durchquerten einen märchenhaft angelegten Garten, in dem es üppig blühte. Frederik schnupperte, er roch den Rauch des Schwitzhüttenfeuers. Und da lag sie vor ihm, flach wie ein Schildkrötenpanzer. Nicht umsonst war die Schildkröte jenes Krafttier, das Großmutter Erde verkörperte.

Eine Schwitzhütte. Ein rundes, ziemlich flaches zeltartiges Gebilde, das nur von ein paar Weidenstangen und Fellen oder Decken gebildet wurde. Davor ein Feuer, in dem die Steine erhitzt wurden. Man saß auf dem nackten Boden, heiße Steine wurden in eine Kuhle in der Mitte oder am Eingang gelegt, und es gab merkwürdige Gesänge. Es war brütend heiß, und es sollte tief reinigen, geradezu mystische Erfahrungen bescheren. Das sagten die, die es noch nicht erlebt hatten. Die anderen, die Erfahrenen, beschrieben eine Schwitzhütte so: »Du bist geborgen im Schoß der Erde, du bist nackt, du bist vollkommen du selbst, ganz unbelastet von allem, was die Welt da draußen von dir will, und du kannst dich neu erleben. Die Steine, erhitzt vom männlichen Feuer, befruchten dich, sind der Same, aus dem du neu gezeugt wirst. Wenn du die Schwitzhütte wieder verlässt, bist du neugeboren.« Eine Schwitzhütte bot vielerlei Erfahrungen, aber vor allem war es stockdunkel. Und heiß. Und nahezu bedrückend eng. So auch diese.

Als Frederik das Tuch ablegte, von einem ihm unbekannten, ebenfalls splitterfasernackten Mann mit merkwürdig riechendem Rauch umhüllt wurde, sich duckte und mit dem Tuch in der Hand in die dunkle Höhle hineinkroch, spürte er tatsächlich, wie er in eine andere Welt glitt. Hier spielte all das, was ihm üblicherweise wichtig war, überhaupt keine Rolle. Nicht einmal mehr Donna. Er breitete das Tuch aus, kauerte sich neben einen anderen Mann, berührte ihn sogar, etwas, das er im wahren Leben unter allen Umständen vermieden hätte. Eine Wasserflasche wurde herumgereicht. Als der letzte Teilnehmer, dick und ungelenk, in die Hütte gekrochen war, erschien der Schamane in der Öffnung und setzte sich an den Eingang. Frederik war seltsam erleichtert, er seufzte auf und fühlte, dass er auf einmal schwerer auf dem Boden saß, fester irgendwie. Von außen wurden mit einer Mistgabel heiße Steine in die Hütte gereicht. Wirklich heiße Steine. Glühende. In der Dunkelheit unwirklich glimmende. Der Schamane streute Kräuter und harzartiges Räucherwerk darauf, es qualmte, er murmelte Worte, sang etwas. Dann sagte er laut »Tor zu«, und die Schwitzhütte begann. Der Hüter des Feuers, der die Steine hereingereicht hatte, schlug die Decken von außen vor den Eingang. Wabernde Hitze erfüllte das vollkommene Dunkel. Von fern hörte Frederik das Meer gegen die Steilküste donnern. Er schloss die Augen.

Während der Schamane sang und die Kräfte des Feuers, des Mannseins, beschwor, stiegen seltsame Bilder in Frederik auf. Bilder von Drachen, die eingesperrt im Kerker lagen, Bilder von Blut und Zerstörung, von Schlachtfeldern, Bilder, die so gar nicht zu dem passten, was er verkörpern wollte. Eines war besonders stark: Er stand mit einem blutigen Schwert in der Hand auf einem Schlachtfeld, alle Kameraden waren tot, abgeschlachtet. Köpfe, die zum Teil noch fest in Helmen steckten, lagen um ihn verstreut, sinnlos ohne Körper, Armstümpfe, abgeschlagene Hände, die noch das Schwert umklammerten, brüllende, verletzte Pferde. Wie in Trance hob er sein Schwert, schaute jedem Pferd in die Augen, verneigte sich vor ihm und stach ihm durchs Herz, einem nach dem anderen. Bis alles still war. Durchtränkt vom Blut der Pferde stand er da, senkte sein Haupt. Und machte sich auf den Weg, den Frauen seiner

Krieger zu sagen, dass ihre Männer nie wieder heimkommen würden. Dass sie niemanden mehr hatten, der sie versorgte und der sie beschützte. Er war der Einzige, der überlebt hatte. Wenn das Mannsein bedeutete, dann wollte er nichts mehr damit zu tun haben. Er ging von Tür zu Tür und schwor den Frauen, für sie da zu sein, alles zu tun, damit sie sicher und geschützt waren. Er sah sich Zuversicht verbreiten, obwohl er selbst schwer war wie Blei, die Frauen vertrauten ihm. Alles schien unter Kontrolle – bis er zur letzten Tür des Dorfes kam. Eine Frau trat heraus, eine junge, schöne Frau. Sie sah ihn an, blickte ihm wortlos und tief in die Augen. Sie hielt etwas hinter ihrem Rücken. Die Zeit dehnte sich.

»Du bist schuld«, keuchte sie und rammte ihm ein langes Messer mit voller Wucht durch den zerfetzten Brustpanzer ins Herz. Frederik keuchte auf. Und erkannte in der Sekunde, dass er den Stich hatte kommen sehen. Er war ein erfahrener Krieger, er ahnte die Bewegung des Gegners, lange bevor sie stattfand. Er wollte sterben. Wenige Augenblicke zuvor hatte er den Frauen versprochen, für sie da zu sein, und jetzt ließ er sich abschlachten wie eine Sau.

Tiefe Scham stieg in ihm auf, und die Hitze, die Männer, die Hütte schien ihn plötzlich zu erdrücken. Er japste nach Luft.

»Ruhig. Wir sind hier, sprich es aus«, ermutigte ihn der Schamane.

Doch Frederik konnte nicht.

»Ich muss raus hier«, stöhnte er.

»Atme«, antwortete der Schamane und murmelte etwas. »Bleib noch ein wenig, wie ging es weiter?«

Jetzt konnte Frederik sprechen, er war nicht mehr allein.

»Ich sterbe. Nie wieder Krieg. Nie wieder Schlachtfeld. Nie wieder Mannsein.«

Die Männer in der Hütte seufzten zustimmend, ein tiefer Ton, der aus ihren Herzen kam, und Frederik war seltsam getröstet.

»Nutzt die Gelegenheit, in eure tiefste Männerwunde zu spüren, hier ist ein Mann, der sie heute zum ersten Mal erfährt, und damit kannst auch du deine Wunde wieder neu entdecken.« Der Schamane streute Drachenblut, ein dunkelrotes Baumharz, auf die Steine, er erkannte die unterschiedlichen Räucherungen an der Form der Fläschchen, natürlich am Geruch und an ihrer Konsistenz. Noch immer war es stockdunkel in der Schwitzhütte. »Ihr seid Männer. Ihr habt die Erfahrung gemacht, wie es ist, ein Täter zu sein. Die tiefste Männerwunde sieht bei fast jedem gleich aus: Ein Schlachtfeld, ihr seid die Letzten, alles um euch herum ist tot, und ihr fühlt euch schuldig, konntet das Leben nicht bewahren, konntet eure Kameraden nicht heil nach Hause führen, die Familien nicht schützen. Ihr entscheidet, euren inneren Drachen an die Kette zu legen, und schwört dem wahren Mannsein ab. Denn Männer schützen das Leben und die Familien. Dadurch hängt ihr im nächsten Leben entweder im inneren Kind fest, spielt verantwortungslos mit allem herum und nennt es Freisein, oder ihr flüchtet euch in Kontrolle und in euer Ego, werdet supererfolgreich.«

Frederik räusperte sich, durfte er hier reden?

»Sprich es aus«, sagte der Schamane.

»Und die tiefste Frauenwunde? Nur, damit ich es verstehe?«

»Geopfert werden, getötet werden dafür, dass sie ihre Weisheit und die Heilkräfte von Mutter Erde nutzen, um zu nähren und zu heilen. Die Vertreibung der Hohepriesterinnen aus den heiligen Tempeln, später die Hexenverbrennungen. Frauen ermöglichen die Entstehung von Leben, hüten es in sich und stellen ihre Liebe zur Verfügung, um zu nähren und zu heilen. Fast alle Frauen, die ihren Weg zu sich selbst gehen, erleben sich am tiefsten Punkt, wenn sie sich an ihre Opferung erinnern. Sie entscheiden, nie wieder im Dienst am Leben zu stehen, nie wieder zu heilen, nie wieder ihre Weisheit und Liebe zu zeigen.« Er seufzte. »Wie sehr fehlen uns die wahren Frauen, die Hüterinnen des Lebens, die uns nähren und denen wir unser Feuer schenken dürfen – es wird Zeit für etwas Neues, Männer. Das kann aber nur kommen, wenn wir unser Mannsein wieder annehmen und es voll und ganz in den Dienst des Lebens und der Liebe stellen. Und jetzt atmet, nehmt euer Mannsein wieder in euch auf, ruft es herbei, laut, JETZT. Befreit den Drachen, und gebt ihm sein Herz zurück. Verbindet euer Feuer mit eurem Herzen, und atmet bis hinunter in euren Schwanz, in eure Eier, füllt eure Eier mit euch selbst auf, nehmt sie wieder an, und vertraut ihnen. Hier entsteht das neue Leben, von hier aus gebt ihr es weiter, hier produziert ihr Schöpferkraft. Hier weißt du ganz genau, ob etwas gut ist und dir Kraft gibt oder nicht. Denk immer daran – die Samenzelle wird bei der Zeugung zerstört. Sie stirbt. Die Eizelle nimmt sich, was sie braucht, den Rest entsorgt sie. Das Männliche opfert sich im Dienst am Leben, mit Haut und Haar. So wählt sorgfältig, wem und wo ihr euch hingebt. Eure Eier wissen das.«

Noch nie hatte Frederik jemanden so unverblümt über sein Geschlecht sprechen hören, doch es tat ihm gut, es stimmte einfach. Er atmete die heiße, harzige Luft ein, und als die Männer zu stöhnen begannen und »Ich nehme mein Mannsein wieder zu mir« brummelten, als einige tief aus dem Bauch knurrten und einer sogar weinte, löste sich auch in Frederik etwas – etwas, das ihn bislang kontrolliert hatte, etwas, das es sich zu komfortabel eingerichtet hatte, etwas allzu Zivilisiertes. Donnas Welt war vollkommen durchgestylt, sie inszenierte den Himmel auf Erden. Den weiblichen Himmel. Der männliche würde wahrscheinlich anders aussehen, mehr Motorräder und weniger Duftkerzen beinhalten. Mehr Lagerfeuer und freie Natur und etwas weniger makellose, wolkenweiche Teppiche und rosa Cremes. Und auf einmal traf es ihn wie ein Schlag. Gerade als er begann, sich vorsichtig vorantastend tatsächlich bis hinunter in seine … – er hatte kein Wort dafür, keines, das er jemals ausgesprochen hätte – zu atmen, sah er ein Blitzen, ein Schimmern. Und er erkannte es. Geschockt hielt er die Luft an, doch der Schamane schien ihn zu fühlen.

»Geh tiefer, dir selbst zuliebe«, sagte er sanft, und obwohl die Hütte vom tierisch anmutenden Ächzen der Männer erfüllt war, hörte ihn Frederik und wusste, dass er gemeint war. Die Stimme schien sich um ihn herum zu legen, wie die starken Arme eines Vaters. »Ich bin da. Ich halte dich. Und ich sehe dich, du gehörst zu uns. Geh tiefer.«

Frederik atmete so tief in seine Hoden, in sein Becken, wie es ihm überhaupt nur möglich war. Und erkannte, was der Mann in ihm schon immer gewusst hatte. Grüne Augen. Schimmerndes Haar. Ein Sonnenstrahl, der es zum Leuchten brachte. Die Frau seines Lebens. Schnell dachte er an Donna, sein Herz öffnete sich für sie. Doch sein Atem wurde flacher. Wähle, wem du dich hingibst, denn dein altes Ich stirbt dabei, du wirst unwiderruflich verändert, durchzuckte es ihn auf einmal, und seine Nieren begannen zu schmerzen. Plötzlich ein Schimmer von Tageslicht, das Rauschen des Meeres wurde lauter, frische, kühle Luft strömte in die Schwitzhütte. Die erste Runde war vorbei. Und bereits jetzt war alles anders.

Donna fuhr wie in Trance immer weiter Richtung Norden. Sie konnte es nicht fassen, noch nie, wirklich noch nie hatte sie dermaßen unüberlegt und spontan gehandelt. Hirnverbrannt könnte man auch sagen, und sie war mehr als einmal versucht, den Wagen einfach wieder zu wenden. Doch irgendetwas zwang sie, geradeaus weiterzufahren, immer am Meer entlang. All die zauberhaften Orte ließ sie unbeachtet hinter sich, hielt weder am Point Lobos, der atemberaubend zerklüfteten Küste mit einzigartigen Ausblicken auf die türkis strahlende Bucht namens China Cove, schon gar nicht am berühmten Kiesstrand Pebble Beach am 17-Miles-Drive, noch fotografierte sie die »einsame Zypresse«, einen der meistabgelichteten Bäume der Welt, der wie ein Wächter allein auf einer Klippe stand. Sie ließ sich nicht von der grandiosen Schönheit schroffer Felsen und donnernder Brandung überwältigen, ignorierte das märchenhafte Carmel mit den putzigen Häuschen, in denen Kunsthandwerk, handgemachte Seifen und köstlichste Kuchen angeboten wurden. Sie ließ Pacific Grove mit der von rosa Blüten, Malerinnen und Seehunden gesäumten, felsigen Küste und den viktorianisch anmutenden Nobelhotels in Dunkelgrün und Zartgelb links liegen, interessierte sich weder für die Cannery Row, die sagenumwobene Sardinenfabrik, noch für das berühmte Meeresaquarium in Monterey. Sie brauste einfach die Schnellstraße weiter entlang. Zu ihrer Linken rollte das Meer an die Küste. Sie hing ihren Gedanken nach, und nach einer Weile wagte sie es sogar, zu fühlen. Und nahm wahr, dass sie eine Auszeit brauchte, besonders emotional. Sie konnte sich an keine Zeit erinnern, in der sie nicht wie eine Verrückte geschuftet hatte. Während sie immer weiter an der Küste nach Norden fuhr, erinnerte sie sich an die Anfänge ihrer Karriere.

13

»Ich hab wohl der falschen Schwester vertraut?«, sagte er, und ihr Herz blieb stehen. Sie lehnte sich an ihn, und alles an ihr begann zu zittern. Sie öffnete die Augen, schaute Gertrud an, fragend, um Erlaubnis bittend – und Gertrud gab ihr stillschweigendes Einverständnis. Wie sehr sie ihre Schwester liebte, dachte Klara, und dann machte sie alles kaputt.

»Ja, das tust du«, sagte sie. Und zerstörte damit die Bindung zu ihrem Zwilling. In dem Moment war es, als risse Klaras Herz entzwei. Sie nahm sich den erstbesten Teil, den sie greifen konnte, und verschloss ihn tief in sich. Sie atmete tief ein, saugte so viel Energie in sich auf, wie nur möglich war, überfüllte sich regelrecht damit, dann wandte sie sich von Gertrud ab. »Ich bin hier, wenn du mich brauchst«, murmelte sie und wusste nicht, wen sie meinte, Gertrud, Frederik oder sich selbst. Dann zog er sie aus der Wohnung.

Von da an lief alles wie von selbst, so einfach, dass sie nicht anders konnte, als an eine Fügung des Schicksals zu glauben. Gertrud schien friedlich zu sein, sie wurde immer dicker, und so konnte Klara den Platz einnehmen, nach dem sie sich schon so lange gesehnt hatte. Endlich wurde sie gesehen. Sie ließ sich die Haare blond färben, begründete es vor ihren Eltern mit Gertruds Berufswunsch. Als gute Schwester müsse sie doch ausprobieren, wie sich äußerliche Veränderungen auf die Gefühle auswirkten, oder? Die Eltern, aufgeklärte, liberale Freigeister, ließen sie sich selbst organisieren, im Vertrauen, dass sie fragen würde, wenn sie Hilfe brauchte. »Du brauchst uns nichts zu erklären«, hatten sie gesagt, »es ist dein Körper. Wie können wir dich ermutigen, selbstbestimmt zu sein, wenn wir dir vorschreiben, was du mit deinem Körper anstellen darfst und was nicht? Du bist alt genug, und es lässt sich ja sowieso leicht wieder verändern.« Sie waren glücklich, das waren sie wirklich.

Etwas passierte, etwas Unausgesprochenes, Tiefes. Klara, energiegeladen wie nie zuvor, genoss die Aufmerksamkeit, erfuhr, wie spektakulär sich ein bisschen Farbe und ein anderes Auftreten auswirken konnten. Auf einmal war ganz klar, dass sie den gleichen Beruf wie ihre Schwester ergreifen würde, was denn sonst? Erfuhr sie nicht gerade am eigenen Leib, was Kosmetik machte, wie befreiend es war, endlich beachtet zu werden? Sie würde da sein für all die Mauerblümchen, gemeinsam mit Gertrud. Dann würde alles wieder gut sein. Wenn diese sich denn nur mal wieder einkriegte. Gertrud zog sich augenscheinlich total zurück, was Klara natürlich verstand, aber hatte sie nicht zugestimmt, hatte sie ihr nicht grünes Licht gegeben?

An ihrem gemeinsamen siebzehnten Geburtstag hatte sie die Neuigkeit kundgetan, doch Gertrud hatte sich nicht gefreut. Im Gegenteil, sie schien sich noch mehr zurückzuziehen.

»Und deine Musik, die gibst du einfach auf?«, hatte sie irgendwie komisch gesagt.

Klara hatte nur gelächelt. Natürlich tat sie das, gern. Siebzehn, verliebt und entschieden zu romantisch, redete sie sich ein, ihren gemeinsamen Traum zu verwirklichen, vorauszugehen, damit Gertrud, wenn sie so weit war, folgen konnte. Sollte sie erst mal ihr Kind bekommen, sie, Klara, würde ihre berufliche Zukunft organisieren. Frederik sah alles etwas deutlicher und realistischer, doch Klara hörte nicht auf ihn.

»Du nimmst ihr den Traum«, sagte er.

»Wir sind Zwillinge, wir fühlen uns, es ist alles in Ordnung, ich weiß es«, antwortete sie.

Die Ausbildung lief so einfach, dass es Klara vorkam, als sei sie bereits in vielen vergangenen Leben – falls man denn an so etwas glauben wollte – diesen Weg gegangen, auf die damalige Weise. Sie spürte die Haut, sie wusste einfach, was sie brauchte. Sie erkannte, ohne sich groß zu konzentrieren, den speziellen Hunger der Frau, die vor ihr lag. Und sie wusste, wie sie diesen Hunger stillen konnte. Sobald Klara mit ihrer Ausbildung fertig war – Frederik begann, irgendetwas zu studieren, was war es noch gleich? –, entschied sie, sofort ein Studio zu eröffnen, zunächst ein sehr kleines. Ihre Eltern gaben ihr Geld, voller Freude. War das nicht einfach wundervoll, dass sie so schnell selbstständig wurde? Sie richtete es ganz nach ihrem Gefühl ein, in dem Wissen, dass ihr Gefühl genau den Nerv der bedürftigen Frauen traf. Eine Oase, in der sie sich ganz und gar weiblich fühlen konnten, gepflegt wurden, die Verantwortung einmal losließen. Kitschiger, als ihr empfohlen wurde, doch genau dadurch berührte sie die Märchenprinzessin in den Frauen. All die toughen Frauen, die im Beruf und zu Hause funktionierten, die ihr Leben und das ihrer Familien durchorganisiert hatten und alles topmanagergleich im Griff hatten, all diese Frauen erlebten sich in Klaras Schönheitssalon als die Göttinnen, die sie waren. Klara hatte etwas Magisches, es war, als gäbe sie jeder Frau genau das Gefühl zurück, das ihr im Lauf der Zeit abhandengekommen war. Als hüte sie den Schatz, den viele der Frauen schon so lange suchten: ihre eigene Weiblichkeit, ihr tiefes magisches Wissen um ihre Schönheit und ihren Zauber. Niemals redete Klara während der Behandlungen über die Beschaffenheit der jeweiligen Haut, wie das viele taten, gab ihrer Kundin niemals das Gefühl, nicht gut gepflegt zu sein. Die Frage: »Welche Pflege benutzen Sie?«, dann ein zweifelndes »Hm … Ihre Haut braucht etwas anderes, wissen Sie, diese Creme liegt wie eine Schicht auf der Haut, da findet kein Austausch statt«, am besten noch mit dem Zusatz »in Ihrem Alter«, bewirkten nur, dass sich die Kundin irgendwie ungenügend fühlte, so, als kümmere sie sich nicht angemessen um sich. Da die meisten Frauen sorgfältig auswählten, mit welchen Produkten sie sich pflegten, sprach man ihnen mit diesen Fragen ihr Urteilsvermögen ab. Und selbst wenn diese Einschätzung in bestimmten Fällen richtig war, so hatte Klara doch verstanden, warum sich eine Frau eine teure Kosmetikbehandlung schenkte. Es hatte in den seltensten Fällen damit zu tun, dass sie eine neue Creme kaufen wollte. Wenn, dann fragten die Frauen ausdrücklich danach. Zumal sie mit der Behandlung selbst meistens schon mehr Geld für sich ausgaben als üblicherweise. Klara verkaufte keine Produkte, sondern schenkte Wohlbefinden, erzählte nichts über Wirkungsweisen, sondern ließ das Wohlgefühl für sich selbst sprechen. Sie gab im wahrsten Sinne des Wortes, wollte den Frauen den Weg zu sich selbst neu eröffnen. Und war damit unfassbar erfolgreich. Schnell wurde ihr Studio zu klein, und sie hatte eine Entscheidung zu treffen. Entweder sie wagte, groß zu werden, einen teuren, zentral gelegenen

Salon zu mieten und Mitarbeiter einzustellen, entweder sie ließ sich also von der Welle tragen, oder sie blieb, wo sie war – was genauso zur Debatte stand.

»Ich mach das nicht, ich bleib hier, du studierst zu Ende, und wir bekommen Kinder«, erklärte sie, als Frederik ihr wieder einmal nahelegte, als umsichtige Geschäftsfrau zu handeln und die Gunst der Stunde zu nutzen. »Das wächst mir sonst über den Kopf.«

»Und ich sage dir, das ist ein Trend, der immer größer wird. Die Frauen wollen sich selbst spüren, die Zeit der Emanzen ist vorbei, ihr seid emanzipiert, einfach so, und wollt euch wieder weiblich und sanft erleben. Die Achtziger haben ihren Tribut gefordert, höher, schneller, weiter, Gefühl ist Luxus, alles cool, ihr zeigt Ellbogen und Schulterpolster. Ihr seid die besseren Männer geworden, ihr habt es uns gezeigt. Jetzt, Mitte der Neunziger, beginnt eine neue Welle. Schau dich um, die Esoterikszene boomt, kommt aus der Schmuddelecke. Ich sage dir, wenn du das verbindest, dann hast du ausgesorgt. Ich bin an deiner Seite, ich unterstütze dich. Ich schmeiß sogar mein Studium, wenn du willst, das hier kann richtig groß werden, du hast es echt drauf.«

Klara dachte nach, ihre Augen begannen zu blitzen.

»Was meinst du mit ›wenn man das verbindet‹, wie kann man denn Esoterik, was immer das ist, mit Kosmetik verbinden?« Da war ein Gefühl, ihr untrüglicher Instinkt reagierte, er hatte recht. Ihr ganzer Körper kribbelte. »Was würde Gertrud tun?«, fragte sie, und ihr Herz schmerzte nur ein ganz kleines bisschen.

»Was immer sie tun würde, ich sage dir, worum es geht. Geistiges Wohlbefinden. Sich selbst auf neue Weise erleben. Dahin geht's. Die Menschen haben genug von allem äußeren Schnickschnack, jetzt suchen sie sich selbst. Und da kommst du ins Spiel, du hast eine Begabung dafür.«

Und so begann Klara, sich mit spirituellen Themen zu beschäftigen. Nicht alles gefiel ihr, doch sie erkannte das Potenzial. Die Menschen waren tatsächlich auf der Suche, brauchten einen neuen Sinn, suchten nach Antworten – am besten auf eine Art präsentiert, die leicht zugänglich war. Denn natürlich gab es das alles schon, aber esoterisch eben, geheim. Wer machte sich schon die Mühe, sich durch die Kabbala zu arbeiten? Wer ging Mitte der Neunziger zu einem Schamanen, um die alten Lehren zu studieren? Nur die, die es wirklich ernst meinten, und das waren wie immer die wenigsten.

»Es muss doch möglich sein, dieses schwierige Zeug auf eine Weise zu servieren, mit denen die Menschen etwas anfangen können, Lebenshilfe, pragmatisch, gut umsetzbar. Sieben-, Zehn- oder Zwölf-Schritte-Pläne, mit denen wir den Menschen sagen, was sie tun sollen, um glücklicher zu sein. Die Amis können das doch auch.« Das stimmte, Frederik hatte recht. Aus den USA, besonders aus Kalifornien kamen bahnbrechende Neuigkeiten, Bücher über die Kraft der positiven Gedanken, über Engel, über Reinkarnation, Seelen, Aura, Chakren und Lichtarbeit, eine ganze Welle von New-Age-Techniken und Ideen überrollte das Land – die es sehen wollten, erkannten es. Die es suchten, verstanden es.

»Wir finden eine Technik, die wir vermarkten, für die wir einstehen und die wir mit deinen Behandlungen kombinieren. Und ich weiß auch, was.« Frederik zitterte vor Begeisterung. Ein Gedanke spukte seit Tagen in seinem

Geist, bislang nur in den Außenbezirken. Nun packte er ihn und warf ihn Donna zu. »Aura-Fotografie. Darüber hab ich mal was gelesen, das ist brandneu. Wir fotografieren die Aura der Leute vor und nach deinen Behandlungen. Dann sehen sie, wie sehr sie sich entspannt haben. Natürlich müssen wir erst ausprobieren, ob man das überhaupt in der Aura sieht.«

»Du meinst, ob sie sich wirklich entspannen?«, fragte Klara und schlug mit dem Küchenhandtuch nach ihm. Sie trocknete gerade das Geschirr ab, als sie dieses Gespräch führten, nie würde sie die große, rosa und grün gemusterte Tasse vergessen, die sie in den Händen hielt, als Frederik mit seinem Vorschlag kam.

»Das tun sie, mein Engel, ich kann das nur betätigen. Ich kenne deine wundervollen Hände«, antwortete er und nahm ihr Tasse und Tuch aus den Händen. »Aber lass mich noch mal nachprüfen, ob mein Eindruck stimmt …«

Klara legte ihre Hände auf die Wölbung in seiner Hose. Er stimmte, der Eindruck.

Und so ging es los. Frederiks Eltern reagierten wie erwartet entsetzt, entzogen ihm ihre Unterstützung. Doch Frederik, der seine Chance sah, gab nichts auf ihr Urteil. Gemeinsam richteten sie ein Studio ein, wie es schöner nicht hätte sein können. Frederik besuchte einen Kurs über Aurafotografie, und wie durch ein Wunder spürte er das Licht, er konnte schon im Vorfeld sagen, in welchen Bereichen eine Kundin strahlte und wo sie eher ein Schattendasein führte. Seine Fähigkeit, auf das ideale Licht zu warten, auf den einen magischen Moment, in dem sich Himmel und Erde zu berühren schienen, wirkte nun Wunder. Seine Bilder zeigten den Frauen, welch immenses Potenzial in ihnen wohnte und durch sie wirken wollte. Er fing genau den Moment ein, in dem die Aura aufblitzte und die Seele sichtbar wurde, die Göttin. Er wusste, wann dieser Moment bevorstand, alles in ihm kribbelte, er spürte, wie sich Energie erhöhte, seine Zellen zitterten förmlich vor Freude. Die Unterschiede zwischen den Bildern vor und nach Klaras Behandlungen waren spektakulär.

»Donna«, schlicht »Frau«, nannten sie ihren Salon zunächst, bevor sie den Markennamen AngelFace einführten, und als ihre Kundinnen sie irrtümlich immer wieder mit »Donna« ansprachen, entschied Klara, diesen Namen für sich zu nutzen.

Donna lächelte, als sie an diesen Tag dachte. Nach drei Stunden Fahrt steuerte sie auf die Golden Gate Brücke in San Francisco zu, die sie auf ihrem Weg nach Norden überqueren musste. Hauptverkehrszeit, sie stand im Stau. Es gab elektronische Mautstationen, und sie wurde unsicher, durfte sie einfach durchfahren? Frederik wüsste das. Er wusste immer alles, managte ihr äußeres Leben so effizient, dass sie noch nie über Kreditkartenabrechnungen, Umsatzsteuererklärungen, Müllabfuhr und Mautgebühren an berühmten Brücken nachgedacht hatte. Im Schritttempo schob sich der Verkehr über die sechsspurige Golden Gate. Donna konnte nicht umhin, beeindruckt zu sein, so sehr sie auch mit ihren eigenen Gedanken beschäftigt war. Am Ende der Brücke gab es eine weitläufige Besucherplattform, sie hielt einen Moment und kaufte zum ersten Mal in ihrem Leben kein Parkticket. Es war ihr einfach egal, ob sie sich korrekt verhielt oder nicht. Der Wind pfiff ihr um die Ohren, und sie schauderte, war für den

Norden viel zu dünn angezogen. Die Einfahrt in die Bucht von San Francisco war erst spät entdeckt worden, 1775, erinnerte sie sich und konnte sich nur darüber wundern, wie ihr Gehirn funktionierte, lange Zeit nach der Entdeckung Amerikas. Weil sie immer im Nebel lag und vorbeifahrende Schiffe sie einfach nicht erkannten. So auch heute. Der Nebel waberte um die Brücke, die Sonne ließ das Meer in der Ferne glitzern, Segelschiffe kreuzten, die riesige Bucht sah genauso aus, wie man es aus Filmen kannte. Die Brücke mit ihrem roten Anstrich, der schlicht ein Rostschutzmittel war, das man nicht überstrichen hatte, schimmerte so prachtvoll, dass Donna wie gebannt dastand und das Bild in sich aufsog. Hier zu leben … Aus den zwei Minuten wurde eine halbe Stunde, und sie hatte Glück, dass sie keinen Strafzettel bekam, denn auf ihr Auto zu achten, war das Letzte, woran sie dachte. Ich komme ja wieder, beruhigte sie sich, als es wirklich zu kalt wurde und sie widerstrebend in ihr Auto stieg. Dann schüttelte sie über sich selbst den Kopf. Wieso »kam sie wieder«? Sie war frei und konnte sich auch gleich ein Hotelzimmer nehmen, da gab es diesen hübschen kleinen Ort Sausalito, eine ehemalige echte Künstlerkolonie, San Francisco genau gegenüber. Mit spektakulärem Blick auf die Brücke. Sie hatte genug Geld und ihre Kreditkarte bei sich, es war mitten in der Woche und Nebensaison, sie würde wohl ein Zimmer bekommen.

Sie fand ein entzückendes, über und über mit Blumen geschmücktes Hotel mit Blick auf die Bucht, checkte ein, zog sich um – zum Glück hatte sie lange Hosen und Pullis dabei – und entschied sich endlich, Frederik zu simsen.

»Brauch ne Auszeit von mir selbst, ich komm wieder, gute Genesung« schrieb sie nur, zu mehr war sie nicht in der Lage. Donna klemmte sich ihre Haare mit einer Spange fest, damit der Wind sie ihr nicht andauernd ins Gesicht blies, schlang sich ihre Umhängetasche um die Schulter und verließ das Hotel, diesmal passender angezogen. Sie schlenderte durch das zauberhafte Örtchen und entdeckte, dass die Künstlerkolonie zwar noch bestand, die Preise aber alles andere als künstlerfreundlich waren. Zumindest nicht, wenn Künstler einkaufen wollten. Nun, um Geld brauchte sie sich keine Sorgen zu machen. Es gab einen sehr besonderen Kleidungsstil hier, zarte Farben mit Spitzen und Blumen, sehr romantisch, flatternde Röcke aus glänzenden Stoffen mit passenden Oberteilen. So zart, so romantisch, dass man meinen könne, die Uhr ticke anders an diesem so magischen Ort. Als gäbe es außer dem Wind niemanden, der an einem zerrte. Solch zarte Kleider konnte man nur tragen, wenn einem das Leben nicht allzu harsch begegnete, dachte Donna, sie machten verletzlich. Oder die Frauen hierzulande waren so tough, dass sie keine äußeren Schutzschichten brauchten. Am Ende waren diese Geschäfte sicher einfach Touristenfallen für alle, die dieses besondere Gefühl mit nach Hause nehmen wollten. Doch nein, als sie eines der Geschäfte betrat, wurde sie sofort sehr liebevoll begrüßt und zu einer Tasse Kaffee eingeladen. Donna nahm sie dankend an.

»Wir haben Sie schon beobachtet und uns gefragt, ob Sie uns wohl beehren«, lachte eine der drei Frauen, die es sich in dem Laden gemütlich gemacht hatten. Sie saßen zusammen, eine Nähmaschine schnurrte, die zweite hatte einen aufgeklappten Laptop vor sich stehen, und die dritte kümmerte sich wohl um die Kunden. Diese Idylle, dieses innige Zusammensein mit kreativen Freunden kannte Donna aus ihrem eigenen Geschäft, und sie fühlte sich, als käme sie nach Hause.

»Wirklich? Wie kommt das?«, fragte Donna, und die Geschäftsfrau in ihr wurde aufmerksam. Hier konnte sie etwas lernen oder sich bestätigen lassen.

»Sie wirken so, als brauchten Sie unsere Kleider. Als wolle das Zarte in Ihnen gestreichelt werden. Wir sind Frauen, wir sind wie Sie. Möchten Sie nicht mal eins anprobieren, nur so? Keine Sorge, Sie brauchen nichts zu kaufen. Die Kleider rufen nach Ihnen, spüren Sie das? Besonders eines.« Die Frauen schauten sich an und murmelten irgendwas von »Meerjungfrau«, wenn Donna das Wort richtig verstand.

Entweder waren diese Frauen verdammt gute Verkäuferinnen, oder das Leben pulsierte hier tatsächlich anders. In Deutschland konnte man mit einem solchen Verkaufstext nur verwunderte Blicke und sofortigen Rückzug ernten. Donna griff nach einem der Kleider in Cremeweiß, doch eine der Frauen, anscheinend die Inhaberin, zielstrebig, wie sie wirkte, hielt sie sachte am Arm fest.

»Nicht das. Das hier.« Sie zog ein zartmeergrünes Kleid hervor, das Donna noch nicht bemerkt hatte. Niemals würde Donna dieses Kleid in Deutschland auch nur anschauen. Auf gar keinen Fall wollte sie wie diese abgehobenen Esoterikfrauen wirken, die von Seminar zu Seminar schwebten und mit leise säuselnder Stimme ihre Erlebnisse mit Einhörnern und Engeln kundtaten, und nur ein ganz kleines bisschen damit angaben, wie schön ihre inneren Bilder waren. Frauen, die niemals wütend wurden und alles auf der Stelle mit Licht und Liebe regelten. Nun, sie selbst hatte einen Laden zu führen. Donna achtete sorgfältig auf ihre Erscheinung: sexy, kompetent und doch offen und freundlich, damit sich die Frauen fühlten, als säßen sie bei ihrer besten Freundin. Oder besser noch bei ihrer großen Schwester. Kam sie zu lieblich daher, zog Frederik nur eine Augenbraue hoch.

Nun also das Meergrüne. Sie zog den Vorhang der Umkleidekabine hinter sich zu, schlüpfte aus ihrer praktischen Hose und dem Sweater und streifte das spitzenbesetzte, lose fallende Kleid über. Sie zupfte es zurecht, zog die miederartige Verschnürung über der Brust zusammen. Dann griff sie an ihren Hinterkopf und zog die Spange heraus, schüttelte den Kopf und schaute endlich in den Spiegel. Aha. Das sollte sie sein? Niemand, wirklich niemand würde sie zu Hause ernst nehmen, wenn sie mit diesem Traumkleid durch ihren Salon schwebte. Zu süß. Zu mädchenhaft. Zu wenig von dieser Welt. Eine Träumerin, die man beschützen wollte, der man aber ganz sicher nicht zutraute, fürsorglich und verantwortungsbewusst zu sein. Genau das Bild, das sie auf gar keinen Fall vermitteln wollte. Und doch … Wurde es nicht Zeit, einmal loszulassen? Sie öffnete den Vorhang, trat heraus, senkte den Blick. Die Frauen schwiegen.

»Wie ich es gesagt habe«, meinte die Schreiberin am Laptop triumphierend. »Sie ist eine von uns. Sagte ich doch.«

Die anderen beiden schauten sich an, lächelten.

»Solange du nur recht hast«, sagte die an der Nähmaschine.

»Du bist eine Meerjungfrau, weißt du das?« Die Ladeninhaberin – Donna entdeckte das kleine Schildchen an ihrem Revers, das sie als diese auswies – schob sie vor den großen Spiegel in der Mitte der Boutique.

Natürlich. Jede Frau würde in diesem Kleid wie eine Nixe wirken. Donna schwieg.

»Nein, ernsthaft. Schau in deine Augen. Du hast diesen Meerblick, diese emotionale Stärke, du kennst dich mit Gefühlen aus. Das sind die Mensch gewordenen Meerjungfrauen. Das Element Wasser steht für Gefühle, und du hast eine ganze Menge davon.«

Donna schwieg noch immer, das war zu abgehoben. Es war kein Wunder, dachte sie, dass diese Frauen alles und jeden für eine Meerjungfrau hielten, lebten sie doch direkt am Meer. Im Ruhrgebiet wäre das anders. Und doch war sie tiefer berührt, als sie zugeben wollte, fühlte sich irgendwie erkannt. Albern. Sie wusste, dass die Damen ihr nur das Kleid verkaufen wollten. Sie schielte auf das Preisschild – oha. Für diesen Preis würde sie auch Geschichten über Meerjungfrauen, Delfine und Elfen erfinden. Sie würde sogar noch eine Göttin drauflegen, Aphrodite bot sich an.

»Ich habe dieses Kleid für dich genäht.« Die Frau an der Nähmaschine stand auf, prüfte den Sitz des Kleides. »Perfekt. Weißt du was? Ich schenke es dir. Mit ihr« – sie wies auf die Besitzerin – »werd ich schon handelseinig. Du musst dieses Kleid haben, es ist dein Seelengewand. Und das weißt du auch.«

Donna nickte anerkennend. Mann, waren die gut. Seelengewand. Und nun würde sie das Kleid wieder ausziehen, auf den Bügel hängen und gehen. In geschäftlichen Dingen Nein zu sagen war ihr tägliches Brot. Warum nur schmerzte ihr Herz auf einmal so sehr?

»Behalte es. Du brauchst es. Ich mein's ernst, behalte es.

Bring es morgen zurück, wenn du willst, aber gib dir heute Zeit.«

Und beinah gegen ihren Willen begann sie zu lächeln.

»Normalerweise mache ich die Frauen glücklich, ich bin es nicht gewöhnt, berührbar zu sein«, sagte sie.

»Das haben Meerjungfrauen so an sich, wir berühren andere und erinnern sie an ihre Verletzlichkeit. Wir selbst lassen uns nicht gern in die Karten schauen. Aber das hier ist unser Gebiet, deshalb dürfen wir dich erinnern. Du bist unser Gast.«

Plötzlich schossen Donna Tränen in die Augen. Das hier war ihr Gebiet. Das Gebiet der weisen Meerjungfrauen. Puh. Vielleicht könnte sie ein bisschen ausruhen, Kräfte sammeln, in ihrem Gebiet …

»Bleib eine Weile. Du hast dich verausgabt. Tauch ab, lass dich treiben, fahr die Küste nach Norden hoch, rede mit den Giants, den riesigen Baumgeistern, stärke deine Meerjungfrau. Sie ist am Vertrocknen.«

Donna setzte sich, ihre Knie gaben einfach nach. Sie kam an. Ließ sich berühren. Legte die Geschäftsfrau ab und ließ zum ersten Mal seit sehr langer Zeit los. Eine Meerjungfrau. Irgendetwas daran passte, hallte nach, kam zur Ruhe. Sie weinte nicht. Wozu auch? Im Gegenteil. Als sie mit diesem viel zu dünnen Kleid wieder auf die Straße trat, war ihr zum Jauchzen zumute. Manche der Touristen schauten ein ganz kleines bisschen komisch, als sie leise singend zum Hotel lief. Die Einheimischen dagegen kannten die Magie ihrer Stadt. Deshalb lebten sie ja hier.

Seit Jahren, Jahrzehnten, bin ich es gewöhnt, meiner inneren Führung zu folgen, wenn ich meine Kunden bediene, wenn ich schreibe, wenn ich mich auf Reisen begebe, um neue Produkte einzukaufen. Aber immer zielgerichtet, meine Führung bezieht sich immer auf meinen Beruf. Ich handle meiner inneren Stimme entsprechend, aber ich gebe mich selbst nicht hin. Ich setze Energien in Taten um, sofort und ohne zu zögern. Aber für mich selbst …

Donna ließ den Stift fallen, als hätte er sie gebissen. Wie eingebrannt wirkten die Worte, die sie in ihr unscheinbares Ringbuch geschrieben hatte. Sie saß am kleinen Schreibtisch in ihrem Hotelzimmer und schaute auf die Brücke, die im Sonnenuntergang golden glühte. Hatte sie jemals tatsächlich auf ihre innere Führung gehört, diese innere Führung, die ihr die Wahrheit über sie selbst zeigte? Eher nicht. Sie war hervorragend darin, innere Botschaften und Impulse zu spüren, vertraute ihrer Intuition vollkommen. Aber nur wenn es um ihr Geschäft ging.

Sie klappte das Büchlein zu. Das würde auch so bleiben. Meerjungfrauen. Natürlich. Gingen die nicht aus Liebe an Land und litten dort unerkannt und jämmerlich? Spürten Meerjungfrauen auf der Erde nicht jeden Schritt so, als schnitte ihnen ein Messer ins Herz? Oder so ähnlich?

Wenn sie tatsächlich eine Meerjungfrau wäre, dann würde sie es doch wissen, oder? Wie waren die überhaupt? Wenn Donna eines gut konnte, dann war es, innere Bilder zu sehen. Mutig genug war sie auch. Und so legte sie sich auf ihr sehr gemütliches Bett in ihrem Hotel und schloss die Augen.

»Lass mich die Energie einer Meerjungfrau spüren, der Meerjungfrau, die ich womöglich sogar bin«, flüsterte sie und ließ geschehen, was geschehen wollte.

Auf einmal machte sich eine Energie bemerkbar, die sich selbst für Donna nicht in Worte fassen ließ. Zart, märchenhaft und über ihr Gefühl mit allem verbunden, fließend. Zutiefst vertrauend. Sie hatte es schon erlebt, sekundenlang, wenn sie sich vollkommen entspannte, was sehr selten vorkam und meistens rasch von aufkommenden Business-Gedanken und Plänen gestört wurde. Unkontrollierbar war diese innere Nixe, sie ließ sich nicht greifen, konnte nur in Freiheit und ohne Absichten gedeihen und wirken. Eine Zauberfrau, mädchenhaft, so fantasievoll, dass sich ein Großteil ihrer Einfälle sicher gar nicht auf Erden umsetzen ließ, ohne dabei gehörig Federn und Glanz zu lassen. Und das war der Schmerz der Meerjungfrau, erkannte Donna blitzschnell, ihre so liebliche und filigrane Zartheit ließ sich auf der Erde nicht leben, nicht so, wie sie sie fühlte. Worte waren zu grob, Bilder zu massiv, Musik zu laut. In dem Moment, in dem sich ihre Energie auf der Erde manifestieren würde, wäre sie nicht mehr, was sie war, dachte Donna und erinnerte sich an etwas, das sie einmal über Quantenmechanik gehört hatte. Die Nixe in ihr war unscharf, verschwommen, ohne beliebig zu sein, sie bot eine Fülle von Möglichkeiten, ließ sich nicht in ein Entweder-oder pressen, sondern war reines Sowohl-als-auch. Verstand das jemand? Sie fühlte es, aber selbst diese Gedanken waren schon zu eindeutig, zu scharf. Ein inneres Bild stieg in ihr auf, sie strömte durch das Wasser, war nicht greifbar, eher ein vielfarbiger Schleier als ein Körper, konnte an mehreren Orten zugleich sein, weil sie alle Orte fühlte. Sie dachte an ihr eigenes Sternzeichen, die Fische, zusammen mit den Zwillingen das einzige doppelte Zeichen. Es gab eine dunkle und eine helle Seite der Fische wie auch der Zwillinge. Sie erinnerte sich an die Frotteehandtücher, die ihnen ihre Großmutter früher geschenkt hatte, zwei Fische, die in verschiedene Richtungen schauten, einer nach hinten, der andere nach vorn oder einer nach oben, der andere nach unten, je nachdem, wie man das Handtuch hielt. Was ein umfassendes Bild ergeben könnte – wenn diese Fische voneinander wüssten. Wenn sie sich ergänzten, sich austauschten. Doch ihre inneren Fische schienen sich gegenseitig zu ignorieren, sich voreinander zu verstecken. Es gab eine Seite in ihr, die sie nur ganz vage spürte, dachte sie, etwas Dunkles, das in die Tiefe zog. Sie bekämpfte das Dunkle, indem sie sehr konzentriert und bewusst lebte, sie meditierte, suchte den Kontakt zu ihrer Seele, in der Hoffnung, die dunkle Fische-Seite zu kontrollieren. Vergeblich natürlich, das wusste sie. Und plötzlich wurde Donna klar, dass dieser Kampf die Quelle ihres Perfektionismus war. Sie hatte nicht locker gelassen, bis sie all ihren eigenen Anforderungen genügte. Und da stand sie jetzt. Sie hatte alles erreicht, was sie nur erreichen konnte. Sie war erfolgreich, atemberaubend schön, sie hatte einen großartigen Mann und tat genau das, wozu sie geboren war. Und lief gerade jetzt, in diesem Moment, vor all dem davon. Denn das war es, spürte sie, eine Flucht. Allzu eifrig hatte sie es sich in ihrem goldenen Käfig bequem gemacht. Sie hatte ihn eigenhändig erbaut, in der Hoffnung, darin sicher zu sein.

Während Donna in ihrem Meerjungfrauenkleid auf dem Bett lag und Innenschau hielt, erfasste sie plötzlich einen Zipfel der Wahrheit, den sie noch nie in den Händen gehalten hatte. Der goldene Käfig. Ein Konstrukt aus Vorstellungen, Überzeugungen, Sicherheitsmaßnahmen.

Feng Shui – die Lehre von Wind und Wasser – war so eine Sicherheitsmaßnahme. Wenn du das Chi zum Fließen bringen willst, dann hänge in deiner hinteren Hausecke das Bild eines Wasserfalls auf – oder so ähnlich. Positives Denken. Wenn du glücklich sein willst, dann denk dich glücklich. Nutze Affirmationen. Tu so, als ob. Finanzielle Fülle. Gesundheit. Liebe. Alles konnte man erschaffen, indem man es manifestierte. Durch die Kraft der Gedanken konnte man Stroh zu Gold spinnen, endlich. Es war, als hätte man den Stein der Weisen entdeckt, die Fähigkeit, den Himmel auf die Erde zu holen. Möglicherweise hatten einige Menschen genau das getan. Doch was hatten sie aus diesem Himmel gemacht? Waren sie überhaupt in der Lage, den Himmel auf Erden zu ertragen? Hatten sie nicht schon wieder ein neues System aus Kontrolle und Angst erschaffen? Wie viele Bücher über Glücksregeln waren auf dem Markt? Bücher, die suggerierten, dass, wenn du dich nur richtig verhältst, du auf der sicheren Seite bist. Die Anhänger dieser Bücher verteidigten ihre Lehre so vehement, dass man meinen könnte, sie wollten eine neue Kirche gründen. Donna konnte richtig wütend werden, wenn ihr jemand sagte, dass nicht nur ihre Gedanken die Welt steuerten, dass es durchaus noch ein paar andere Faktoren gab. Dann rümpfte sie innerlich die Nase und wandte sich ab. Für eine halbe Sekunde erwischte sie sich bei der Idee, dass sie sich nicht von ihrem Gegenüber abwandte, sondern von ihrer eigenen tiefen Angst, er könne recht haben. Denn wenn er recht hatte, dann war das Leben unkontrollierbar. Und dann musste sie sich ihrer Angst stellen.

»Ich rufe die Kraft der Meerjungfrau«, flüsterte sie.

Es gab etwas, das sie noch nicht kannte, spürte sie, etwas Unzerstörbares, Fließendes. Und auf einmal begann ihr Herz vor Schreck, schneller zu schlagen.

Stimmte es denn tatsächlich, was sie all ihren Klienten erzählte, was sie für ein angesehenes Hochglanzmagazin schrieb? Oder lieferte sie letztlich gut schließende Käfigtüren? »Deine Gedanken formen deine Wirklichkeit, du bist ein wundervoller Schöpfer deines Schicksals« waren ihre letzten Zeilen gewesen, soweit sie sich erinnerte. Das war die Wahrheit, davon war sie überzeugt, zumindest der zweite Teil. Aber hieß das auch, dass sie Unangenehmes oder Schwieriges vermeiden konnte, indem sie es wegdachte oder durch die richtige Kerzenfarbe und einen Duft bannte? Indem sie Einhörner oder Engel rief? War das nicht eher der Versuch, sich durch Magie das Leben vom Hals zu halten? Hatte sie nicht nur sehr überzeugend die dunkle, schwierige oder einfach anstrengende Seite des Lebens ausgeblendet? Nun, jetzt rief sie Meerjungfrauen, blitzte es in ihr auf, wo war der Unterschied? Ganz einfach, wurde ihr klar: Wenn sie die Kräfte rief, um sich und das Leben tiefer zu verstehen, um erfahrene Begleiter an ihrer Seite zu wissen, wenn sie die Kräfte rief, um durch ihre Handlungen mutig ihrer innersten Wahrheit Ausdruck zu verleihen, dann waren diese Kräfte ein Segen. Aber nur dann. Wenn sie sie als Fluchtmöglichkeit missbrauchte, um dem Leben aus dem Weg zu gehen, dann kehrten sie sich irgendwann ins Gegenteil um.

Donna atmete schwer. Sie wusste, weil sie es oft genug erlebt hatte, sie wusste, wie groß der Einfluss ihrer inneren Haltung auf ihre äußere Umgebung war. Und doch gab es eine andere Seite, eine chaotische, unberechenbare, gefährliche.

Das ist ein Glaubenssatz!, schoss es durch ihre Gedanken, doch Donna blieb dem dunklen Fisch auf der Spur, tauchte ab. Überließ ihrem Meerjungfrauenschwanz die Führung. Denn natürlich stimmte es. Frederik war krank, und selbst wenn eine innere Stimme wie immer, wenn es schwierig wurde, »Das ist ein Glaubenssatz« kreischte, so konnte Donna doch ihren Versuch, die Situation einfach zu ignorieren, indem sie sich ihre Gefühle ausredete, erkennen. War sie wirklich geflüchtet, weil Frederik von diesem Schamanen etwas zu angetan war? Oder wollte sie sich in Wahrheit nicht mit ihm befassen? Mit dem, was ihn krank gemacht hatte? Donna ließ sich tiefer in ihre eigene Schwärze fallen, in den Bereich, in dem sie nicht mehr dachte, nur mehr fühlte, ohne ihre Gefühle benennen zu können. In den Bereich, in dem sie die Kontrolle über sich selbst verlor. Sie bekam vor Angst kaum noch Luft.

»Ich bitte um Kraft«, flüsterte sie noch einmal. Ihr Herz zog sich zusammen, ihre Nieren stachen, es war unerträglich.

»Lass dich tiefer fallen«, hörte sie auf einmal eine innere Stimme, und so wenig Donna wusste, wie sie tiefer loslassen, wie sie ihre Kontrolle aufgeben konnte, so sehr fühlte sie sich auf einmal gehalten.

Bilder tauchten auf, Märchenbilder. Sie selbst unter Wasser, zauberhaft, wunderschön, mit fließendem Haar, eine Nixe. Meerjungfrauen um sie herum, ihre Geschwister, wissend, weise.

»Da ist eine Verwirbelung, eine Kreisströmung, wir geleiten dich hindurch«, flüsterten sie von allen Seiten, »man verliert sich leicht in diesen Wirbeln. Doch wenn du dich wirklich hineinziehen lässt, dann gelangst du tiefer.«

Und Donna, die in ihrem Leben bis auf den einen magischen Moment damals im Flur mit Gertrud und Frederik noch nie wirklich losgelassen hatte, atmete einmal tief und ließ sich hinabziehen.

Sie erkannte, dass Meerjungfrauen hervorragende Begleiterinnen waren. Immer tiefer zog es sie hinab, bis sie auf einmal Grund spürte. Irgendwo war sie angekommen, und jetzt wurde alles frei und weit. Es war, als sei sie durch den Strudel in ein Licht hineingefallen, so hell und weich, wie sie es in ihren schönsten Meditationen nie erlebt hatte. Sie spürte die Verbundenheit mit den Meerjungfrauen, mit ihrer zauberhaften und strahlenden Energie. Sie war eins mit allem, hier in diesem magischen Licht hielt sie tatsächlich alles für möglich, hier stimmte jedes Wort, das sie je gehört oder selbst geschrieben hatte. Doch es waren nicht ihre Gedanken, die diese Magie bewirkten. Es war ihr Vertrauen. Ihr tiefes Wissen darum, dass es keine Grenzen gab, dass die Alchemie des Lebens immer wieder neue Wege finden würde, egal, welche Herausforderungen sich auch auftaten.

Auf einmal ein Herzensruf, ein Lichtstrahl, etwas zog sie in ihren Bann. Ein besonders helles Licht blitzte auf, Donna war es, als müsse sie sterben, wenn sie nicht diesem Schimmer folgte. Sie ließ sich anziehen, ließ noch tiefer los, ließ sich von diesem Schimmer leiten. Vertraute. Gab sich hin. Fühlte das Schimmern im Herzen, es war, als fühlte sie ihre zweite Hälfte.

Plötzlich ein Gesicht – Gertrud. Strahlend schön, voller Liebe sah sie Donna in die Augen. Sofort wurde ihr Herz schwer, sie schüttelte den Kopf und verbannte abrupt die inneren Bilder. Mit Gertrud würde sie sich heute ganz sicher nicht auseinandersetzen, abgesehen davon, dass das Strahlen in deren Augen nichts als ihr eigenes Wunschdenken war, die Sehnsucht der jüngeren Schwester nach Absolution und Anerkennung.

Schluss. Ende der Meditation.

Sie tauchte nur mühsam wieder an die Oberfläche ihres Bewusstseins, zwang sich, die Augen zu öffnen. Sie stand auf und setzte sich zurück an den kleinen Schreibtisch. Die Brücke war nun im Dämmergrau verschwunden und zeigte sich nebelhaft, nur mehr als Ahnung. Lange schaute sie aus dem Fenster.

Beinah konnte sie die Meerjungfrauen nach ihr winken sehen. Das alles war irgendwie verdreht. Was war mit ihrem Leben? Mit dem Lachen? Wieso hatte sie meditierend auf dem Bett gelegen, während draußen die Golden Gate Brücke im Sonnenuntergang glühte? Wieso tanzte sie nicht nackt auf dieser Brücke, wieso saß sie nicht knutschend oder mit Meerjungfrauen singend am Strand? Wann haben Sie aufgehört, zu tanzen, Ihr Lied zu singen und Ihre Geschichte zu erzählen?, fragten Schamanen, wenn jemand zu ihnen kam und ein Problem hatte. Wieso funktionierte sie so verdammt zuverlässig? Wenn sie Heilung brauchte, dann die von ihrem Perfektionismus. Meerjungfrauen. Natürlich klang das verführerisch und wunderschön. Was aber, wenn sie sich damit nur eine neue Stange in ihren Käfig klemmte? Was, wenn sie nur eine weitere Möglichkeit gefunden hatte, dem irdischen Leben zu entkommen?

Sie war noch nicht am richtigen Ort. Gerade weil es hier so zauberhaft war, brauchte sie etwas anderes. Klang das verrückt? Donna atmete ein paar Mal tief durch. Hier würde sie sich wohlfühlen. Vertraut. Sicher. Hier war es wie zu Hause. Sollte sie nicht wenigstens eine Nacht bleiben? Ausschlafen? Doch wenn sie sich in dieses Bett legte, wenn sie diese wundervollen Frauen am nächsten Tag wieder träfe, dann würde sie dem Zauber der Nixen erliegen. Denn das waren sie, Zauberinnen. Hatte man schon einmal gehört, dass jemand den Weg zurück an Land gefunden hatte, wenn er sich in ihren Netzen verfangen hatte? Diese Energie machte süchtig, bot die ideale Fluchthilfe vor einem anstrengenden Erdenleben. Donna erstarrte. Und sie war ein Teil davon. Sie hatte durch ihre Arbeit dafür gesorgt, dass die Menschen glaubten, wenn sie nur innig genug meditierten, dann würde es irgendwie leichter. Statt ihnen echte Kraft zu geben, hatte sie ihnen einen Traum angedreht.

All das schoss ihr durch den Kopf, während sie sich noch immer aus den Tiefen des Meeres und den Armen der Meerjungfrauen nach oben kämpfte.

Donna drückte ihre Handflächen auf die Schreibtischplatte und schob sich hoch, sie war immer noch nicht wieder ganz bei Sinnen. Sie klappte ihren Koffer auf und nahm ein großes Umhängetuch heraus. Es war grau-weiß gestreift und passte so gar nicht zu ihrem Kleid, doch es hielt wunderbar warm. Sie schlang es sich um die Schultern, griff nach dem schweren Zimmerschlüssel, steckte ihn in ihre Handtasche und verließ den Raum. Donna ging ein paar Schritte zum Ufer, der Wind pfiff ihr nun um die Ohren, und der Nebel kroch, ohne sich von dem Wolltuch aufhalten zu lassen, direkt in die Knochen. Aber er machte sie wach.

Gertrud. Sie hatte den Sonnenuntergang verpasst, um in der Tiefe ihrer Seele auf Gertrud zu treffen? Was wollten ihr die Meerjungfrauen damit sagen, das sie nicht sowieso schon wusste? Donna schüttelte unwillig den Kopf und erschauerte. Es war wirklich kalt. Und sie war hundemüde, kein Wunder. Sie drehte sich um und lief in die Stadt hinein, indem sie der Uferpromenade auf gut Glück folgte. Sie brauchte unbedingt etwas Warmes zu essen, dachte sie, das alles war ein bisschen viel. Außer dem grünen Smoothie hatte sie heute noch nichts zu sich genommen.

Sie fand ein gemütliches Restaurant, ließ sich einen Tisch zuweisen und setzte sich mit Blick auf das nun dunkel schwappende Meer. Sie bestellte Clam Chowder, eine Art cremige Suppe, die aus Kartoffeln und Meeresfrüchten bestand und in einem ausgehöhlten Brot serviert wurde. Donna kramte in ihrer Tasche und zog das kleine Tagebuch hervor, das sie immer bei sich trug. Sie schlug es auf, tippte sich mit dem Kugelschreiber gegen die Stirn. Dann klappte sie es wieder zu. Alles in ihr wehrte sich dagegen, sich mit dem leidigen Thema zu befassen, durfte es nicht irgendwann gut sein? Sie hatte ihr doch wirklich jede Möglichkeit gegeben. Gertrud könnte sofort in ihrem Salon anfangen, sie würden sich die Aufgaben teilen, wie sie es geplant hatten, wenn sie nur endlich aus ihrer Schmollecke hervorkriechen würde. Es gab absolut keinen Grund, warum Gertrud wie ein Wischmopp daherkommen sollte, warum sie Toiletten schrubbte. Gertrud machte sich so dermaßen zum Opfer, dass es wirklich unerträglich war. Wozu? Donna verstand es wirklich nicht. Natürlich hatte es eine Zeit gegeben, in der sie sich gehütet hatte, Gertrud über den Weg zu laufen. Sie traute Frederik nicht völlig, fragte sich, was wäre, wenn er plötzlich auf die Idee käme, seinen Sohn anzuerkennen und sich mit Gertrud auszusprechen? So hielt sie ihn beschäftigt, gab ihm Verantwortung, erschuf immer ehrgeizigere Projekte. War gut im Bett, zelebrierte die Sexgöttin. Vermittelte ihm das Gefühl, gebraucht zu werden, das Männer so sehr nötig hatten. Doch das war lange her, Frederik liebte sie wirklich, das hatte sie irgendwann begriffen. Sie konnte lockerlassen, er blieb auch so bei ihr. Ein eigenes Kind war ihnen nicht vergönnt, Donna hatte zwei Fehlgeburten erlitten und sich daraufhin sterilisieren lassen. Und so hatte sie sich noch vehementer in ihre berufliche Karriere gestürzt und Frederik, der es bereitwillig zuließ, mitgerissen. Der Erfolg gab ihnen recht, sie waren ein außergewöhnlich schönes Paar und traten überall gemeinsam auf.

All diese Gedanken gingen ihr durch den Kopf, als die dampfende Suppe kam. Donna nahm den Löffel und bemerkte auf einmal, wie hungrig sie war. Sie verschlang das köstliche cremige Gericht, aß das gesamte Brot, in dem es serviert wurde. Der Kellner zog anerkennend die Augenbraue hoch, als er abräumte.

»Hat es geschmeckt?«, fragte er, und Donna lächelte ihm dankbar zu.

»Nachtisch?« Er hielt ihr die Karte hin. Donna zögerte. Verdammt noch mal. Warum eigentlich nicht? Einmal im Jahr könnte sie wohl einen Nachtisch essen. Sie überflog die Karte und bestellte einen hausgemachten Schokoladenkuchen. Prompt wurde er serviert, er füllte den gesamten Teller aus, glänzte dunkel und duftete köstlich. Was die Amis so als Nachtisch bezeichneten … Sie kam mit einem Löffel statt mit einer Kuchengabel, die Torte, nun gut. Donna grub ihn in die Torte, die oberste Schokoladenschicht gab knackend nach, und sie erreichte die schaumig geschlagene Mousse. Lustvoll führte sie den Löffel zum Mund. Die Schokolade schmolz auf ihrem Gaumen, ihre Geschmacksnerven jubelten. Wann hatte sie zum letzten Mal Schokolade gegessen? Normalerweise mied sie das Teufelszeug, sie lebte davon, immer perfekt auszusehen und sich niemals gehen zu lassen.

Ein lange vergessener innerer Teil regte sich, ihr inneres Kind lugte vorsichtig um die Ecke. Konnte das sein, gab es tatsächlich Schokolade? Donna winkte ihm mit dem Löffel zu, lockte es. So sehr sie ihr inneres Kind üblicherweise auch verbannte – trug es doch noch immer das langweilige mausbraune Haar und spielte am liebsten Geige –, so dringend war plötzlich das Bedürfnis, ihm wenigstens ein paar Löffel Kuchen zu gönnen. Scheu kam das innere Kind auf sie zu, traute der Sache nicht so recht, nahm ein paar Bissen und zog sich wie eine ängstliche Katze wieder zurück. Donnas Herz krampfte sich vor Mitgefühl zusammen. Seit Jahrzehnten funktionierte sie, verbannte dieses schüchterne Wesen aus ihrem Leben, stellte sich an die Front und ließ sich von ihrem Publikum feiern oder verurteilen, je nachdem. Sie bediente. Sie gab den Menschen, was sie wollten, zumindest gab sie sich große Mühe, das zu tun. Und ihr inneres Kind, mit dem sie selbst am allerwenigsten zu tun haben wollte, wurde vor Anspannung immer blasser und trauriger.

Sie hatte es als Kind gehasst, im Mittelpunkt zu stehen, erinnerte sie sich, es war immer Gertrud gewesen, die strahlte und schimmerte. Wie sehr hatte sie es geliebt, zu ihr aufzuschauen, sie zu bewundern, hatte sich sicher und geschützt gefühlt in ihrem Schatten. Nein. Eben nicht in ihrem Schatten. Unter ihrem Schutz. Es mochte sein, dass sie ihr Seelenanteile, Seelenkraft geraubt hatte, stärker war, voller, als es ursprünglich geplant war. Sie verkörperte Schönheit, Anmut, war eine echte Powerfrau, erfolgreich, eine Göttin. Sie stand für alles, was eine Frau heute erreichen konnte, gab den Frauen so viel Energie, dass viele von ihnen nach einer Behandlung tatsächlich ihr Leben änderten. Doch ihr inneres Kind, die kleine scheue Musikerin, starb fast vor Angst.

Donna zahlte, ging langsam zum Hotel zurück, streifte das seegrüne Zauberkleid ab. Ließ die Unterwäsche fallen, schlüpfte in ein langes T-Shirt. Entweder straffte sie ihre inneren Zügel, trainierte sich die Schokoladentorte ab, fuhr nach Süden zurück und ließ sich in Los Angeles liften, wenn sie schon mal im El Dorado des Schönheitswahns war, zog also die Maske fester – oder sie gab nach. Gab sich hin. Gab dem inneren Kind Raum, schenkte ihm die Reise. Widmete sich der kleinen Meerjungfrau in ihrem Inneren.

Sie öffnete ihr wohlsortiertes Beautycase, holte Zahncreme und -bürste hervor, putzte sich die Zähne. Sie schminkte sich ab, tränkte einen Wattebausch mit ihrer Wunder-Gesichtslotion, die sie selbst herstellte, und verrieb die kühle, alkoholische Flüssigkeit auf ihrer Haut. Viele Male wiederholte sie diesen Prozess, fand Frieden in der Hautpflege, gewann ihre Kontrolle zurück. Das Leben war unkontrollierbar, auch wenn ihr das überhaupt nicht gefiel. Aber wenigstens konnte sie ihre Poren reinigen. Als ihre Haut aufzuatmen schien, massierte sie eine leichte Rosencreme ein, schloss seufzend die Augen, atmete den zarten Duft, der sie so sehr an Heimat erinnerte. Donna kuschelte sich in ihr weiches Bett, dachte daran, Frederik eine SMS zu schicken, und entschied sich dagegen.

Eine Reise für die verletzliche, scheue Meerjungfrau, die ihr ganzes Leben auf den Kopf stellen könnte oder ein kalifornisches Facelifting für ihre innere Frau, das ihr für die nächsten zehn Jahre Schönheit und Straffheit verleihen würde? Wem würde sie ihre Zeit widmen? Mit dieser Frage schlief sie ein.

Und wachte mit ihr auf.

Donna duschte ausgiebig, legte ihr Make-up auf, schlüpfte in bequeme Kleidung, trank einen Kaffee und einen frisch gepressten Orangensaft im romantischen Frühstücksraum mit Blick aufs Meer, packte ihren Koffer und schleppte ihn zum Auto. Dann legte sie sich das zarte Kleid über den Arm und lief die paar Schritte zu der Boutique.

Sie war geschlossen. Nun gut. Ihrem inneren Kind zuliebe würde sie das Kleid behalten. Sie konnte es schlecht zusammengefaltet vor die Tür legen. Immerhin gab es einen Briefschlitz. Donna zog ein paar Geldscheine aus ihrer Börse und kramte in ihrer Handtasche. Frederik und sie lachten oft über die Frage, was Gott zuerst erschaffen hatte, schwarze Löcher oder Handtaschen. Beide folgten dem gleichen physikalischen Gesetz: Sie saugten alle Materie, sogar das Licht, in sich auf und ließen es unwiderruflich verschwinden. Doch manchmal tauchten neue Gegenstände auf, einfach so, als würden sie von Wurmlöchern fremder Galaxien ausgespien. So auch heute. Das Wurmloch einer freundlichen, mitdenkenden Sternenkonstellation hatte einen nagelneuen Briefumschlag in ihre Handtasche geboren, noch unzerknittert. Der Himmel wusste, woher der kam. Als sie ihn aus der Tasche zog, erkannte sie das Logo des Hotels, nun gut, hatte sie ihn eben selbst eingesteckt. Sie legte die Scheine in den Umschlag, malte ein Herzchen darauf und schrieb nur »Eure neugeborene Meerjungfrau, danke von Herzen« darauf, warf ihn ein.

Donna ging langsam zum Hotel zurück, checkte aus, schaute sich noch einmal nach der prachtvollen Brücke um und versprach, wiederzukommen. Dann setzte sie sich in ihr Auto, faltete eine Din-A3 große Landkarte von Kalifornien und einem Stück Nevada auseinander, die sie von der Autovermietung bekommen hatte, legte die Hände darauf. Sie schloss die Augen und bat um Führung. Und fühlte ein inneres Glühen am rechten Rand der Karte, beim absurdesten Ort der Welt, einem Ort, von dem sie niemals gedacht hätte, dass sie ihn jemals aufsuchen würde. Denn gerade im Flugzeug hatte sie eine Reportage über diese Stadt gelesen und entsetzt den Kopf geschüttelt.

Las Vegas. 1829 von Rafael Rivera, Kundschafter einer Handelskarawane, so benannt. »Die Auen« auf Deutsch. Einst eine von Quellen durchzogene grüne Oase, die von spanischen Eroberern auf ihren Reisen durch das unfassbar große Land genutzt wurde, verdurstete Las Vegas heute, hatte Donna gelesen, und es wunderte sie nicht. Die Geschichte der Stadt war spannend: Um 1900 wurde Las Vegas zur Eisenbahnstadt, eine durch ihr üppiges Grün willkommene Raststätte der Linie Los Angeles – Salt Lake City. 1902 verkaufte die Witwe Helen J. Stewart einen Großteil ihres Landbesitzes an die Eisenbahngesellschaft, der nun der Grund und Boden um »die Auen« gehörte. Kaufpreis: 55 000 US-Dollar. Am 15. Mai 1905 wurde die Stadt offiziell gegründet – als nämlich die Eisenbahngesellschaft mit einem Schlag eintausendzweihundert parzellierte Grundstücke per Auktion verkaufte. Gesamtpreis: 265 000 US-Dollar!

1911 hatte Las Vegas genau 800 Einwohner. In den 1930ern, nun waren es 5165 Menschen, erlebte Las Vegas den ersten Boom: Der eine Autostunde entfernte Hoover-Damm, der den gewaltigen Colorado-River staute, wurde gebaut, und Arbeiter kamen in die Stadt. Zu unstet und reißend war der über zweitausend Kilometer lange Fluss ohne eine Regulierung. Immerhin hatte er den Grand Canyon erschaffen! Und grub sich weiterhin tiefer in das Gestein, heute allerdings eher in die Breite, denn er war auf sehr harte, eins Komma vier Milliarden alte Granitschichten gestoßen. Der Colorado schwoll an, wenn die Schneeschmelze in den Rocky Mountains, wo seine Quelle lag, begann und überschwemmte ganze Landstriche, im Sommer dagegen schrumpfte er zu einem dünnen Rinnsal, das Vieh verdurstete, und das Land dörrte aus. So entschied man bereits in den 1920ern, Abhilfe zu schaffen. 1931 begann der Bau des Staudamms, eine großartige und kühne Leistung. Nach nur sechsundvierzig Monaten Bauzeit wurde er eingeweiht, und eine neue Zeit begann. Denn nun war die Wasserversorgung der Region gesichert, und Las Vegas wuchs. Glückspiel und Prostitution hielten Einzug, und das karge Nevada hatte endlich eine funktionierende Einnahmequelle. 1941, Las Vegas verzeichnete nun 8500 Einwohner, entstand das erste Hotel und Casino. Billiger Strom durch den Hoover Staudamm und das dazugehörige Kraftwerk war der Schlüssel zu immer größeren Bauten. Waghalsig, übermütig oder einfach naiv waren die Menschen, sie legten riesige Mengen Wasser aufsaugende Golfplätze an und zogen imposant funkelnde Hotels mit gigantischen Spielcasinos hoch in die Luft. Las Vegas wurde ein Traum, die aufregendsten Stars kamen in den 1950ern her. In Las Vegas aufzutreten wurde zum Gütesiegel. Immer höher und größer wurden die Hotels, längst siegte Geldgier über jede Vernunft.

Die überforderten Quellen versiegten 1962. Unwiederbringlich. Sieben Anrainerstaaten teilten sich die Wassermassen des durch den Hooverdamm entstandenen Lake Mead, Nevada bekam nur einen kleinen Teil davon: Der Staat hatte schlecht verhandelt. Die Planer hatten sich verschätzt. Die Einwohnerzahl Las Vegas' explodierte entgegen allen Erwartungen. Heute waren es über 660 000. Las Vegas war längst zum Wasser saufenden Moloch geworden, und so kam es in den 1990ern zum Kampf. Die Wasserkompanie von Südnevada verhandelte nach und gewann – dennoch gab es im ersten Jahrzehnt des neuen Jahrtausends eine anhaltende Dürre. Die Wasserkompanie zahlte jedem Bürger eine Prämie, wenn er sich bereit erklärte, seinen Wasser verschlingenden Rasen zu vernichten! Denn der Wasserspiegel des Lake Mead sank. Las Vegas kämpfte sich durch den Wassernotstand und wurde doch immer größer, eine riesige Gelddruckmaschine, die Unmengen an Ressourcen vernichtete.

Und weitermachte. Denn Las Vegas sah seine Rettung darin, das Grundwasser von Nordnevada, dem Great Basin, mittels einer Pipeline anzuzapfen. Als wäre es dort nicht schon trocken genug. Donna hatte gelesen, dass dieses große Bassin ein geschlossenes System bildete, die vielen Seen speisten sich aus den Flüssen der umliegenden Gebirge. Es floss weder Wasser ins noch aus dem Great Basin, das sich auf einer Fläche von über dreihundert Quadratkilometern erstreckte.

Die Folgen für den gesamten Great Basin Nationalpark waren gar nicht auszudenken, wenn man plötzlich begann, Wasser aus diesem funktionierenden Öko-System abzuzapfen. Und das aus wirklich liederlichen Gründen, dachte Donna. Es konnte nur brutale Geldgier und ungeheuer dumme Kurzsichtigkeit sein, die die Verantwortlichen dazu brachte, auch nur über eine solche Möglichkeit nachzudenken. Anstatt neue Ansätze zu finden, zog man den Umkreis des Raubbaus einfach größer. Verrückt.

Mit Sicherheit war Las Vegas kein Ort, an den man ohne ein wirklich schlechtes ökologisches Gewissen fahren sollte, seufzte Donna, und wenn sie ehrlich war, zog sie auch nicht viel hin. Las Vegas stellte sie sich einzig als voll, laut und heiß vor.

Warum also fühlte sie dieses Kribbeln, was sollte das? Das Einzige, was sie über Las Vegas sicher wusste, war, dass man seinen Personalausweis besser im Safe ließ. Sie hatte sehr gelacht, als sich Ross und Rachel von »Friends« plötzlich in Las Vegas beim Frühstück getroffen hatten – verheiratet. Aus Versehen. Ein alberner Slapstick, aber dennoch … Sie griff sich in die Haare und schob sie seufzend nach hinten. Verheiratet sein, das war auch so ein Thema. Sie und Frederik waren es nicht.

Donna tippte probehalber »Las Vegas« in das Navi ihres Mietwagens, der zum Glück nicht nur Meilen anzeigte, sondern auch Kilometer. Je nachdem welche Route sie nahm, waren es zwischen 930 und 980. Sie würde selbstverständlich jene wählen, die nicht direkt am Meer und damit am Schamanenzentrum vorbei, sondern mitten durch Kalifornien führte, auf der Interstate 5. Allzu nah wollte sie nicht bei Frederik vorbeifahren. Eine unerklärliche Kraft hielt sie von ihm fern. Leider war die Fahrt mitten durch Kalifornien landschaftlich total langweilig, so stand es sogar im Reiseführer, ein bisschen netter ausgedrückt. Schaffte sie diese gewaltige Strecke an einem Tag? Ja. Wollte sie sie schaffen? Was sollte das? Nichts zog sie an diesen verrückten, einst so großartigen, heute total ausgebeuteten Ort, nichts außer diesem komischen Gefühl. Sollte sie nicht lieber am Meer entlang in den Norden fahren, der landschaftlich schlichtweg atemberaubend war, friedlich, ruhig und kühl? Richtung Oregon? Zu den berühmten Redwoods? Doch. Natürlich.

Sie schaute kurz auf ihre Karte, tippte dann »Eureka« in das Navi ein, irgendeine beliebige Kleinstadt im Norden Kaliforniens, und fuhr los, während die Gedanken an Las Vegas sich hartnäckig in ihrem Hinterkopf hielten.

Nach fünfzig Kilometern, die sie Richtung Norden gefahren war, seufzte sie auf, wendete und schob sich im zähen Verkehrsfluss zurück in Richtung Süden. Also doch Las Vegas. Warum auch immer. Sie wollte auf ihre innere Stimme hören, hatte sie sich geschworen. Nun, das war sie.

Da Frederik nicht damit gerechnet hatte, solch lange Strecken zu fahren, hatten sie weder Hörbücher noch Musiksammlungen dabei, und so blieb ihr nichts anderes übrig, als Radio zu hören oder nachzudenken. Donna besaß zwar ihr iPhone, doch sie hatte keine Ahnung, wie sie damit Hörbücher aus dem Internet herunterladen konnte, all diese Dinge machte Frederik für sie beide. Und so begann eine lange, langweilige und staubige Fahrt zu einem Ziel, von dem Donna nicht wusste, was sie dort überhaupt wollte. Sie konnte nur vertrauen, dass es etwas ganz Besonderes war und sie nicht ihre kostbare Zeit verschwendete.

Zwei Stunden vergingen, sie hielt nur an, um zu tanken.

Dachte sie an Frederik? Natürlich. Aber mit Unbehagen, ängstlich. Er musste den Weg seiner Heilung gehen, und es war besser für sie, wenn sie aus der Schusslinie war. Er würde sie verlassen, dessen war sie sicher. Sie hatte es sofort geahnt, als er über seine Niere zu reden begann. Die Nieren bildeten nun mal die Basis der Selbstverwirklichung, die Grundlage für das eigene Sein. Und so sehr sie überzeugt war, dass er sie liebte, so sehr spürte sie auch, dass er mit ihr nicht das Leben teilte, für das er geschaffen war. Blödsinn, schalt sie sich, als ihr ihre Gedanken bewusst wurden, du ziehst es ja geradezu herbei. Es ist, wie du entscheidest, dass es ist. Du entscheidest, was du fühlst und welche Erfahrung du machst, und so wird es geschehen.

Sie fuhr hundert Kilometer weiter, hielt sich an dem Gedanken fest. Übte Affirmationen, suchte angestrengt nach der richtigen Formulierung. Und auf einmal, als sie nach dreieinhalb Stunden Fahrt auf der Höhe von Big Sur und damit Frederik so nah war wie auf dieser Strecke nur möglich, durchschoss sie ein weiterer Gedanke: Frederik teilte mit ihr nicht das Leben, für das er geschaffen war.

Genauso wenig, wie sie es mit sich selbst teilte. Sonst hätte ihr inneres Kind nicht eine solche Angst. Am Ende gehörte der Nierenschmerz nur zu ihr.

Irgendwann die Abzweigung nach Bakersfield. Noch zweihundert öde Kilometer bis Barstow, dem letzten Knotenpunkt auf ihrem Weg. Von da ab ging es nur noch geradeaus, zweihundertfünfzig Kilometer lang durch die Wüste. Das Wort klang malerisch, goldene Sanddünen, üppige Oasen. Kamele, schöne Beduinen. Doch diese Wüste war tatsächlich wüst, trocken, beinah leblos, grau und voller Geröll. Der Himmel milchig.

Die Sonne ging sang- und klanglos im verschwommen wirkenden Himmelsblau unter, als sie Barstow passierte, und wäre die Interstate 15 nicht dermaßen ausgebaut gewesen, hätte sie mit Sicherheit Rast gemacht und sich ein Motel gesucht. Doch der Weg nach Las Vegas war breit und viel befahren, längst war ein Wochenendtrip in die Wüste kein Abenteuer mehr, sondern ein lärmender, teurer Familienausflug. Es zog sie mit Macht nach Las Vegas, je näher sie der Stadt kam, und es musste heute noch sein. Und sei es, damit sie so rasch wie möglich wieder abreisen konnte.

Und dann, endlich, um neun Uhr abends, überfielen sie die schreienden Lichter. Es wäre wirklich beeindruckend gewesen, diese gigantische Stadt wie aus dem Nichts heraus erscheinen zu sehen, hätte sie nicht gewusst, auf welch ökologisch tönernen Füßen sie stand. Doch mit knapp fünfunddreißig Millionen Besuchern pro Jahr war Las Vegas eine exorbitante Einnahmequelle für den ganzen Staat Nevada, wer wollte ihnen verdenken, sie immer größer werden zu lassen?

Donna konnte ahnen, wie überwältigend und aufregend Las Vegas gewesen sein musste, damals, als es sich noch selbst ernähren konnte und die Wasserversorgung leicht und einfach war. Als aus der ganz normalen Westernstadt die größte Glitzermetropole der Welt wurde. Leise Trauer durchzog ihr Herz. Die großen, die glanzvollen Jahre waren vorbei, der Zauber dahin. Las Vegas war zu einem riesigen Vergnügungspark verkommen, erstürmt von Menschenmassen, die möglichst viel Alkohol, Sex, Unterhaltung und Nervenkitzel suchten. Und doch. Ihr Herz schlug schneller, als sie auf den unfassbar hell erleuchteten und überfüllten »Strip« einbog. Da waren sie, diese weltberühmten Hotels, eins nach dem anderen. Das Mirage, in dem Siegfried und Roy ihre weißen Tiger gezeigt hatten. Das MGM Grand Hotel, in dem legendäre Boxkämpfe ausgetragen wurden und in dem David Copperfield sein Publikum verzauberte. Das Bellagio, in dem »Ocean's Eleven«, ein Hollywoodfilm mit George Clooney und zehn anderen Superstars, spielte. Er war noch spürbar, der Glamour.

Weil sie sich erinnerte, dass Frank Sinatra wie auch Sammy Davis, Jr. im 1952 eröffneten Hotels »Sands« gewohnt hatten, weil sie wusste, dass dieses Hotel in den 1950ern der Inbegriff von »cool« war, weil hier alle Musikgrößen gespielt hatten und weil ihr bekannt war, dass es 1996 geschlossen, abgerissen und durch das gigantische »Venetian« ausgetauscht worden war, weil sie all das wusste – ließ sie dieses links liegen. Und checkte im schräg gegenüber liegenden »Flamingo« ein, einem der ältesten noch bestehenden Hotels der Stadt, 1946 als das luxuriöseste Hotel der Welt erbaut. Es war nach der Freundin des Bauherrn benannt, einer langbeinigen, rothaarigen Schönheit namens Virginia Hill, die »The Flamingo« genannt wurde. Heute zierten tatsächlich echte Flamingos den weitläufig angelegten Park des Hotels. Es gab Skandale, Mafiageschichten und sogar einen Mord, als es erbaut wurde, doch jetzt war es einfach ein pinkfarben leuchtendes, dem unfassbar großen Caesars Palace genau gegenüber gelegenes Hotel. Als sie die Lobby betrat, war nichts, aber auch wirklich gar nichts mehr von der faszinierenden Vergangenheit zu spüren.

Ihr Auto hatte sie einfach vor der großen Einfahrt abgestellt, und als sie eincheckte, bat sie sehr freundlich lächelnd darum, dass es in das dem Hotel angeschlossene Parkhaus gebracht wurde, so, als könne es gar nicht anders sein. Sie wirkte trotz der langen Fahrt dermaßen glamourös und zart, dass niemand ihr diesen Wunsch verweigert hätte. Sie bekam ein Zimmer im zwanzigsten Stock, trat ein und war überwältigt. Die gesamte Front war aus Glas, sie hatte einen beinah unendlich weiten Blick über die Stadt und die Wüste. Das Hotel nahm sein Motto ernst, eine pinkfarbene Plüschdecke zierte die Betten. Donna kramte ihr iPhone hervor und schickte Frederik eine SMS, eine kurze. Es klopfte, ihr Koffer wurde aufs Zimmer gebracht. Sie zahlte ein großzügiges Trinkgeld und setzte sich auf ihr Bett, blickte hinaus in die flimmernden Lichter.

Und erschrak fast zu Tode, als sie das Plakat sah. Jetzt wusste sie, warum sie hier war. Und warum es ausgerechnet heute sein musste.

14

Es stimmte nicht, dass sich Klara und Gertrud nie wieder gesehen hatten, seit diese Mutter geworden war. Es gab ein gemeinsames, grandios gescheitertes Wochenende. Und weil es so gescheitert war, verschwiegen sie es, verdrängten sie es beide, bis es gefühlt nicht mehr stattgefunden hatte.

Ein Wochenendtrip an den Bodensee, um zu reden, um eine Lösung zu finden. Immerhin waren sie Schwestern und hatten sich einmal sehr geliebt. Der Anruf war an einem Donnerstagabend gekommen, Gertrud wollte erst gar nicht ans Telefon gehen. Sie hatte es sich endlich mit einem Teller Nudeln vor dem Fernseher bequem gemacht, und gerade begann der Film. Paul, acht Jahre alt, war eingeschlafen, nachdem sie ihm die übliche halbe Stunde lang vorgelesen hatte. Welcher vernünftige, sozial kompetente Mensch rief nach 20.15 Uhr an?, dachte sie, doch dann griff sie zum Hörer.

Diese Stimme. Sie wusste sofort, wer am anderen Ende der Leitung war.

»Leg nicht gleich auf, Gertrud, hör erst mal zu. Es gibt am Wochenende einen Kongress in Konstanz, ich soll eine Rede halten, eine kurze. Die Kongressleitung bezahlt mir ein traumhaft schönes Hotelzimmer, und ich möchte dich bitten, mit mir zu kommen. Es ist nur diese eine Stunde, dann bin ich das ganze Wochenende frei, und ich würde die Dinge zwischen uns gern wieder ins Lot bringen. Ich hab Mutter gefragt, sie würde Paul für das Wochenende nehmen.«

Gertrud hasste es, wenn jemand über ihren Kopf hinweg für sie plante und entschied, doch etwas in ihr war berührt.

»Du meinst also, ich soll dir dabei zusehen, wie du meinen Beruf ausübst, wie du meinen Platz ausfüllst und mich von dem Geld, das mir zusteht, einladen lassen?« lag ihr auf der Zunge, doch sie nickte nur und sagte leise: »Ich komm mit.« Denn so stimmte das natürlich auch wieder nicht.

»Ins Lot bringen, wie meinst du das?«, fragte Gertrud ohne Begrüßung, als sie in Klaras Wagen einstieg. Leise Klaviermusik erklang, schon immer hatte Klara diese perlenden Töne geliebt.

»Lass uns erst mal losfahren.«

Klara schob ihre Sonnenbrille in ihr Haar und blickte Gertrud aus strahlenden, wunderschön geschminkten Augen an.

»Das hab ich dir gezeigt«, murmelte sie, als sie die besondere Technik erkannte, mit der Klara die Farben kombiniert und ineinander verwischt hatte.

»Und deshalb sollst du auch mitkommen. Denn darüber werde ich reden.« Gertrud erschrak, griff nach der Tür, doch Klara war bereits losgefahren.

»Nein, nichts da. Wir statten dich aus, und dann stehst du mit mir zusammen auf der Bühne, es ist deine Technik. Meinst du, ich klau dir das?«

Ja, genau das meinte Gertrud, doch sie schwieg. Das war gewaltig. Auch wenn es nur ein Kosmetikkongress war, völlig unbedeutend für den Rest der Welt, so schrumpfte sie in sich zusammen.

»Ich kann das nicht mehr. Ich geh putzen. Ich will das auch nicht, ich will nur Mutter sein und meine Ruhe haben«, sagte sie leise, doch Klara lachte nur. Die leise Musik entspannte Gertrud, während sie ihren Gedanken nachhing. Nicht ihren Gefühlen. Die hatte sie abgeschaltet.

»Willst du reden?«, fragte Klara nach einer halben Stunde schweigsamer Fahrt.

»Nein.«

Worüber auch. Doch es war angenehmer als erwartet, neben ihrer Schwester zu sitzen und den Raum zu teilen, die Musik, das Schweigen, die Fahrt. Klara holte Kaffee an einer Tankstelle und drückte Gertrud ganz selbstverständlich einen Becher Milchkaffee in die Hand, so, wie sie ihn liebte.

»Erzähl von Paul«, sagte Klara. »Weißt du, dass ich auch schwanger war? Wir hätten Halbgeschwister haben können.«

Gertrud stockte der Atem. War ihr eigentlich klar, wie ungeheuerlich das klang? Oder lebte Klara dermaßen in ihrer eigenen Welt, dass sie tatsächlich nicht verstand, welchen Preis Gertrud bezahlt hatte? Dass Klaras Glück auf ihre Kosten entstanden war?

Mehr als einmal wollte Gertrud sie bitten, anzuhalten, um aussteigen, doch sie schwieg weiterhin. Ertrug stoisch das nun einsetzende Geplapper über den aufstrebenden Kosmetiksalon, über die Idee, Aurafotografie anzubieten, was immer das sein sollte. Über den neuen Namen, Engelsgesicht, wie sie ihn finde? Gertrud seufzte, nickte, sagte: »Hm« und »Aha«. Diese eine Chance musste sie ihnen beiden geben, das war sie ihren Eltern schuldig. Es war nicht zu fassen gewesen, wie glücklich ihre Mutter Paul in

Empfang genommen hatte, als sie ihn heute Vormittag zu ihr gebracht hatte. Sie freue sich so, hatte sie gesagt, dass die beiden Mädchen ein Wochenende zusammen verbringen wollten. Sie hatte sogar geweint.

»Geht es ihm gut?«, brach es auf einmal aus Gertrud heraus. Klara stockte mitten im Satz.

»Wer?«, fragte sie, Gertrud konnte doch nicht Frederik meinen? Hatte sie ihn nicht bewusst freigegeben, ihr nicht erlaubt, mit ihm zusammen zu sein, damals, im Flur?

Doch diese hüllte sich schon wieder in Schweigen.

»Paul. Ich meine Paul«, sagte sie nach einer Weile. Wen denn auch sonst?

»Nun, wie schlimm kann es sein, ein paar Tage von unseren Eltern verwöhnt zu werden? Hast du gesehen, was sie ihm alles gekauft haben? Ich sag dir was, ich bin ganz neidisch auf Paul«, lachte Klara, und Gertrud entschied, von nun an auf ihr Geplauder einzugehen. Die Brücke zwischen ihnen war nicht mehr als ein Seil, das über einen Abgrund gespannt worden war. Klara wollte offensichtlich die beruflichen Angelegenheiten ins Lot bringen, aber nicht die privaten. Nun gut. Was sprach dagegen, sich ein schönes Wochenende zu machen? Zumal, wenn die Kongressleitung blechte? Nichts außer den nun einsetzenden Magenschmerzen, doch so dringend Gertrud auch endlich alles sagen wollte, so sehr schnürte es ihr die Kehle zu. Es war ihre kleine Schwester. Und ob sie wollte oder nicht, sie musste sie beschützen, und sei es vor ihren, Gertruds, eigenen Konsequenzen. Und auf einmal fasste Gertrud einen Entschluss. Sie würde reden. Über diesen blödsinnigen Lidschatten. Sie würde mit Klara auf der Bühne stehen, und sie würde sich ihr Leben zurückholen. Nicht Frederik, der war zu abgenutzt. Sie brauchte ihn längst nicht mehr, zu schäbig hatte er sich verhalten und tat es noch. Er hatte seit sieben Jahren jeden Tag die Gelegenheit, seinen Sohn kennenzulernen, und er hatte sie noch nie genutzt.

Sie kamen an, checkten ein. Klara hatte eine Suite mit zwei Schlafzimmern zur Verfügung gestellt bekommen, das Ganze fand in einem schlossartigen Wellness-Hotel mit Seeblick statt. Eine Flasche Champagner ruhte als Willkommensgruß in einem Eiskübel. Gertrud strich über den beschlagenen Flaschenhals. Wann hatte sie zum letzten Mal Champagner getrunken? Ach ja, erinnerte sie sich. Natürlich. Noch nie.

Sie öffnete ihren Koffer, und Klara inspizierte ihren Inhalt.

»Geht nicht, geht nicht, geht gar nicht«, sagte sie nur, als sie die Oberteile und den einzigen Rock, den Gertrud besaß, herauszog. Gertrud wollte gerade beleidigt den Deckel zuschlagen und abreisen, als Klara sie mit diesem etwas schüchternen Lächeln anschaute. Diesem Lächeln, das Gertruds Herz schon immer zum Schmelzen gebracht hatte.

»Tu mir den Gefallen, große Schwester, bitte, lass mir dir was zurückgeben. Ohne dich hätte ich das doch alles gar nicht. Meinst du, ich weiß das nicht?«

Und auf einmal war alles leicht. Gertrud atmete auf, aus der Tiefe ihres Herzens. Klaras Offenheit änderte alles. Und dann setzte Klara noch einen drauf. Sie fasste sie am Arm, blickte ihr in die Augen.

»Danke für Fredy.«

Gertrud zog geschockt die Luft ein. Sah in die Seele ihrer Schwester und fühlte diese Verbundenheit, die sich nicht in Worte fassen ließ, diese bedingungsloseste, allertiefste Liebe, die überhaupt nur möglich war.

Sie nickte stumm. Den Preis zahlte nicht sie. Sondern ihr Sohn. Sie hätte darauf bestehen müssen, dass Frederik ihn anerkannte. Sie selbst und auch Klara.

»Redet er manchmal von Paul?«, fragte sie und erschrak über die Hoffnung, die in ihr aufkeimte. Klara, die gerade ihren eigenen Koffer auspackte, musste in Gedanken bei ihrem Vortrag gewesen sein, dachte Gertrud hinterher oft, denn sie antwortete nur: »Nein. Sollte er?«, schüttelte ihr lavendelfarbenes Kostüm aus und hängte die Jacke auf einen Bügel.

»Und jetzt gehen wir einkaufen, Schwesterherz.«

Sie fanden tatsächlich eine Boutique, deren Angebot gut zu Gertrud passte, und als sie in einem langen, bunten Rock und einer wie ein Mieder geschnittenen leuchtend roten Bluse aus der Umkleidekabine trat, klatschte Klara in die Hände.

»Super, wirklich traumhaft. Du siehst aus wie eine Zigeunerin. Nur noch die Haare und ein bisschen Make-up, dann bist du wieder ganz die Alte.« Gertrud ließ sich mitziehen. Klara zahlte, und sie suchten einen Friseur. Dreimal betraten sie einen Salon, Klara sprach mit dem jeweiligen Chef – immer ein Mann, immer sehr offensichtlich schwul, was war nur mit Konstanz los? – und sie gingen wieder. »Die machen eine 08/15-Frau aus dir«, erklärte Klara nur. »Mahagonifarbene Strähnchen und mit Wachs schön lockig kneten, was anderes fällt denen nicht ein. So sehen sie doch alle aus.« Im vierten war sie endlich zufrieden, und Gertrud, die all das über sich ergehen ließ, setzte sich in einen der Drehstühle. Diesmal besprach sich Klara mit einer Frau. Und dann ging alles ganz schnell. Ihr Haar wurde gewaschen, mit einer Farbspülung getönt, auf riesige Wickler, groß wie Coladosen, gedreht und nach dem Trocknen nur vorsichtig mit den Fingern gerichtet. Gertrud hob die Augenbrauen, als sie in den Spiegel sah. Sie war noch dunkler geworden, ihr Haar schimmerte beinah schwarz. Aber eben nur beinah, es wirkte vollkommen natürlich. In einer einzigen großen, korkenzieherartig ineinander gedrehten Locke fiel es ihr auf den Rücken, und sie traute sich kaum noch, sich zu bewegen.

»Das hält, keine Sorge. Make-up?«, sagte die Friseurin und lächelte Gertrud im Spiegel an. Sie verrieb irgendeine Creme zwischen den Händen und fuhr damit rasch über den glatt anliegenden Mittelscheitel.

»Das macht sie selbst, danke.« Donna sagte es knapp, herrisch.

Die Friseurin schaute Gertrud überrascht an, ungläubig könnte man auch sagen, dachte Gertrud. Sie lächelte dennoch, sagte »Danke« und rauschte aus dem Salon. Unglaublich, wie verletzt sie war. Dabei hatte die Friseurin ja recht, sie sah wirklich nicht aus, als lege sie Wert auf ein getünchtes und bemaltes Äußeres. Auch Klara verließ den Salon, nachdem sie gezahlt hatte.

»Du siehst großartig aus, umwerfend. Es tut mir leid, dass ich dich da drin bloßgestellt habe. Ich will, dass jeder weiß, wie gut du bist.«

»Du hast mich nicht bloßgestellt, Liebste, und danke für die Frisur. Weißt du was, warum malst du mich nicht an, das hast du noch nie getan, und du hast es offensichtlich drauf.«

Irgendetwas war auf einmal anders, diese schwingende, schimmernde Korkenzieherlocke auf ihrem Rücken gab ihr Selbstvertrauen, veränderte sie. War das nicht einfach absurd? Und wusste sie das nicht in Wahrheit alles ganz genau? Darum ging es doch, den Frauen ein anderes Bild von sich selbst zu zeigen, ihnen klarzumachen, wie großartig, schön und anmutig sie in Wahrheit waren! Nun wirkte der Zauber bei ihr selbst.

Sie gingen zurück ins Hotel, Klara packte ihre Utensilien aus, und Gertrud hielt ihr das Gesicht hin.

»Ich vertraue dir, das ist jetzt echt eine Premiere«, sagte sie und wusste noch immer nicht, was sie eigentlich in Konstanz zu schaffen hatte.

Klara rieb, tupfte, streichelte sie mit dem Pinsel und trug am Ende etwas ziemlich Klebriges auf Gertruds Lippen auf.

»Jetzt kannst du gucken«, sagte sie und hörte sich an wie das Kind, an das sich Gertrud nur allzu gut erinnerte. Ihr Herz zog sich vor Sehnsucht nach ihrer Schwester zusammen.

Sie starrte zum zweiten Mal an diesem Tag überrascht in einen Spiegel. Klara hielt offensichtlich nichts von dezenter Zurückhaltung. Lippen so dunkelrot glänzend, wie sie nur ganz wenige Frauen tragen konnten oder zu tragen wagten, dazu ein schwarzer Lidstrich, der über das Oberlid hinaus auslief. Dichte, üppig getuschte Wimpern. Gertrud wirkte wie ein Filmstar aus den Sechzigern. Lauren Baccal in dunkel.

»So geh ich nicht raus«, wollte sie sagen, doch dann schwieg sie. Aber natürlich tat sie das. Denn sie sah genauso aus wie die Frau, von der sie als Jugendliche immer geträumt hatte, die Frau, zu der sie hatte werden wollen, wenn sie groß war.

»Zu viel?«, fragte Klara leise. »So seh ich dich, so hab ich dich schon immer gesehen. Klassisch und unglaublich schön.«

Gertrud schlüpfte in ihre neuen Kleider und straffte sich. Etwas Magisches geschah. Es war, als bekäme sie ihre Kraft zurück. Nicht wegen den Klamotten und der Farbe. Klara ließ los, überließ ihr den Vortritt, gab ihr ihren Platz zurück, und Gertrud musste nur noch zugreifen. Was immer sie dazu gebracht hatte, was immer Klaras Beweggründe waren, hier war die Tapetentür des Schicksals. Die Abkürzung, der direkte Weg in den Thronsaal der Erfüllung. Jede Seele erschuf auf ihrem irdischen Weg Knicke und Falten im Raum-Zeit-Gefüge, jede Seele hatte, wenn sie den menschlichen Weg ging, an markanten Stellen ihres Lebens Quantensprünge eingeplant. Die sie oft nicht nutzte. Denn eine Tapetentür zu wählen, bedeutete, einen riesigen Entwicklungssprung zu machen – und damit den langsamen, langen Weg der Bewusstwerdung zu vermeiden. Es gab nur das eine oder das andere. Die meisten Seelen wählten den langen Weg, um die wirkenden Energien tatsächlich zu erforschen und jede noch so kleine Regung bewusst zu erleben. Tapetentüren waren ideal, um rasch und unbemerkt ans Ziel zu gelangen – aber wie man sie öffnete, lernte man nur, wenn man sich auf den langen Weg machte.

»Wieso?«, fragte sie. »Wieso kommst du auf mich zu, was hat sich verändert?«

Klara öffnete die Champagnerflasche. Sie füllte zwei Kelche und reichte Gertrud den volleren.

»Auf das Leben«, sagte sie und stieß ihr Glas vorsichtig an Gertruds. Dann trank sie.

»Ich vermisse dich. Das ist alles. Und das immer und jeden Tag.«

Gertrud nippte vorsichtig an dem Champagner und erkannte auf der Stelle, warum ein solches Aufheben darum gemacht wurde. Er floss ohne Umwege ins Blut und hob ihr Selbstwertgefühl, das war wirklich beeindruckend.

»Den Eindruck hatte ich nicht«, antwortete sie und nippte erneut. Dann lächelte sie dieses Große-Schwester-Lächeln, zärtlich, ein wenig besorgt, ein wenig mütterlich.

»Aber das macht nichts.«

Die Zwillinge verließen das Zimmer und, es ließ sich wirklich nicht anders ausdrücken, hatten ihren Auftritt. Klara, blond, zart, engelhaft und lavendelfarben, und Gertrud, zigeunerartig, kraftvoll, feurig – zusammen bildeten sie ein so leuchtendes Energiefeld, dass sich tatsächlich die Menge teilte.

Klara kicherte. »Das wollte ich schon immer mal erleben«, flüsterte sie, und Gertrud legte den Arm um ihre Schulter. Drückte sie an sich. Und beinahe wäre alles wieder gut gewesen, hätte sich Klara nicht auf einmal versteift, hätte sie nicht Gertruds Arm abgeschüttelt und sich in Szene gesetzt. Denn da war er, der schönste Mann, den Gertrud je gesehen hatte. Optisch würde er heute schon mal hervorragend zu ihr passen, dachte sie, ein Südländer mit langer, schwarz gelockter Mähne. Ein strahlend offenes Lächeln, das Gertrud an diesen Sänger – wie war doch sein Name? »Anita« hieß ein Song – Costa Cordalis!

Brrr …, ah ja, erinnerte. Offensichtlich amüsiert beobachtete er die beiden Frauen. Er saß ein wenig abseits an der Kaffeebar in der Lobby und prostete ihnen anerkennend mit der Kaffeetasse zu. Hob eine Augenbraue und wirkte so siegessicher, dass Gertruds Knie weich wurden. Wen er wohl meinte? Nun stand er auf, und sie wollte flüchten, mutierte auf der Stelle zur putzwolligen, grauen Maus. Senkte den Kopf. Klara dagegen lächelte strahlend und hob ihr Kinn, nur ein kleines bisschen.

»Das ist doch …«, murmelte sie, straffte die Schultern, schob den Busen heraus und war auf einmal ganz Lächeln, Sanftmut und Hingabe. »Gibt's denn das? Den kenn ich.«

Gertrud zog sich in sich zurück, es war, als verlöre sie ihren Glanz. Der Mann stellte seine Tasse auf den Tresen, stand auf und kam auf sie zu.

»Darf ich Sie für eine Minute entführen?«, fragte er, und Klara nickte scheu. Künstlich. Ekelerregend, dachte Gertrud.

»Ich meinte Sie, schöne Frau«, sagte er, verneigte sich abbittend und, Gertrud konnte es nicht glauben, fast ein wenig spöttisch vor Klara und bot Gertrud seinen Arm an. Gertrud stockte der Atem, sie wollte gerade nicken und nach seinem Arm greifen, als Klara lächelnd sagte: »Das kann ich leider nicht erlauben, wir sind gleich dran. So leid es mir tut, Schwesterherz.« Es klang bedauernd, doch Gertrud kannte diesen Blick.

»Dann nach Ihrer Veranstaltung?«, fragte der Mann und schaute Gertrud in die Augen. So tief, dass diese nicht nur rot wurde, sondern zu allem Überfluss auch noch zu stottern begann.

»Gern, ich freue mich darauf, Sie kennenzulernen«, wollte sie sagen, doch es kam nur ein Räuspern heraus. Immerhin schaffte sie es, einmal zu nicken.

»Das genügt mir als ein Ja«, lächelte der Mann.

»Es wurde Zeit. Du hast mir gefehlt«, sagte er, blickte bei diesen Worten plötzlich Klara innig in die Augen, lächelte, dann war er weg. Gertrud starrte ihm hinterher.

»Was war denn das?« Klara schüttelte den Kopf. »Kann man unhöflicher sein? Lässt mich einfach stehen, er müsste uns beide einladen, meinst du nicht?«

»Weiß der überhaupt, was er will? Er meinte sicher dich, doch dann hat er wohl gespürt, dass du gebunden bist«. Beinah glaubte es Gertrud selbst.

Klara lächelte ihre Schwester an.

»Das werden wir noch sehen«, sagte sie, dann war sie auf einmal weg. Sie verschwand tatsächlich in der Menge, als hätte sie nicht in einer Viertelstunde einen Vortrag zu halten. Wie gesagt, nichts wirklich Bedeutsames, nichts, was einen Beitrag zum Weltfrieden leisten würde. Aber darüber gab es ja sowieso genug Vorträge. Bis er eintraf, der Weltfrieden, sich da losriss, wo er gerade herumlungerte, und endlich auf der Erde ankam, würden sie immerhin alle dank Klaras Tipps gut aussehen.

Gertruds Brust wurde eng, so langsam könnte Klara wieder auftauchen. Und auf einmal gab es ihr einen Stich ins Herz. Da saß sie, ihre Schwester. An der Bar. Offenkundig jagend.

Gönnst du mir nicht mal einen Kaffee mit einem gut aussehenden Kerl?, wollte sie fragen, und gerade als sie sich auf den Weg machte, ihre Schwester beiseite zu nehmen und zur Rede zu stellen, kam ein anderer Mann auf sie zu. Er wirkte ein wenig wie ein Pfau in seinem dunkelvioletten Anzug, doch die Farbe stand ihm.

»Sie sind Gertrud?«, sagte er mehr wie eine Feststellung als eine Frage und lächelte sie an, wirkte so, als sei er tatsächlich beeindruckt. Das sind die Farben im Gesicht und die Schillerlocke, ermahnte sich Gertrud, bilde dir nichts ein.

»Sie halten heute den Vortrag, sagte mir Donna, und es ist mir eine Ehre, Sie auf die Bühne zu führen. Möchten Sie bitte bis dahin in der ersten Reihe Platz nehmen, wir beginnen gleich.«

»Zusammen«, sagte Gertrud, »wir halten ihn zusammen.«

Sie spähte durch die Menschentraube, doch die Kaffeebar war leer. Nun stellte sich das erste Zittern ein, noch nie hatte sie allein auf einer Bühne gestanden, und sie würde heute nicht damit beginnen, entschied sie. Was hatte sie schon zu erzählen? Sie konnte über diese Lidschattentechnik sprechen, sie begeisterte sich tatsächlich dafür, andere Menschen zu einem neuen Ausdruck ihrer Selbst zu verhelfen, doch es fühlte sich so läppisch an, so völlig unerheblich. Lidschattentechniken, wie profan konnte man denn noch sein?

»Sie bringen den Frauen wirklich Freude«, sprach der Mann, während er sie in den Festsaal des Hotels führte. »Wissen Sie das? Ich meine, ist Ihnen wirklich bewusst, wie wichtig es sein kann, zu wissen, dass man gut aussieht?« Gertrud schaute ihm zum ersten Mal in die Augen.

»Stimmt das? Ist es nicht letztlich schlichte Eitelkeit? Und noch dazu so oberflächlich, dass es einfach lachhaft ist? Würden Sie mich auch nur eine Sekunde lang anschauen, wenn ich nicht das hier im Gesicht hätte?« Sie wischte sich mit dem Finger über den Mund, ein wenig Lippenstift blieb hängen, und sie zeigte ihm die Fingerkuppe.

Der Veranstalter lachte.

»Nein, wahrscheinlich nicht. Und ist das nicht herrlich? Wir haben es in der Hand, zu entscheiden, ob wir glänzen, strahlen und auffallen wollen oder ob wir in Ruhe gelassen werden und einfach unseren inneren Angelegenheiten nachgehen möchten. Ist das nicht einfach wunderbar? All die Farbe sagt doch nur, hier bin ich, ich stehe zur Verfügung, ich mach mit. Es ist, als gingen wir zum Spielen raus, wir zeigen, heute hab ich Lust, in Kontakt zu treten. Oder auch: Halt dich fern! Ich bin gefährlich, und ich weiß, was ich will.«

Gertrud schwieg, dann nickte sie.

»Und ich, was sage ich heute?« Sie musste diesen Lippenstift nachziehen, dachte sie. Immerhin waren sie gleich dran.

Der Mann im pflaumenblauen Anzug musterte sie.

»Ich sehe eine Frau«, sagte er dann, »ich sehe eine Frau, die es aus Gründen, die ich nicht nachvollziehen kann, nicht gewöhnt ist, sich schön zu fühlen. Ich erkenne es an der Haltung Ihres Kopfes. Eine Frau, die sich zeigt, hält ihn anders, höher, trotzig oder stolz, aber höher. Entweder haben Sie sich trotz Ihrer Schönheit eine außergewöhnliche Demut bewahrt, oder aber Sie sind es nicht gewohnt, positive Aufmerksamkeit zu erregen, und wissen nicht, wohin damit.« Er führte sie zu einem Platz in der ersten Reihe, schaute auf seine Armbanduhr. Die ersten Menschen strömten in den Saal.

»Liebste Gertrud, ich freue mich sehr darauf, nach der Veranstaltung weiter zu plaudern, und es ist, glauben Sie mir das, für einen Mann ein großes Vergnügen, mit einer Frau auszugehen, die so wenig über ihre Wirkung Bescheid weiß wie Sie. Wenn Sie mir die Ehre erweisen würden, später mit mir zu essen? Doch jetzt geht es los. Ich rufe Sie in fünf Minuten auf die Bühne.«

Und dann nahm er ihre Hand, diese abgearbeitete Hand, die sie vergessen hatte zu maniküren, betrachtete die kurzen Fingernägel, die Schwielen und küsste sie.

»Ist mein Lippenstift …«, flüsterte Gertrud und senkte den Kopf noch weiter, er hob ihr Kinn, sah ihr auf die Lippen, dann in die Augen und sagte: »Zum Küssen schön.«

Gertruds Knie gaben nach, zum Glück saß sie bereits. Dann straffte sie sich, Gott, war das albern. Aus welchem Film er diesen Text wohl hatte? Und, was noch viel wichtiger war – wann kam wohl endlich Klara?

Jetzt. Genau jetzt kam sie. Heftig und markerschütternd. Weinend. Nicht verstehend, wie in aller Welt sie hier hergekommen war. Und glücklich wie noch nie. Magisch angezogen von diesem Mann, als mache er sie auf eine Weise komplett, von der sie nicht einmal ahnte, dass sie möglich war.

»Hab ich's doch gewusst, dass ich dich auf diese Weise kriege«, hatte er gesagt, als sie hocherhobenen Hauptes auf ihn zugeschritten war, als wären sie verabredet. »So kenne ich dich. Du erträgst es nicht, die zweite Geige zu spielen. Aber das musst du auch nicht. Wir können beide erste Geige sein.«

Klara zog eine Augenbraue hoch.

»Ich spiele überhaupt keine Geige, schon gar nicht mit dir! Und woher meinst du, mich zu kennen? Und überhaupt, ich muss zu meinem Vortrag«, meinte sie. Was für ein eingebildetes Arschloch war das denn?

»Den kann deine Schwester für dich halten. Du kommst mit mir, ich suche dich seit Jahren.« Er nahm ihr Kinn in eine Hand, beinah grob.

»Ganz sicher nicht«, antwortete Klara atemlos, war sie noch zu retten, wieso gefiel ihr diese Unverschämtheit? Sie musste völlig neben sich stehen, dachte sie, denn das war der letzte Satz für eine längere Zeit. Er klemmte einen Zehneuroschein unter die Tasse, nickte der Bedienung zu, erhob sich vom Barhocker und nahm Klaras Hand. Zog sie hinter sich her, als wäre sie eine Puppe, drängte sie in den Aufzug, presste sie dort gegen die Wand. Schob ihr Kleid hoch. Drückte die Stopptaste. Und Klara, die kontrollierte und erfolgreiche Klara, die Frederik von Herzen liebte, ließ sich dort im Aufzug vögeln, anders konnte man es nicht bezeichnen. Und im Bad seines Hotelzimmers. Und auf seinem Bett. In seinen Armen. Es gab nicht die kleinste Möglichkeit, ihm und sich selbst Widerstand zu leisten. Würde sie diesen Satz lesen, würde sie verächtlich schnauben und es als Kitsch bezeichnen. Ein reißerisches Romantik-Drama, das sie auf der Stelle nicht nur zur Seite legen, sondern in den Altpapiercontainer werfen würde. Man hatte immer eine Wahl. Nun, ihr Körper, ihre Seele und ihr ganzes Sein belehrten sie in diesem Moment eines Besseren. Er wischte ihr die Tränen vom Gesicht, hielt sie fest.

»Ich glaube dir das nicht, das mit der Geige. Ich spüre dich. Du hast eine Musikerseele. Mehr noch. Du hast den

Teil der Musikerseele, der mir fehlt, zusammen werden wir die Welt erobern.«

»Was redest du denn da?« Klara wand sich aus seinen Armen. »Ich weiß, wer du bist. Und falls du das allen Weibern erzählst, den Quatsch mit der Seele, nun, ich spiele längst nicht mehr.«

Ihr Stöhnen, als er sie küsste, strafte sie dermaßen Lügen, dass der Musiker auflachte.

»Aber natürlich spielst du, mein Spiel nämlich. Ich bin es gewohnt, dass ich das Tempo vorgebe, und das solltest du auch sein. Gemeinsam wären wir unschlagbar.«

Klara setzte sich auf.

»Jetzt mal ernsthaft. Ich kenne dich. Jeder, der auch nur ein wenig von Musik hält, tut das. Pedro San Marco, Musiker, Geiger, weltberühmt, die Frauen liegen dir zu Füßen. Du spielst mit berühmten Rockbands genauso wie mit den Weltklasse-Opernsängern. Du bist der Rockstar unter den Geigern. Ich hab drei CDs von dir. Ich versteh gar nicht, wie du überhaupt unbehelligt da unten in der Bar sitzen konntest. Was willst du von mir, und wieso redest du darüber, was wir gemeinsam tun könnten? Ich bin wegen eines Kosmetikkongresses hier, mehr habe ich nicht zu bieten.«

Pedro schwieg. Seine schwarzen Augen begannen, zu funkeln, und wurden schmal. Er ließ Klara los und stand auf. Zog sich an.

»Madonna. Das ist eine Sünde. Ich höre deine Seele singen, wenn ich mit dir schlafe, meine Liebe, ich spüre, wie deine Finger sich auf die Saiten legen, wenn du mich berührst, ich sehe, wie sich dein Kinn an die Geige schmiegt. Ich berausche mich an der Musik in deinem Blut, wenn ich in dir komme. Wenn es stimmt, was du sagst, dann habe ich mich entweder vollkommen geirrt oder du verleugnest dich. Beides wäre nicht auszudenken. Glaubst du im Ernst, das wäre Zufall, dass wir uns hier treffen? Und dass du deine Schwester dabei hast, die dich auf der Bühne vertreten kann? Du spielst wirklich keine Geige? Sicher? Dann vergib mir bitte. Mein Samen war nicht für dich bestimmt. Ich suche nur eine einzige Frau. Ich dachte, du wärst es. Ich bitte dich von Herzen um Vergebung. Wie kann ich das wieder gut machen?«

Er war grau geworden, während er sprach, schien sich selbst zu glauben, all seine großartige Energie, seine Vitalität – verpufft.

Himmel, sein Samen. Klara erschrak. Das war doch nicht möglich. Wie konnte sie nur … oder hatte sie es mehr oder weniger bewusst riskiert? Frederik und sie verhüteten nicht, sie wollten der Natur ihren Lauf lassen. Bis jetzt hielt sie sich noch zurück, die Natur.

»Du hast geglaubt, du kennst mich, du hast geglaubt, ich bin die eine für dich? Deshalb hast du dieses Spiel mit mir gespielt? Das glaubst du doch wohl selbst nicht.« Klara schlüpfte in ihre Unterwäsche und streifte das Kleid über. »Und weißt du eigentlich, wie gemein das meiner Schwester gegenüber war?«

Pedro setzte sich wieder auf das Bett.

»Deiner Schwester geht's gut. Sie wird es verwinden, eine so schöne Frau. Ich hab dich nicht gleich erkannt, deine Seele klingt nicht so, wie sie sollte. Da ist noch ein anderer Ton, einer, der nicht zu dir gehört. Deshalb hab ich euch zu Beginn verwechselt. Setz dich zu mir, wir müssen reden.«

Und das taten sie, fast die ganze Nacht. Zwischendurch hielten sie sich in den Armen, bestellten etwas zu essen aufs Zimmer, irgendetwas, konnten es nicht fassen. Pedro erzählte von seiner Suche, Klara lauschte gebannt. Er reiste durch die ganze Welt und hoffte bei jedem Konzert seine Dualseele, die Frau, die mit ihm zusammen die Welt erobern sollte, zu finden. So hatte es ihm seine Mutter, die in seinem Heimatland eine anerkannte Wahrsagerin und Schamanin war, prophezeit. Klara saß kopfschüttelnd und mit offenem Mund auf dem Bett, die Beine untereinander geschlagen, als lausche sie einem Märchen. Gemeinsam würden sie Musik machen, Pedro und seine Frau, hatte die Mutter gesagt, und die Herzen berühren, öffnen, unwiderruflich verändern. Gemeinsam würden sie durch ihre Musik die Welt retten. Der Vater ein Deutscher, deshalb sprach Pedro deutsch so gut wie Portugiesisch.

»›Geh ins Land deiner Väter, ich lass dich ziehen. Such deine Frau, und bring sie mit nach Hause, sie ist von Herzen willkommen‹, das hat sie gesagt«, murmelte Pedro gegen drei Uhr morgens. »Das ist über fünf Jahre her, ich suche dich seit über fünf Jahren. Wie kann das denn sein, dass du es nicht bist? Wie kann ich mich so sehr irren?

Und Klara, die bis heute niemals mit einem anderen Mann als mit Frederik geschlafen hatte, spürte, dass es stimmte. Seine Mutter hatte mit allem recht. Und sie wusste tief in ihrem Innersten, tief in ihren Bauch, dass sie tatsächlich diese Frau war. Die Erkenntnis traf sie wie ein Schock. Doch halt. Nein. Sie *wäre* diese Frau, hätte sie ihren Musikerweg eingeschlagen. Jetzt war sie es nicht mehr. Und schon überschlugen sich ihre Gedanken, wäre sie nicht Kosmetikerin, geworden, dann wäre sie nicht heute hier in Konstanz … Nun ja. Das war natürlich Unsinn. Dann wäre sie ihm schon viel früher begegnet, weil die Welt der Berufsmusiker so groß nun auch wieder nicht war. Irgendwie und irgendwo traf man sich immer. Was sie fühlte? Nichts. Alles. Verwirrung. Und absoluten inneren Frieden. Das hier wäre ihr Leben gewesen, und solange sie bei ihm war, auf diesem Bett im Hotelzimmer saß, war alles gut. Es war tatsächlich, als hätte sie die zweite Hälfte ihres wahren Wesens getroffen.

Und jetzt?, fragte sie sich. Konnte sie einfach wieder heimfahren, sich bei Gertrud, die sie schmählich in Stich gelassen hatte, entschuldigen und all das vergessen? Nein. Konnte sie alles aufgeben, Frederik verlassen und ihren ursprünglichen Weg als Musikerin gehen? Nein, natürlich nicht. Dazu müsste sie mit allem von vorne anfangen. Wie also sollte es weitergehen?

Nun, sie fand es heraus. Und es war ganz einfach.

»Sag mal, wo warst du denn?«, herrschte Gertrud sie an, als Klara morgens um vier völlig übermüdet in ihr gemeinsames Zimmer schlich. Dann schüttelte sie den Kopf. »Nee, lass. Ich will's nicht wissen. Ehrlich gesagt lief es großartig gestern, ich bin dir beinah dankbar, dass du mich auf der Bühne allein gelassen hast. Und es geht mich auch nichts an.«

»Ich erzähl's dir trotzdem. Und ich brauche deinen Rat.« Klara setzte sich zu ihr auf das extrabreite Doppelbett.

»Ich habe meine Dualseele getroffen. Den Mann, mit dem ich zusammen sein sollte. Und ich weiß jetzt, ich habe dir Fredy gestohlen. Du hättest ihn haben sollen. So einfach ist das.«

Gertrud erstarrte, ihr Herz setzte einen Schlag aus, begann dann zu rasen. Sie öffnete den Mund, um … Ja, um was eigentlich zu sagen? Dass sie darauf verzichtete, die abgelegten Kleider oder Männer ihrer Schwester zu tragen? Oder, wenn sie schon bei der Abrechnung war, die Vorträge zu halten, zu denen ursprünglich sie, Klara, gebeten worden war? Nicht wenige Teilnehmer hatten sehr irritiert geschaut, als Gertrud gestern auf der Bühne aufgetaucht war. Sie hatte sich nur deshalb retten können, weil sich irgendetwas in ihr an die Würde und Lebendigkeit der Sechzehnjährigen erinnerte, die voller Freude vor Großmutters Schminkspiegel gesessen hatte. Gertrud hatte von Klara erzählt, sogar die alte Liebesgeschichte ihrer Großmutter aufgewärmt, ihre Techniken an einer Probeperson gezeigt, darüber gesprochen, wie unsicher sie sich selbst fühlte, verkleidet irgendwie, und welche Macht Farbe demnach hatte – wie sie es selbst gerade bewies. Das Publikum war begeistert, an Ende ging der Veranstalter mit ihr, wie versprochen, essen. Es wäre ein zauberhafter Abend gewesen, wenn nur sie statt ihrer Schwester mit dieser Einladung zum Vortrag gemeint gewesen wäre. So griff sie irgendwie Lorbeeren ab, die sie sich in keiner Weise verdient hatte, und das dämpfte ihre Freude über den Erfolg erheblich.

»Und jetzt? Bleibst du hier in Konstanz?«, fragte sie. Wenn sie genauer darüber nachdachte, dann war sie durchaus bereit, die abgelegten Liebhaber ihrer Schwester aufzutragen, warum denn nicht? Wenn sie noch brauchbar waren … Freude stieg in ihr auf, selbst wenn Frederik sie gar nicht mehr haben wollte, es gab eine neue Chance, einen Weg. Es könnte noch alles gut werden.

»Ich glaube, ja. Nimm mein Auto, um nach Hause zu fahren, liebste Schwester, ich muss das tun.«

Am nächsten Morgen, gerade als Klara an der Rezeption eine weitere Nacht buchen wollte, reichte ihr der Concierge einen Umschlag, die Handschrift unvertraut. Sie riss ihn auf, las, erstarrte. Sie faltete den Brief sorgfältig zusammen, steckte ihn in ihre Handtasche und bat höflichkeitshalber – der Kosmetikkongress hatte sie eingeladen, aber immerhin hatte sie ihre Schwester dabei und musste sicher einen Aufpreis für das Zimmer zahlen – um die Rechnung.

»Ist bereits erledigt, der Herr hat gezahlt.« Der Concierge wies nach draußen, wo Pedro auf ein Taxi wartete. Klara wollte hinter ihm her stürzen, doch ihre Beine versagten den Dienst. Stocksteif blieb sie stehen, lächelte vorsorglich, um den Schmerz zu verbergen, weil sie keine schützende Sonnenbrille dabei hatte. Sie brauchte keine, hatte sie geglaubt – nun, so konnte man sich täuschen. Ihr Lächeln gefror, als sie die Frau sah, die nun auf ihn zuging. Er legte den Arm um ihre Schultern, fürsorglich, liebevoll. Vertraut. Wie beschämend vertrauensselig man sein konnte, dachte sie, sie hatte ihm tatsächlich geglaubt. Wie alt war sie, sie hatte sich benommen wie ein alberner Teenager. Seelenverwandte. Musikerseele. Himmel noch mal. Während sie ihr starres Lächeln behielt, verdrehte sie die Augen. Ernsthaft. Sie war einfach nur erbärmlich. Das Taxi kam, die Frau setzte sich auf den Rücksitz. Klara straffte sich, riss sich vom Anblick seines Rückens, der sich nun ebenfalls zum Einsteigen beugte, los, wandte sich um. Ging.

Und sah nicht, dass Pedro niemals vorgehabt hatte, in das Taxi zu steigen. Er schlug die Tür hinter der Frau zu, nachdem er sie noch einmal auf die Wange geküsst hatte, blickte zurück zum Eingang des Hotels. Lächelte traurig in Klaras strahlende Augen, riesig groß auf dem Plakat, das den Kongress ankündigte, verharrte noch einen Moment, wandte sich um und verschwand.

Und so waren sie wieder nach Hause gefahren, alles blieb, wie es war, kein Wort mehr darüber, dass Klara Frederik freigab. »Er ist weg«, hatte sie nur zu ihrer Schwester gesagt, »komm, lass uns fahren.« Kein entspanntes Wochenende am Bodensee, keine gemeinsame Zeit, nur noch die stumme Heimfahrt. Keine Frage danach, wie nun dieser Vortrag gelaufen war, auf welche Weise Gertrud den Abend verbracht hatte. Und so behielt sie ihre Geschichte für sich, den Erfolg, den wunderschönen Abend mit dem Veranstalter, der wirklich witzig und charmant war und sie öfter zum Lachen gebracht hatte als je ein Mann zuvor. Zum Lachen, ja. Aber nicht zum Träumen. Sie hatte sich nach einigen Stunden von ihm verabschiedet und war sittsam in ihr Bett geschlüpft.

»Ich schäme mich in Grund und Boden«, sagte Klara irgendwann auf halber Strecke, und das war es auch, was sie für den Rest der Fahrt von sich gab. »Können wir bitte niemals wieder darüber reden?«

»Und Fredy?« wollte Gertrud fragen, doch sie schwieg. Was sollte wohl sein mit Fredy? Klara würde ihn behalten, natürlich würde sie das. Und so geschah es. Weil Gertrud nicht zugeben wollte, wie viele Hoffnungen sie sich plötzlich gemacht hatte, und weil Klara den kleinen, feigen

Weg ging, ließen sie Gras über die Sache wachsen. Gras wuchs über vielem. Das bedeutete nicht, dass der Boden darunter gesund war. Sie versprachen sich beim Abschied, zu telefonieren, doch sie taten es niemals.

In den folgenden Jahren machte Gertrud weiter, schob die Episode in den hintersten Winkel ihres Herzens zu all dem anderen Gerümpel ihrer zerbrochenen Träume. Was war denn schon geschehen? Nichts, das vom Leben nicht ganz einfach wieder ausgelöscht werden konnte. Ein paar Hoffnungen, ein bisschen Erfolg durch den zaghaften, gerade deshalb beherzten Schritt ins Rampenlicht – dieses Zuckerchen hatten schon viele zu schmecken bekommen, das Leben verteilte gern Probepackungen. Sie bedeuteten nichts, gar nichts, zeigten nur, wie es sein könnte. Das Kleid gab sie in einen Secondhand-Laden. Die Inhaberin konnte ihr Glück nicht fassen und behielt es gleich selbst. Die Haarfarbe wusch sich rasch wieder heraus, und nach einer Woche war auch das letzte bisschen Glanz in ihren Augen wieder verschwunden. Sie ging putzen, kümmerte sich um ihr Kind und hielt ihr Innerstes zusammen. Mehr konnte man wirklich nicht verlangen. Müde war sie geworden über der Anstrengung, ihr Leben zu meistern. Müde und bitter, das wusste sie.

Und so fiel es ihr wirklich schwer, jetzt erneut Donnas rosa schimmernden Kosmetiksalon zu betreten. Donna war nicht da, sie hatte es vorher telefonisch erfragt. So sehr bereute sie ihre ungebärdige Handlung nun auch wieder nicht, dass sie sich der Schmach aussetzen würde, vor ihrer Schwester zu Kreuze zu kriechen. Die Kosmetikerin, die ihr vor zwei Tagen das Gesicht gepflegt hatte, erstarrte, als Gertrud zur Tür hereinkam. Tränen traten Gertrud in die Augen, sie zwinkerte ein paar Mal heftig und wandte sich ab.

»Es tut mir leid, wirklich, mein Verhalten neulich war völlig unangemessen, und ich hoffe, ich habe nichts kaputt gemacht«, sagte Gertrud und wurde rot.

Die Kosmetikerin schwieg. Dann räusperte sie sich und schaute in Gertruds Richtung.

»War die Behandlung denn so schlecht?«

»Ach um Himmels willen! Nein. Im Gegenteil. Sie war so gut. Ich habe mich so sehr entspannt, dass ich für einen Moment lang dachte, alles müsse irgendwie wieder gut werden, doch das wird es nicht. Ich ertrage es nicht, mich so gut zu fühlen, weil ich sonst sehr traurig werde. Deshalb wurde ich wütend und musste etwas kaputt machen. Das klingt psychopathisch, es tut mir wirklich sehr leid. Es kommt nie wieder vor. Sie waren großartig.«

Gertrud drehte sich um und wollte den Laden verlassen, als sich eine Hand auf ihren Arm legte.

»Das verstehe ich, sehr gut sogar. Es ist nichts passiert, alles in Ordnung.«

Gertrud wandte sich um und sah der jungen Frau ins Gesicht.

»Danke«, sagte sie nur, und dann noch einmal: »Danke.« Und dann ging sie, seltsam beschwingt, als hätte sie eine große Sache erledigt. Gerade so, als wäre sie frei.

15

Donnas Herz schlug ihr bis zum Hals, als sie ihren Koffer auf eines der beiden Hotelbetten warf und das seegrüne Kleid herauszog. Sie war es sich selbst schuldig, dachte sie, es gab gar keine Wahl. Sie zog sich rasch um, zum Duschen blieb keine Zeit, schminkte sich geübt, steckte Geld, den zerknitterten Umschlag, den sie immer bei sich führte, und ihren Ausweis in eine kleine, silberseidene Abendhandtasche, die aus unerfindlichen Gründen aus den Tiefen ihres Koffers aufgetaucht war. Sie hatte sie wohl nach der letzten Reise nicht ausgepackt, einige Kleinigkeiten blieben immer im Koffer, weil sie sie sowieso nur auf Reisen brauchte. Als sie keine zehn Minuten später die Hotelzimmertür hinter sich zuzog, wirkte sie wie eine Diva. Kühl und ganz bei sich.

Sie überquerte todesmutig den breiten, viel befahrenen Strip – sie war zu nervös, um eine der Fußgängerbrücken zu nutzen, denn dazu müsste sie zunächst ein paar Meter in die falsche Richtung gehen, das hielt ihr Herz nicht aus – und schritt den unerhört prachtvollen Eingangsbereich des Cesars Palace entlang. Überall sein Gesicht, riesig. Auf einmal ein Gedanke, ein Schreck – das konnte doch nicht sein, oder? Sie würde doch wohl noch eine Karte bekommen? Donna blickte sich gehetzt um, sie war es gewohnt, in großen Hotels zu logieren, doch das hier war in seiner Überdimensionalität einfach lachhaft. Sie würde sich vollkommen verlaufen, wenn sie nicht auf der Stelle um Hilfe bat. Da, ein Informationsstand. Sie fragte nach dem Ticketcenter, und weil sie im Gegensatz zu den vielen Ich-spiel-mich-ins-Koma-Gästen so unerhört glamourös war, brachte der livrierte Page sie persönlich hin. Donna blickte ihn mit einem träumerischen Augenaufschlag an.

»Könnten Sie wohl für mich nach einer Karte fragen?«, bat sie ihn, und der Page, der seine kärglich bemessene Freizeit am liebsten in der Horizontalen mit der Dame von Ticketcenter verbrachte, lächelte und nickte. Diese Kundin hatte Geld, ihr konnte man die völlig überteuerten allerbesten Plätze andrehen, die, die oft übrig blieben und dann rasch mit bezahlten B- und C-Promis besetzt wurden. Und weil er wusste, dass seine Herzdame Prozente bekam, beugte er sich zu ihr und flüsterte ihr etwas ins Ohr.

Eine Minute später hielt sie eine wirklich unverschämt teure Eintrittskarte in den Händen. Erste Reihe. Er würde sie sehen. So sehr blendete das Bühnenlicht nicht, dass er nicht wenigstens die erste Reihe erkennen konnte, hatte er ihr erzählt, damals, in dieser Nacht in Konstanz. Lachend, denn es gab einige Frauen – und Männer! –, die ihm hinterherreisten, immer die gleichen Plätze buchten, und er tat gut daran, sie mit einem charmanten Lächeln persönlich zu begrüßen.

Donna ließ sich vom Pagen weiterführen, durch die gigantische Lobby hindurch. Die Decke ein beleuchtetes Himmelsgewölbe mit dramatischen Wolkenformationen, die Sonne ging abwechselnd auf und unter. Römische Brunnen, antike Statuen, Marmorböden. Doch sie hatte keinem Blick für die Pracht, sie zitterte und fror auf einmal erbärmlich. War sie noch zu retten? Würde dieser Page sie nicht so unerbittlich hinbringen, dachte sie, und ihr war auf einmal zum Weinen, sie wäre auf der Stelle aus diesem verrückten Hotel geflüchtet und in ihr weiches Bett geschlüpft, morgen abgereist und in Frederiks Arme zurückgekehrt. Wohin sie ja auch gehörte, erinnerte sie sich. Stopp, wollte sie gerade rufen, stopp, ich will heim, ich schaff das nicht, als der Page ihr den Weg zur Bühne wies. Er verneigte sich vor ihr und übergab sie dem genauso freundlichen Portier. Donna zeigte ihm ihre Eintrittskarte. Die Saaltüren waren bereits geschlossen, sie betraten den Zuschauerraum durch eine kleine Seitenpforte. Der Portier flüsterte einer Frau ganz vorn etwas zu, sie kam Donna vage bekannt vor. Die Frau stand auf und räumte unauffällig den Platz.

»Hab ich sie vertrieben? Das wollte ich nicht«, flüsterte Donna, doch der Portier lächelte nur noch breiter.

»Nein, das haben Sie nicht. Sie sind sehr willkommen, und wir freuen uns, dass Sie heute unser Gast sind«, flüsterte er zurück. »Darf ich Ihnen etwas zu trinken bringen?«

Donna schüttelte den Kopf. Ihre Hände zitterten so sehr, dass sie alles verschütten würde. Sie setzte sich. Auf einmal wurden ihre Knie weich, als wüssten sie, dass sie jetzt nicht mehr stürzen konnte. Sie zog den zerknitterten Umschlag hervor, und hier, im gedämpften Licht des Zuschauerraumes, las sie den Brief zum tausendsten Mal, als müsse sie sich selbst immer wieder daran erinnern.

Liebe Klara,
von ganzem Herzen Danke für die wunderschöne Nacht mit dir. Es wird bei dieser Nacht bleiben, ich spüre, du bist nicht die Richtige, denn du bist nicht bereit für mich. Ich ziehe weiter, bis mich deine Seele eines Tages rufen wird, weil du deinen Weg gefunden hast. Wenn wir beide bereit sind und die Sterne richtig

stehen, werden wir uns treffen. Wenn nicht in diesem, dann im nächsten Leben oder zwischen den Welten.
Ewig dein,
Pedro

Ewig dein. Bis zum nächsten Morgen, als er mit der anderen abgerauscht war. Ein wundervoller, romantischer, total unverschämter Brief. Sie war noch nicht so weit, ernsthaft, ging's noch? Sie faltete den Brief zusammen, steckte ihn zurück in ihre Tasche, und wie auf Kommando verlosch das Licht.

Auf der Bühne stand bislang nur ein Flügel, weiß, barockartig verschnörkelt, mit Gold abgesetzt. Ein tiefer, vibrierender Ton, lang gezogen, Pedros Markenzeichen. Noch bevor er sichtbar wurde, berührte seine Musik bereits das Innerste der Herzen. Schon allein wegen dieses Tones kamen viele immer wieder. Dann ein fulminantes Lichtspektakel, violette und weiße Spots. Pedro trat auf wie ein Rockstar. Endlich – Donnas Herz setzte nicht nur einen, sondern mehrere Schläge aus – sein Gesicht. Dieses wunderschöne Männergesicht, von dem sie seit achtzehn Jahren träumte. Älter war er geworden, aber auf eine gute Weise. Die Geige schmiegte sich an seine Wange, er hielt die Augen geschlossen, war ganz versunken in diesen Ton, der nun ausklang, überging in eine bekannte Melodie, den langsamen Satz, das zweite Adagio aus Max Bruchs Violinkonzert Nr. 1 in G Minor. Pedro entspannte sich sichtlich, lächelte und öffnete die Augen. Sein Blick schweifte über die Menge, blieb in der ersten Reihe hängen – wie ein Suchscheinwerfer, dachte Donna – stoppte kurz, bevor er sie erfasste, er lächelte sanft, nickte mit dem Kopf. Donna konnte nicht umhin, nachzuschauen, wen er da so zärtlich grüßte. Eine Frau, natürlich. Was hatte sie denn nur gedacht?

Gerade als sie aufstehen, gerade, als sie sich wie ein geprügelter Hund von dannen schleichen wollte, wanderte sein Blick weiter und fiel auf sie. Brannte sich ein. Seine Augen wurden groß, er verlor offensichtlich die Fassung. Spielte dennoch geübt weiter, das Stück erforderte nicht besonders viel seiner Aufmerksamkeit und machte trotzdem etwas her. Doch sie spürte genau, dass er am liebsten von der Bühne stürzen würde, um … ja, wozu? Um zu flüchten, um mit ihr zu schlafen? Was wollte er? Achtzehn Jahre. Sie blieb gegen ihren eigenen Willen sitzen, lauschte ihm, hielt ihre eigenen Gefühle aus, spürte, wie sie sich mit seinen vermischten. Ihre Emotionen flossen in seine Geige, und sein Spiel veränderte sich, sie beide wurden eins in der Musik, und auch wenn Donna seit zweieinhalb Jahrzehnten keine Geige mehr in der Hand gehalten hatte, weit davon entfernt war, auch nur gut zu spielen, so fühlte sie die Musik, als strömte sie aus ihren eigenen Fingern. Sie dachte an Frederik, den sie aufrichtig liebte. Doch niemals hatte sie diese Verschmelzung mit ihm erfahren, dieses Einssein, diese Leidenschaft. Pedro blickte sie nicht mehr an, er hielt die Augen geschlossen oder flirtete mit dem Publikum, wie es seine Aufgabe war. Auch der Pianist betrat nun die Bühne, wurde beklatscht, begann, ihn zu begleiten. Die beiden spielten sich durch ihr gemeinsames Repertoire, leichte und dramatische Musik im Wechsel, nichts allzu Kompliziertes oder Anspruchsvolles. Las-Vegas-Musik, dachte Donna, meinte es aber nicht abwertend. Solostücke für Geigen von Bach, von Paganini.

Beethovens F-Dur-Romanze für Klavier und Geige. Doch die Energien, die er rief, waren eine einzige Liebeserklärung, und das Publikum reagierte mit frenetischem Beifall. Sie beobachtete ihn, den ergrauten Haarschopf, der ihm immer wieder ins Gesicht fiel und den er mit einer leichten Kopfbewegung zur Seite schnippte. Diese Zauberhände, die ihr Herz genauso wie ihren Körper zum Jubilieren gebracht hatten. Nach einer Dreiviertelstunde eine Pause. Und so sehr Donna versucht war, zu flüchten, um sich diesmal die Schmach zu ersparen, so sehr berührte es sie, dass er sich ihr zuwandte und »bleib« hauchte. Die Musiker verschwanden hinter der Bühne, und würde es nicht so dermaßen kitschig klingen, dachte Donna, dann müsste sie zugeben, dass es war, als ginge ihre persönliche Sonne unter. Sie dachte wieder an Frederik, hielt sich an ihrer Liebe zu ihm fest. Sie waren Vertraute, wie Seelengeschwister, der Sex war gut – was wollte sie denn noch? Und doch hatte sie ihn einfach so hinter sich gelassen, als sie sich gerufen fühlte, und nun war sie hier.

Pedro erschien wieder auf der Bühne, zunächst allein. Auf einmal schwiegen all ihre Gedanken. Ihr Herz schlug schneller, und ein wärmendes Feuer breitete sich in ihrem Bauch aus, vertraut, tief entspannend. Er ergriff seine Geige, legte sie zur Seite. Pedro trat ans Mikrofon und tat etwas Unerhörtes – er sprach zu seinem Publikum. Das hatte er noch nie getan, er war ein Gott, er trat auf, spielte und verschwand. Götter sprachen nicht mit ihren Menschen, sie sandten Botschaften, das war's. Er sagte nur einen Satz.

»Das nächste Stück ist für meine Frau, und es steht nicht im Programm.«

Und dabei sah er sie an. Donna erstarrte. Er hob die Geige an die Wange, und die ersten Töne von Bachs Chaconne schmiegten sich in ihr Herz, verschmolzen mit ihrer Seele. Donna zog scharf die Luft ein. Das Stück war eine echte Herausforderung für Künstler und Publikum zugleich, anspruchsvoll und unerhört gefühlvoll. Sie stand auf und ging.

Seine Frau. Wer immer das auch sein mochte, die Botschaft war angekommen. Verschmelzung der Seelen. Lächerlich.

Die Musik brach ab. Sie hörte ihn »Entschuldigung, ich bin gleich wieder da« sagen und mit einem Satz von der Bühne springen. Donna wandte sich um. Mit drei Schritten war er bei ihr und legte seine Hände, diese Hände, um ihr Gesicht.

»Ich meine dich, Klara, du bist meine Frau. Bitte bleib, ich bin gleich fertig. Bitte.«

Er führte sie auf ihren Platz zurück, das Publikum klatschte. Pedro sprang leichtfüßig zurück auf die Bühne und begann das Stück erneut. Wieder verschmolzen die Töne mit ihrem Herzschlag und berührten sie so tief in ihrer Seele, in ihrer innigsten Sehnsucht danach, eins mit jemandem zu sein, dass sie es fast nicht ertragen konnte.

Das Stück klang aus, es gab noch einige Hits, eine Zugabe, die schmissigen Zigeunerweisen von Pablo de Sarasate. Pedro und sein Pianist kassierten ihren Beifall, gingen von der Bühne, und dann leerte sich der Saal. Donna blieb sitzen, unfähig, eine Entscheidung zu treffen. Der Saaldiener kam, sie wollte gerade aufstehen und »Ich geh schon« sagen, als er ihr eine Einladung übereichte.

»Komm hinter die Bühne, bitte!«, stand nur darauf, und Donna erhob sich, ließ sich zu Pedro führen.

Rote Rosen in der Garderobe. Zwei Gläser Champagner. Und ein Pedro, der sie in seine Arme nahm und ihr das Gefühl gab, endlich zu Hause zu sein.

»Der Brief, die Frau im Auto …«, stammelte Donna, als er sie küsste.

»Wir müssen reden, und das werden wir auch, aber nicht jetzt. Es gibt etwas Wichtigeres.«

Pedro legte ihr die Rosen in den Arm und führte sie aus der Garderobe. Sie gingen einen mit dickem Teppich ausgelegten Gang entlang, Donnas Kopf war ganz und gar leer. Die lange Fahrt, all die Gefühle – was immer nun geschehen würde, sie fühlte sich nicht mehr zurechnungsfähig. Sie war genau da, wo sie hingehörte, seit achtzehn Jahren, seit dem Anbeginn der Zeit. Wohin immer er sie führen würde, heute würde sie mitgehen. Was immer morgen auch sein mochte, heute war sie seine Frau.

Und deshalb sagte sie, als sie nun in die unfassbar prachtvolle Hochzeitskapelle eintraten, als er sich vor sie kniete, als ein Mann nach ihrem Ausweis fragte und als er sie vor Zeugen und vor Gott bat, seine Frau zu werden, deshalb sagte sie »Ja, ich will.«

Sie hatte in Deutschland sowieso keine rechtliche Grundlage, diese Ehe, das alles war nichts als eine romantische Geste, dachte sie. Sie musste, soweit sie wusste, in Deutschland bestätigt werden oder eben auch nicht, war es nicht so? Und dann, als er sie in sein Zimmer führte und sie in seinen Armen versank, dachte sie gar nichts mehr.

Am nächsten Morgen wachte sie völlig desorientiert auf. Pedro stand am Fenster und blickte in den Himmel.

»Guten Morgen, Klara«, lächelte er sie an – und es war, als wäre sie wirklich wieder von Donna zu Klara geworden, als wäre sie wieder der Mensch, der sie eigentlich sein sollte. »Kaffee?«

Sie nickte, und er schenkte ihr eine Tasse ein, brachte sie ans Bett. Er setzte sich zu ihr und strich über ihr Gesicht.

»Meine Erklärungen, willst du sie hören?«

Wieder nickte Klara.

»Der Brief – ich meinte ihn tatsächlich so. Ich brauche dich in deiner eigenen Energie, so, wie du geträumt wurdest … Und etwas an dir klang schief. Das tut es jetzt nicht mehr, jetzt spüre ich dich als das, was die große Göttin meinte, als sie dich schuf.«

Klara nippte am Kaffee.

»Und die Frau im Taxi?« Sie wappnete sich, indem sie zu atmen aufhörte.

»Meine Managerin. Die wichtigste Frau meines Lebens, aber nicht meines Herzens.« Er lachte und beugte sich über sie. »Hab ich dich endlich, ich bin überglücklich.«

Klara nahm einen tiefen Atemzug und lauschte in sich hinein. Nach dieser völlig verrückten Nacht brauchte sie einen Moment, um bei sich anzukommen. Sie stellte erstaunt fest, dass sie tiefer atmen konnte als je zuvor, eine innere Spannung war abgefallen. Und noch etwas – dieses Gehetztsein, dieses Gefühl, zu viel Seele zu haben, zu viel Energie, die sich irgendwie kanalisieren musste, war weg. Sie konnte sich tatsächlich einfach in diesem Bett entspannen und nichts tun.

»Ich auch«, sagte sie. Und es stimmte.

»Und jetzt?« Sie schaute ihn mit großen Augen an, überließ ihm die Entscheidung.

»Süße, es tut mir sehr leid, ich muss heute weiter, das war mein einziges Konzert in dieser verrückten Stadt, und ich habe nur zugesagt, weil es mich sehr gedrängt hat. Komm bitte mit, oder musst du nach Deutschland, um deine Angelegenheiten zu regeln? Du ziehst doch zu mir?«

Klara räusperte sich, trank den unterdessen kalt gewordenen Kaffee aus.

»Warte mal, wie meinst du das, meine Angelegenheiten regeln? Und wo wohnst du eigentlich, wohin würde ich denn ziehen?«

»Meine schöne Frau, ich bin stolzer Besitzer einer schnuckeligen Holzhütte direkt am Meer, nördlich von Eureka, fast an der Grenze zu Oregon. Da ist es nicht so überkandidelt wie im Süden von Kalifornien, da stehen riesige Bäume, und es gibt richtigen Wind. Es ist mir eine Ehre, mein Haus und mein Leben mit dir zu teilen. Und du, was willst du? Ich habe eine großartige Kollegin, sie kann dir Geigenunterricht geben, wenn es dir Freude macht. Du bist natürlich frei, zu tun, was immer du möchtest, als meine Frau darfst du in den USA arbeiten.«

Klara zuckte zusammen. Eureka. Dahin wäre sie heute fast gefahren. Und hätte ihn verpasst.

»Aber wir sind nicht richtig verheiratet, oder?!«, sagte sie und schaute aus dem Fenster. Schade eigentlich. Vage blitzten ihr Gedanken an Frederik durch den Kopf, an ihr Leben in Deutschland. Es schien bereits jetzt nicht mehr zu ihr zu gehören.

Pedro nahm ihre Hände.

»Liebste, ich bin seit ein paar Jahren amerikanischer Staatsbürger, damit ich meine Familie aus Brasilien herholen kann, falls es nötig sein sollte. Doch, wir sind verheiratet. Du bist meine rechtlich angetraute Frau. Möchtest du, dass wir unsere Ehe annullieren lassen? Das geht, das weißt du.«

Klara stand auf. Sie ging schweigend ins Bad, duschte lange und ausgiebig, wusch sich alle wirren Gedanken aus dem Kopf und die verworrenen Gefühle aus dem Herzen. Und als sie in einem viel zu großen weißen Hotelbademantel aus dem Bad kam, die feinen Haare zerzaust und nass, ungeschminkt und blass, da sagte sie: »Nein. Keine Annullierung. Ich geh mit dir. Ich muss nur einige Dinge regeln.«

Schon einmal hatte sie sich ruckartig entschieden, ihr Leben zu ändern, schon einmal hatte sie sich unsentimental wie eine Schlange gehäutet und war eine andere geworden. Jetzt, mit dreiundvierzig Jahren, wurde es Zeit, diese Neugeburt zu wiederholen. Diesmal hinein in ihr eigenes Leben. Sie zerschlug dabei eine Menge Geschirr, das war ihr bewusst. Einiges würde sie bewahren. Vielleicht.

16

Nachdem sie von ihrem Gang nach Canossa in Donnas Studio nach Hause kam, stürmte Gertrud sofort in Akashas Küche.

»Können wir Mutter Erde treffen, auch wenn ich nicht daran glaube?«, fragte sie atemlos.

»Sofort?«, fragte Akasha nur.

»Wenn wir Zeit dafür haben …«

»Nein. Wir müssen zu den Tieren. Aber das macht nichts. In der Kugel gibt es keine.«

Akasha füllte Tee in zwei große Henkeltassen und reichte Gertrud eine davon.

»Keine was?« Gertrud nahm die schwere Tasse.

»Keine Zeit. Gehen wir.«

»Was ist denn so dringend?«, fragte Akasha auf dem Weg durch die Tapetentür.

Gertruds Augen funkelten.

»Mir ist was klar geworden. Das, was mich die ganze Zeit so ankotzt … Entschuldige! Ich glaub, ich hab eine Art Auftrag.«

Etwas hatte sich verändert. Es war, als kehre, ohne dass sie danach gefragt hatte, ein Teil ihrer Kraft zurück. Gertrud fühlte sich lebendiger als je zuvor, ganz plötzlich. Seit sie in Donnas Studio um Vergebung gebeten hatte.

Sie durchquerten den Saal und nahmen am nun schon vertrauten Tisch Platz. Das weiße Kätzchen sprang auf einen der Stühle, Gertrud streichelte es nachdenklich.

»Wie rufen wir denn Mutter Erde, wie hast du das gemacht?«, fragte sie Akasha.

Auf einmal verschwamm ihr Blickfeld für eine Sekunde, und da, wo gerade noch das Kätzchen geschnurrt hatte, saß eine prachtvoll gekleidete Frau. Ach was, Frau. Eine afrikanische Göttin, tief dunkel, mit wilder Mähne und Gewändern in den leuchtendsten Farben. Türkis, Azurblau, Dunkelrot. Sie lächelte so breit, beinah amüsiert, dass sich Gertrud am liebsten in ihren ausladenden Schoß geschmiegt hätte.

»Du wolltest mich sprechen?«, fragte sie zur Begrüßung.

Und da verstand auch Gertrud endlich, wer dieses schnuckelige Kätzchen war, das ihr nachts Gesellschaft leistete. Sie riss die Augen auf.

Akasha gab ihr einen Stoß.

»Spuck's aus!«, sagte sie betont lässig.

Gertrud räusperte sich und schluckte.

»Gut. Ich sag ganz ehrlich, ich bin sauer. In der spirituellen Szene grassiert eine Tendenz, dich, liebste Erde, zu ignorieren und immer noch ein Mittelchen zu finden, noch ein Spray, noch ein Krafttier, noch eine Fluchtmöglichkeit. Sie flüchten dabei nicht zu Gott, nicht zu sich selbst, sondern in rosarote Welten, in denen alles kuschelig und liebevoll ist, in denen man nie wütend wird und wahrscheinlich auch nie kacken muss. Entschuldige, das ist mir nur so rausgerutscht.«

Akasha schlug stellvertretend für Gertrud die Hand vor den Mund. Himmel, war Gertrud wütend, wenn sie dermaßen vulgäre Ausdrücke nutzte, dachte sie.

Mutter Erde nickte heftig mit dem Kopf, ihre wilde schwarze Mähne wippte.

»Das sehen wir. Und wir sehen es mit Sorge. Es ist, als erschaffen sich die Menschen immer weitere Traumwelten, in die sie flüchten können, um sich nicht mit dem, was wirklich ansteht, beschäftigen zu müssen. Für eine Zeit ist das völlig in Ordnung, denn auf diese Weise entwickeln und verschalten sich gewisse Gehirnanteile. Es braucht diese Zeit der Erdenflucht, es ist, als zöge sich die Seele noch einmal zurück in ihr Reich, sie erforscht es bewusst und entscheidet dann neu, als Mensch auf der Erde anzukommen und mein Wesen bedingungslos anzuerkennen und anzunehmen. Versteht ihr, wenn ihr spirituelle Erkenntnisse nur dazu nutzt, um euer Leben hier ein wenig leichter und weicher zu machen, weil ihr meine Energie nicht ertragen könnt, dann seid ihr nicht richtig da. Wenn ihr nicht richtig da seid, dann nehmt ihr meine Geschenke und Schätze nicht an, und wir können nicht zusammenarbeiten, nicht zusammen erschaffen und die Welt gestalten. Ich bin hier, damit wir gemeinsam, eure Seelen und meine Schöpferkraft, das Wunder des Lebens, der Freude, der Fülle vollbringen können. Doch wenn du nur so ein wenig herumschwebst und mit dem Kopf in den Wolken bist, dann läufst du auf deiner Suche nach mir geradewegs an mir vorbei. Viele Menschen halten sich für geerdet, wenn sie sich vorstellen, Wurzeln in mich hineinwachsen zu lassen. Aber das stimmt nicht, es ist immer noch eine Vorstellung, findet in Sphären statt, in denen ich nicht in meiner vollen Kraft wirken kann. Das ist an sich nichts Schlimmes, aber Erdung ist es nicht.«

»Deshalb sind wir hier.« Akasha wirkte ungeduldig, sie zappelte mit den Beinen und setzte mehrfach an, um zu sprechen, traute sich aber nicht, Mutter Erde zu unterbrechen. »Es ist ein Konkurrenzkampf unter den Menschen entstanden, sie tun nichts anderes als das, was die großen Weltreligionen auch tun. Sie halten ihren Weg zu Gott oder zu sich selbst oder wohin auch immer für den wahren, richtigen, für den einzigen Weg, der funktioniert. Sie säuseln, dass sie nicht bewerten, dass jeder seinen eigenen Weg gehen darf, soll oder muss, aber in Wahrheit beäugen sie sich argwöhnisch und ängstlich, binden ihre Klienten an sich und werten andere Lichtwirkende ab. Lichtarbeiter nannten sie sich stolz und glücklich in den Neunzigern, das Wort wollen sie heute nicht mehr hören. Auch ›Esoterik‹ hat einen ganz und gar unangenehmen Beigeschmack bekommen, niemand will heute noch etwas mit ›Esoterik‹ zu tun haben. Das, worum es wirklich geht, ist unter Schichten und weiteren Schichten vergraben. Vielleicht hätte es besser eine Geheimlehre bleiben sollen. Jetzt ist es gar keine mehr.«

Gertrud meldete sich wie in der Schule.

»Genau das ist die Frage. Worum geht es denn überhaupt wirklich? Alle reden über ›die Essenz‹ und ›das Wesentliche‹, aber was soll das sein? Darf ich mal als Mensch was dazu sagen? All das, was über Engel, über Gott und auch über dich, Mutter Erde, gesagt wird, lässt sich nur dann umsetzen, wenn du Zeit und Geld hast, einigermaßen aussiehst und ein Dach über dem Kopf hast. Erleuchtung ist ein Luxusartikel. Wenn du den ganzen Tag schuftest wie verrückt, wenn du dich selbst grauenvoll findest, wenn du finanziell immer gerade so am Rande der Insolvenz balancierst, dann hast du weder Zeit noch Energie für ›die Essenz‹. Wenn dann jemand daherkommt und dir ein Spray oder einen Kristall anbietet, mit dem du dich angeblich besser fühlst, dann kommst du dir entweder total verarscht vor oder du wirst süchtig danach. Es braucht Zeit und eine gewisse Art der Fülle, um dich mit dir selbst zu beschäftigen, denn, bei aller Liebe, das Leben hier ist oft genug ein Kampf. Es gibt ein Wort, das so inflationär gebraucht wird, dass es mittlerweile nur noch nervt, und das ist ›Selbstliebe‹. Was soll das denn sein, Selbstliebe?«

Die drei schwiegen. Schließlich ergriff Akasha das Wort.

»Wenn wir uns nicht mal über die Ursache der Misere klar werden, wie können wir dann wirken?«

Die afrikanische Göttin schlug auf einmal auf den Tisch.

»Gott, sind wir einfallslos. Hier fehlt eine Kraft. Ich habe sie doch selbst gerufen, damit sie uns zur Seite steht, wie konnte ich das vergessen? Es gibt eine Kraft, die alle wirkenden Energien kennt und mit jeder dieser Energien zu tun hat. Gertrud, bitte erschrick nicht, das ist womöglich neu für dich.«

»Im Gegensatz wozu?«, fragte Gertrud, breitete die Arme aus, sah sich demonstrativ um und lachte.

Akasha schnippte mit den Fingern, und ein vierter Platz entstand, zwischen ihr und Mutter Erde. Kein Stuhl, eher eine feuerfeste Unterlage. Ein Brausen, heftiges Schnauben, eine so kraftvolle Präsenz, dass Gertrud die Luft aus sich heraus stieß. Silberperlmutt schimmernde Haut, Flügel, Zähne.

Ein Drache. Ihr genau gegenüber. Natürlich. Gertrud schüttelte den Kopf. Drachen. Sonst noch was? So langsam machte sich ihre Einbildungskraft ein bisschen sehr wichtig, oder?

»Ich bin ein Bild, entspann dich.«

Der Drache hatte eine überraschend sanfte Stimme. Er zwinkerte der Erde zu.

»Du bist weit mehr als das, aber wenn's hilft, okay, ein Bild.«

Akasha nickte dem Drachen zu.

»Was braucht ihr? Was braucht die Menschheit? Was fehlt?«, fragte die afrikanische Göttin.

Die Drachendame wiegte ihr Haupt.

»Nichts außer Mitgefühl«, sagte sie schließlich. »Die Menschen haben eine ungeheuer schwierige Aufgabe zu meistern. Sie bestehen aus Tausenden von widersprüchlichen Impulsen, die sie alle in sich organisieren und regeln müssen. Jeden Tag treffen sie Hunderte Entscheidungen aufgrund all dieser Impulse, und es braucht wahre Meisterschaft, zu wählen, welche Impulse in die Handlungen einfließen und welche nicht.«

»Ach ja? Und welche so schwierigen Impulse sollen das sein?«, fragte Akasha, die Katzengöttin Bastet, aggressiv. Gertrud dagegen fühlte sich seltsam berührt vom Mitgefühl des Drachen, noch nie hatte sie ihr Menschsein so betrachtet.

»Nehmt die Pubertät, die Zeit zwischen elf, zwölf und siebzehn oder achtzehn. Die Gehirnreifung ist im vollen Gang, aber unkoordiniert, beängstigend. Die Hormone schießen durch den Körper, bilden starke Handlungsimpulse, aber das Vorderhirn, mit dem die Impulse geregelt werden, ist noch eine einzige Baustelle. Was ist die Folge? Extreme Angepasstheit, extremes Ausgrenzen all derer, die anders sind. Und warum? Weil diejenigen in einer Herde am meisten gefährdet sind und außerdem die Aufmerksamkeit der Feinde erregen, die sich nicht konform verhalten. Fressfeinde haben es schwer, einzelne Tiere in der Herde auszumachen und erfolgreich zu jagen, wenn die Tiere eine homogene Masse bilden, Kranke, schwache oder junge Tiere aber verhalten sich anders, stolpern, sind langsamer, verschmelzen eben nicht mit der Masse. Die gefährden die gesamte Herde. Die Jugendlichen wissen das nicht. Aber ihr Stammhirn. Deshalb beißen sie jeden aus der Herde, der sich anders verhält, denn er gefährdet die ganze Gruppe. So unsinnig das auch ist, für das Gehirn ist es vollkommen logisch, ein Teil der Entwicklung. Gleichermaßen wird der Ruf nach Individualität laut, sie sollen entscheiden, was sie später einmal lernen wollen, wohin sie sich entwickeln wollen. Versteht ihr? Ein kleines Beispiel des Konfliktes, in dem sich die Menschheit befindet. Es gibt diese innere Spaltung zwischen dem Forscher, der neugierig ist und die Welt erkunden möchte, und dem Bewahrer, der seine Kartoffeln pflanzen und die Tür hinter sich zumachen, in Sicherheit leben will. Das wäre kein Problem, aber jeder trägt beide Impulse in sich, sie sind im Gehirn angesiedelt. Ihr seht, das Menschsein ist äußerst schwierig, denn es gibt unfassbar viele verschiedene Energien zu meistern und unter einen Hut zu bringen. Und so brauchen die Menschen Mitgefühl, und zwar unseres. Und ebenso das ihrer eigenen Seele.«

»Und das sagt ein Drache, eines der Wesen, dem der Mensch das Herz herausgerissen und den es im Dienst am Tod und der Zerstörung geopfert hat?«

Akashas Augen glichen lodernden Schlitzen.

»Du weißt davon?« Der silberne Drache wandte ihr den Kopf zu.

»Ich weiß alles.« Sie funkelte ihn an. »Muss ich auch Mitgefühl mit ihnen aufbringen, wenn sie Tiere quälen?

Oder abschieben, weil sie zu alt werden? Ganz ehrlich? Ich hasse Menschen. Ich kann's nicht anders sagen. Ich will mit dieser grauenvollen Spezies nichts zu tun haben, Ausnahmen gibt's natürlich.«

Sie legte Gertrud eine Hand auf den Arm, diese legte ihre Hand darauf und drückte ihre Finger.

»Es tut mir so unendlich leid«, sagte Gertrud leise und senkte den Kopf.

Akasha schien die Ohren zu spitzen, auch wenn das natürlich unmöglich war.

»Ist angekommen«, sagte sie. »Aber das nützt nur etwas, auch wenn du dich stellvertretend noch tausend Mal entschuldigst, wenn es irgendwann, und zwar bald, aufhört. Die große Tierseele steht zur Verfügung, damit all die menschlichen Seelen ihre Erfahrungen machen können. Aber irgendwann, und das ist genau jetzt, muss Schluss sein.«

»Wozu dienen eigentlich all diese Erfahrungen?« Mutter Erde, diese wunderschöne Frau, schaute den Drachen an. »Was soll das? Wie viel Leid und Schmerz müssen sie sich noch gegenseitig und all den anderen Wesen zufügen, bevor sie – ja, was eigentlich? Was wollen sie denn erfahren?«

Alle schauten Gertrud an. Diese blickte verständnislos um sich. Dann bemerkte sie, dass alle auf eine Antwort warteten. Sie schreckte hoch.

»Ich weiß das nicht, wie kommt ihr denn darauf? Ich hab manchmal das Gefühl, meine eigene Seele hat total vergessen, dass es mich gibt, dass ein Teil von ihr hier herumkraucht und irgendwie klarkommt, aber mehr auch nicht. Nein, das klingt selbstmitleidig, so meine ich es nicht. Was weiß ich, was wir erfahren wollen. Wenn's jemand rausfindet, sagt Bescheid.«

Mutter Erde schloss die Augen, lauschte in sich hinein. Schließlich begann sie zu sprechen, es war, als kämen ihre Worte direkt aus ihrem Herzen.

»Die Erfahrung, die euch dieser Erlebensraum, dieser Planet, diese Dimension ermöglicht, ist folgende: Deine Energien, deine Absichten, deine Handlungen, deine Gedanken und alles, was du bist, ob bewusst oder unbewusst, haben eine Konsequenz, erschaffen ein anhaltendes Muster. In den anderen Dimensionen löst sich all das, was du erschaffst, sofort wieder auf, es zerfällt sehr rasch, hat keine Konsequenz, keine andauernde Wirkung. Einen kurzen Nachhall vielleicht, der leichte Auswirkungen auf die nachfolgenden Energien hat, aber nichts von Dauer. Das Echo deiner Schöpfungen ist kurz und hat keine echte Auswirkung. Hier aber ist aus diesem rasch verklingenden Echo Karma geworden, hier kristallisieren sich deine Energiemuster aus, bilden die Handlungsgrundlage für andere, verhärten, werden real. Wirken sich auf das nächste Leben aus. Stell dir vor, du malst ein Bild. In einer anderen Dimension verblasst es rasch wieder, es verändert die Grundenergien nicht nachhaltig, auch dich selbst nicht. Du brauchst keine Verantwortung für das zu tragen, was du erschaffen hast, weil es auf der Stelle wieder verschwindet. Du schaust es an, und schon ist es wieder aufgelöst, als hätte es nie existiert. Es tritt nicht mit anderen Energien in Wechselwirkung, dazu ist es viel zu rasch wieder verschwunden. Hier aber hat alles, wirklich alles, was du tust, denkst, fühlst und beabsichtigst, eine starke Auswirkung. Der Sinn ist, sich die Energien anzuschauen und ihre

Konsequenzen zu erfahren, und natürlich geht es darum, Bewusstsein über das Erschaffen zu erlangen. Wenn deine Schöpfungen keine Auswirkungen haben, dann spielst du damit herum. Du baust eine Sandburg, und im nächsten Moment kannst du sie wieder löschen, als wäre sie nie da gewesen. Es hat keine Auswirkung auf den Sand, versteht ihr, die Form löst sich sofort wieder auf. Aber als Mensch baust du keine Sandburgen, sondern deine Absichten und Energien werden in Stein gemeißelt, wirken, sind für alle sichtbar und haben weitreichende Auswirkungen. Das ist eine ungeheure Herausforderung und erfordert sorgsames, bewusstes Abwägen dessen, was du erschaffst! Für die Seele, die mit allem verbunden ist und keine eigenständigen Impulse abgibt, sondern in einem Lichtgitternetz wirkt, ist das eine zutiefst verstörende Erfahrung, denn sie erlebt sich selbst in der Materie. Als Ursache von etwas. Verantwortlich. Du wirst plötzlich in die Pflicht genommen, bist ein Einzelwesen, das unabhängig von allem anderen zu funktionieren scheint. Einige höchst arrogante geistige Wesenheiten nennen das Leben auf der Erde für eine Seele ›Kindergarten‹. Es ist das Gegenteil. Es ist die größte Herausforderung, der du dich als Seele stellen kannst, die mutigste, kühnste. Du schaust deiner eigenen Energie mitten ins Gesicht, ohne aussteigen zu können, du musst zu Ende führen, was du begonnen hast, es ist wie eine Meisterklasse, die du durchläufst. Der einzige Weg, die Form wieder zu zerschlagen, ist der Tod. Weil die Form aber so auskristallisiert, so real wird, eine eigene Schwingung bekommt und damit eine eigene Dynamik, ist dieser Tod oftmals schmerzhaft, das Loslassen schwer. All das gehört zu den Konsequenzen des irdischen Erschaffens.«

Gertrud schwieg, auch der Drache und Akasha blieben stumm.

»Kein Wunder, dass viele Menschen ihre Gedanken und Absichten wie verrückt kontrollieren und voller Angst vor den Auswirkungen sind, wie Kinder, die Strafe fürchten«, sagte Gertrud schließlich.

»Oder mit ihren eigenen Handlungen und deren Konsequenzen nichts zu tun haben wollen«, knurrte der Drache.

»Glaubt ihr, die Seele wusste, worauf sie sich einließ?«

Tränen traten in Gertruds Augen, mehr denn je sehnte sie sich auf einmal nach einem Zuhause, was immer das auch bedeuten sollte.

»Nein. Kann sie gar nicht. Sie weiß ja nicht, wie es sich anfühlt, ein Mensch zu sein, woher auch. Deshalb bist du hier, um genau das zu erfahren.«

Akasha legte eine Hand auf Gertruds Arm, so tröstlich, dass sich diese tatsächlich beruhigte.

»Erschaffen wir uns deshalb so unmögliche Umstände, weil die Seele nicht weiß, wie sich das anfühlt?«

Der silberne Drache hob den Kopf.

»So scheint es, ja, wir Drachen sehen das so. Eine Seele kann nicht fühlen. Und deshalb kann sie auch nicht mitfühlen, nicht mal mit dem Menschen, der sie selbst ist. Zumindest noch nicht. Ihr Menschen habt ein falsches Bild von eurer Seele, sie ist nicht liebevoll und zart, sondern kann sehr wohl äußerst grausam wirken. Sie ist es nicht, sie ist nichts davon. Sie ist eine Forscherin. So, wie ihr auf der Erde dazu neigt, ohne Rücksicht auf die Folgen zu forschen, immer neue Möglichkeiten erschafft, die Erde auszubeuten, so geht auch eure Seele mit dem Menschen, der ihr seid, um. Ohne Mitgefühl, immer wieder schickt sie euch ins Feld der Erfahrungen. Man könnte meinen, sie lernt mal was, aber genauso wie ihr Menschen ist auch eure Seele ziemlich widerstandsfähig, wenn es um die Verarbeitung von Informationen geht.«

»So seht ihr das? Aber dann bin ich ja ganz allein hier!«

Gertrud war so erschüttert, dass sie hier, in ihrem eingebildeten Raum mit den eingebildeten Wesen um sich herum, die Hände vor ihr Gesicht schlug und zu weinen begann. Lärmend wie ein Kind. Auf einmal streifte sie ein warmer Hauch. Silbern schimmerndes Licht, als schiene der Mond geradewegs in ihr Gesicht.

»Wir sehen euch. Wir sind hier, und wir sehen euch.«

Grüne, mitfühlende Augen in einem Drachengesicht: Mann, war ihr Gehirn gut, dachte Gertrud. Dann durchfuhr sie ein Schreck.

»Welche Herzen haben wir euch rausgerissen, und wann war das?«, fragte sie. Das hatte sie sich nicht eingebildet, denn davon hatte sie noch nie gehört.

Die Drachendame seufzte und blickte zu Mutter Erde.

»Erzähl deine Geschichte, es hängt alles zusammen«, ermutigte diese den Drachen.

»Einst waren wir liebevolle, heilende Wesen, euch auf der Erde zur Seite gestellt. Wir verkörperten die Schöpferkraft. Gemeinsam wollten wir das Leben auf der Erde zum höchsten Licht führen, das pure Glück verwirklichen. Doch auch wir wussten nicht, was es bedeutet, in der Materie zu sein. Wir wussten nicht, dass eure Seelen gar nicht daran interessiert waren, höchstes Glück zu verwirklichen, sondern dass sie Forschende sind, sich selbst erfahren wollen. Eure Seelen sind so voller Liebe zur Schöpfung, dass sie bereit waren, immer wieder die schwierigsten Erfahrungen zu machen, um die Wirkungsweisen von Energien zu erforschen. Das höchste Glück zu verwirklichen – wir wussten gar nicht, was das hier auf Erden ist, denn wir kannten das Menschsein genauso wenig wie ihr. Wie kann man Glück definieren, wenn man die Bedürfnisse nicht kennt? Und so schlossen wir einen Pakt mit euch Menschen. Wir lieben euch so sehr, und ihr seid so unendlich bereit, euren Seelen und der Schöpfung zu dienen, dass wir entschieden, mit euch durch jede, wirklich jede Erfahrung hindurchzugehen und euch in jedem Leben, das ihr führt, zur Seite zu stehen. Immer niedriger wurden die Schwingungen, in die ihr euch hinabwagtet, und wir konnten nur bei euch bleiben, wenn wir unser eigenes Licht drosselten. Wenn ihr Menschen entschiedet, für eine Weile den dunklen Weg zu gehen, an der Seite Luzifers, um auch zu lernen, mit diesen Energien umzugehen, um sie zu erforschen und eurer Seele darüber Bericht zu erstatten, dann würden wir euch begleiten. Doch dazu mussten wir unsere Herzen, diese riesigen, unermesslich leuchtenden Drachenherzen, abgeben. Sie sind einfach zu hell, ihr hättet die Erfahrung von Dunkelheit nicht machen können, solange unsere Drachenherzen euch den Weg wiesen. Wir berieten uns mit euch, und jeder von euch musste eine bewusste Entscheidung treffen. Damit wir Drachen bei euch bleiben konnten, musstet ihr die Engel rufen, die uns alle immer begleiten, und ihnen unser Herz in die Hände legen, damit sie es hüten. Sie bewahren unser Licht, bis ihr, die Menschen, den dunklen Weg zu Ende gegangen seid. Unser Herz in den Händen der Engel ist eure Reißleine zurück ins Licht, der Anker. Denn wir alle wussten, wenn wir uns gemeinsam in die Dunkelheit begeben, dann brauchen wir jede Hilfe, die wir nur bekommen können, jede Erinnerung, jeden Rettungsring. Wir haben gesehen, wie sehr sich Luzifer in der Dunkelheit verfangen hat, anders ging es nicht, denn sonst wäre die Dunkelheit nicht wirklich dunkel. Versteht ihr? Ihr seid die mutigsten Seelen des ganzen Universums. Ihr geht dahin, wohin sich sonst niemand traut. Es gibt, da hat Mutter Erde sehr recht, Wesenheiten im Universum, die euch geradezu dafür verachten. Sie verstehen nicht, dass ihr den allerhöchsten Dienst tut, den je eine Seele der Schöpfung erwiesen hat. Aber das macht nichts, wir sind bei euch, immer. Doch wir sind teilweise sehr dunkel geworden, wir sind die Krafttiere des Krieges, der Vernichtung, der schrecklichsten Verbrechen. Weil wir euch lieben. Weil wir euch immer, wirklich immer, zur Seite stehen. Doch ihr habt vergessen, dass die Engel noch immer unsere Herzen hüten und wir unser Licht nur dann wieder in vollem Maße erlangen können, wenn ihr sie ruft und uns die Herzen zurückgebt.« Nun rannen Tränen aus den grünen Augen. »Einige von euch Menschen haben vergessen, dass sie überhaupt einen Drachen haben. Sie wollen mit uns nichts zu tun haben, haben Angst vor uns. Es lungern herdenweise ungehütete, dunkle Drachen im Äther herum, ähnlich wie die Jugendbanden in euren Großstädten. Wesen, mit denen keiner mehr etwas zu tun haben will. Sie machen sich selbstständig und schüren das Feuer der Zerstörung. Die ungehüteten Drachen selbst können ohne einen Menschen nichts bewirken, aber sie verstärken die Angst, den Hass, die Entfremdung, verbreiten Dunkelheit. Meine Kinder brauchen euch. Je weiter die Menschen ihren spirituellen Weg gehen, so sieht es zumindest im Moment aus, desto mehr vergessen sie die dunklen, ungehüteten Wesenheiten, weil sie sich immer neue Lichtwesen rufen. Sie wollen mit ihren ursprünglichen Begleitern nichts mehr zu tun haben.« Jetzt begann sie tatsächlich zu weinen.

Gertrud wusste gar nicht, wohin mit all ihrem Mitgefühl.

»Was brauchst du, was kann ich tun?«, fragte sie. »Ich bin ein Mensch, kann ich stellvertretend für alle wirken?«

Mutter Erde legte ihre Hand auf Gertruds Arm. Es war die schönste, wärmste Berührung, die sie je erlebt hatte.

»Ja, das kannst du. Wenn du mutig bist. Und nur du kannst es. Denn nur du bist von uns allen hier wirklich ein Mensch, nur du hast vergessen und bist dadurch den ganzen Weg gegangen.«

»Was soll ich tun?«

Gertrud griff nach links und rechts, hielt auf einmal die Hände von Akasha und der wundervollen dunkelhäutigen Göttin.

»Wenn du sicher bist, dass du das willst, dann komm mit mir«, sagte der Drache. »Ich behüte dich.«

Gertrud nickte. Sie war sicher wie nie zuvor in ihrem Leben.

Sie schloss die Augen, und auf einmal brauste es, der Wind pfiff ihr um die Ohren, und sie fühlte sich lebendiger als je zuvor. Sie saß auf dem Rücken des Drachen, sie zischten durch die Lüfte, und Gertrud, die nun endgültig aufgegeben hatte, darüber nachzudenken, was real war und was nicht, jauchzte vor Freude.

Doch das Jauchzen verging ihr schnell. Denn auf einmal – Drachen, wohin sie schaute. Feuer speiende, gefährliche Wesen. Grollend und schwarzen Qualm ausstoßend. Die Luft wurde zum Schneiden dick, als sie zur Landung ansetzten. Gertrud versuchte, sich zwischen den silbernen Flügeln zu verstecken, doch die Drachen hoben ihre Nüstern. Die Drachendame stellte ihre Flügel auf, um Gertrud zu verbergen. Die großen Schwingen glitzerten trotz des schwarzen Nebels.

Und auf einmal bekam Gertrud Angst, Todesangst. War sie denn noch zu retten? Noch nie war sie sich dermaßen verletzlich vorgekommen, schwach, so klein. Ein Feuerstoß, und sie wäre tot. Sie begann zu zittern, der silberne Drache spürte es.

»Ruhig, ich passe auf dich auf«, hörte Gertrud sie denken. »Konzentriere dich auf dein Mitgefühl, sie spüren dich. All diese Drachen leben ohne Herzen, sind ausgestoßen. In gewisser Weise sind sie wie die Tiere auf eurem Hof.«

Und auf einmal erinnerte sich Gertrud an den kleinen, sandfarbenen Hund, der ihr seit dem gemeinsam verbrachten Abend nicht mehr von der Seite wich. Sie atmete in ihr Herz und sandte Wellen von Mitgefühl in die Herde.

Ein nicht allzu großer Drache, so brennend rot, dass es in den Augen schmerzte, flatterte auf und landete genau vor ihnen. Er richtete sich auf, dunkelgrauer Rauch quoll aus seinen Nüstern.

»Wir brauchen dein beschissenes Mitgefühl nicht. Verpiss dich!«, grollte er, und Gertrud sank in sich zusammen. Natürlich nicht, was hatte sie sich nur gedacht?

»Hör nicht auf ihn. Herzlich willkommen, meine Schöne.«

Ein alter Kämpfer, vernarbt und unansehnlich, landete

neben dem Roten. Er verneigte sich vor der silbernen Drachendame und stupste den Roten an.

»Das ist unser aller Drachenmutter, du Stoffel, zeig ein bisschen Respekt!«

»Aber sie hat einen Menschen mitgebracht, ich kotz gleich.« Der Rote scharrte mit einer Vorderklaue und kratzte die Erde auf. Plötzlich wurden seine Augen groß. »Ist das etwa mein Mensch?«, wisperte er. Und dann: »Ich will keine Frau!« Der Qualm, der ihn umgab, wurde noch dunkler.

Der Alte lachte, weißlicher Rauch quoll aus seinem Maul.

»Was können wir für dich tun?«, wandte er sich an die Silberne. Diese bereitete nur ihre Flügel aus, Gertrud wurde sichtbar.

»Du bist ein Mensch. Du bist ein Seelenwesen, und du bist in Kontakt mit allen Energiewesen, die hier auf Erden wirken können. Walte deines Amtes. Du weißt, was zu tun ist«, hörte Gertrud auf einmal eine Stimme, so laut und deutlich, als trüge sie Kopfhörer. Sie stand auf, balancierte auf den Schuppen. Sie fühlte, wie eine große, unbekannte Kraft sie durchströmte. Wie von selbst formten sich die Worte, die ihre Lippen verließen.

»Aus tiefster Seele bitte ich euch um Vergebung für das, was euch die Menschen angetan und zugemutet haben. Ich rufe eure Engel, jetzt, ich rufe die Engel, die eure Herzen hüten. JETZT. Bringt den Drachen ihre Herzen zurück.«

Und dann – Licht. Die Drachen hoben die Köpfe, waren wie gebannt. Sogar der Rote konnte nicht anders, als seine stachelige Haltung aufzugeben, widerstrebend ließ er sich beeindrucken. Zarte Lichtschleier in allen Farben, hellster

Schimmer. Gertruds Herz klopfte bis zum Hals. Da waren sie, das waren Engel. Jenseits aller Vorstellungskraft. Tiefviolette Lichterscheinungen, funkelndes und glitzerndes Gold, wie tausend Regenbogen, Polarlichter und Sonnenuntergänge gleichzeitig, der Himmel war ein einziges Farbenspiel.

»Ich bitte euch, findet eure Drachen, und gebt ihnen ihre Herzen zurück, es wird Zeit!«

Woher auch immer sie den Mut nahm, die Engel zu befehligen, es war ihre Aufgabe. Das tiefviolette Licht kam auf sie zu, umfing sie, durchdrang sie. Sie spürte, dass sie größer wurde, machtvoller, ermächtigt geradezu. Und dann geschah ein Wunder.

Strahlende Herzen, lichtvoll, unvorstellbar groß, schwebten herab. Die schmutzige, zynische Drachenherde erhob sich gleichzeitig wie ein lumpiger Schwarm, flog mitten hinein in die leuchtenden Herzen. Die Engel dirigierten die Drachen, sorgten dafür, dass jeder sein Herz fand. Auf einmal Schreie, Feuerstöße, tiefes Stöhnen, dann Stille. Vor Gertruds Augen verwandelten sich die Drachen, wechselten die Farbe, wurden schön, friedlich und sanft, vollständig. Ein summender Ton durchzog die Lüfte, heilsam und berührend, die Drachen selbst erzeugten ihn. Die Engel verschmolzen mit ihren Drachen, füllten sie vollständig aus, gaben ihnen all die Informationen, die ihnen fehlten, all das Wissen, das sie in den Jahrhunderten des Herumlungerns verloren hatten. Die Drachen begannen, von innen heraus zu leuchten, der Schmerz und die Verlorenheit fielen von ihnen ab, und ihre Augen begannen zu glänzen. Aus der zerlumpten Drachenbande wurde eine Heil bringende Herde, einfach so, weil sie ihre Herzen zurückbekommen hatten. Die Engel lösten sich nach und nach wieder aus ihren Drachen, stiegen auf, das Farbenspiel verblasste, so, wie ein Regenbogen verschwindet. Die Drachen landeten sanft. Genau vor Gertrud. Alle schauten sie an, und Gertrud, die sich schon wieder zusammenkauern wollte, fühlte ihre unermessliche Dankbarkeit. Wie eine Welle strömte diese in Gertruds Herz und löste auch ihre eigene Verlorenheit auf. Ein alter, riesiger Drache kam auf sie zu, er hielt etwas in den vorderen Klauen.

»Es ist mir eine Ehre, eine wahre Ehre, dir dein eigenes Drachenherz zurückzugeben«, sagte er. Ein Feuerstoß, ein kurzes Brennen in ihrer Brust. »Wir haben es für dich aufbewahrt. In unseren eigenen Herzen. Denn was ihr nicht wisst – die Engel bewahren unsere Herzen, wenn wir der Dunkelheit dienen. Aber wir hüten eure. Denn auch ihr müsst eure Herzen abgeben, um mit Luzifer zu tanzen. Wir halten eure Drachenherzen in unseren.«

Er glitt wieder in die hinteren Reihen zurück.

»Und wer gibt Luzifer sein Herz zurück?«, flüsterte Gertrud sehr leise, doch auch der letzte Drache in der letzten Reihe hörte ihre Frage.

Plötzlich war die gesamte Gegend in das silbrigste Mondlicht getaucht, das Gertrud je gesehen hatte, so magisch, so zauberhaft, dass sie die Lichtfunken prickelnd auf ihrem Körper spürte. Ihre Seele atmete auf, ihr Herz öffnete sich, und auch wenn es vollkommen verrückt klang, fühlte sie sich endlich wieder vollständig. Ihre Seele kehrte zurück, irgendwie, auch wenn sie es nicht benennen konnte, etwas strömte in sie hinein, und auf einmal erinnerte sie sich an ihre Träume, an ihre ehemaligen Ziele. An sich selbst, an das, was sie war, bevor Klara ihr … was eigentlich? Sie hatte es vergessen. Sie war auf einmal wieder sechzehn, sie standen im Flur, Frederik murmelte etwas von »falscher Schwester«, doch Klara lachte nur und schob ihn in Gertruds Arme zurück. Kurze Erinnerungsblitze durchzuckten sie, etwas in ihr wurde zurechtgerückt. Und schon war es wieder vorbei, Gertrud stand auf dem Rücken des nun von innen gleißend hell leuchtenden Drachen.

Die Drachendame neigte den Kopf.

»Das bin ich. Wenn der letzte Mensch aufhört, Luzifer um Kraft für seine dunklen Machenschaften zu bitten, dann gebe ich ihm sein Herz zurück, und er wird zu dem, was er einst war, der am hellsten strahlende Engel an der Seite Gottes. Bis dahin hat er unser ganzes, tiefstes Mitgefühl für den Weg, den er aus Liebe zur Schöpfung geht, so, wie wir alle.«

Das wird niemals passieren, durchfuhr es Gertrud, und auf einmal wurde sie so schwer, dass sie am liebsten hundert, ach was, tausend Jahre lang schlafen würde. Ein Gedanke blitzte auf, zwingend, sie musste ihn aussprechen, auch wenn er respektlos klang.

»Geht das wirklich nur so? Können wir ihm sein Herz nicht stückweise zurückgeben, verstehst du, das muss doch vielleicht nicht ganz oder gar nicht sein! Denn ganz ehrlich, wenn Luzifer davon abhängig ist, dass auch der letzte Idiot versteht, dass man die Dinge auch anders regeln kann als mit Macht und Angst, dann hängt er da unten fest. Aber es gibt doch so viele Menschen, die sich bewusst dafür entscheiden, in Liebe zu leben, ihre Macht und Schöpferkraft im Dienst am Leben zu nutzen. Können die denn gar nichts bewirken, ihn zumindest ein Stückchen an den Engel erinnern, der er einst war?«

Die Drachen rissen die Augen auf und stießen unterschiedlich farbige Rauchwolken hervor. Schwarze waren nicht dabei.

»Wie meinst du das? Stückweise?« Der rote Drache wagte, diese Frage zu stellen.

Gertrud setzte sich im Schneidersitz zwischen die Flügel der silbernen Drachendame, deren Schuppen wie ein See im Mondlicht glitzerten.

»Ich sage euch, wie ich das verstehe und sehe, als Mensch. Bei uns gibt es niemals nur entweder-oder, es sei denn, es geht um den Tod. In dem Leben, das wir führen, müssen wir immer wieder Lösungen finden, eine Art Kompromiss, der aber einfach nur ein weiterer Baustein für die echte Lösung ist. Oder sein sollte. So viele Menschen versuchen, ganz bewusst in Liebe zu leben, und auch wenn ich sie manchmal unerträglich albern finde und glaube, dass sie nur Zuckerguss über ihre Wut und Angst kippen, so sind sie doch auf dem Weg. Sie wollen zumindest in Liebe leben. Ihre Absicht hat sich geändert, und das sollte doch auch etwas bewirken, oder? Bei allem, was ich unterdessen über Energien und Wirkungen weiß, so ist doch die Absicht, die wahre, unbewusste, eine echte Kraft, oder?«

Die Drachen nickten, ja, natürlich, die wahre Absicht, ob bewusst oder in der Tiefe wirkend, erschuf das Karma. Denn die wahre Absicht zeigte, wes Geistes Kind ein Mensch war, so hatte es irgendein Dichter ausgedrückt. Natürlich spielten auch die Handlungen auf der Erde eine entscheidende Rolle, der gelebte Ausdruck der inneren Haltung.

»Wenn nun«, fuhr Gertrud so selbstsicher fort, als würde sie jeden Tag als Fürsprecherin Luzifers vor Drachenherden sitzen, »wenn nun die Menschen, die aufwachen und ihr eigenes Licht suchen, wenn diese Menschen nun zu Luzifer gehen und ihn an den Engel erinnern, der er ist – was würde dann passieren?«

Die Drachen schnaubten, der Rauch wurde dunkel. Ein ehemals sehr zerlumpter, nun in mattem Kupfergold glänzender Drache schob sich nach vorn. Selbst der silberne See, auf dem Gertrud saß, wurde stumpf.

»Und wer soll das sein? Die Menschen, die ich kenne, wollen mit Luzifer entweder absolut nichts zu tun haben, oder sie beten ihn an und nutzen seine Kraft. Dadurch wird er noch dunkler. Wer sollte auf die Idee kommen, ihn erlösen zu wollen?«

»Wie viele brauchen wir denn?«, fragte Gertrud.

Die Drachen schauten sich um, doch niemand konnte diese Frage beantworten, natürlich nicht.

»Im Märchen ist es immer nur einer …« Die Silberne begann wieder zu strahlen. »Ein Mensch, der in Liebe, mutig und kühn, daherkommt, kann ganze Königreiche erlösen. Warum nicht auch Luzifer?«

Alle schauten Gertrud an, und diese nickte. Doch plötzlich wurde der Himmel schwarz.

»Halt!«, grollte eine Stimme, und nur weil sich Gertrud auf einmal erinnerte, dass sie sich all das sowieso nur einbildete, fiel sie nicht in Ohnmacht. »Es braucht zwei. Das Vertrauen zwischen zwei Menschen ist die wichtigste Kraft. Nicht die Liebe. Liebe ist die Grundlage. Aber nur das Vertrauen zueinander gibt euch den Mut, etwas Gemeinsames zu erschaffen, etwas Größeres zu bewirken.«

»Na dann …« Gertrud ließ den Kopf hängen, da war doch absurd. Singles konnten nichts ausrichten, was sollte das denn für ein albernes Universum sein? Dann hob sie den Kopf. »Und warum? Ich bin allein hergekommen, den Drachen konnte ich doch auch helfen!«

Das wollte sie doch mal sehen, ob sie nicht auch Luzifer erlöst bekam. Das violette Licht in ihrem Inneren verblasste.

»Es braucht zwei. Einer, der hinabsteigt, und einer, der das Licht hält, falls sich der Hinabsteigende verirrt. Ihr klettert ja auch nicht allein auf einen Berg, wenn ihr nicht komplett verrückt seid. Ein wenig Demut stünde dir ganz gut an.«

Gertrud hob die Augenbrauen. Wer auch immer mit ihr redete, welchen Ton erlaubte er sich denn?

»Es braucht zwei. Und weißt du, warum? Weil du ihn nur erlösen kannst, wenn du seine Macht respektierst. Alles andere wäre Hochmut. Und Hochmut, meine Liebe, Hochmut ist ein gefundenes Fressen für ihn. Du kannst ihn nur erlösen, wenn du ihm seine Spielchen und die Unklarheit nicht glaubst. Denn bei allem Respekt, er ist nicht gerade scharf drauf, erlöst zu werden. Das Dunkle in ihm will bleiben, es will fortbestehen wie jedes Dunkle, und er wird alles tun, um dich zu entmutigen, zu entmachten und dich zu verschlingen. Es hat seinen eigenen Sog. Auch das Dunkle hat ein Bewusstsein und will, wie alles, weiterleben. Du kannst einfach nicht sicher sein, dass du dein Licht halten kannst, wenn du vor ihm stehst, denn du hast es noch nie erlebt. Deshalb brauchst du eine Sicherheitsleine nach oben und einen Menschen, dem du vertraust, am anderen Ende. Einfach aus Respekt vor seiner Macht und auch aus Liebe zu dir selbst. Die Hölle, um es mal so auszudrücken, die Hölle ist voll von Menschen, die dachten, sie könnten allein die Welt retten. Hochmut. Eine der echten Sünden, weil sie die Gesetze der Schöpfung nicht respektiert.« Die klare Stimme in ihrem Kopf, die vom silbernen Drachen auszugehen schien.

Gertrud schwieg. Dann konnte sie hier nichts weiter ausrichten. Hochmut – stimmte das? Nein. Sie wusste es bis jetzt einfach nicht besser. Hochmut begann, wenn man wider besseres Wissen glaubte, alles allein zu schaffen und niemanden zu brauchen. Wenn man glaubte, die Gesetze des Lebens ließen sich austricksen. Ein fataler Irrtum. Sie sank in sich zusammen, war auf einmal todmüde. Doch nun scharten sich die Drachen um sie.

»Hilfst du uns, unsere Menschen zu finden? Damit wir ihnen ihre Drachenherzen zurückgeben können?«, fragte der Rote, der nun geheimnisvoll leuchtete, beinah – aber das würde ihm keiner sagen, ganz sicher nicht – rosenrot. Die anderen konnten kaum den Blick abwenden, so intensiv schimmerte er, wie das Innerste der schönsten Rose. Auch das würde er natürlich niemals erfahren.

»So gern ich würde – ich weiß nicht, wie … Aber ich werde tun, was immer mir einfällt. Wenn das meine Aufgabe ist, dann werde ich auch erfahren, wie ich eure Menschen rufen kann.« Dann kam ihr eine Idee, eine Hoffnung, ihr Herz begann, wie verrückt zu schlagen. Warum hatte sie nicht längst daran gedacht? »Hab ich auch einen Drachen? Bist du mein Drache?« Sie wandte sich an die Silberne, konnte das kaum glauben.

»Nein, ich bin die Mutter aller Drachen, ich gehöre zu

keinem Menschen oder zu allen. Aber du kannst ihn rufen, so einfach geht das.«

Gertrud stand wieder auf, ihre Knie und Hände zitterten vor Angst. Was, wenn sie gar keinen Drachen hatte? Oder wenn er sie nicht mochte? Sich versteckte? Doch hatte nicht einer der Drachen ihr gerade ihr Herz zurückgegeben?

»Ich rufe – ich rufe meinen Drachen!«

Kläglich klang ihre Stimme, sie räusperte sich, krächzte. Rief den Satz noch einmal, lauter, aber nicht sehr. Doch auf einmal leuchtete etwas in den hinteren Reihen auf. Die Herde teilte sich, der alte Kämpfer, der Vernarbte, der die Geschichten hütete. Der ihr das Herz zurückgegeben hatte. Sein nun strahlendes Weiß blendete sie beinah, als er vor sie trat. Gertrud schaute in eines seiner Augen und versank darin. Ein schimmernder See, nilgrün, so weise, so sanft, dass sie auf einmal in Tränen ausbrach. Noch nie hatte sie eine derartig innige Verbundenheit und Liebe gespürt, nicht mal zu ihrer Schwester. Sein Hals war zu mächtig, ihre Arme reichten nicht herum, doch sie umklammerte ihn wie einen Baum, legte ihre Wange an seine Schuppen, spürte die warme Glätte. Die Schuppen waren warm, seidig, biegsam. Es war das Tröstlichste, das sie je gespürt hatte. Er schnaubte sie an, und es war, als werde sie heile, als lösten sich all ihre Verletzungen einfach so auf, als würde sie zu dem, was die große Göttin gemeint hatte, als sie sie schuf. Und auf einmal veränderte sie sich, sie wurde groß, strahlend. Ihr Kopf schien sich zu öffnen, das Herz. Der Schoßraum. Der Mensch Gertrud löste sich auf, die Göttin erschien. Isis. In vollem Bewusstsein ihres Daseins als Mensch erlebte Gertrud, wie sie zur Göttin wurde. Es war ein seltsames Gefühl. Gertrud spürte, wie sie sich öffnete, viel, viel größer und weiter wurde, als sie es als Mensch jemals erlebte hatte, wie sich ihre Grenzen ausdehnten, bis sie nahezu grenzenlos war.

»Sie erinnert sich«, hörte sie Akasha wispern, und auf einmal saß sie wieder am Tisch im blauen Zimmer. Aber nicht als der Mensch, der sie bislang gewesen war. Sie wusste ganz genau, sie war Gertrud, graue, struppige Haare, ewig zu wenig Geld, kein Lebensmut. Aber gleichzeitig war sie Mitschöpferin des Lebens auf der Erde, des Himmels, sie hielt das Ganze mit unzähligen anderen Lichtwesen zusammen im Gleichgewicht. Die dunkle Göttin Mutter Erde nickte nur, als Gertrud die Augen öffnete, wortlos griff sie nach ihrer Hand. Akasha nahm die andere, der Drache war verschwunden. Anubis legte sich ihr zu Füßen, und alle atmeten tief ein und aus, riefen und verbanden ihre Energien. Plötzlich war es, als würde Gertrud tief ins Inneren der Erde gezogen, sie landete in einer immensen Kristallhöhle mit Kristallen so groß, dass sie wie Hochhäuser wirkten. Die Kristalle selbst begannen, mit ihr zu sprechen.

»Wir sind die Hüter der Erde, der Manifestation«, wusste sie auf einmal, »wir sind die Magneten, mit denen wir seelische Absichten in Ereignisse und Gegebenheiten umwandeln. Durch uns können die Menschen schöpfen und erschaffen. Es wird Zeit für eine ganz neue, bewusste Verbindung von Seele zu Mensch. Wir erschaffen immer noch schmerzliche Herausforderungen, ohne es zu wollen, weil die Seelen, damit sie Liebe und Mitgefühl manifestieren können, einen Entwicklungssprung brauchen, einen Bewusstseinsschub.« Gertrud stiegen Tränen in die Augen, das war genau das, was sie selbst spürte – die Verbindung der Menschen zu ihrer Seele war nicht länger das Problem. Jetzt waren die Seelen selbst dran, sich an den Menschen, der sie waren, zu erinnern. Und auf einmal sah sie es. Es war tatsächlich, als hätten sich die Seelen abgewandt, als wollten sie mit ihren eigenen Schöpfungen nichts mehr zu tun haben. Sie ruhten in sich, zeitlos, emotionslos, verbunden mit allen anderen Seelen, sehr lichtvoll. Doch wie konnte sie diese Seelendimension dazu bewegen, sich den Menschen zuzuwenden, bewusst, ausdrücklich?

Auf einmal drückte ihr Akasha die Hand.

»Das kann ich«, wisperte sie, »ich habe Zugang zu ihnen, denn ich hüte die Chronik.« Warum auch immer die Göttin Bastet und die Hüterin der Chronik in dieser kleinen, molligen Frau vereint waren, Gertrud spürte, dass es stimmte. Sie hatte Zugang zu den Seelenebenen und zu der allumfassenden großen Tierseele. Und vielleicht war das gar kein Widerspruch. Auf einmal ein Farbwirbel, ein Energiestrudel, alles wurde hell und noch weiter. Das Kristallfeld, in dem sich Gertrud immer noch befand, blitzte auf, irgendetwas veränderte sich, was immer Akasha gerade tat, die Kristalle begannen, von innen heraus zu leuchten und zu funkeln. »Ich tu gar nichts, ich bringe der Seelenebene lediglich die Information, die du mir gibst – du bist der Mensch …«, nahm Gertrud wahr, es war wie ein deutlicher, eindringlicher Gedanke.

Nun stand Mutter Erde, diese zauberhafte Göttin, neben ihr und bestaunte die strahlenden Kristallgiganten.

»Ich bin dran«, wisperte sie, und wie durch ein Wunder öffnete sich ihr Brustkorb. Ein Herz, so lichtvoll, so hell, so tröstlich, dass Gertrud nicht anders konnte, als schon wieder in Tränen auszubrechen, strahlte aus ihr. Sie begann, kleine Lichtkugeln aus ihrem Herzen herausströmen zu lassen, die Kristalle verstärkten ihr Funkeln und sandten Energiewellen in diese Lichtkugeln. Größer und größer wurden sie und stiegen durch alle Erdschichten auf. Immer mehr dieser Lichtkugeln drangen an die Erdoberfläche und blieben dort in Warteposition, veränderten ihre Farben, begannen, Lichtwellen nach oben zu schicken, mitten in die Seelendimension hinein. Sie riefen, lockten ihre Menschen. Gertrud verstand, ohne darüber nachzudenken, was gerade passierte: Mutter Erde bot den Menschen eine ganz neue Erdung an. Die nährende Liebe der Erde gepaart mit der Schöpferkraft der Kristalle bildeten diese ganz besonderen Lichtkugeln, die jeweils genau zu einer Seelenflamme passten. Wenn sich eine Seele nun bewusst entschied, von nun an Mitgefühl für sich selbst zu verwirklichen, sich selbst ein liebesvolles irdisches Leben zu erschaffen, wenn die Seele erkannte, dass sie für den Menschen und sein Erleben verantwortlich war und dass sie etwas zu lernen hatte, nämlich bewusst und mitfühlend zu sein – wenn also diese Seele zu dem herangereift war, was sie im Sinn hatte, als sie zum ersten Mal als Mensch zu Erde kam –, dann konnte dieser Mensch einen Schritt tun und sich auf sein neues Erdenergiezentrum stellen, seine Lichtkugel in Anspruch nehmen. Es bedurfte nur eines kleinen Schrittes, eines Schrittes, mit dem er seine alte Erdung verließ, von seinem möglicherweise von den Bedürfnissen anderer Menschen durchwurzelten und erschöpften Erdchakra Abschied und diese neue, strahlende Lichtkugel in Besitz nahm. Und genau das tat nun Gertrud. Visionsartig blitzte ihr ursprüngliches Erdchakra, das Energiezentrum, an dem Mutter Erde ihre Seele erkannte, vor ihrem inneren Auge auf, es war klein, dunkel, trocken, enthielt nur noch wenig Nährstoffe und bot ihr kaum Halt.

»Hast du auch eine Lichtkugel für mich?«, fragte sie schüchtern, und sofort fühlte sie Wärme, Kraft, Geborgenheit seitlich unter ihren Füßen. Bewusst trat sie in Gedanken einen Schritt zur Seite, verließ ihr altes Leben und Erleben und stellte sich mitten auf diese neu erschaffene Lichtkugel. Augenblicklich durchströmten sie Wärme und Trost. Es war, als ziehe ihr Körper diesen Trost förmlich in sich hinein, ihre Zellen waren wie trockene Schwämme, die sich nun mit Nährlösung vollsaugten. »Danke«, flüsterte sie immer wieder, »danke«.

Und dann, plötzlich, waren all diese inneren Bilder verschwunden, sie saß am Tisch, da war Akasha, da war die weiße Katze, da war Anubis, der seine Schnauze auf ihren Oberschenkel gelegt hatte und ganz und gar ungöttlich sabberte.

»Was ist passiert?«, fragte sie, ihre Stimme krächzte, benommen schüttelte sie den Kopf.

Akasha stand auf, umarmte sie und küsste sie auf den Kopf.

»Das werden wir sehen, meine Liebe«, antwortete sie. »Das werden wir bald sehen.«

In den nächsten Tagen kümmerten sie sich um die Tiere, vermittelten einige an liebevolle, mitfühlende Menschen, nahmen andere auf, versuchten, ihnen Vertrauen und eine Heimat zu geben. Eine alte Dame gab ihren Hund ab, sie weinte bitterlich, als sie ihn zum letzten Mal streichelte, und drückte Gertrud mit der Leine einen dicken Batzen Geld in die Hand.

»Ich bekomme Alzheimer, ich vergesse, mit ihm spazieren zu gehen und ihn zu füttern, das bricht mir das Herz.«

»Behalten Sie Ihren Hund.« Gertrud gab ihr die Leine zurück. »Ich komme von nun an jeden Tag und schaue nach ihm, gehe mit ihm Gassi und versorge ihn, in Ordnung?«

Weinend gab ihr die Frau die Adresse, dann tappte sie mit ihrem einzig noch verbliebenen Lebensgefährten zurück nach Hause, und Gertrud schaute ihr lächelnd hinterher. Ihre Idee nahm Gestalt an, es wurde Zeit, mit Akasha darüber zu sprechen, dachte sie. Und ihren Sohn anzurufen. Denn immer deutlicher zeigte sich, dass die Menschen ihre alten Tiere nicht aus freien Stücken weggaben. Sie waren selbst in Not, die Menschen, Akashas Feindseligkeit war in den meisten Fällen unangemessen. Auch die Menschen brauchten Mitgefühl und eine Lösung. Wie sie auf diese Idee kam, wusste Gertrud selbst nicht. Irgendetwas in ihr hatte sich gelöst, war freundlicher, liebevoller. Klänge es nicht so abgedroschen und kitschig, dachte sie, dann würde sie behaupten, sie sähe den Menschen auf einmal in ihre Herzen. Anubis wich nicht mehr von ihrer Seite, ständig war er bei ihr und leckte ihr die Hände, als könne er sich vor Dankbarkeit kaum halten.

Sie fühlte sich leichter, freier, nicht mehr so feindselig, ihr Spiegelbild lächelte auf einmal, und ein paar dieser Zornesfalten waren verschwunden. Man könnte fast sagen, dachte sie, sie sähe sogar ganz gut aus. Das Haar nicht mehr so struppig, sie verwandelte sich von dem hässlichen Entlein, zu dem sie einst geworden war, wieder zurück in – nun, nicht gerade in einen Schwan, aber zumindest in eine hübsche Stockente. Immer noch braungrau, aber glänzend. Doch das Schönste war – es war ihr vollkommen gleichgültig, sie ging auf in der Arbeit mit den Tieren.

Eines Morgens, Gertrud ließ die Hunde wie immer zum Tollen auf die riesige Wiese hinter dem Haus, war aus der unscheinbaren Grünfläche, als die sie diese Wiese bislang gekannt hatte, ein fröhlich bunter Teppich geworden. Hatte tatsächlich der Frühling begonnen? Ja, heute war der zwanzigste März, die Natur war pünktlich. Gertrud versorgte die Tiere zu Ende, nahm sich eine Tasse Kaffee und wollte sich gerade mitten auf die Wiese zwischen die Hunde setzen, um diesen Kaffee in der Sonne zu genießen, als Akasha auf sie zustürmte.

»Du hast Post!«, rief sie atemlos. Gertrud schüttelte den Kopf, wie sie es immer tat, wenn sie verwirrt war, Post, ja und, wer hatte das nicht ab und zu?

»Kommt vor!«, rief sie zurück, doch Akasha stürmte weiter in ihre Richtung.

»Bunte Post, rosa, von diesem Studio.«

Sie reichte Gertrud einen Umschlag, beide setzten sich auf die Wiese, mitten hinein in die Leberblümchen.

»Werbung, was sonst, Liebste, deshalb riskierst du einen Herzinfarkt?«

Gertrud trank einen Schluck ihres Kaffees und reichte die heiße Tasse an Akasha weiter.

»Woher haben die überhaupt meine Adresse?«, murmelte sie misstrauisch, dann erinnerte sie sich daran, dass die Kosmetikerin eine Kundenkarteikarte angelegt hatte. Langsam und sorgfältig, wie um Zeit zu gewinnen, löste sie das zusammengeklebte Papier des Umschlags, klappte das rosa Dreieck nach oben. Er war gefüttert, der Umschlag, bemerkte sie, dunkelgrau, sehr, sehr edel. Sie riss ihn auf, zog den Brief hervor. Eine ausgedruckte E-Mail. Sonst nichts. Ihr Blick fiel auf den Absender der Mail, ihre Pupillen weiteten sich, und ihr Atem stockte.

»Scheiße.«

Akasha zog die Augenbrauen hoch.

»In einem rosa Umschlag? Bisschen übertrieben, oder? Hat sich gar nicht so angefühlt. Wer macht denn so was?«

»Der ist nicht vom Studio, das heißt, irgendwie schon.« Gertrud reichte den gefalteten Brief an Akasha weiter. »Lies du bitte zuerst.«

Akasha faltete ihn auf, las ihn, gab ihn an Gertrud zurück.

»Dein Leben geht weiter.«

Sie stand auf, nahm die leere Kaffeetasse und ging davon. Gertrud blieb sitzen, schüttelte wieder den Kopf, ausgiebig. Dann las sie den Brief. Es waren nur ein paar Sätze.

»Liebste Gertrud,
Ich muss dich sehen. Es ist viel passiert, ich habe vieles verstanden und sehe vieles anders. Wenn du mir vergeben kannst, dann triff mich bitte, damit wir über unseren Sohn reden können. Und auch sonst über einiges. Klara bleibt in Amerika, sie hat geheiratet, vielleicht hast du es schon gehört. Alles ist gut, so, wie es ist. Melde dich bitte, ich freue mich sehr auf eine Nachricht. Ich hinterlege dir ein Freiticket nach Los Angeles im AngelFace-Studio, komm, und triff mich bitte in Kalifornien, ich erklär dir alles. Fredy.«

Gertrud stand auf, knüllte den Brief zusammen und ging mit zitternden Knien in die Küche.

»Mein Leben findet genau hier und jetzt statt«, sagte sie nur, dann warf sie den Brief in das Herdfeuer. »Der spinnt wohl.«

»Und dein Sohn?«

Akasha blickte nicht auf, sie rührte mal wieder in etwas köstlich Duftendem.

»Ja? Was soll mit ihm sein? Frederik wird ja wohl in der Lage sein, mit ihm persönlich Kontakt aufzunehmen. Warum auch immer er plötzlich meint, er sei doch an der Zeugung beteiligt gewesen.«

Akasha zeigte bloß mit dem Kochlöffel auf das Telefon, das an der Wand hing. Soße tropfte auf den Boden, Anubis schleckte sie auf.

»Ruf Frederik an. Klär das.«

»Ich hab keine Nummer. Und so schnell geht das nicht. Ich brauch einen Tag, ich muss drüber schlafen.«

Damit stiefelte Gertrud aus der Küche und begann, die Ställe auszumisten. Kalifornien. Verrückt. Und was sollte das überhaupt bedeuten, Klara hatte geheiratet? Wen denn? Zumindest ihre Mutter hätte wohl davon erfahren und mal angerufen, oder? Zum Glück interessierte sie das alles wirklich nicht mehr. Sie hatte zu tun. Gertrud schob eine Schubkarre voller Mist zum Misthaufen und blickte sich wie so oft auf dem Hof um. Es gab einige nicht genutzte Nebengebäude, der Wind pfiff durch die Ritzen, und die Dächer waren nicht isoliert. Was könnte man alles daraus machen, wenn man nur Geld hätte … Ganz bewusst rief sie sich ihren Plan in Erinnerung. Sie würde nicht über diesen Scheißbrief nachdenken. Es gab Wichtigeres. Frederik. Der Vater ihres Sohnes. Stopp, rief sie sich erneut zur Ordnung. Ach ja, der Plan. War es wirklich immer notwendig, ein Tier ganz und gar abzugeben? Könnte man es nicht in Dauerpflege nehmen und einen Raum einrichten, eine Art riesiges Wohnzimmer, in dem sich die Besitzer mit ihren Tieren treffen konnten? Die meisten weinten, wenn sie ihre Tiere brachten, die wenigstens Menschen waren ernsthaft hartherzig. Geldmangel, eine neue Wohnung, in der Tiere nicht gehalten werden durften, zu wenig Zeit für das alte Tier waren die Hauptgründe, warum ein Mensch seinen treuesten Lebensgefährten zu ihnen brachte. Wenn man nun eine Art wirklich gemütliche Begegnungsstätte schaffen könnte? Auch Menschen, die sich nach einem Tier sehnten, aber keines halten konnten, dürften zum Kuscheln kommen, Akasha würde schon darauf achten, dass die Tiere nicht ausgenutzt wurden. Man könnte eine Mischung zwischen Café, Bibliothek und Tiertreff gestalten, ohne Aufwand, ganz einfach, die Gäste würden sich um sich selbst kümmern. Vielleicht gab es sogar den einen oder anderen, der eine Aufgabe suchte, der Kaffee und Tee servieren und als Ansprechpartner fungieren könnte? Vielleicht an einem Tag in der Woche Tiergeschichten für Kinder vorlas? Gertrud seufzte und wischte sich mit dem Handrücken über die feuchte Stirn. Wunschträume waren das, mehr nicht, denn allein der Ausbau einer dieser zugigen Nebengebäude würde schon Unsummen verschlingen, Unsummen, die sie zunächst für die Tiere selbst brauchten. Und selbst wenn ihr Sohn das übernahm, würde sie ihn angemessen bezahlen wollen, schon die Materialkosten überstiegen wahrscheinlich ihre Vorstellungen.

»Kannst du wirklich nicht zaubern?«, fragte sie Akasha, die mit einer weiteren vollen Schubkarre neben sie trat.

»Ein bisschen schon. Aber das kannst du auch, geh in die Kugel, und schau, was sich machen lässt.« Akasha schmunzelte. »Was brauchst du denn?«

Gertrud leerte die Schubkarre, nahm eine Mistgabel und wuchtete den Dung oben auf den Misthaufen, Akasha tat es ihr gleich.

»Ich weiß, du magst keine Menschen. Aber …«

Und damit erzählte sie Akasha von ihrer Idee.

»Und ich weiß, es geht mich nichts an, es ist dein Hof, doch …«

»Es geht dich sehr wohl etwas an, und die Idee ist super.« Akashas Augen begannen zu funkeln. »Aber meinst du wirklich, die Menschen wollen noch was mit ihren alten Tieren zu tun haben?«

»Nicht alle. Aber einige sicher – und bestimmt gibt es viele Menschen, die einsam sind und sich freuen würden, Zeit mit Tieren verbringen zu dürfen. Stell dir mal die Kinder vor, die ohne Tiere aufwachsen müssen … Sie könnten hier lesen und mit den Katzen kuscheln, mit den Hunden, Eseln und dem Pferd spazieren gehen, wir könnten sogar Übernachtungsmöglichkeiten anbieten für Menschen, die eine Auszeit brauchen. Leute wie ich wären zum Beispiel so eine Zielgruppe.« Gertrud stutzte, stimmte das? Nein. Sie war nach der Arbeit immer nur erschöpft nach Hause gewankt, froh, in ihrem Fernsehsessel zu sitzen. Doch halt, auch das stimmte nicht. Der Abstecher in die Bibliothek war ihr heilig gewesen. Sie seufzte. »Es muss ganz einfach sein, unkompliziert, bequem, und es darf nichts kosten – ich hab schon verstanden. Natürlich kann man sich fragen, warum wir das tun sollten ... Wir haben schließlich schon Arbeit genug. Aber ich hatte mir einfach nur vorgestellt, dass viele Menschen ihre Tiere nicht wirklich abgeben wollen und wie schön es für diese Menschen und auch für die Tiere wäre, sie hier weiterhin besuchen und Zeit mit ihnen verbringen zu dürfen.«

»Das wäre es auch. Wir brauchen nur Sponsoren. Triff dich mit Frederik, und leiere ihm die Kohle aus dem Kreuz, er wird hoffentlich solche Schuldgefühle haben, dass er uns einen Palast hinstellt.«

Akasha fuhr ihre Schubkarre zurück in die Ställe, sie hatte alles gesagt.

Gertrud schnaubte wie in alten Zeiten. Was für eine schwachsinnige Idee war das denn? Doch sie gab zu, dass sie kurz darüber nachdachte. Dann zuckte sie die Schultern. Wenn sie mal so gar keine Idee mehr hatte, wie sie sich noch vor ihm blamieren könnte, würde sie vielleicht darauf zurückkommen.

Sie fütterte die Tiere, streichelte alle und ertappte sich dabei, wie sie vor sich hinmurmelte. Und dabei immer wütender wurde. Was sollte dieser Brief, war er noch zu retten? Über ein Vierteljahrhundert lang hörte sie nichts von ihm, und dann, auf einmal, als hätte sich ein Schalter umgelegt, wollte er einen auf fürsorglichen Vater machen? Wie sollte sie das wohl ihrem Sohn erklären? Paul würde absolut nichts mit Frederik zu tun haben wollen, im Gegenteil, Frederik sollte sich lieber fernhalten, wenn er nicht ernsthaft verletzt werden wollte. Richtig verletzt. Körperlich. Verdient hätte er es. Klara hatte geheiratet. Offensichtlich einen anderen. Das war doch vollkommen absurd. Vielleicht hatte Frederik einen Hirntumor, anders ließ sich das Ganze überhaupt nicht nachvollziehen. Ihr ganzer Körper war in Aufruhr, die Mauer aus sorgsam antrainierter Gleichgültigkeit war durch die rosa verpackte Abrissbirne schwer getroffen. »Komm nach Kalifornien.« Klar, einfach so. Wusste er nicht, dass sie seit zwanzig Jahren nirgendwo mehr hinging? Nein, wahrscheinlich nicht. Sie hätte nicht mal das Geld für ein Taxi zum Flughafen. Ihre Hände zitterten, als sie die Mistgabel zurück an ihren Platz stellte. Eigentlich hatte Akasha recht. Er konnte ruhig blechen. Immerhin hatte er sie dermaßen schmählich im Stich gelassen, dass es überhaupt keinen Grund gab, sich nicht zu rächen. Im Dienst an den Tieren natürlich. Sie wollte wirklich nichts für sich, ihr Leben war unterdessen perfekt. Jeden Abend aß sie mit Akasha in deren Küche, dann betrat sie ihre eigene kuschelige, kleine Wohnung, schaute zusammen mit der kleinen, weißen Katze noch ein wenig fern und legte sich in das warme, weiche Bett – es könnte nicht mehr besser sein. Sie trank morgens ihren Kaffee in Akashas Küche, lachte und schwatzte mit ihr, verbrachte den ganzen Tag im Freien und mit den Tieren, tat etwas in ihren eigenen Augen höchst Sinnvolles und hatte eine Freundin gefunden. Sie hatte ab und zu Halluzinationen über Drachen, schöne Haare und einen perfekten Rückzugsort, nun ja, wer hatte das nicht?! Wenn sie damit etwas zum Guten wenden konnte, war es doch legitim, oder?! Noch immer glaubte sie sich ihre eigenen Wahrnehmungen nicht, diese Kugel konnte es einfach nicht geben, doch es war ihr völlig gleichgültig. Sobald sie in dieser ominösen Energiekugel war, kam ihr alles vollkommen real und stimmig vor, doch sowie sie sie verließ, glaubte sie sich selbst nicht mehr. Noch nie hatte sie diese

Energiekugel ohne Akasha aufgesucht. Vielleicht wurde es mal Zeit, die Kraft der Kugel zu nutzen, imaginär oder nicht, um eine Entscheidung zu treffen.

Als alle Tiere gefüttert, gestriegelt, gestreichelt und versorgt waren, schloss sie das schwere Scheunentor hinter sich und suchte Akasha. Diese stand schon wieder am Herd, diesmal wies sie wortlos mit dem Kochlöffel auf die Tapetentür. Wieder tropfte der Löffel, wieder schleckte Anubis die Sauce vom Boden.

Gertrud öffnete die Tür und schlüpfte mit klopfendem Herzen hinein. Hoffentlich würde sie den Weg wieder herausfinden!

»Ich schick dir in einer halben Stunde Hilfe!«, rief ihr Akasha hinterher, und Gertrud war seltsam beruhigt – obwohl das überhaupt keinen Sinn ergab, war die Kugel doch zeitlos. Eigentlich dürfte sie gar nicht weg sein, oder sie müsste sofort wieder herauskommen …

»Ich versteh das sowieso nicht mit der Zeit in der Kugel!«, rief sie zurück, dann fiel die Tapetentür hinter ihr zu. »Wer versteht das überhaupt mit der Zeit und dem Raum?«, murmelte sie.

Dann Stille, Dunkelheit. Musste man etwas machen, um diese Illusionen zu rufen oder kamen die einfach so?, fragte sich Gertrud bang. Sie blieb stehen, da war nichts, weder ein Palast noch ein Spiegelbild. Es war dunkel, fühlte sich eng an, als wäre sie in einer Besenkammer, und es roch muffig, mehr nicht. Was soll ich tun, wollte sie rufen, doch irgendetwas hielt sie davon ab. Vielleicht musste man einen größeren Glauben mitbringen, um die Energiekugel zu sehen? Nein, das konnte nicht sein. Entweder es gab sie, dann hing ihre Existenz nicht von Gertruds Glauben ab, dachte sie, oder es gab sie eben nicht. Aber dann konnte sie auch nicht wirken.

Immer enger und dunkler fühlte sich der Raum an, und gerade als Gertrud zurückweichen und nach der Tapetentür tasten wollte, schien diese zu verschwinden. Stattdessen berührte sie feuchte, raue Steine. Hektisch tastete sie weiter und begann, nach Akasha zu rufen, doch nichts geschah. Sie atmete tief durch. Irgendetwas stimmte hier nicht. Sie war in einem Energieraum, dessen war sie auf einmal sicher, das war keine muffige Besenkammer in Akashas tröstlicher Küche. Du hast die Wahl, dachte sie, du kannst panisch werden oder erst mal atmen und dann schauen, wo du eigentlich bist, es wird ja wohl einen Sinn ergeben. Gertrud wusste wirklich nicht, woher sie dieses Vertrauen nahm, aber es war plötzlich da. So eng und feucht die Kammer auch schien … eng und feucht. Wie eine Grabkammer, durchfuhr es sie, und ihr Herz setzte aus. Stolpernd schlug es weiter, bis hoch zum Hals. So viel zum Thema »Du hast die Wahl«, dachte sie. Panik ergriff sie, doch sie zwang sich zur Vernunft. Stopp, dachte sie immer wieder, stopp, alles ist gut, alles ist gut. Weder ihr Herzschlag noch ihr Atem glaubten ihr, ihr ganzer Körper verkrampfte sich. Hektisch tastete sie immer wieder diese Wände ab. Zumindest wurden sie nicht enger. Hinlegen, du musst dich hinlegen, durchfuhr es sie plötzlich, doch das würde sie ganz sicher nicht tun. Sie fühlte sich, so merkwürdig es auch klang, als türme sich eine riesige Pyramide über ihr auf, als befände sie sich auf einmal tief im Inneren eines ungeheuer großen Gebäudes. Etwas in ihr wollte sich Bahn brechen, sie wusste, was zu tun war, sie kannte diese Situation, dachte sie, doch sofort verschwand dieser Gedanke wieder.

Sie setzte sich auf den Boden, versuchte, irgendwie weiterzuatmen, und wartete auf Akasha. Dreißig Minuten würde sie es wohl aushalten. Fredy, zwang sie sich zu denken. Sollte sie sein Angebot annehmen und tatsächlich nach Amerika fliegen? Wozu? Und was sollte das überhaupt, warum bat er sie nicht um ein Treffen, wenn er wieder hier war? Sie streckte ihre Beine aus, war diese halbe Stunde nicht langsam um? Klara und ein anderer Mann, das war so absurd und außerdem einfach unverschämt. Erst stiehlt sie mir den Vater meines Kindes, und dann …, dachte sie und wartete darauf, dass sich ihre vertraute Gefühlsschleife aus Wut und Bitterkeit in Gang setzte. Doch nein, spürte Gertrud auf einmal. Ihre Gefühle sprangen nicht mehr an, sie begann sogar, sich ein bisschen zu langweilen bei diesen Gedanken. Nicht mal mehr damit konnte sie sich also ablenken. Das würden wohl die längsten dreißig Minuten der Erdgeschichte werden. Sie tastete nach den Wänden, noch immer waren sie aus roh behauenem, feuchtem Stein. Wie schön könnte sie jetzt in dieser Küche sitzen und Akashas schräge Dekorationen bewundern, Tiere streicheln und über die Welt philosophieren. Und wer hatte sie in diese Lage gebracht? Mal wieder Frederik. Ohne diesen beschissenen Brief … Sie gähnte. So sehr sie es auch versuchte, sie war einfach nicht mehr wütend auf ihn. Seltsam fühlte sich das an, wie eine leere Stelle in ihrem Inneren. Da, wo früher ein grimmiges Feuer gelodert hatte, später beißender Qualm aufgestiegen war und alles in ihr verpestet hatte, war einfach nichts mehr. Nicht mal mehr heiße Asche. Ich hab wirklich Angst hier drin, dachte sie, und doch ist irgendwie alles in Ordnung. Dann sitz ich halt hier. Auch gut. Akasha wird schon kommen. Ich könnte allerdings auch … Sie schlug sich die Hand vor die Stirn. Hatte sie denn gar nichts gelernt? Kommst du und hilfst mir?, dachte sie und meinte ihren Drachen. Doch nichts passierte. So sehr sich Gertrud zu konzentrieren versuchte, es blieb dunkel, sie hatte Angst, und so langsam wurde es kalt. Richtig kalt. Sie zwang sich erneut zur Ruhe. Was war der Unterschied zwischen ihr und Akasha, wenn sie diesen Raum betraten? Akasha glaubte an die Kugel. Hatte der Glaube wirklich eine so immense Macht? Gertrud ballte die Fäuste, wenn das stimmte, dann hatte sie keine Chance. Und es widersprach allem, was sie in sich fühlte. Der Glaube war wichtig, ja, aber nicht das entscheidende Zünglein an der Waage, das konnte nicht sein. Wie oft hatte sie etwas geglaubt, wirklich und wahrhaftig geglaubt, und es war nicht eingetroffen. Zum Beispiel, dass Frederik zu ihr zurückkäme, damals, als Paul ihn dringend gebraucht hätte. Zum Beispiel, dass zwischen ihr und Klara alles wieder gut werden würde. Nichts davon war passiert. Der Glaube. Lächerlich war das. Es musste etwas anderes geben, was unterschied sie noch von Akasha?

»Ich weiß es nicht«, sagte sie laut, »aber mein Gehirn weiß es, mein Unterbewusstsein oder sogar mein Drache, irgendwo gibt es diese Information. Ich bitte darum, nein, ich bestehe darauf, eine Lösung zu finden.«

Leg dich hin.

Ein klarer Gedanke, laut und eindringlich. Sie streckte sich auf dem kalten Boden aus, zum Glück trug sie wie immer einige Schichten Kleidung übereinander. Auf einmal – ein Erinnerungsblitz. Sie hatte bereits einmal in einer solchen Kammer gelegen. Und nicht nur das. Ihr stockte der Atem. Sie war in einer solchen Kammer gestorben. Ihr Herz wurde eng, ihr Kopf ganz leer. Sie war gestorben, weil sie versagt hatte. Und dann erinnerte sie sich an alles. Die Einweihungen damals in Ägypten. Die letzte, die Grabkammer. Drei Tage lang ohne Essen und Trinken, durch die Kraft ihrer Gedanken musste sie sich befreien, Seele und Körper. Sie musste sich trotz aller körperlichen Widrigkeiten an das erinnern, was sie war, und den Weg zu den Sternen nehmen. Zu Sirius. Damals war niemand gekommen und hatte sie gerettet, nicht in dreißig Minuten und auch nicht in zehn Jahren. Sie war in Panik verfallen, in einer niedrigen Schwingung hängen geblieben, sie hatte den Weg durch die Sternbilder nicht gefunden. Ihr Geist hätte sich aufschwingen müssen, der Körper wäre gefolgt, sie war lange ausgebildet und trainiert worden. Und hatte dennoch versagt. War gestorben. Und ein Teil von ihr lag noch immer in dieser Grabkammer, hing noch immer in dieser misslungenen Prüfung fest. Aus Scham natürlich. Weil sie vergessen hatte, wer sie in Wahrheit war.

Und das war der Schlüssel, durchzuckte es sie. Nicht der Glaube an die Kugel. Der Unterschied zwischen ihr und Akasha? Akasha wusste, wer sie war. Sie hielt sich für die Katzengöttin Bastet, und egal, wie absurd das auch klang, dieses Bewusstsein veränderte alles. Es ging um das Bewusstsein, darum, wie sie sich selbst erlebte. Wenn sie weiterhin Gertrud sein wollte, die keine Ahnung von Energie hatte, dann stand ihr das frei. Sie konnte aber auch – Gertrud atmete tief auf, das war fünf Nummern zu groß für sie – sie konnte aber auch ausprobieren, was geschehen würde, wenn sie ihre Isiskräfte anerkannte. Nicht an sie glaubte. Sondern sie anerkannte, das war etwas ganz anderes. Doch wie erkannte man Kräfte an, an die man nicht wirklich glaubte? Indem man so tat, als ob, erinnerte sich Gertrud, irgendwo gelesen zu haben.

Es kam ihr vor, als würde es noch dunkler, falls das überhaupt möglich war. Und eisig kalt.

17

Dass es kalt war, konnte man von der Schwitzhütte, in der Frederik sich befand, nicht gerade behaupten. Obwohl er sich nun bereits an zehn Tagen je vier Runden lang die Seele aus dem Leib und wieder hinein geschwitzt, geschrien, geweint und gebetet hatte, bot die Schwitzhütte jedes Mal eine neue Herausforderung.

Donna hatte ihn verlassen, er konnte es noch immer nicht fassen. Während der Schamane Räucherwerk verbrannte und seine Heilgesänge anstimmte, fühlte Frederik in sich hinein, suchte den Schmerz. Doch da war keiner. Entweder hatte er sich dermaßen von sich selbst abgekapselt, dass er nichts mehr spürte, dachte er, oder die Liebe war letztlich nur Gewohnheit gewesen. Heute waren er und sein Schamane allein in der frühmorgendlichen Schwitzhütte, eine Heilhütte hatte dieser sie genannt. Lang ausgestreckt lag Frederik da, der duftende Rauch waberte um seinen Körper.

»Lass uns reden«, sagte der Schamane auf einmal unvermittelt. »Kein Ritual. Einfach Reden. Ich bin dein Zeuge.«

»Zeuge von was?«, wollte Frederik fragen, doch er hatte gelernt, dass er sowieso keine Antworten bekam, wenn der Schamane glaubte, dass er sie bereits kannte. Zeuge von dem natürlich, was Frederik erzählen wollte. »Ich vermisse sie nicht. Vor einer Woche war Klara hier, mit einem Mann, von dem ich noch nie gehört habe, erzählte etwas von Seelenverbindung und Hochzeit und ging wieder. Ich vermisse sie nicht. Und was ich wirklich erschreckend finde, ich habe seitdem keine Schmerzen mehr. Euer Arzt hier, der mich vorgestern untersuchte, meinte, ich sei gesund, keine Hantaviren weit und breit – was bedeutet, dass sich mein Arzt geirrt haben muss. Ich habe Gertrud geschrieben, eines Nachts nach einer besonders intensiven Schwitzhütte saß ich noch lange auf den Felsen und habe aufs dunkle Meer geschaut. Auf einmal war mir, so verrückt es klingt, als sähe ich Meerjungfrauen, glitzernd und blinkend, die mir zuwinkten. Ich hätte mich am liebsten in diesen saukalten Pazifik gestürzt. Ich fragte nach einer Art Botschaft, und ich sah wie in einem Film die Szene im Auto, in dem ich mit Gertrud Sex hatte, damals. Aber eher von oben, ich konnte die Energieströme sehen. Ich hab uns gesehen, und ich hab ein Licht gesehen, irgendwie bläulich schimmernd, ein wunderschönes, liebevolles Licht. Ich hab meinen Samen gesehen, wie eine Lichtspur an meinen Fingern, und ich sah, wie diese Lichtspur Gertrud berührte, ganz tief innen. Auf einmal gab es eine Art Lichtblitz in ihrem Bauch, und dann wurde es sehr warm, rötlich, schwer irgendwie. Es war so schön, dass ich am liebsten selbst dieses Licht gewesen wäre, das sich in Gertruds Bauch einnistete. Gertrud leuchtete auf, es war, als ströme aus ihrem Herzen irgendeine Kraft zu diesem Licht, obwohl sie selbst noch gar nicht wusste, dass es da war. Ich sah auch mich, den achtzehnjährigen Jungen, und ich sah, dass ich von nichts eine Ahnung hatte. Weder von Lichtern noch von einer Kraft im Herzen. Gertrud wusste das alles schon, schon damals wusste sie alles über Liebe. Ich bin tatsächlich der Vater ihres Kindes und hab es all die Jahre nicht gewusst, nicht geglaubt, vielleicht nicht glauben wollen. Ich habe sie total im Stich gelassen. Ich hätte es wissen müssen. Denn ich hab mich in all den Jahren nicht einmal gefragt, wer denn nun eigentlich der Vater des Kindes sei. Ich habe sie nicht mal mit einem anderen Typen auf dem Schulhof reden sehen, da war keiner. Ich habe es mir bequem gemacht, ich hab's einfach nie hinterfragt. Ich glaube, ich wollte noch kein Kind, ich hab es einfach ausgeblendet, weil ich total überfordert war. Wie meine Eltern übrigens, fällt mir gerade auf, sie haben mich auch immer ausgeblendet.« Der Schock darüber fuhr ihm in alle Glieder.

Der Schamane sagte laut »Ho!«, um ihn zu bekräftigen. Er tastete in der völligen Dunkelheit nach dem Eimer mit Wasser, der in der Schwitzhütte stand, griff nach der hölzernen Schöpfkelle und goss mit Heilkräutern, besonders mit Salbei, versetztes Wasser auf die glühend heißen Steine, die in der Mitte der Schwitzhütte in einer tiefen Kuhle lagen. Frederik brach der Schweiß aus allen Poren.

»Geh zurück«, sagte der Schamane, »geh zurück in diese Situation. Zurück in das Auto, bevor du sie schwängerst. Sieh den Jungen, der du warst, und sei als der Mann, der du heute bist, dabei. Und dann greif ein, wenn du willst. Sieh dir die Situation noch einmal genau an, und wenn du ein Nein in dir spürst, dann greif ein, und hindere den Jungen daran, weiterzumachen.«

Frederik ließ sich in der Zeit zurücktreiben, erinnerte sich an den Film, den sie an diesem Abend gesehen hatten – »Mondsüchtig« mit Cher und Nicholas Cage –, an die besondere Stimmung, an den Rücksitz.

»Lass mich dich anfassen«, bat er Gertrud und hörte sich plötzlich »Ich liebe dich« sagen. Vielleicht weil der Film so romantisch gewesen war, vielleicht weil sie ihm vertraute oder nicht enden wollte wie die Heldin des Filmes, erlaubte sie ihm, ihr den Slip auszuziehen, sie zu küssen, mit seinem aufgerichteten Penis ihre Mitte zu berühren. Es war das Zärtlichste und Schönste, was er je erlebt hatte, obwohl er bereits mit anderen Mädchen geschlafen hatte. Als er in sie eindringen wollte, schob sie ihn sanft zurück und griff nach ihm, rieb ihn vorsichtig und ungeschickt. Der erwachsene Frederik, der all das wie von Oben sah, hob die Augenbrauen und zollte ihrem »Nein« Respekt.

»So«, sagte der Junge und zeigte ihr, wie er von ihr angefasst werden wollte. Nach wenigen Momenten begann er zu stöhnen, küsste sie heftiger und versuchte, mit dem Finger in sie einzudringen. Frederik hätte am liebsten seine Hand festgehalten, hatte der Junge Gertruds »Nein« nicht gehört? War er so unachtsam gewesen? Nicht unachtsam, erinnerte er sich und vergab dem Jungen, einfach nur jung und sehr erregt.

»Nicht«, murmelte sie, dann kam er, und ihre Hand wurde klebrig. Der Junge griff nach unten, streichelte ihre Hand, berührte sie zwischen den Beinen, teilte ihre zarten unteren Lippen und berührte sie an ihrer empfindlichsten Stelle.

»Ich will, dass du auch kommst«, flüsterte er und drang sehr liebevoll und zärtlich ein wenig mit dem Finger in sie ein, nur einen Zentimeter. Sie wurde sehr feucht und begann, sich lustvoll zu bewegen, fasste sein Handgelenk und zog ihn tiefer in sich. Der erwachsene Frederik weinte fast, so wunderschön war sie, die Augen geschlossen, den Kopf zurückgeworfen. Er hatte nicht den geringsten Impuls, sich selbst zu unterbrechen, obwohl er wusste, was nun gleich passierte. Der Junge zog seinen Finger zurück und massierte zart ihre Mitte, ihren empfindlichsten Punkt. Sie wölbte sich ihm entgegen, soweit das auf dem Rücksitz möglich war, und bat ihn, nicht aufzuhören, flüsterte seinen Namen, als sie zu beben begann. Als sie kam, schob er seine feuchten, mit deutlichen Lichtspuren überzogenen Finger tief in sie hinein …

Der erwachsene Frederik hielt den Atem an, doch er spürte ein ihn vollkommen erfüllendes inneres »Ja«.

… berührte sie beinah am Muttermund, und ein tiefes, dunkelrotes Leuchten breitete sich in ihrem Unterleib aus.

Frederik sah das Leuchten, und sein ganzer Körper begann zu vibrieren. Und er sah, wie sehr der junge Fredy wirklich keine Ahnung hatte.

»Steh zu ihr«, murmelte er sich selbst zu, »bleib bei ihr, ihr schafft das zusammen, und ich bin ja auch noch da.« Und dann legte Frederik sich selbst die Hände auf die Schultern, schüttelte sich selbst ein wenig und schaute seinem jüngeren Ich in die Augen. »Du schaffst das. Du wirst Vater, Mann, sei stolz«, sagte er laut, und dann brach er in Tränen aus. Tiefe, dunkle Schluchzer, Scham und Schmerz über das verpasste Leben, über das, was er zurückgewiesen hatte. Er hatte Klara dabei geholfen, etwas Großartiges aufzubauen, auch sein eigener Platz in ihrem Traum erfüllte ihn. Er hatte durch sie gelernt, die Aura wahrzunehmen – doch halt, stimmte das? Hatte er nicht bereits als Kind das Kribbeln gespürt, wenn dieser Moment kam, dieser lichtvolle Augenblick, in dem sich die Schöpfung in all ihrer Pracht entfaltete? Scheinbar hatte er auf das perfekte Bild gewartet, wenn er stundenlang auf der Lauer lag. Doch in Wahrheit war er verrückt nach dieser Sekunde, in der die pure Kraft der Natur aufstrahlte, in der die Schöpfung mit sich selbst tanzte, sich selbst eine Liebeserklärung machte. Die Sekunde, in der das Licht mit der Erde verschmolz. Die Sekunde der Zeugung.

Frederik schnappte nach Luft, was in der heißen, dampferfüllten Hütte gar nicht so einfach war. Er hatte immer nur die Sekunde der Zeugung erleben und fotografieren wollen, um die Schönheit und unbändige Kraft des Lebens zu zeigen. Das, was passierte, wenn sich Himmel und Erde berührten. Aber das, was durch ihn selbst geschöpft wurde, das hatte er übersehen, weit von sich gewiesen. Er war Vater, tatsächlich. Und auf einmal strömte auch aus seinem Herzen ein unbändiger Strom in Gertruds Bauch, in das warme, rötliche Schimmern hinein, berührte es und hüllte es sein. Eine Schutzhülle aus Licht bildete sich um das Schimmern und dann auch um Gertrud selbst.

»Ich beschütze euch«, flüsterte er, »ich schütze euch, damit das Leben durch uns weitergeht, in aller Schönheit wachsen kann.« Und auf einmal verstand er. Klara hatte er auch immer beschützt. Doch ihr hatte er gegeben, was sie sich selbst nicht geben konnte. Bei Gertrud war es anders. Sie konnte sehr gut auf sich selbst aufpassen. Er schützte nicht sie, sondern all das, was durch sie und ihn gemeinsam entstehen wollte! Das war ein gewaltiger, Leben verändernder Unterschied. Er füllte nicht die Lücken, die sie in sich trug, sondern er hütete, was sie gemeinsam erschufen.

»Lasst mich die Energie zwischen Klara und mir sehen«, bat er seine eigene geistige Führung.

Der Schamane goss noch mehr Salbeiwasser auf.

Dann auf einmal – nichts. Rauch. Irgendetwas Qualmendes, das ihm die Sicht vernebelte. Als wolle ihn etwas daran hindern, die Energien zu sehen. Ein roter Schimmer, etwas Riesiges schob sich in sein Blickfeld. Noch mehr Rauch, schwarzer.

»Zuerst solltest du mich sehen, es wäre an der Zeit«, hörte er auf einmal eine Stimme grollen. Ein Drache. Was mehr als verwunderlich war, dachte Frederik ernüchtert, denn er glaubte genauso wenig an Drachen wie an Elfen oder Außerirdische. Wenn auf einmal ein Drache in seinen Vorstellungen auftauchte, dann taugten diese inneren Bilder insgesamt wahrlich nicht besonders viel. Er öffnete die Augen, obwohl es stockfinster war. Der Schamane spürte die veränderte Energie.

»Es ist nur ein Bild, eine Kraft, die dir etwas zeigen will«, sagte der Schamane, der den Drachen ganz deutlich wahrnahm.

»Ein Bild, hm«, knurrte der Rote, und »Shhh, shhhh« machte der Schamane. Frederik schloss die Augen, und schon war der schwarze Qualm wieder da.

»Frag ihn, ob er zu dir gehört«, ermutigte ihn der Schamane.

Frederik fragte im Stillen, obwohl er sich ganz sicher freundlichere Krafttiere vorstellen konnte.

Ein kurzes Nicken, der Qualm wurde heller.

»Frag ihn, ob er etwas von dir braucht und haben will«, sagte der Schamane, und es war nur gut, dass Frederik ihm blind vertraute. Denn ganz sicher würde er den eingebildeten Drachen nicht freiwillig nach seinen Bedürfnissen fragen.

Der Rote stutzte sichtlich. Dann leuchtete er kurz auf, Frederik würde es durchaus als hämisch bezeichnen.

»Dich fressen«. Er spie Feuer.

Frederik öffnete die Augen.

»Lass ihn, ich bin bei dir. Dich zu fressen bedeutet nur, dein altes Ich stirbt, damit das neue geboren werden kann. Er schenkt dir eine tief gehende Reinigungsreise. Wir nennen das Zerstückelung, und es soll genauso drastisch klingen, damit der nötige Respekt herrscht.« Der Schamane tastete nach einem Gegenstand, fand ihn, positionierte sich, um, falls nötig, einzugreifen. Frederik begann trotz der Hitze zu frösteln. Zerstückelung. War er nicht schon zerstückelt genug? Er war sich nicht so sicher, ob der Drache ihm wohlgesonnen war. »Du kannst auch ablehnen, es ist deine Sache. Folge dem, was du fühlst. Es kann nichts passieren. Du bist in einem sicheren Raum.« Der Schamane goss eine weitere Kelle auf die heißen Steine. Der Dampf verbrannte Frederik beinah das Gesicht, zumindest fühlte es sich so an.

»Ich bin nicht über neuntausend Kilometer hergeflogen, um jetzt zu kneifen.« Frederik schloss die Augen. »Also«, sagte er laut, »also, mein Lieber, tu, was du tun willst.« Ein reißender Schmerz in seinen Nieren. Nein. Es fühlte sich falsch an. Er vertraute dem Drachen nicht, da konnte der Schamane sagen, was er wollte. »Stopp«, sagte er laut. »Nein. Keine Zerstückelung. Du brauchst etwas anderes, du bist wütend auf mich. Was brauchst du wirklich? Es tut mir leid, kann sein, dass ich mich irre, aber das fühlt sich einfach nicht richtig an«, wandte er sich an den Schamanen. Dieser legte leise schmunzelnd die Adlerklaue, mit der er die Energien getrennt hätte, wenn sich Frederik tatsächlich gegen sein inneres Gefühl auf die Zerstückelung eingelassen hätte, zurück an ihren Platz. Und schwieg.

Gab ihm kein Okay. Frederik war so weit, sich zu befreien, selbst von ihm. Folge dem, was du fühlst, hatte er gesagt, und das war der wichtigste Satz seiner gesamten Arbeit mit Frederik. Er sandte ihm Energiewellen der Anerkennung und des Respekts, verneigte sich im Stockfinsteren vor ihm.

Frederik fühlte sich auf einmal vollkommen sicher. Die Nieren kamen zu Ruhe, der Drache stand vor ihm, wartend.

»Was brauchst du wirklich, was darf ich für dich tun?«, fragte Frederik noch einmal im Stillen. Nun wurde der Drache kleiner, er schimmerte plötzlich in einem rosigen, weichen Rot, so samtig, dass Frederik die Weichheit von Rosenblüten zu fühlen meinte.

»Nimm dein wildes Drachenherz zu dir zurück«, hörte er eine klare Stimme, und Frederik sagte laut und deutlich »Ja«.

Ein Feuersturm brauste über ihn hinweg, der Drache spuckte ihn an, verbrannte ihn, ließ ihn zu Asche werden, und jetzt ließ es Frederik zu. Er gab sich hin, fühlte, wie er zerfiel, sich auflöste. Die Asche wirbelte hoch auf im Feuersturm, den der entfesselte Drache entfachte, immer mehr Feuer spie er, als wollte er die ganze Welt verbrennen. Frederik atmete einmal tief auf und fühlte sich – frei. Vollkommen erlöst, nichts hielt ihn mehr zurück, er war pures, reines Sein. Der Körper verbrannt, die Asche tanzte mit den Sternen. Ob er sich jemals wieder zusammenfügen würde oder von nun an für immer den Tanz der Sterne tanzte, war vollkommen gleichgültig. Nach einigen zeitlosen Augenblicken fielen die Partikel wieder zur Erde, sanken ein, vermischten sich mit den Steinen, dem

Sand, mit den Kristallen, dem Magma im Erdkern. Alles, was nicht zu Frederik gehörte, schmolz, wurde von der Erde aufgesaugt. Tiefste Ruhe zog in ihn ein, tiefer, als er es je erlebt hatte, entspannte er sich, war im Frieden mit allem, was war. Er löste sich auf im Erdkern, ließ jede Verantwortung für alles, was er selbst geschaffen hatte, los und war eins mit der Erde. So lag er da, gefühlte hundert Jahre lang.

Der Schamane goss eine weitere Kelle Salbeiwasser auf die glühenden Steine.

Frederik kam innerhalb seiner Reise wieder zu sich, er fühlte, wie sich sein Körper wieder zusammensetzte, doch irgendetwas war anders. Es war, als hätte er wichtige Teile seines Selbst zurückbekommen oder überhaupt zum ersten Mal erhalten, bestimmte Mineralien und Farben. Er lag da, und auf einmal war der rosenrote Drache über ihm. Er spuckte Feuer, doch dieses Feuer war anders, violett mit goldenen Funken. Die violette Hitze drang in Frederiks Brust ein, strömte in sein Herz. Gab ihm Kraft, wilde Kraft, die er so noch nie gespürt hatte. Doch. Als er mit Gertrud zusammen gewesen war, da hatte er diese Kraft geahnt. Mit ihr hätte er sie leben können. Dann ließ er wieder all seine Gedanken los und ließ sich ganz in diese neue Herzkraft hineinsinken. Bleib bei mir, dachte er auf einmal und meinte den Drachen, bleib bei mir, ich brauche dich.

Plötzlich riss es ihn aus seiner Entspannung, und obwohl er noch immer ruhig am Boden lag, raste sein Herz, und all seine Muskeln spannten sich an. Der Schamane begann zu singen, summte uralte Heilmelodien.

»Komm mit«, hörte er den Drachen in seinem Kopf sagen, »wenn du willst, dass ich bleibe, wenn du mein

Drachenhüter sein willst, dann komm mit. Du wirst gebraucht.«

Frederik nickte. Und dann ging es los, sie brausten durch die Sterne, reisten durch die Zeit. Frederik sah sich plötzlich in einem merkwürdigen Gewand, ägyptisch irgendwie, wenn er sich nicht irrte, oder sah er etwa aus wie eine Art Inka- oder Maya-Priester? Er kannte sich viel zu wenig aus, doch es schien nicht wichtig zu sein. Er hielt einen Gegenstand in der Hand, ein altertümliches Messer. Es funkelte wie pures Gold, eine Prozession ging an ihm vorbei und stimmte einen tiefen Gesang an. Und da war doch nicht etwa ein Altar? Frederik stöhnte. Doch, natürlich war da ein Altar. Und selbstverständlich lag ein Mensch darauf, ein Mädchen, eine Jungfrau. Alles, was in grausig-romantischen oder in Horrorfilmen gezeigt wurde, alles, was Menschen in ihren Rückführungen erlebten, stimmte. Sie hatten Menschen geopfert, allesamt, beinah jedes Volk, und sie waren noch lange nicht fertig damit. Ein Altar also, ein Mädchen, und er, der Hohepriester, hielt die Klinge in der Hand. Und nutzte sie. Lustvoll. Denn er liebte sie und durfte sie nicht haben, natürlich nicht, sie war schon im Mutterleib dazu bestimmt gewesen, das diesjährige Opfer des entsetzlichen Gottes ihres Stammes zu sein. Frederik stöhnte laut auf, der Schamane summte lauter und räucherte mit Drachenblut, dem tiefroten Harz des Drachenbaumes.

Das nächste Bild, eine Pyramide. Er bildete die Priesterinnen und Priester aus, führte sie durch die Einweihungen. Effizient und grausam, doch so war es nun einmal gedacht. Wer umkam, taugte nicht zum Neophyt, der sich auf den Weg machen konnte, der ihn schließlich in die

Rolle des Hohepriesters führte. Eine Frau, ein Mädchen, bernsteinbraune Augen – er hatte sich verliebt, erkannte er. Das durfte nicht sein, und so führte er sie mit noch härterer Hand als die anderen. Er strafte sich selbst für sein Gefühl, indem er sie quälte. Sie war noch nicht so weit, niemals hätte er sie in die Grabkammer, in die letzte der Einweihungen, schicken dürfen. Drei Tage ohne Wasser und Nahrung, sie musste sich innerhalb dieser drei Tage durch die Kraft ihrer Gedanken und ihres Bewusstseins allein befreien, den Körper entmaterialisieren und durch den Stein nach außen kommen, sonst starb sie. Es war zu früh, er wusste es. Hoffte er, dass sie starb, damit er sich nicht länger vor Sehnsucht nach ihr verzehrte?

Und war das nicht schlichtweg ein völlig ausgelutschter Stoff für einen kitschigen Romantikthriller in überladenen Klamotten und mit einer ätherisch schönen Hauptdarstellerin? Dieser Tochter von diesem coolen Sänger zum Beispiel, Dings, von Aerosmith ... wie hieß er noch? Liv Tylor, die war's.

Der rote Drache knurrte. Laut. Holte ihn unsanft zurück.

Hatte er riskiert, gar gehofft, dass sie starb? Ja. Definitiv. Frederik schlug sich die Hände vors Gesicht. Und das nur, weil er sich der Liebe verweigert hatte, weil er seinen hehren spirituellen Idealen und seinen merkwürdigen, blutrünstigen Göttern gefolgt war statt dem Einzigen, das auf der Erde zählte. Der Liebe.

Er ließ sich weiter durch Raum und Zeit ziehen, teilnahmslos, schaute sich an, was er getan hatte, wie oft er sie geopfert hatte. Doch sie hatte ihm nichts geschenkt, es gab auch andere Inkarnationen. Sie die hochmütige Herrscherin, er ihr ergebener Diener, sie als Königin mit ihm als ihrem Minne schmachtenden Ritter. Doch seine Liebe war echt gewesen. Er bat seine Seele, ihm ein Bild zu zeigen, eine Inkarnation, in der sie ihre Liebe erfüllt gelebt hatten, doch da war nichts. Das wäre diese hier gewesen, wusste er auf einmal, deshalb hatten sie sich so früh getroffen, damit sie alle Zeit der Welt hatten, sich endlich aneinander zu freuen. Was war so entsetzlich schief gegangen? Hatte er ihr in irgendeiner Inkarnation Rache geschworen für all die Demütigungen und Zurückweisungen? In völliger Unkenntnis dafür, dass ihre Karma-Konten durchaus ausgeglichen waren, was Grausamkeit betraf? Und die wichtigste Frage: Wozu machten sie das immer wieder, worum ging es denn wirklich?

Liebe zu leben, sie unter allen Umständen zu verkörpern, darum ging es. Und immer wieder waren sie trotz all der Liebe gescheitert. Wenn sie überhaupt etwas daraus lernen konnten, dann, dass Liebe Schutz brauchte. Achtsamkeit. Bewusstheit. Und Verantwortung. Klare Kommunikation. Absprachen. Eine Struktur, in der sie wachsen und reifen konnte, eine Art Rankgitter. Die Liebe brauchte schlicht eine Chance. Er hatte seine Liebe zu ihr weder geschützt noch verantwortungsvoll ins Leben gerufen, in Handlungen, Absprachen und eindeutigen Absichten lebendig werden lassen, damit sie wirken konnte. Liebe auf der Erde brauchte wie alles eine Mutter und einen Vater, jemanden, der sie nährte, und jemanden, der sie schützte. Er hatte das Gegenteil getan, immer wieder versucht, sie zu leugnen und zu vermeiden. Er hatte die Liebe, erkannte er, nicht nur vermieden. Er hatte sie verachtet. Die scheinbare Schwäche, die Verletzlichkeit, all diese Gefühle. Er hatte sich in Religionen gestürzt, da gab es klare Richtlinien, wer gut und wer böse war, es gab eindeutige Verhaltensregeln vonseiten des Gottes. Er konnte emotional ein Kind bleiben, wenn er sich der Religion verschrieb, so, wie er es getan hatte, brauchte keine Verantwortung für sein eigenes Leben zu tragen, sondern handelte im Dienst an seiner Gottheit.

Immer weiter zog ihn der Drache, es kam ihm vor, als sei er bereits Stunden in dieser Schwitzhütte.

Plötzlich erschauerte er, und es wurde eisig kalt. Verantwortung. Eine Grabkammer. Die Opferungen. Er konnte die Dinge ändern, sofort.

»Führ mich zurück«, rief er laut, »schnell!«

Wieder sah er sich im Priestergewand mit dem Opferschwert in der Hand am Altar stehen, das Mädchen schaute seelenvoll zu ihm auf, vertraute ihm, obschon sie vor Angst zitterte.

»Stopp«, rief er sich selbst zu, »hör sofort auf.« Der Priester von damals zuckte zusammen, erwachte wie aus einer Trance. Frederik stand plötzlich neben ihm, konnte ihn spüren, die Feuer riechen, dem Mädchen in die Augen schauen. »Bind sie los, der Preis ist viel zu hoch«, sagte er. »Sag ihr, dass du sie liebst, und verschwindet von hier, ich nehm euch mit.« Und tatsächlich, der Hohepriester von damals band das Mädchen in diesem inneren Bild los, sie stand auf, völlig benommen, sicher unter Drogen gesetzt. Frederik stellte sich eine Lichtsäule vor und schickte die beiden durch diese Lichtsäule zurück zu ihren Seelenflammen, zurück nach Hause. Löschte das Karma. Machte es wieder gut. »Ägypten, schnell!« Er wusste nicht, warum die Zeit auf einmal so drängte, doch es wurde immer kälter in dieser Hütte. Beinah kam es ihm vor, als läge er in einer Grabkammer. Wieder sah er sich als Hohepriester des Gottes Osiris, er unterrichtete die Novizinnen. Und da war sie, die eine, die, die er liebte. Sie bat darum, in den Hathor-Tempel wechseln zu dürfen, und er wollte sie nicht gehen lassen. Sie habe einen klaren inneren Ruf vernommen, sagte sie, sie müsse Isis dienen, sie sei eine ihrer Priesterinnen. Der Hathor-Tempel lag ganz im Süden Ägyptens, und nur Frauen waren dort zugelassen. Er wusste, das bedeutete, er würde sie nie wieder sehen. Und so stimmte er zwar zu, doch unter einer Bedingung: Sie musste ihren Weg unter seiner Leitung zunächst zu Ende gehen. Hätte er sie ziehen lassen, hätte er sie in den Tempel der Hathor geschickt, dann wäre sie dort neu eingeweiht worden, in die liebevollen Riten der Isis-Priesterinnen, in die Heilung durch sexuelle Energie und in die Geheimnisse der weiblichen Schöpferkraft. Ganz sicher läge sie nicht in einer Grabkammer, aus der sie nie wieder herauskommen würde – das war ihm sehr bewusst. Lieber riskierte er, dass sie während der Einweihung starb, als dass er sie an Isis verlor, an diese Widersacherin, die seinem Gott auf der Nase herumtanzte. Angewidert schaute er sich selbst dabei zu, wie er seine unerreichbare Geliebte ins Verderben schickte. Er sah sich selbst eingesponnen in all diese Verpflichtungen seinem Tempel und seinem Gott gegenüber und erkannte, dass er gar keine Chance gehabt hatte.

Plötzlich durchströmte ihn eine gänzlich unbekannte Empfindung. Eine warme Welle floss durch sein Herz, pures, reines Mitgefühl. Mit dem Mann, der er einst gewesen war. Mit den seelischen Entscheidungen, die er getroffen, mit dem, was er sich und dadurch allen Beteiligten zugemutet hatte. Mit Tränen in den Augen wandte er sich an den Hohepriester von damals, den Mann, der sein eigenes Herz und seine Wünsche in die tiefste Grabkammer seines Herzens verbannt hatte.

»Lass sie gehen«, flüsterte er sich selbst zu, »lass sie los, wenn du sie nicht haben kannst. Oder verlass den Tempel, nimm sie, und werde glücklich mit ihr. Aber lass sie gehen.« Auch der ägyptische Hohepriester schien wie aus einer Trance zu erwachen, er atmete tief auf, und als die Novizin vor ihm stand, ihre Not schilderte und darum bat, in den Hathor-Tempel wechseln zu dürfen, nickte er nur. Und ließ sie gehen.

Wie durch ein Wunder strömte die Wärme in die Hütte zurück, und Frederik schlug die Augen auf. Der Schamane goss eine letzte Kelle auf, durchschnitt mit seiner Adlerklaue irgendwelche Fäden und Stränge, die aus Frederiks Bauch herauszuwachsen schienen. Und dann öffnete er die Hütte, ließ Mondlicht und eine frische Meeresbrise hinein. Frederik krabbelte hinaus, verneigte sich vor seinen Ahnen, wie es üblich war, und setzte sich vor die Hütte ans Feuer, blickte aufs Meer. Der Schamane folgte ihm, nachdem er die restlichen glühenden Steine für die letzte Runde in die Hütte gebracht hatte, eine leere Hütte für die Ahnen.

»Wie lang war ich denn drin?«, fragte Frederik. Die Sonne war noch immer nicht aufgegangen, obwohl Frederik das Gefühl hatte, Stunden in der Hütte verbracht zu haben. Es musste längst Zeit für das Frühstück sein. Der Schamane goss schwarzen Kaffee aus einer Thermoskanne in eine verbeulte Blechtasse und reichte sie ihm. Dankbar nippte Frederik am heißen Getränk.

»Dreißig Minuten«, antwortete er.

Auf einmal wurde es wärmer, Gertrud öffnete die Augen. War sie etwa eingeschlafen? In dieser Eiseskälte? Alles tat ihr weh, doch nun, als sie sich umschaute, erkannte sie, dass die Energiekugel wieder funktionierte. Der Prachtsaal war da, Anubis leckte ihr die Hände und das Gesicht. Sie stand auf, schüttelte Arme und Beine aus. Streichelte den treuen, lieben Gefährten. Irgendetwas war anders. Sie fühlte sich noch klarer, vollständiger, und als sie sich nun selbst gegenüberstand, dieser wundersamen Göttin in die Augen schaute, die sie laut Akasha verkörperte, spürte sie eine Kraft in sich wie nie zuvor. Sie sank auf die Knie. Ihr Spiegelbild, ihr Hologramm, wie Akasha ihr versichert hatte, tat es ihr gleich. Woher auch immer die Worte kamen, auf einmal hörte sie sich sagen: »Göttin, ich rufe dich. Lass mich dich sehen, lass mich wieder zu dir gehören, lass mich dir dienen.«

Plötzlich eine innere Stimme: Ruf deine Schwester. Gertrud stutzte. Doch tat sie, wie sie geheißen worden war. Klara, dachte sie, doch sofort spürte sie einen inneren Widerstand. Nicht Klara, hörte sie die Stimme, ruf deine Schwester. Gertrud drückte sich die Hände an die Stirn, was sollte das denn? Anubis stupste sie an, legte sich eng neben sie, gab ihr Wärme. Doch nicht nur das.

Wie aus heiterem Himmel, denn sie kannte sich wirklich nicht aus mit ägyptischer Mythologie, kam ihr ein Bild in den Sinn, das stimmen konnte oder nicht. Ein Sarg. Und ein unfassbarer Schmerz. Sie selbst stand am Fußende, am Kopf eine andere Frauengestalt. Ein Name, Nephtys. Wo hatte sie diesen nur schon mal gehört, fragte sie sich, doch die Antwort war: gar nicht. Sie wusste ihn einfach. Sie schaute der Frauengestalt in die Augen, gemeinsam waren sie eins. Und dann plötzlich erinnerte sie sich. Im Sarg lag ihr geliebter Mann Osiris. In Einzelteilen. Und diese Einzelteile hatte sie mit ihrer Schwester Nephtys gemeinsam zusammengesucht. Nun bewachten sie den Sarg, weinten zusammen um ihn. Wie war es dazu gekommen? Gertruds Herz setzte für einen Schlag aus, als sie die inneren Bilder sah. Das war doch wohl ein Witz, oder? Nephtys hatte mit Isis' Gatten Osiris geschlafen, indem sie sich für sie, Isis, ausgab. Und ein Kind von ihm empfangen. Nicht irgendein Kind. Sondern Anubis. Nephtys setzte das Kind in einem Weidenkorb am Nil aus, Isis hatte nach ihm gesucht und es gefunden. Seth, Osiris Bruder, der mit Nephtys verheiratet war und keine Kinder zeugen konnte, hatte Osiris daraufhin getötet und mitsamt dem Sarg in den Nil geworfen. Mithilfe des Gottes Toth hatte Isis ihn gefunden, vollkommen von einem Baum umwachsen. Toth übertrug Osiris' Sohn Anubis seine Zauberkraft, und Isis sowie ihre reumütige Schwester versuchten, Osiris mit Anubis' Hilfe ins Leben zurückzurufen. Doch Seth fand ihn erneut und zerstückelte seine Leiche in vierzehn Einzelteile. Die jetzt im Sarg lagen. Den Penis hatten sie nicht gefunden, weil ihn ein Fisch gefressen hatte, so formte Isis einen Ersatz aus Ton. Gertrud raufte sich die Haare. Das konnte einfach nicht sein. Wenn sie ernsthaft Isis verkörperte, zumindest ein Teil ihrer Energie in sich trug, dann hatte ihre altägyptische Zwillingsschwester mit ihrem Mann geschlafen, ein Kind von ihm empfangen. Und Isis, die ihr, warum auch immer, vergeben hatte, suchte dieses Kind, zog es auf? Trauerte mit ihr gemeinsam um den Mann, den ihre Zwillingsschwester Nephtys verführt hatte? Sekundenlang hatte Isis Osiris nach dessen Zerstückelung durch Magie wieder zum Leben erweckt, das wusste Gertrud aus dem Geschichtsunterricht, und mit ihm trotz des tönernen Penis ebenfalls ein Kind gezeugt, Horus. So weit, so verrückt. Aber was sie wirklich nicht fassen konnte, war: Wie ging Isis mit dem Verrat ihrer Schwester um? Wie konnte sie mit ihr zusammen den von beiden geliebten Mann suchen, bewachen, betrauern? Und dann fiel ihr noch etwas ein. Nephtys wurde später als die Göttin Aphrodite bezeichnet. Und wenn sie sich ihre gemeinsame Geschichte so anschaute, dann war das durchaus zutreffend. Sie hatte den Apfel bekommen, sie hatte gewonnen.

Gertrud stöhnte laut auf. Wenn das alles stimmte und nicht nur ihrer Einbildung entsprang, dann war ihr Gefühl richtig: Sie war eins mit ihrer Schwester, ihre Seelen gehörten zusammen. Ihre Geschichte war größer als das, was in ihrem irdischen Leben passierte, und erforderte deshalb auch größeres Mitgefühl, höhere Vergebung. Aber wieso war es in diesem Leben wieder passiert? Wieso hatte ihr die Schwester den Mann genommen? Diesmal hatte er ja sogar bewusst zugestimmt, war nicht getrogen worden. Falls Frederik überhaupt irgendetwas mit Osiris zu tun hatte. Es war ihre Geschichte, vielleicht nicht seine. Es ist nur ein Aspekt, wusste sie plötzlich, sie alle hatten noch viele andere Themen und Herausforderungen zu klären und zu meistern. Sie war eben nicht Isis, nicht so, wie es oft verstanden wurde, sondern sie verkörperte einen Teil ihrer Energie und erlebte diese Kraft in immer neuen Ausformungen. Oder auch nicht, es war ihr auf einmal egal. Letztlich zählten nur die gelebten Handlungen und Entscheidungen. Die Geschichten dazu waren eben das: Geschichten. Und handeln würde sie jetzt endlich. Gertrud stand auf, durchquerte den Prachtsaal und legte sich auf das Bett ihres Rückzugsortes. Sie entspannte sich, ließ alles los und bat darum, dass zum Wohle aller Beteiligten das Allerbeste für die Tiere und Menschen auf dem Hof geschehen möge. Alle Bilder über Isis, Osiris und ihre wunderschönen Haare waren Mythen. Was wirklich zählte, war das Leben heute. Die Tiere. Sie konnte die Kraft nutzen, die ihr durch diese Göttin zur Verfügung gestellt wurde. Doch mehr Bedeutung würde sie dem Ganzen nicht mehr geben. Sonst käme sie vor lauter Faszination überhaupt nicht mehr aus dieser Kugel heraus.

So blieb sie noch ein paar Minuten lang auf ihrem Bett liegen, bis sie spürte, dass sie für heute alles getan hatte, was möglich war.

Dann stand sie auf, fuhr sich durch ihr Haar und verließ die Räume, setzte sich zurück an Akashas Küchentisch und aß ihren köstlichen Eintopf. Egal, ob Ambrosia drin war oder nicht, dachte sie, Akasha konnte definitiv kochen.

»Und?«, fragte diese, als sie sich zu Gertrud setzte. »Fliegst du?«

»Ach das«, antwortete Gertrud. Kalifornien hatte sie glatt vergessen. Und dann, ohne weiter darüber nachzudenken, sagte sie ganz einfach »Ja.« Frederik war ihr gleichgültig. Aber sie musste zu ihrer Schwester. Wenn Isis einen Verrat vergeben konnte, dann würde sie das wohl auch schaffen.

Sie aß ihren Teller leer, dann duschte sie, zog zum ersten Mal eines der farbenfrohen Kleider an, die in ihrem Schrank hingen, versagte sich den kritischen Blick in den

Spiegel und fuhr mit dem Bus in die Stadt, um ihr Ticket abzuholen.

Als sie das AngelFace betrat, erkannte sie auf den ersten Blick, dass Donna die Fäden bereits aus der Hand zu legen begann. Der Salon war gepflegt wie immer, doch etwas fehlte, die Seele, der Geist. Frische Blumen zum Beispiel. Die Kerze am Eingang. Die Atmosphäre war anders, leerer irgendwie, ohne dass Gertrud genau sagen konnte, woran es lag. Dann stimmte es also, Donna blieb in Amerika. Unfassbar. Sie schaute sich um, könnte sie sich vorstellen …? Mit einer entsprechenden Ausbildung …? Nein. Es war Donnas Werk. Auf gar keinen Fall würde sie das abgelegte Zeug ihrer Schwester auftragen. Oder mit dem abgelegten Mann schlafen, auch wenn sie ab und zu daran dachte. Sex war einfach schon so unglaublich lang her, mehr war es nicht. Sie liebte Frederik nicht mehr, wirklich nicht. Könnte sie sonst einfach so hier stehen, ohne dass ihr Herz auch nur das geringste bisschen rascher klopfte? Sicher nicht. Die Kosmetikerin, die sich am anderen Ende des Salons in einem Kundengespräch befunden hatte, wurde auf sie aufmerksam. Ohne ein Zeichen des Erkennens trat sie auf Gertrud zu, obwohl es diejenige war, bei der sich Gertrud von einigen Tagen entschuldigt hatte.

»Ich bin Gertrud, guten Tag, Sie haben mir eine Mail von Frederik zugeschickt.«

Die Kosmetikerin stutzte, dann begann sie zu strahlen.

»Sie sind das! Ich hätte Sie nicht erkannt, entschuldigen Sie bitte. Die Farbe steht Ihnen großartig, wenn ich das sagen darf.«

Nun erst warf Gertrud einen Blick in einen der riesigen Spiegel, die überall hingen. Wow, dachte sie. Wäre sie eitel, würde sie vor Stolz hochmütig werden. Ihr Kleid, ein königsblaues, eng anliegendes und sehr bequemes Strickkleid mit einem pink und türkis gemusterten, weiten Rollkragen, brachte ihre Augen und ihre Haare zum Schimmern. Sie wirkte entspannt, glücklich beinah, leuchtete von innen heraus. Sie hatte nichts mehr gemein mit der verkniffenen, bitteren Toilettenfrau. Sie wirkte weich, zärtlich, als würde sie innig geliebt. Und, weitaus wichtiger, als wäre sie selbst voller Liebe. Das war der Schlüssel. Nicht die Farbe, nicht die zarten Düfte, nicht die Rosencreme, die hier überall stand. Das Teilen ihrer Liebe, die zärtliche Fürsorge, das Streicheln der weichen und struppigen Felle machte sie schön. Und vielleicht auch ein bisschen das Wissen darum, dass sie ein strahlender Teil einer wundervollen Göttin war – es sich zumindest überzeugend einbildete. Den Frauen ihre Schönheit zurückzugeben, ihre Strahlkraft, das war ihre Aufgabe, erinnerte sie sich auf einmal so deutlich, wie sie es mit sechzehn Jahren schon gewusst hatte. Doch die wahre Strahlkraft kam aus der gelebten, praktizierten Liebe heraus. Nicht aus der abgehobenen Liebe, die Donna verkörpert hatte, die Liebe, die sich durch salbungsvolle Blicke und eine sanfte Stimme ausdrückte. Donna war angebetet worden, nahezu unerreichbar in ihrer Zartheit und Schönheit, ätherisch, nicht greifbar. Doch Anbetung nährte nicht, sondern stahl letztlich Energie. Wahre Schönheit, wahre Erfüllung kam aus der Liebe, deretwegen man nachts um vier aufstand, wenn eines der Tiere klagte, sich nicht zu schade war, Ställe auszumisten und ganze Nächte an der Seite eines nach seinem verstorbenen Herrchen jammernden Hundes zu verbringen. Die Liebe, deretwegen man sich die Hände schmutzig machte und sich in komische Energiekugeln begab, um die Welt zu retten, selbst wenn man gar nicht dran glaubte. Das alles wusste Gertrud plötzlich, und auch wenn sie sich selbst meilenweit vom Zustand echter Liebe entfernt fühlte, so erkannte sie doch, dass diese gelebte Liebe ihren Zauber, ihren Lichtschimmer durch sie hindurch wirken ließ. Die Kosmetikerin reichte ihr einen Umschlag, darin lagen ein ausgedrucktes Ticket nach Los Angelos, ein Zettel mit einer Telefonnummer und ein Gutschein für eines der großen Flughafenhotels und für einen Mietwagen, außerdem achthundert Euro in Hundertern. Gertrud schluckte. Das Taxi zum Flughafen war nun kein Problem mehr – außer, sie kaufte von dem Geld Futter und Stroh. Was sie selbstverständlich auch tun würde. Ade, L.A. Wenn Frederik etwas von ihr wollte, könnte er seinen Hintern schließlich auch nach Deutschland bewegen. Dann erstarrte sie plötzlich. Wenn jemandem das Geld zustand, dann ja wohl ihrem Sohn. Sie seufzte. Wie kompliziert es sofort wieder wurde, wenn Frederik auftauchte.

»Ich danke Ihnen von Herzen, alles, alles Gute.« Was aus Donnas Salon wurde, wollte sie nicht fragen, um die Angestellte nicht zu verunsichern. Die Kosmetikerin lächelte ihr zu.

»Kommen Sie mal wieder, auch wenn Sie es wirklich nicht nötig haben«, sagte sie und hielt ihr die Tür auf.

Nanu, das klang nicht, als würde Donna ihren Salon schließen. Nun ja. Wenn sie, Gertrud, sich ernsthaft für all diese Dinge interessierte, dann sollte sie wohl doch nach Kalifornien fliegen und Donna einfach fragen. Oder sich mit ihren eigenen Angelegenheiten beschäftigen.

»Natürlich fliegst du, lass einen der Hunderter da, wenn du darauf bestehst, Futter kaufen zu müssen, wobei ich dich daran erinnere, dass ich dir für deine Arbeit hier so gut wie nichts zahle und du nichts schuldig bist. Aber den Rest nutzt du unbedingt für dich! Und jetzt ist Schluss, ruf da an, und buch einen Flug. Du kriegst das Geld für das Ticket sowieso nicht zurück.«

Akasha war unerbittlich. Und so saß Gertrud ein paar Tage später tatsächlich in einem Taxi zum Flughafen. Bis ihr die alte Dame einfiel, für deren Hund nun niemand sorgte, weil sie selbst so in Anspruch genommen war von all den Gedanken, Gefühlen und dem Hin und Her der Entscheidung, dass sie glatt vergessen hatte, für Ersatz für sich zu sorgen. Das war ja wohl unglaublich. Wie konnte Frederik auf einmal einen dermaßen großen Einfluss auf sie haben? Sie konnte sich zehnmal einreden, dass sie ihre Schwester treffen wollte, Tatsache war, dass sie in all dem inneren Wirrwarr ihren Alltag, das, wofür sie angetreten war, vernachlässigte. Das war es nicht wert. Nie wieder würden diejenigen, für die sie sorgte, für diese uralte Geschichte zahlen müssen, das hatte sie sich geschworen, und jetzt würde sie sich auch dran halten. Wenn er was von ihr wollte, müsste er heimkommen. Sie würde eine Lösung finden, ihre Schwester zu treffen. Kalifornien. Was hatte sie sich denn dabei gedacht? Kein Mensch flog einfach mal eben zehn Stunden, um etwas zu klären, das ein Vierteljahrhundert lang auch bequem ohne Klärung ausgekommen war. Schon gar nicht auf eine simple Mail hin, wenigstens anrufen könnte er, und was sollte das überhaupt für ein Argument sein, dass er ihre Nummer ja gar nicht hatte, dachte sie, und verwirrte sich selbst immer mehr, je näher sie dem Flughafen kamen. Sie verplemperte hier nur Geld, das sie für die Tiere brauchte. Sie kramte ihr Handy aus der Handtasche. Auch Handtaschen gehörten zu den Albernheiten, die sie bislang vermieden hatte, sie war bis jetzt sehr gut ohne ausgekommen. Doch sie gab zu, dass es sinnvoll war, Handgepäck dabei zu haben, und so hatte sie sich auf Akashas Drängen hin eine billige Umhängetasche besorgt, auch das von Frederiks Geld. Zwei Sack Hundetrockenfutter hatte das Ding gekostet. Sofort musste sie Akasha anrufen, um die Versorgung des Hundes zu klären. Sie wählte ihre Nummer, es war besetzt. Dann eben später. Gertrud seufzte. Nun hatte sie ihr Handy schon mal in der Hand … Frederik. Irgendwann musste es ja sein, er wusste nicht mal, dass sie einen Flug gebucht hatte. Sie tippte die lange Nummer, die in dem Umschlag gesteckt hatte. Bevor sie irgendeine Entscheidung traf, würde sie mit ihm telefonieren. Die Frage, warum sie das nicht schon längst getan hatte, stellte sich ihr gar nicht, wozu hätte sie anrufen sollen? Er wollte, dass sie kam, sie hatte die Adresse, Geld und Gutscheine, der Rest würde sich finden. Er würde sich wohl die Zeit für sie nehmen müssen. Das hatte sie zumindest Akasha geantwortet, für die diese Frage durchaus einen Sinn ergab. Amerika. Sie war größenwahnsinnig. Sie würde schon am Flughafen durchdrehen. Als sie die Nummer gewählt hatte, hielt sie das Handy ans Ohr, weit entfernt klingelte es. Ihr Herz begann, wie wild zu klopfen.

Und dann legte sie genau deshalb wieder auf. Ernsthaft verärgert, weil ihr Herz so verrückt stolperte. Bat den Fahrer, umzudrehen. Stornierte telefonisch den Flug. Und schaltete dann ihr Handy ab. Sie würde seinen Rückruf, wenn er denn überhaupt kam, nicht annehmen. Das alles war es nicht wert. Sie hatte ihren Frieden gefunden, lebte mit den Tieren. Das Leben hatte ihr genug zugemutet. Nein, eben nicht das Leben. Sondern ganz eindeutig Frederik. Und jetzt sprang sie in ein Flugzeug, nur weil er gerufen hatte? Ganz sicher nicht. Die alte Bitterkeit, die ihr Leben vergiftet hatte, bahnte sich bereits den Weg zurück in ihr Herz. Schluss damit. Es gab nichts mehr zu klären. Mit ihrer Schwester, das schon. Das war Familie. Aber darum würde sie sich selbst kümmern, nicht Frederiks Geld nutzen.

»Fahren Sie mich bitte wieder nach Hause«, sagte sie energisch. »Ich habe Tiere zu füttern.«

18

Klirrend schepperte das Metall, als Paul die zentnerschwere Eisenstange zurück in ihre Halterung krachen ließ. Natürlich ließ man seine Gewichte nicht fallen, sondern legte sie sanft ab, hielt die Spannung bis zuletzt, doch heute war er nicht in Form. Keuchend stand er auf, wischte sich den Schweiß von der Stirn und entspannte sich mit einigen Situps. Ein paar Minuten später lag er ausgepumpt in der clubeigenen Sauna, und sein Schweiß tropfte in Strömen. Konnte man mit sechsundzwanzig schon Alterserscheinungen haben? Denn seit ein paar Tagen schmerzten seine Nieren, dass es eine wahre Pracht war. Dabei war Paul der gesündeste Mensch, den er selbst kannte. Er ernährte sich seit Jahren ausschließlich von Rohkost, trank seine zwei Liter am Tag und verzichtete sogar auf Kaffee, kurzum, er war unerträglich und eine Zumutung für seine Kumpels. Weder ausgiebige Grillabende noch Biergelage konnten ihn locken. Obwohl er Handwerker war und sich seine Mitarbeiter oft genug ihr erstes Bier zum zweiten Frühstück reinzogen. Was er natürlich unterband. Nun also die Nieren, heute Morgen hatte er beim Pinkeln Blut im Urin gefunden. Paul ließ bewusst los, seine innere Unruhe ignorierend. Seit er ein Kind war, konnte er sich an sich selbst vorbei entspannen, er entschwand einfach in andere Welten und Sphären. Doch heute versagte seine Fantasie. Nicht mal das Tor bekam er hin, durch das er sich normalerweise verdrückte. Innerlich abzuhauen war als Kind seine einzige Möglichkeit gewesen, seiner überbehütenden Mutter zu entkommen, das hatte er in einer Therapiesitzung gelernt. Überbehütend und zugleich so bedürftig, dass er nicht nur die Kind-, sondern auch die Vaterrolle übernommen hatte. So erklärte es ihm die sagenhaft vollbusige Therapeutin, die er gleich nach der ersten Sitzung flachgelegt hatte. »Das mach ich sonst nie!«, hatte sie gejapst, als würde es ihn interessieren. Paul war allein in der Sauna, und in der Hoffnung, dass sich das Fitnesscenter die Sicherheitskameras gespart hatte, begann er, sich selbst zu beglücken. Er umfasste seinen Penis, spürte die weiche, glatte Haut. Männer fühlten sich so stark, so unverwundbar, so allmächtig, wenn ihnen der Schwanz stand, doch in Wahrheit waren sie tief verletzlich, zart, bedürftig. Auch das hatte die Therapeutin ihm erklärt, wenn er sie richtig verstanden hatte. Sie hatte ziemlich genuschelt, weil sie besagten Schwanz dabei zwischen den Lippen gehalten hatte.

Die Tür öffnete sich knarrend, Paul drehte sich auf der Stelle auf den Bauch. Schade, Sex half immer, die Anspannung loszuwerden. Diese Anspannung, die ihn begleitete, seit er begreifen konnte, dass seine Mutter allein war. Paul hatte bis heute nicht herausgefunden, was an ihm so abstoßend war, dass sein Vater nicht mal wenigstens ab und an zu Besuch kommen wollte. Wer immer sein Vater war.

»Du kannst nichts dafür, er ist einfach ein Arschloch!«, hatten ihm seine Freunde und Freundinnen in der Schule gesagt, doch so einfach wollte und konnte es sich Paul nicht machen. Und so hatte er gebohrt und immer wieder nachgefragt, bis seine Großmutter weich geworden war.

»Das Kind hat die Wahrheit verdient«, verteidigte sie

sich, als ihr Mann, Gertruds und Klaras Vater, ernsthaft wütend wurde, und dieser lenkte ein. Es stimmte ja. Und so erzählte sie ihrem Enkel im zarten Alter von vierzehn, dass ihm seine Tante Klara den Vater genommen hatte, dass Frederik sowieso nicht an ihn als seinen Sohn glaubte und dass Gertrud von beiden nichts mehr wissen wollte. Paul, völlig ahnungslos darüber, dass er überhaupt eine Tante Klara hatte, so sorgfältig hatte Gertrud jeden Kontakt vermieden, schwieg nur. Und begann, seine Großeltern, so liebevoll und großzügig sie auch waren, zu verachten. Eine dümmere Geschichte hätten sie sich wohl nicht ausdenken können. Seine Mutter, die er über alles liebte und für die er alles tun würde, enthielt ihm bewusst und ohne Not den Vater vor? Denn sie erzählte etwas ganz anderes. Dass sein Vater ihn vermisste. Dass er eine Familie hatte und deshalb nicht kommen konnte. Dass er am liebsten bei ihnen geblieben wäre, als er von Gertruds Schwangerschaft erfahren hatte. Dass er ihn so sehr liebte, aber keinen Kontakt haben durfte. Der kleine Paul hatte das verstanden, aber er hatte keine Ruhe gegeben. Es war, als müsse dieser gravierende Mangel in seinem Leben unter allen Umständen ausgeglichen werden, und da es keinen anderen Mann im Leben seiner Mutter gab, war er geradezu besessen vom Wunsch, seinen Vater zu treffen. Was natürlich nie geschah. Doch eines Tages würde er ihm gegenüberstehen, und dann würde sein Vater stolz auf ihn sein. Und so lernte er, trainierte, gründete eine eigene Firma, war fürsorglich und nett zu seiner Mutter und machte dem abwesenden Vater keine Schande. Von ein paar Ausrutschern abgesehen. Doch davon würde sein Vater nie erfahren.

Paul setzte sich auf. Er wischte sich mit dem Handtuch über das Gesicht und gähnte. Verdammt, war er müde. Wenn dieses dumpfe Pochen im unteren Rücken nicht bald aufhörte, würde er zum Arzt gehen müssen.

»Wut«, hatte eine wohlmeinende Freundin heute Morgen zu ihm gesagt, als sie sein Bett und seine Wohnung verlassen hatte, »du bist höllisch wütend, und das ist in den Nieren gespeichert.«

Das mochte sein. Dann würde er jetzt um die Häuser ziehen. Irgendeine Frau fand sich immer, die ihn und seine Wut bereitwillig in sich aufnehmen würde. Er stand auf, kletterte über die Holzbänke und nickte dem Störenfried zu. Paul drückte ab und zu neben ihm Gewichte. Es war ein bulliger Kerl, der wie ein Geisteskranker trainierte und dem der Schweiß nur so von der Stirn troff.

Doch aus dem Um-die-Häuser-Ziehen wurde nichts. Als er aus der Sauna trat und die Holztür hinter sich schließen wollte, durchschoss ihn ein schier unmenschlicher Schmerz. Er brüllte auf, und ihm wurde schwarz vor Augen. Er fiel zu Boden.

»Wie bitte? Was soll denn das heißen, er liegt auf der Intensivstation?« Gertrud raufte sich die Haare, während ihr Akasha von dem Anruf des Krankenhauses erzählte. Gerade eben war sie zur Tür hereingekommen und hatte Akasha völlig aufgelöst vorgefunden, der Anruf war gerade mal fünf Minuten her, und sie hatte Gertrud nicht erreicht. »Und wenn ich jetzt nach Amerika geflogen wäre?«

»Bist du aber nicht, du Mutter. Deine Instinkte funktionieren hervorragend. Was für ein Wunder, dass du wieder nach Hause gekommen bist! Bevor du jetzt zusammenklappst, wie wäre es, wenn du ihn erstmal heilst?«

Akasha rüttelte Gertrud, die in sich zusammen gesunken war, an der Schulter.

Gertrud blitzte sie an.

»Wie bitte? Was soll ich denn machen? Ich setze mich jetzt in ein Taxi und fahr zu ihm! Dann ist das Geld seines Vaters wenigstens zu was nutze.«

»Mitkommen!«

Akasha zog die widerstrebende Gertrud hinter sich her durch die Tapetentür.

»Ich muss zu meinem Sohn«, jammerte diese, doch Akasha hielt sie fest.

»Und genau da gehen wir jetzt hin.«

Sie durchquerten den Prachtsaal, setzten sich an den Tisch des Konferenzraumes. Gertrud schloss die Augen. Wenn Akasha meinte, dass es helfen würde, nun gut. Umso schneller wäre sie wieder draußen und auf dem Weg zu ihrem Sohn.

»Ruf seine Seele«, sagte Akasha unvermittelt.

Gertrud riss die Augen auf.

»Und dann? Stirbt er dann nicht? Sie ist doch im Körper, oder? Ist er schon tot?«

Akasha seufzte.

»Du stellst dich schon wieder dümmer, als du bist. Wach auf. Ruf seine Seele. Du weißt, wie das geht. Verdammt, du hast zusammen mit Anubis deinen Mann zum Leben erweckt, du wirst doch wohl was für deinen Sohn tun können!«

Und Gertrud, die wirklich absolut keine Lust hatte, diesen ganzen Kram zu glauben, erkannte auf einmal, dass es stimmte. Und dass es überhaupt keinen Sinn mehr ergab, sich unwissender zu stellen, als sie war, nur um der Verantwortung aus dem Weg zu gehen.

»Nun gut.« Sie schloss erneut die Augen, legte ihre Hände auf den Tisch und murmelte vor sich hin. »Ich rufe dich, Seelenflamme, ich rufe dich, als deine irdische Mutter rufe ich dich.«

»Sie erinnert sich«, murmelte Akasha, und auf einmal rollten Tränen über ihre Wangen. Von Gertrud unbemerkt erschien Mutter Erde, und auch sie hatte Tränen in den Augen. Sie war ganz in Leder gekleidet, verkörperte heute das Reich der Tiere, besonders der Krafttiere.

»Sie ist eine Mutter. Wir Mütter dürfen eine ganze Menge bewirken«, sprach sie, und Akasha nickte.

Ein Leuchten erschien im Raum. Und manifestierte sich. Bekam Form, bis Paul am Tisch saß, ein leuchtender, hellerer Paul, nicht ganz irdisch, aber deutlich sichtbar. Gertrud öffnete die Augen und starrte ihn an. Dann fiel ihr Blick auf Mutter Erde. Gertrud konnte nicht anders, als aufzuspringen und sie von Herzen zu umarmen.

»Hilf meinem Kind, bitte«, flüsterte sie.

Dann setzte sie sich wieder. Und jetzt? Sie wandte sich an Akasha.

»Jetzt lesen wir seinen Seelenplan«, antwortete Akasha. »Du rufst die Seele, ich lese den Plan. Mutter Erde heilt. Wie immer.«

Sie schnippte mit den Fingern, und eine Art Pergamentrolle erschien auf einmal in ihren Händen. Plötzlich weitete sich der Raum, wurde noch lichter, verlor seine Formen. Gertruds Blick veränderte sich, auf einmal konnte sie Energiemuster lesen, Zusammenhänge verstehen, die auf der Erde überhaupt keinen Sinn zu ergeben schienen, hier aber vollkommen logisch waren. Fäden. Schnüre. Miteinander verwoben und verknotet. Fangarme, die ineinander griffen, sich miteinander verflochten hatten. Die Schnüre schienen stofflicher zu sein als die Seelenessenz, die im Raum spürbar war. Das waren die Vereinbarungen, spürte Gertrud, all die Verträge, die sie durch Raum und Zeit hindurch geschlossen und nie gelöst hatten, obwohl sie längst nicht mehr passten. Reihenweise tauchten die Ahnen auf, alle miteinander verbunden durch dieselben Muster und Schicksale. Ganz am äußersten Rand Paul, als Speerspitze, er trug eine Energie bei sich, die all seine Ahnen auch mit sich herumschleppten. Die Seelen selbst waren frei, doch durch die noch ausstehenden Erkenntnisse, durch das Fehlen einer echten Erweiterung blieben sie freiwillig gebunden. Sie wollten etwas lernen, diese Seelen, sich verändern, doch das war noch nicht geschehen. Erfahrungen zu sammeln reichte nicht, wenn es kein Fazit gab, erkannte Gertrud, und das war natürlich vollkommen logisch.

»Bist du bereit, die Lasten deiner Ahnen zurückzugeben?«, fragte die schöne Frau in Leder auf einmal laut.

Etwas im Raum bejahte, es war wohl Pauls Energie. Eine Lichtgestalt erschien, ein Engel, dachte Gertrud und konnte kaum noch atmen, so beeindruckt war sie. Er hütet diese ganze Linie, erkannte sie auf einmal, jede Ahnenlinie hat Hüter und Beschützer! Doch wozu? Lass mich deinen Schmerz sehen, spürte Gertrud den Engel sagen, und Paul, ihr Paul, den sie so sehr liebte, krümmte sich auf einmal zusammen. Sie sah ihn als Kind, erkannte, wie sehr er versucht hatte, ihr den Mann zu ersetzen, wie sehr er sich nach seinem Vater sehnte. Sie sah den braven Jungen, der ihr alles recht machte, und erkannte, wie leicht sie es sich gemacht hatte. Er funktionierte, damit sie nicht unter ihrer Verantwortung zusammenbrach, sah sie und konnte es kaum ertragen. Dunkle Schatten lagen auf den Nieren, Schatten, die durch Fäden mit den Schatten der anderen Seelen verbunden waren, auch wenn Gertrud nicht wusste, um wen es sich handelte.

»Was ist das für ein Schatten?«, fragte sie laut, sie musste es wissen, musste sehen, was sie falsch gemacht hatte. Wofür sie verantwortlich war.

»Missachtung«, hörte sie plötzlich eine Stimme in ihrem Kopf sagen. »Du hast das Männliche missachtet, es nicht genährt.«

Gertrud zuckte zusammen, das war starker Tobak. Wieso hatte sie das Männliche missachtet, wer hatte denn wen verlassen und verleugnet?

»Du hast erlaubt, dass sich Frederik verführen lässt, hast sein Feuer nicht gehütet, obwohl du schon schwanger warst von ihm. Du hättest ihn halten können, hättest seiner Verwirrung nicht nachgeben dürfen. Du hättest dafür sorgen müssen, dass er sich nicht selbst verletzt, sondern das lebt, was für ihn vorgesehen war. Mit dir und eurem Kind.«

Eine klare, eindeutige Stimme, woher auch immer sie kam. Nun ein Brausen, der rosenrote Drache aus ihrer letzten Reise erschien neben ihr. Gertrud schüttelte den Kopf.

»Das kann nicht sein. Bei aller Liebe, bei allem Respekt, das kann nicht sein. Ich war sechzehn. Und ich muss doch respektieren, wenn er mich verlassen will! Jeder ist doch wohl für sich selbst verantwortlich, oder?«

Mutter Erde und Akasha schwiegen fasziniert. Das versprach, spannend zu werden. Menschlich.

»Geh zurück. Geh zurück zur Zeugung, schau sie dir noch einmal von hier aus an, dann erkennst du, was ich meine.«

Der Drache stupste sie an, liebevoll zwar, aber sehr bestimmt. Es wäre sicher nicht ratsam, sich seinem Vorschlag zu widersetzen, erkannte Gertrud und überließ sich seiner Führung.

»Lass mich dich anfassen«, hörte Gertrud Frederik auf einmal sagen, sie saßen im Auto und küssten sich. Und dann kam der zweite Satz, der Wesentliche: »Ich liebe dich«. Vielleicht weil der Film so romantisch gewesen war, vielleicht weil sie ihm vertraute, erlaubte sie ihm, ihr den Slip auszuziehen, sie zu küssen, sie mit seinem aufgerichteten Penis zu berühren. Als er in sie eindringen wollte, schob sie ihn sanft zurück und griff nach ihm, rieb ihn vorsichtig und ungeschickt. Gertrud, die all das wie von oben sah, hob die Augenbrauen und zollte ihrem eigenen »Nein« Respekt.

»So«, sagte der Junge und zeigte ihr, wie er von ihr angefasst werden wollte. Nach wenigen Momenten begann er zu stöhnen, küsste sie heftiger und versuchte, mit dem Finger in sie einzudringen. Gertrud hätte am liebsten seine Hand festgehalten, hatte der Junge ihr »Nein« nicht gehört? War er schon damals so unachtsam gewesen? Nicht unachtsam, erkannte sie und vergab dem Jungen, der einfach nur jung und sehr erregt war.

»Nicht«, murmelte sie, dann kam er, und ihre Hand wurde klebrig. Der Junge griff nach unten, streichelte ihre

Hand, berührte sie zwischen den Beinen, teilte ihre zarten unteren Lippen und berührte sie an ihrer empfindlichsten Stelle.

»Ich will, dass du auch kommst«, flüsterte er und drang sehr liebevoll und zärtlich ein wenig mit dem Finger in sie ein, nur einen Zentimeter. Sie wurde sehr feucht und begann, sich lustvoll zu bewegen, fasste sein Handgelenk und zog ihn tiefer in sich.

Aha. Das war also »Selbstverantwortung, erster Teil«, dachte die erwachsene Gertrud.

Das Herz des Mädchens leuchtete und strahlte vor Liebe zu ihm. Der Junge zog seinen Finger zurück und massierte zart ihre Mitte, ihren empfindlichsten Punkt. Sie wölbte sich ihm entgegen, soweit das auf dem Rücksitz möglich war, und bat ihn, nicht aufzuhören, flüsterte seinen Namen, als sie zu beben begann. Das Licht ihres Herzens strömte nur so aus ihr heraus, berührte ihn, sein Herz erwiderte das Strahlen. Als sie kam, schob er seine feuchten Finger tief in sie hinein, berührte sie beinah am Muttermund, und ein tiefes, dunkelrotes Leuchten breitete sich in ihrem Unterleib aus. Im gleichen Moment, sah Gertrud, schoss ein Lichtstrahl aus dem Kosmos in sie hinein, berührte ihre Eizelle, diese saugte eine der wenigen Samenzellen, die an Frederiks Fingern klebten, in sich ein. Zog sie förmlich an. Es gab einen Lichtblitz in ihr, ihr ganzer Körper leuchtete auf, und sofort begann ihr Herz, einen gleichmäßigen, nie wieder verebbenden Strom von Liebe in das soeben entstandene Leben hineinzusenden.

»Schau auf ihn«, flüsterte der Drache.

Und dann sah sie es. Sein Herz pulsierte, doch es wirkte zerbrochen, in Stücke gerissen, und so gab es zwar eine

Art Liebeswolke um ihn herum, aber keinen ausgerichteten Strahl. Er liebte Gertrud, das spürte sie, aber er wusste nicht, wie er diese Liebe halten, nähren konnte. Er hatte schlichtweg überhaupt keine Ahnung, dass er seine Energien hüten konnte und durfte. Die Liebe waberte wie eine Wolke um ihn herum.

»Was braucht er?«, fragte Gertrud im Stillen zurück.

»Einen Magneten, damit er eine Ausrichtung bekommt, im Moment kann ihn beinah jeder, der es drauf anlegt, an die Leine nehmen, im wahrsten Sinne des Wortes. Es gibt Energieleinen. Deine Schwester weiß das, wenn auch nicht bewusst. Er selbst weiß nicht, was er will, weil er seinen eigenen Weg noch nicht geht, er versucht zu sehr, zu gefallen und es den Eltern recht zu machen. Das zerreißt sein Herz. Er braucht dich. Dein Herz. Zieh ihn an, das kannst du, ihr seid füreinander bestimmt, deshalb darfst du das. Verstärke die Liebe in deinem Herzen, sende sie ihm, und öffne gleichzeitig deinen Schoßraum, zieh seine Energie in dich hinein. Verstärke einfach das, was sowieso zwischen euch fließt, damit ein stabiler Kreislauf entsteht. Dann kann er sich ausrichten und sich in eurer Liebe finden. Das geht sowieso nur, wenn dieser Kreislauf von beiden gewollt wird, deshalb ist es keine Manipulation. Du bist stärker als er, klarer. Richte sein Energie aus, hüte sein Feuer.«

Gertrud sandte einen Strom von Energie aus ihrem Herzen in das Mädchen hinein. Nimm sein Feuer in dich auf, hüte es, und liebe ihn bewusst, dachte sie, und auf einmal war es, als schüttelte die junge Gertrud auf diese vertraute Weise ihren Kopf, wie immer, wenn sie verwirrt war. Und dann geschah es. Der Kraftstrom ihres Herzen richtete sich aus, wurde beinah körperlich spürbar, Frederiks Brustraum schien sich zu öffnen, er nahm diese Liebe an, sie erfüllte sein Herz, und wie durch ein Wunder setzten sich die Einzelteile zusammen. Die Liebe strömte in ihn ein, heilte ihn. Sein eigenes Herz antwortete, allerdings floss sein Liebesstrom nach unten in seine Schöpferorgane, in den Penis und aus ihm heraus, wie ein zielgerichteter Lichtstrahl. Gertrud stellte sich vor, wie sie diesen Lichtstrom in sich aufnahm, ihn tief in sich einfließen ließ, voller Vertrauen, ohne jede Hemmung oder Scham. Und plötzlich fühlte sie tatsächlich einen stabilen Energiekreislauf. Ihre Liebe floss in sein Herz, er nahm sie auf, seine Liebe pulsierte durch sein Becken, und sie empfing den Strom in ihren Schoßraum.

»Wow. Ich verstehe immer mehr, warum ihr so scharf drauf seid, als Menschen zur Erde zu kommen.«

Akasha zwinkerte Gertrud zu. Diese stutzte, war Akasha kein Mensch? Doch diese Frage würde warten müssen.

»Was hat das nun mit Paul zu tun?«, fragte Gertrud, und der rosenrote Drache stupste sie wieder an.

»Komm, weiter.«

Gertrud sah nun ihren wachsenden Bauch, sah, wie sich das Leben in ihr entfaltete. Und dann kam der Tag, an dem Frederik sie verlassen hatte. Er stürzte aus dem Zimmer in die Arme ihrer Schwester, sie stand da wie angewurzelt, geschockt – schau nach innen!, hörte sie eine donnernde Stimme –, und sie erkannte, wie sich ihre eigene Angst, Frederiks tiefer Schmerz über den vermeintlichen Verrat, ihre Fassungslosigkeit über die Kaltschnäuzigkeit ihrer Schwester, vor allem aber die tiefe Scham darüber, wie einfach ein Junge sie verlassen konnte, wie mühelos ihre geliebte Schwester sie verriet, zu einer dunklen Kugel zusammenballten. Ein Schwall aus Stresshormonen überschwemmte sie und den mohnsamengroßen Paul, und die dunkle Kugel überrollte auch ihn. Gertrud erschrak bis in ihre Seele hinein.

»Gib mir sofort die Kugel zurück, die du für mich, für uns alle, trägst!«, rief sie panisch.

Der Schmerz, die Verstrickungen, all das karmische Zeug war das eine. Doch am schwersten, spürte sie, trug Paul an ihrer eigenen Scham. Geradeso, als müsse er dafür sorgen, dass sie sich wertvoller fühlte, dass sie eine Daseinsberechtigung hatte. Er musste einfach ein Erfolg werden, sonst würde sie, so schien er zu glauben, vollends in ihrer gleichgültigen Graumäusigkeit versinken. All das spürte sie in einer Sekunde. So tief reichte ihre Scham, dass sie sie nicht einmal mehr in Worte fassen konnte. Die Wut, die Aggression – in Wahrheit war es Scham. Scham entzog sich jeder logischen Erklärung und ließ sich durch Vernunft nicht berühren.

»Ich bin dran.« Mutter Erde, diese sanftmütige, wilde Göttin, berührte Gertruds Hände. »Gib mir beide Hände. Und stell dir vor, dass sich Paul noch immer in deinem Bauch befindet.« Gertrud tat nichts lieber als das. Sie reichte Mutter Erde beide Hände, sofort wurden diese wunderbar warm. »Ich rufe die Kristallwesen, die Felsenwesen, die Vulkane, die Meere und meinen innersten Kern«, sprach die Göttin leise, und auf einmal war es, als sei Gertrud mit einem riesigen Magneten verbunden, einem Magneten, der all das dunkle Zeug, all die Scham aus ihr herauszog, stärker als sie je einen energetischen Sog gespürt hatte. Es tat richtig weh, aus jeder Zelle zogen die Wesen die Scham, besonders zwei Stellen im Gehirn verursachten ihr heftige Kopfschmerzen. Gertrud legte unwillkürlich die Hände auf ihren Bauch, um ihn zu schützen. »Lass los, es ist gut so, Scham sitzt tief, es tut mir leid, dass es weh tut, es ist gleich vorbei.« Plötzlich fühlte es sich an, als würde ihr Bauch von innen heraus strahlen, leuchten, und die dunkle Welle aus Scham wurde herausgespült, nach außen gedrängt vom Licht. Es war, als leuchte der kleine Paul in ihrem Inneren auf, als stoße er die Scham durch sein Licht ab, sodass sie nach außen dringen und von all den helfenden Wesenheiten aufgesogen werden konnte. Er reinigte sich selbst durch sein Licht, und jetzt entstand eine schützende goldene Hülle um ihn herum. Er schien aufzuatmen, obwohl seine Lungen nicht mal ansatzweise entwickelt waren, er schien sich zu strecken, und jetzt, jetzt wuchs er. Sogar sein kleines Herzchen begann zu leuchten. Gertrud keuchte auf, als golden schimmernde Finger in ihren Kopf zu greifen schienen. Sie packten zu, es tat höllisch weh, und auf einmal sah Gertrud zwei dunkle, zerklüftete, mandelgroße Steine in der Lichthand liegen. »Das sind die Übeltäter. Sie wollen dich vor Verletzungen schützen, doch oft genug bewirken sie diese selbst, weil sie alles speichern, was dich jemals verletzt hat. Selbst wenn es dir gar nicht persönlich zugestoßen ist, deine Gefühle genügen, um diese Kerne zu programmieren.« Was immer das auch sein sollte, diese Steine sahen nicht besonders gesund aus, und Gertrud konnte sich gut vorstellen, dass sie in ihrem Kopf durchaus für sehr dunkle Gedanken und Gefühle sorgen konnten. Ein weiteres Bild, ein ausbrechender Vulkan, der Feuerschlund brodelte und tobte. Die Lichthand warf die Steine mitten hinein in das glühende, zähflüssige Magma. Sie schmolzen, wurden eins mit der Erde. Sofort hörte der Schmerz auf, und Gertrud spürte plötzlich Frieden in sich, der überirdisch anmutete, einen Frieden, als sei sie niemals verletzt worden, niemals beschämt, als sei immer alles gut gewesen. »Ganz ohne geht's nicht, hier bekommst du neue, sie sind sozusagen fabrikneu, ohne Spuren und schmerzliche emotionale Erinnerungen.« Die nun zur Faust geballte Lichthand öffnete sich, und darin schimmerten zwei mandelgroße Gebilde, milchig wie Mondstein, irisierend wie Perlmutt. Irgendwie quallenartig, so weich und nachgiebig fühlten sie sich an, als Gertrud sie vorsichtig berührte. Durchsichtige, lange Tentakel hingen herab, und so merkwürdig die Vorstellung auch war, dass diese Gebilde in ihren Kopf eingesetzt werden sollten, so sehr spürte Gertrud, dass sie äußerst lichtdurchlässig waren und nur darauf warteten, als Empfänger für die schönsten Erfahrungen und Eingebungen zu dienen. Die Lichtfinger nahmen die zarten Gebilde vorsichtig zwischen die Fingerspitzen, links und rechts, schoben sie auf Höhe der Schläfen in Gertruds Kopf. Sie spürte förmlich, wie diese neuen mandelartigen Kerne ihren Platz einnahmen und sich augenblicklich mit dem Rest des Gehirnes verbanden, die Lichtfäden schoben sich in nahezu alle Hirnbereiche, vernetzten ganz neue Anteile miteinander. Durchlichteten den Nervenstrang der Wirbelsäule und sendeten Informationen der Liebe durch alle Nervenbahnen in die Organe, die Muskeln, die Haut und in die Knochen. Und auch in Paul in ihrem Bauch.

Und dann, abrupt wie so oft, verschwanden die inneren Bilder. Gertrud öffnete die Augen. Das weiße Kätzchen schnurrte, Paul war weg, der Drache auch. Akasha lachte sie an.

»Bist du etwa kein Mensch?«, sagte Gertrud, dann lachte auch sie.

Akasha wurde ernst.

»Nein. Dazu bin ich nicht mutig genug. Ich hab eine andere Aufgabe, ich halte mit vielen anderen die Energien. Das Menschsein setzt die Bereitschaft des Vergessens voraus. Nur so könnt ihr euch in die Tiefe hinabbegeben, um wirklich alle Energien zu erforschen und zu erleben. Ich habe nichts vergessen, ich sehe zwar aus wie ein Mensch, aber ich darf mich nicht so bezeichnen, es wäre anmaßend. Mensch zu sein ist in unserer Welt so etwas wie der höchste Ritterschlag, nur die Mutigsten und Tapfersten machen sich auf diesen langen Weg durch Karma und Vergessen hindurch. Eure schmerzliche Suche nach euch selbst, eurer Seele, der Einheit mit dem großen Nichts oder Alles sorgt dafür, dass ihr die Wirkungen aller Energien erforscht und anwendet, ausprobiert und schließlich erkennt, auf welche Weise ihr die Energien bewusst miteinander wirken lassen könnt und zu welchem Zweck. Das können nur diejenigen, die alles vergessen haben, denn sonst bleibt es ungefühlte Illusion. Euer Fühlen ergibt den Unterschied. Ich fühle nicht wirklich menschlich, das weißt du. Und jetzt komm, wir fahren zu deinem Sohn.«

Und wie durch ein Wunder blieb Gertrud der Frieden erhalten, als sie das Haus verließen, ein Taxi riefen und sich auf den Weg zum Krankenhaus machten.

Doch sobald sie auf der Intensivstation ankamen und sie ihn mit geschlossenen Augen am Tropf liegen sah, aschgrau und wie geschrumpft, war Schluss mit innerem Frieden. Eine Ärztin stand bei ihm, überprüfte seine Werte.

»Was ist mit Paul, was braucht er?«, fragte Gertrud atemlos und mit Tränen in den Augen. Jeder andere an ihrer Stelle hätte wohl einfach losgeschrien. Aber emotionale Selbstbeherrschung oder Verleugnung, je nachdem, wie man es sah, war ihr eine zweite Natur.

»Sind Sie die Mutter? Ihr Sohn hat eine Patientenverfügung in seiner Brieftasche, Sie sind seine Notfallperson.«

Gertrud nickte, und Tränen traten in ihre Augen, das hatte sie nicht gewusst. Mechanisch kramte sie ihren Ausweis aus dem Geldbeutel, doch die Ärztin winkte ab.

»Wir wissen es noch nicht genau. Aber seine Werte sind in der letzten Stunde dramatisch besser geworden, gerade so, als würde sich sein Körper von allein regenerieren. Wir werden ihn hier auf der Intensivstation behalten, bis wir sehen, ob er sich stabilisiert, und vor allem, bis wir eine endgültige Diagnose haben. Ich warte auf die Laborergebnisse.«

Sie kritzelte etwas in seine Akte.

Als würde Paul Gertruds Anwesenheit spüren, schlug er unvermittelt die Augen auf und griff nach ihrer Hand. Sein Blick war trübe, seine Stimme brüchig. Doch glasklar waren die Worte, die er aussprach: »Wo ist mein Vater?« Die Ärztin blickte geschockt auf, überprüfte sofort wieder die Werte, die die Monitore anzeigten.

Akasha, die sich im Hintergrund gehalten hatte, zog die Augenbrauen in die Höhe. Sie stieß Gertrud an.

»Ist ja gut«, knurrte diese zurück. Dann drückte sie Pauls Hand. »Wenn du noch ein paar Tage Zeit hast, dann hol ich ihn dir her, mein Liebster.« Er nickte, dann schloss er die Augen. War nicht mehr ansprechbar. »Hat er denn überhaupt ein paar Tage?«, wandte sich Gertrud mühsam beherrscht an die Ärztin. Was sie tun würde, wenn ihr Sohn nicht überlebte, wagte sie sich nicht auszumalen.

»Es ist ein Wunder, das er eben aufgewacht ist, denn wir haben ihn in ein künstliches Koma gelegt. Er hat vermutlich Nierensteine, massive, und dadurch immense Schmerzen. Doch wir sind sicher, dass das nicht alles ist.«

»Und warum liegt er dann auf der Intensivstation und nicht im OP?«

Akasha ärgerte sich sichtlich, dass sie keine Krallen hatte, mit denen sie der Ärztin ins Gesicht springen konnte, dachte Gertrud. Nierensteine, das war extrem schmerzhaft, hatte sie gelesen, aber nicht lebensbedrohlich, wenn man sie entfernte. Dann erreichte der Nachsatz ihren Verstand.

»Was meinen Sie damit, das ist noch nicht alles?«

Die Ärztin deutete auf eine unregelmäßige Linie auf einem der Monitore.

»Sehen Sie diese Linie? Das ist sein Herzschlag. Und der macht uns Sorgen. Er hatte schon zweimal einen Herzstillstand. Deshalb die Intensiv, deshalb noch keine OP. Deshalb das künstliche Koma. Der Ultraschall zeigt schwere Herzschädigungen. Wahrscheinlich Streptokokken. Hatte er als Kind häufig Mandelentzündungen?«

Gertrud schlug die Hände vors Gesicht. War sie schuld? Hatte sie sich trotz aller Fürsorge nicht genug um ihn gekümmert? Viel zu oft hatte es morgens schnell gehen müssen, sie musste arbeiten, und er verließ mit noch feuchten Haaren das Haus, oft genug auch war sie mittags nicht da gewesen und konnte nur hoffen, dass er die Heizung aufgedreht und sich sein Essen warm gemacht hatte. Paul war oft krank gewesen und sie zu stolz oder zu beschämt, was ungefähr auf das Gleiche herauskam, um ihre Eltern um Hilfe zu bitten. Wie oft hatte er mit Halsschmerzen im Bett gelegen, doch weil das Fieber nie besonders hoch gewesen war, hatte sie das nicht sonderlich ernst genommen. Sie hatte gar keine Zeit dazu gehabt, er musste funktionieren, das wurde ihr blitzartig bewusst. Rächte sich nun diese komische, aufgesetzte Würde, die sie als Toilettenfrau an den Tag gelegt hatte?

»Und die Antwort auf die wichtigste Frage? Hat er noch ein paar Tage?«

Akashas Augen wurden schmal.

»Wir werden so schnell wie möglich diese Steine herausholen, die Tests laufen. Sobald wir genau wissen, womit wir es zu tun haben, beginnen wir mit der Behandlung. Wir überwachen ihn.«

Auf einmal eilte eine Krankenschwester in das Zimmer.

»Die Laborergebnisse«, japste sie, drückte der Ärztin einige Zettel in die Hand, dann rannte sie wieder heraus.

Sie warf einen Blick darauf, ihr Gesicht wurde zur Maske. Dann blickte sie Gertrud an.

»Die Steine kriegen wir leicht in den Griff. Aber Ihr Sohn braucht vermutlich ein neues Herz. Je schneller, desto besser. Er muss als Kind tatsächlich eine verschleppte Streptokokkeninfektion gehabt haben, die nicht austherapiert wurde. Die Stoffwechselstoffe der Erreger können zu einer Herzentzündung führen, die dramatisch, aber auch schleichend verlaufen kann, so, als würde sich die ursprüngliche Krankheit, in diesem Fall wohl die Mandelentzündung, lange hinziehen. Das Herz wird in beiden

Fällen geschädigt, in Pauls Fall wurde es stark in Mitleidenschaft gezogen. Wenn es irgendwie geht, dann holen Sie den Vater, wie er es sich wünscht.«

»Aber warum hat er nie was gesagt, hätte er nicht Schmerzen haben müssen? Kurzatmigkeit? Müdigkeit? Er war doch immer fit und gesund!«

Gertrud war viel zu geschockt, um etwas zu fühlen.

»Perfiderweise nein. Viele Herzerkrankungen verlaufen völlig unauffällig. Sie können, so merkwürdig es klingt, von Glück sagen, dass er diese Nierensteine hat. Die Schmerzen belasten seinen Kreislauf erheblich, deshalb ist er in Ohnmacht gefallen. Er bekommt nun Medikamente, und wir werden ihn gut stabilisieren können. Wir behalten ihn hier, und er kommt auf die Liste. Er kann auch mit diesem Herzen leben, aber nur sehr, sehr eingeschränkt, wird viel Ruhe halten müssen und Medikamente nehmen.«

»Und die Nierensteine?«

Die Ärztin legte ihre Stirn in Falten.

»Die holen wir natürlich raus. Wir müssen entscheiden, ob wir sie zertrümmern, damit sein Körper sie von allein ausscheidet, oder ob wir operieren können und müssen. Das geschwächte Herz kann dazu führen, dass auch die Nieren insuffizient werden, deshalb müssen wir das erst abklären. All das geschieht noch heute. Wir kümmern uns um Ihren Sohn.«

»All die Lasten, all die Klumpen, die er für uns trägt, das Herzeleid, die Schwere …« Gertrud drehte sich zu Akasha um, diese breitete die Arme aus. Und endlich weinte Gertrud an der Schulter einer Vertrauten, zum ersten Mal seit über zwanzig Jahren. »Er braucht ein neues Herz? Ich reiß mir mein eigenes raus, Akasha. Sorg dafür, dass er es bekommt.«

»Das machst du hinterher.« Akasha schob sie liebevoll von sich und wischte ihr mit den Fingern das Gesicht ab. »Nachdem du Frederik angerufen hast. Es wird verdammt noch mal Zeit, dass er Verantwortung übernimmt. Wenn du es nicht schaffst, ihm in den Arsch zu treten, gib mir die Nummer. Ich hab damit keine Probleme.«

19

»Ich komm wieder, ich lass meine Sachen gleich hier«, hatte Frederik zu dem Schamanen gesagt, als er den Anruf bekommen hatte, nun saß er im Flugzeug und wusste nicht, was er fühlte. Seine Nieren pochten dumpf, und er bat den Flugbegleiter um einen Becher Wasser. Nur ein wenig Handgepäck trug er bei sich, das Nötigste. Donna hatte er angerufen, sie würde nachkommen, hatte sie versprochen, dann könnten sie auch gleich ihre Angelegenheiten in Deutschland regeln. Was auch immer geschehen war, jetzt musste die Familie zusammenhalten, da gab es gar keine Diskussion, hatte sie gesagt. Es wurde Zeit, endlich für ihre Schwester da zu sein, sie hatte vieles erkannt in den letzten Tagen. Sie hatte glücklich geklungen, entspannt. In ihrem eigenen Leben angekommen. Nicht mehr so gehetzt wie in all den Jahren, immer auf dem Sprung, so, als brenne ihre Lebenskerze auf beiden Seiten. Was ja irgendwie auch gestimmt hatte, dachte Frederik. Es tut mir nicht weh, bemerkte er erstaunt, sie ist eher wie eine Schwester, die ganz selbstverständlich ihr eigenes Leben lebt – ich werde für sie da sein, wenn sie mich braucht, aber alles, was zwischen uns war, ist plötzlich weg. Es ist, als hätte ich schon immer Gertrud geliebt, dachte er und lächelte, bevor er einschlief. Ob sie ihn jemals zurücknehmen würde oder nicht, auch er war in seinem eigenen Leben angekommen.

Nach einem zu langen, unbequemen Übernachtflug stieg er gegen zehn Uhr morgens wie gerädert aus, nahm ein

Taxi und ließ sich auf der Stelle ins Krankenhaus fahren. Was immer er fühlte, jetzt ging es nur noch darum, zu handeln. Hatte er Angst, Gertrud und seinem Sohn gegenüberzustehen? Womöglich. Wer hätte das nicht? Deutlich spürte er den wühlenden Schmerz im unteren Rücken, als er den wie eine Hotellobby wirkenden Eingangsbereich des Krankenhauses durchquerte, um zum Informationsschalter zu gelangen. Eine freundliche Frau in Schwesterntracht lächelte ihn an.

»Wie kann ich Ihnen helfen?«, fragte sie, und Frederik hätte am liebsten ein paar Minuten an ihrem Busen geweint.

Er riss sich zusammen.

»Ich suche …« Er brach ab. Das war doch wohl nicht zu fassen. Wie hieß sein Sohn? Paul, hatte Gertruds Freundin am Telefon gesagt. Paul. Wie sein eigener Vater. Er schlug sich mit der flachen Hand gegen die Stirn. »Ich suche meinen Sohn, wo finde ich die Intensivstation?«

Sie wies in eine Richtung, und Frederik machte sich auf den Weg. Er klingelte an der großen Milchglastür, hinter der sich die Intensivstation verbarg, und fragte sich, wie viel Verzweiflung, Angst, Hoffnung, wie viel Leben und Tod jeden Tag dieses Tor passierte. Hier waren alle gleich, hinter diesem Tor ging es nur noch um das, was alle Lebewesen der Erde verband. Plötzlich fühlte er sich, als betrete er eine Schwitzhütte, nichts als das Leben selbst war mehr wichtig, jeder emotionale und mentale Schnickschnack löste sich auf, nur noch das Wesentliche zählte. Überall Tore, dachte er, Pforten in eine andere Welt, überall Initiationsriten.

»Ich bin Pauls Vater« zu sagen war das Übergangsritual, welches die Gegensprechanlage, der Wächter dieser Pforte, einforderte. Er hatte wohl bestanden, denn die Tür öffnete sich automatisch und schloss sich sofort hinter ihm.

»Sie müssen das hier anziehen.« Eine Schwester hielt ihm einen grünen, ausgeblichenen Kittel hin. »Keine Sorge, jeder muss das. Paul liegt in Zimmer 210, gleich hier. Er ist wach.«

Sie deutete auf eine Glastür, und jetzt drohten Frederiks Knie zu versagen. Durch die Tür hindurch sah er das Krankenbett, Schläuche, Monitore. Jemand stand vor dem Bett, eine von hinten dickliche, wohl schon ältere, weil fast grauhaarige Frau, das war sicher die Freundin. Wo war Gertrud? Er öffnete die Tür.

»Verzeihen Sie …«

Die Frau wandte sich um, das Lächeln, das sie für ihren Sohn trug, blühte noch auf ihren Lippen. Es gefror. Und Frederik wusste nicht, ob er auf die Knie fallen oder den Raum verlassen sollte. Da war ihr Gesicht, so vertraut wie früher. Die grünen Augen. Der volle Mund, das Lächeln, auch wenn es durch all die Sorgen um ihren Sohn verkniffen wirkte. Und sicher nicht nur deshalb, dachte Frederik und entschied sich zu einer Zwischenform – er ging auf die Frau zu. Schaute ihr in die vom Weinen verquollenen Augen. Spürte, wie sein Herz einen Schlag schneller schlug. Und ging an ihr vorbei. Er trat ans Bett seines Sohnes, sah ihn an. Paul war wach, blickte aus den Augen zurück, die ihn selbst morgens im Spiegel ansahen. Das sollte sein Sohn sein? Dieser Prachtkerl von einem Mann? Der ihn nun offen anlächelte, gerade so, als hätte er ihn nicht sechsundzwanzig Jahre lang verleugnet? Doch dann wurde ihm alles klar, natürlich lächelte Paul ihn an. Er wusste ja gar nicht, wer er war. Frederik räusperte sich.

Das war alles zu viel, er hatte hier absolut nichts verloren. Es war viel zu spät, all diese inneren Bilder hatten nichts mit dem wahren Leben zu tun. Doch weil Paul nach ihm gefragt hatte, sprach er den Satz, dessentwegen er sich auf den Weg gemacht hatte:

»Hier bin ich. Dein Vater. Wie kann ich für dich da sein?«

»Ganz einfach.« Gertrud schob ihn zur Seite. »Gib ihm dein Herz, und geh wieder.«

Frederik schaute sie an.

»Mein Herz hat er schon, seit einigen Tagen. Ich bitte dich inständig um Vergebung. Dich und auch dich«, damit schaute er Paul an. »Und auch wenn ihr sie mir nicht gewähren könnt, so bitte ich euch, lasst mich wissen, wie ich helfen kann.«

»Hab ich dir gesagt. Gib ihm dein Herz, damit er weiter leben kann. Was sonst sollten wir brauchen?«

Frederik blickte ihr in die Augen.

»Würde dich das glücklich machen?«, fragte er und meinte es ernst. Ihre Augen weiteten sich. »Ich überlasse dir die Verantwortung. Ich mache, was du sagst. Würde es dich glücklich machen? Dann bekommt er es. Ich lasse sofort meine Blutgruppe testen. Ich hatte meine Chance, für ihn und für dich zu sorgen. Wenn das der einzige Weg ist, für euch beide da zu sein, dann gehe ich ihn.«

Paul griff nach seiner Hand.

»Du glaubst doch nicht im Ernst, dass ich damit leben könnte?«

Gertrud schwieg noch immer, dann drehte sie sich um und verließ den Raum. Und stieß Akasha beinah um.

»Der blufft doch. Was für ein Arschloch, der spielt mit mir. Er will Paul sein Herz geben, wenn die Blutgruppe passt. Der Held opfert sich. Zum Kotzen. Der wird sich umgucken, Paul hat AB positiv, da passt alles. Am Ende komm ich noch darauf zurück. Was machst du hier, haben wir nicht Tiere zu versorgen?«

»Ich hatte so ein Gefühl. Ich hab dein Taxigeld genommen, du kriegst es wieder. Frederik wollte heute ankommen, da dachte ich, ich sollte bei dir sein.«

»Du wusstest, dass er heute kommt? Und hast mich so aus dem Haus gehen lassen?«

Gertrud sah an sich hinunter. Sack und Asche, warm und praktisch für die Arbeit in den Ställen. Aber sonst auch nichts. Und auch wenn es völlig egal war, wie sie aussah, solange ihr Kind todkrank war, so gern hätte sie sich zumindest ein ganz kleines bisschen zurechtgemacht. Nur für ihren Stolz, für ihre Würde. Damit sie wusste, dass sie unter dem grünen Kittel gut aussah.

»Wie geht's ihm denn?«, fragte Akasha, während sie gemeinsam Pauls Zimmer betraten.

»Gut, glaube ich, die Steine sind zertrümmert, er hat sie ausgeschieden. Das Herz hat sich stabilisiert, nachdem die Steine weg waren, sagte die Ärztin. Vielleicht braucht er ja gar keins. Er ist nicht mehr so grau im Gesicht.« Gertrud schloss die Glastür hinter sich. Sie blendete Frederik aus, konzentrierte sich auf ihren Sohn, der fast aufrecht im Bett saß, augenscheinlich angespannt. Sein Vater stand bei ihm am Bett, es war schwierig, ihn zu ignorieren. Sie drückte sich an ihm vorbei, setzte sich zu Paul ans Bett. »Bist du sicher, dass es eine gute Idee war, ihn zu holen?«, fragte sie ihn leise. Paul nickte mit geschlossenen Augen.

»Du musst Frederik sein, ich bin die Freundin, ich hatte dich angerufen.«

Akasha streckte ihm die Hand hin, er nahm sie und hielt sie fest.

»Und ich danke dir von ganzem Herzen dafür«, antwortete er. Schon am Telefon hatte sie ihn geduzt, was ihm nur recht war.

»Reden wir mal Klartext, ja?«, sagte Akasha.

Frederik, war sich, seit Gertrud das Zimmer verlassen hatte, vorgekommen wie der letzte Idiot und hatte nur noch Schwachsinn wie »Es tut mir leid, dass ich nicht für dich da war!« von sich gegeben, Schwachsinn, den sicher niemand hören wollte. Paul zumindest hatte mit geschlossenen Augen geschwiegen, gerade so, als sei er nicht interessiert. Wozu war er überhaupt nach Deutschland geflogen, hatte diesen ungeheuren Stress auf sich genommen? Frederik räusperte sich, hustete, räusperte sich erneut. Klartext, aha. Jetzt bekam er den Kopf gewaschen. Doch Akasha drehte sich zu Gertrud.

»Erlaubst du?«, fragte sie.

»Kann ich es verhindern?«, antwortete Gertrud.

Dann gab sie sich einen Ruck und schaute Frederik zum ersten Mal richtig an. Als er zur Tür hereingekommen war, hatte sie sich auf einmal dermaßen geschämt, grau und mollig, wie sie war, dass sie innerlich zu Eis erstarrt war. Und ihm eine Abfuhr erteilt hatte. Ungerechtfertigt. Denn sie hatte ihren Teil, einen sehr großen Teil, zu all dem beigetragen. Sie hatte Paul ja nicht mal erzählt, wer sein Vater war. Nicht ein einziges Mal war sie mit ihm zu ihrer Schwester gefahren, um sie mit ihrem Neffen zu konfrontieren, alles, um Paul zu schützen, wie sie sich weisgemacht hatte. Nun ja, es fragte sich, wen sie geschützt hatte.

»Also hatte Großmutter recht.« Paul atmete heftig aus, öffnete die Augen und lockerte die zusammengebissenen Kiefer. »Mein Vater ist der Mann meiner Tante, die ich nicht kenne. Deine Zwillingsschwester.«

Gertrud zog die Luft ein, Frederik antwortete an ihrer Stelle.

»War. Ich war der Mann deiner Tante. Sie ist jetzt mit einem anderen zusammen, und das ist gut so.« Frederik schaute Paul ins Gesicht. »Ich habe dich verpasst. Ich wäre gern dein Vater gewesen, das weiß ich jetzt, und es gibt keine Entschuldigung dafür, dass ich es nicht war. Genauso wenig wie es eine Entschuldigung dafür gibt, dass ich deine Mutter und dich im Stich gelassen habe. Aber lass sie in Ruhe, sie kann nichts dafür. Das ist meine Schuld und nur meine.«

Paul dachte einen Moment lang nach, dann griff er nach seinem Unterarm.

»Entspann dich mal …Du warst achtzehn, richtig? Mit achtzehn dachte ich auch mal, ich hätte eine geschwängert, falscher Alarm, zum Glück. Mann, war ich erleichtert. Ein Kind mit achtzehn, ungeplant, wow. Alles gut, jetzt bist du ja da. Vielleicht nehm ich tatsächlich dein Herz, mal sehen. Vielleicht aber würdest du mir dann sehr fehlen.«

Er ließ ihn los, ballte die Hand zur Faust, lachte und stieß ihn an.

Frederik traten Tränen in die Augen.

»Ich kann's nicht fassen, dass ich dich verpasst hab. Danke, dass du so großartig geworden bist. Danke, Gertrud.« Er nahm ihr Gesicht in die Hände, sie ließ es zu, vor Schreck erstarrt. »Für unseren Sohn.«

Dann ließ er sie wieder los. Gertrud schüttelte sich. Alles war kaputt, dachte sie, ihr Sohn war sauer, zu recht, und sehr krank, Frederik war da, und sie spürte gar nichts außer Scham. Die dafür umso mehr.

»Weißt du, wie ich mich fühle?«, sagte sie plötzlich. Klartext, ja? Hier kam der Klartext. »Als stünde ich immer noch in dieser Scheißtür und schaute dir hinterher. Ich bin erstarrt. Ich hab all die Jahre nur auf dich gewartet, ist das zu fassen? Das ist peinlich, wirklich peinlich. Geh dahin, wo du hergekommen bist, Frederik, wir regeln das ohne dich. Du kannst gern für Paul da sein, er braucht dich bestimmt. Aber ich will jetzt gehen. Ich komme später wieder, mein Schatz.«

Damit wandte sie sich an Paul. Ohne Akasha anzuschauen verließ sie den Raum. Frederik wollte hinter ihr her eilen, doch Akasha hielt ihn am Arm fest.

»Lass. Ich mach das. Sie kommt klar. Bleib du bei Paul.«

Und auf einmal war es tatsächlich leicht. Frederik setzte sich auf die Bettkante, und Paul begann, von seiner Firma zu erzählen, berichtete ihm all das, was er in Gedanken schon tausendmal gesagt hatte. Oft hatte er gehört, wohl, um ihn zu trösten, Blutsverwandtschaft reiche nicht, um sich nah zu fühlen, ohne einen echten Kontakt könnte der andere jeder x-Beliebige sein, selbst wenn es der eigene Vater war. Nun, auf ihn selbst traf das nicht zu, erkannte Paul erleichtert, es war, als käme er heim. Und er war mehr als bereit, dieses Geschenk anzunehmen. Es war sowieso auf einmal alles leichter, als hätte ihm jemand diese riesige Last abgenommen. Als hätte man ihm zusammen mit den Nierensteinen auch die Verantwortung für seine Mutter zertrümmert, damit er sie ausschwemmen konnte. Und so gab er Frederik eine echte Chance – und Frederik, der sich seit Pauls freundschaftlichem Fausthieb vorhin rettungslos in seinen Sohn verliebt hatte, nutzte sie dankbar.

»Weißt du, das mit dem Herz, das schockt mich natürlich total. Aber ich schaff das. Ich hab ne gut laufende Firma, ich kann sie verkaufen, wenn ich erstmal langsam machen muss. Ich häng nicht dran. Ich find was anders, was ich tun kann. Ich fotografiere gern, hab eh zu wenig Zeit dazu.« Paul schloss die Augen. »Ich sehe die Bilder in mir, die ich machen will, ich frag mich, warum ich es nicht tue. Es war irgendwie nie Zeit.«

Frederik blickte auf die ihm gegenüberliegende Wand, ein gerahmtes Poster hing dort, eine großartige Aufnahme vom Grand Canyon.

»Als ich ein Kind war, war ich stundenlang unterwegs, lag auf der Lauer, bis die Sonne genau die richtige Position hatte, bis das Licht genau so fiel, wie ich es in mir gespürt habe. Es ist, als gäbe es diesen einen Moment, in dem das Licht …«

» … Himmel und Erde vereint«, vollendete Paul mit geschlossenen Augen den Satz, die Stimme plötzlich heller. »Mama hat oft davon geredet. Dass mein Vater ein Fotograf ist, der in seinen Bildern zeigt, wie sich Himmel und Erde vereinen. Ich fand das immer blöd. Sie sind doch schon vereint. Und ich hab mich immer gefragt, warum er nie kommt, warum er mich gar nicht sehen will. Warum wolltest du mich denn nie sehen?«

Frederik atmete schwer auf.

»Was hat sie dir denn erzählt, warum ich dich nicht sehen wollte?«

»Du hast schon eine Familie und kannst dort nicht weg. Sie sagte, das sei aber nicht schlimm, denn sie habe mich so lieb, sie wolle mich für sich allein haben. Das fand ich auch irgendwie blöd. Ich konnte ja nichts dafür, dass sie mich für sich allein haben wollte. Mir hat mein Vater immer leid getan, ich dachte immer, er wolle mich bestimmt mal sehen. Hey, ich bin aufgewachsen in dem Glauben, dass mein Vater sich nach mir sehnt.« Paul öffnete die Augen. Sein Gesicht blieb ausdruckslos, als er ihn anschaute. »War gar nicht so. Ich hatte gar keinen Vater, der mich vermisste, da war nichts. Ich hatte tatsächlich ein schlechtes Gewissen, weil ich nur bei Mama war.« Frederik schwieg eine Weile. Dann streckte er die Hände aus, als wolle er einen Ball fangen. »Gib's mir, die Last, das schlechte Gewissen, gib's mir zurück. Auch die Wut und alles.«

Und wirklich fühlte Frederik auf einmal, wie sich zwischen seinen Händen eine Energiekugel zusammenballte, schwer, traurig, voll von Schmerz. Aber keine Wut. Er räusperte sich, Paul atmete tief auf.

»Warum wirst du nicht sauer? Warum schmeißt du mich nicht raus?«, fragte er dann leise. »Hasst mich, brüllst mich an? Ich hab dir zugemutet, den Schmerz deiner Mutter auszuhalten und mitzutragen und auch den Schmerz, den ich laut Gertrud um dich hatte.«

Paul schloss erneut die Augen, schwieg so lange, das Frederik glaubte, er sei eingeschlafen.

»Ich weiß es nicht. Ich war sauer, immer. Total wütend. Auf alles. Irgendwas ist anders, es ist weg. Als hätte mich jemand umgepolt. Ich bin nicht mehr wütend. Oder vielleicht doch, und ich spüre es nicht. Es ist, wie es ist, und jetzt geht's weiter. Ich brauch ein Herz, vielleicht, das ist krass, aber entweder haben die mir hier echt gute Drogen gegeben, oder ich bin auf einmal weise und gelassen geworden. Ich neige dazu, der ersten Idee zu glauben. Das wird es sein, da ist sicher Valeron im Tropf. Mir geht's zu gut, so hab ich mich noch nie gefühlt, tatsächlich irgendwie frei und gelassen. Gar nicht meine Art. Davon könnte ich auf der Stelle süchtig werden.« Dann sagte er mit so kleiner Stimme, als sei er ein Kind: »Ich weiß nie, ob ich wirklich Bilder machen will oder ob ich dir dadurch nur nahe sein möchte.«

»Probieren wir es aus, wenn du wieder gesund bist«, antwortete sein Vater. »Wir gehen zusammen. Ich werde von nun an, wenn du das willst, bei dir sein. Ich hab auch meine eigenen Träume vergessen, nicht nur dich. Wir gehen zusammen Bilder machen und bringen einen Bildband heraus, Vater und Sohn. Und jetzt schlaf.«

Dann verließ auch er das Zimmer, rutschte auf dem Gang an der Wand hinunter, kauerte sich zusammen und vergrub das Gesicht in den Händen. Eine Schwester kam vorbei, wollte ihn zurechtweisen, doch sie ließ ihn sitzen. Er würde wieder aufstehen, das taten sie immer. Frederik bemerkte sie nicht einmal.

Vater und Sohn. Einen Bildband. Kitschiger ging's wohl nicht mehr. Er fuhr sich durch das kurze, lockige Haar, das genauso dunkelblond war wie das seines Sohnes. Dazu die haselnussbraunen Augen, er hätte ihm nur einmal ins Gesicht schauen müssen in all den Jahren. Das war doch alles unfassbar. Wer verleugnete sein Kind und die Mutter sechsundzwanzig Jahre lang? Kein Wunder, dass er immer gearbeitet hatte, Donna stets zu Diensten gewesen war, in seiner Aurafotografie aufgegangen war, aufgehen musste. Ja nicht nachdenken, ja nicht der ganz leise nagenden inneren Stimme Gehör schenken. Auf einmal packte ihn die Sehnsucht nach Zuhause, und er meinte damit Kalifornien, die Küste, die Schwitzhütte, dieses vollkommen einfache Leben, das ihn mit sich selbst in Kontakt brachte. Hier hielt ihn nichts mehr. Er musste das Penthouse verkaufen, wenn er nicht darin wohnen wollte, Donna würde den Salon auflösen oder verkaufen. Es gab mit Sicherheit Interessenten. Ihre Fernsehkarriere würde sie auslaufen lassen, hatte sie gesagt. Sie drehte alle zwei Monate eine Sendung über verschiedene spirituelle Themen und Phänomene, doch es würde zu anstrengend werden, dauernd nach Deutschland zu fliegen. Zwei, drei Sendungen könnte sie vorab produzieren, doch dann war Schluss mit ihrem sanften Engeldasein und ihrer ständigen Präsenz. Sie würde Geige spielen lernen, hatte sie ihm erzählt, stolz, unsicher, sie klang wie ein Kind. Vielleicht würde sie weiterhin für ein paar Zeitschriften schreiben, aber wahrscheinlich nicht. Sie hätte nichts mehr zu sagen. Ihre Haare wären schon jetzt nicht mehr blond, all das Aufgesetzte, allzu Zuckerwattige, Engelhafte wäre weg, er würde sie gar nicht mehr wiedererkennen. Frederik dachte über Donna nach, war sie aufgesetzt und zuckerwattig gewesen, wie sie selbst sagte? Sie hatte versucht, das Beste aus sich zu machen, und sie hatte sehr vielen Frauen sehr viel gegeben, hatte in ihnen das gute Gefühl für sich selbst erweckt. Aber sie hatte auch geblendet, verführt. Sie hatte es ein bisschen zu sehr geliebt, zu unterhalten, bewundert zu werden und auf der Bühne zu stehen, hatte sich selbst ein wenig zu sehr in Szene gesetzt. Sie hatte den Frauen das Gefühl für ihre eigene Schönheit gegeben, aber wie Schneewittchens Stiefmutter selbst immer noch ein bisschen schöner bleiben wollen. Es war ein wenig Schierling im Becher gewesen, nicht viel, nicht tödlich, aber nie hatten ihre Kundinnen an sie herangereicht. Und auf einmal wurde Frederik etwas klar, als er da unten auf dem Boden der Intensivstation saß. Es gab die spirituellen Lehrer, die strahlten und leuchteten, die auf der Bühne standen und angebetet wurden, von denen jeder ein Stück Strahlkraft abhaben wollte. Sie waren wichtig und großartig, diese Lehrer, zeigten sie den Menschen doch, was möglich war. Doch irgendwann wollten die Menschen aufhören, andere anzubeten, und ihre eigene innere Schönheit entdecken. Donna, so sehr sie es leugnen würde, Donna brauchte ihr Publikum. Würde sie Geige spielen, wäre es genauso. Blieb die Frage, wie sie klarkommen würde ohne den ständigen Applaus. Doch vielleicht hatte sie sich wirklich verändert, weil sie jetzt ihre eigene Energie, ihre eigene Seele spürte. Sein Schamane fiel ihm ein, lockte auch er? Nein. Denn es gab auch die anderen. Die Lehrer, die mit untergeschlagenen Beinen auf dem Boden saßen, natürlich, ungefärbt, einfach so. Ihre Schüler mussten nicht aufschauen, sondern sich im Gegenteil zu ihnen nach unten auf den Boden setzen, um auf Augenhöhe zu sein. Und das war es, was die Menschen jetzt wirklich brauchten, wonach sie sich sehnten. Jemanden, der mit ihnen auf dem Boden saß und sie Mutter Erde spüren ließ. Sonst verfingen sie sich im allzu Feinstofflichen. Im scheinbaren Glanz und Gloria der spirituellen Szene. Und damit waren sie alle nicht besser als jede Religion, die statt lebendiger Schlichtheit und echtem Mitgefühl nichts als Verbote, Gebote, Protz und Prunk anbot. Als wäre das nötig, als brauchte echte Spiritualität, echte Esoterik, blonde, verführerische Gurus. Mensch gewordene Engel. Ein echter Engel, einer, der seinen Job ernst meinte, musste nicht locken und strahlen. Er war einfach da, wenn Hilfe nötig war. Es nutzte nichts, wenn die Menschen vor lauter Sehnsucht nach dem Himmel unglücklich auf Erden waren, dann hatten sie nichts verstanden, nichts gelebt, ihre Chance nicht genutzt. Auf einmal wurde er wütend. Vielleicht stimmte das alles nicht, aber für ihn war jetzt Schluss. Er würde aus der Aurafotografie, so wunderbar sie auch war, aussteigen. Alles verkaufen. Und andere Bilder machen, draußen. Die Schönheit der Erde, das natürliche Strahlen einfangen und anderen Menschen zugänglich machen. Oder doch Aurabilder – aber von Bäumen, vielleicht sogar von Tieren. Mit oder ohne Paul, er musste es tun, er war es seinem eigenen Leben schuldig. Und Paul, dachte er plötzlich, Paul? Wenn er kein neues Herz bekam, zumindest stand das zu befürchten, wenn er kein neues Herz bekam, dann hätte er überhaupt keine Chance mehr auf irgendetwas. Er könnte im Bett liegen oder im Schaukelstuhl sitzen und dürfte sich kaum anstrengen. Das war besser als gar nichts, aber für seinen Sohn wünschte er sich weitaus mehr. So gern würde er mit ihm die Welt erkunden, wie es mit ihm selbst niemand getan hatte – er könnte es nachholen, das Vatersein, aber auch ein bisschen das Kindsein, könnte mit Sohn und Kumpel zugleich in die Welt ziehen und tun, was er schon immer tun wollte. Geld war zum Glück kein Problem mehr, eine riesige Gnade. Donna hatte ihn mitgezogen, oder waren es die Seelenanteile von Gertrud? Das alles wurde immer verworrener. Er atmete tief durch, konzentrierte sich, dachte an seinen roten Drachen. Sofort wurde er auf gute Weise schwer und kam zur Ruhe, wurde klar.

Paul. Sein Herz begann zu schmerzen. Zog, als wolle es ihm aus der Brust springen. Als wolle es zu Paul hinüberspringen, um ihn zu stärken, um ihm etwas von der eigenen Herzkraft abzugeben. Wie konnte er sein eigenes Leben planen, wenn Paul keines mehr hatte? Er dachte an die Erlebnisse in der Schwitzhütte, daran, wie er Ja gesagt hatte zu seinem Sohn, ihn mit seiner ganzen Liebe umhüllt hatte. Diese Liebe spürte er auf einmal, er konnte sein Herz beinah nicht mehr bei sich behalten, ein ganz merkwürdiges Gefühl. Als gehöre es in Wahrheit zu Paul. Er legte seine Hände darauf, spürte seinen Herzschlag. Und fasste einen Entschluss. Das Herz. Sein Sohn hatte es verdient. So verrückt das klang, so sehr er selbst spürte, dass er gerade einen Heldenepos inszenierte, das nur peinlich wirkte, so sehr spürte er, dass er sich ohne Bedenken das Herz aus der Brust reißen lassen würde, um dieses Kind zu schützen. Endlich. Endlich fühlte er wie ein Vater. Es fühlte sich gut an, machte ihn ganz. Mehr brauchte er nicht mehr im Leben, erkannte er, alle Puzzleteile kamen zusammen, er hatte Leben geschaffen, mehr gab es nicht mehr zu tun, nie wieder. Er war ein Vater. Jetzt würde er handeln wie einer. Und plötzlich bemerkte er, dass es nicht mehr schmerzte, auch die Nieren nicht. Es ging ihm trotz Jetlag und Übermüdung hervorragend. Alles hatte sich perfekt gefügt. Donna war versorgt. Auch Gertrud schien es gut zu gehen, sie war nicht allein.

Er stand auf, zückte sein Handy und rief seinen Anwalt an. Er hatte einiges zu regeln. Blutuntersuchungen lagen vor ihm, außerdem musste es rechtlich hieb- und stichfest sein. Aussehen wie ein Unfall, für alle Beteiligten, auch und besonders für Paul. Sein Herz und dann auch sein

Geld für seinen Sohn. Die Ärzte mussten es nehmen dürfen, das Herz, dachte er, da gab es Auflagen. Selbstopferungen waren rein rechtlich gesehen fragwürdig. Sonst lägen auf dieser Station reihenweise Eltern in ihrem eigenen Blut, um ihre Kinder zu retten. Er stand auf, klappte sein Handy auf, ging ein paar Schritte in eine Art Teeküche. Schloss die Schiebetür. Und wählte die Nummer seines Anwaltes.

Gertrud und Akasha kamen natürlich nur bis zur Cafeteria, niemals würde Gertrud ihr Kind allein im Krankenhaus liegen lassen. Akasha bestellte zwei Kaffee.

»Und jetzt, wie fühlst du dich?«, fragte sie, als sie sich auf die überraschend bequemen Stahlrohrstühle setzten. Leicht zu reinigen, dachte Gertrud und wunderte sich nur wenig über ihren beruflich bedingten Pragmatismus. Die kleinen Tische waren zauberhaft mit Rosen und Farnkraut dekoriert, als würde das helfen.

»Abgesehen davon, dass mein Sohn fast stirbt?«, herrschte Gertrud sie an. Sie konnte einfach nicht mehr.

»Ich vergebe dir, und jetzt ist Schluss. Er stirbt nicht. Das fühle ich. Du hast alles für ihn getan, was nur möglich ist, sein Körper braucht nur eine Weile, um nachzuziehen. Merkst du nicht, worum es hier wirklich geht, nämlich darum, dass Frederik endlich zum Vater wird? Und Paul endlich einen bekommt? Wenn du auch nur irgendwas kapiert hast, dann solltest du dich auf der Stelle bei dir selbst entschuldigen dafür, dass du dir selbst diesen Schmerz zumutest. Von Seele zu Mensch. Und du solltest dich fragen, ob irgendetwas in dir damit in Resonanz geht, und das dann ändern. Ich verstehe und ich sehe deinen Schmerz, natürlich tu ich das. Aber du lässt dich reinfallen, und so sehr ich das verstehe, verdammt noch mal, du kannst es besser. Trauer, solange sie eben dauert, gehört zum Leben, das ist einfach so. Das siehst du an den Tieren, sie trauern um ihre Herrchen, und wir versorgen sie in ihrer Trauer. Aber es gibt im Moment nichts zu trauern. Es ist alles offen. Du bist jetzt dran. Frederik ist da. Paul wird gesund, ich weiß es einfach. Aber was ist mit dir?« Akasha legte ihre Hand auf Gertruds. Sie fühlte noch etwas anderes, Schmerzhaftes, doch sie schwieg. Verhindern konnte sie es nicht. Energien zu fühlen bedeutete noch lange nicht, dass man sie ändern konnte, wenn sie einen nicht direkt betrafen. Und selbst dann schlug das Schicksal manchmal zu, waren die Seelenverabredungen stärker als jeder menschliche Wille. Paul würde gesund werden, da war sie ganz sicher. Doch das hatte seinen Preis, und einer aus der Familie würde ihn zahlen müssen. Damit das Leben weiterging.

Gertrud trank einen Schluck Kaffee, nur, um nicht reden zu müssen. Ihre Hände zitterten.

»Ich bin eine Mutter, Akasha, was soll denn das, das musst du doch verstehen. Ich sterbe vor Angst«, sagte sie nach einer Weile.

»Und so sehr ich das verstehe, es ist noch nichts passiert. Komm mal wieder zu dir. Paul braucht dich, er braucht endlich eine intakte Familie. Ob ihr wieder zusammenkommt …« – Gertrud schnaubte – » …oder nicht, spielt keine Rolle, aber es wird Zeit, dass du endlich loslässt, dass du endlich dein Leben lebst, statt Gefühle zu vermeiden. Tut mir leid, ich halte dir einen Vortrag, und du kannst gleich gehen. Aber ich sehe dich, ich sehe, dass du dich schon wieder in einer Art Komfortzone einrichtest, diesmal bei den Tieren, das darfst du, aber das Leben scheint andere Pläne mit dir zu haben. Es ist so leicht, Tiere zu lieben. Sie haben es einfach verdient, sie können nichts tun, um sich diese Liebe zu verscherzen, sie sind unschuldig. Menschen zu lieben ist dagegen ein ganz anderes Kaliber. Ich kann es nicht, das weißt du. Aber du, du kannst das. Ich sehe dich, ich weiß, du kannst das. Du bist zärtlich und mitfühlend genug, um das zu tun. Und deshalb liegt deine Aufgabe nicht nur bei den Tieren, sondern auch bei den Menschen.« Akasha trank ihre Tasse aus und stand auf. »Und jetzt geh ich unsere Süßen versorgen. Ruf mich an, wenn du was brauchst, heute Abend koche ich. Wie immer. Ich freu mich auf dich.« Akasha stand auf, Gertrud sah ihr hinterher. Dann sprang auch sie auf, fasste Akasha am Ärmel und zog sie an sich.

»Ich brauche dich. Ich danke dir so sehr, dass du meine Freundin bist und mir ein Heim gibst. Danke.«

»Und ich bin da für dich. Danke, dass ich das darf. Und jetzt sei du für deinen Sohn da. Besonders aber für dich selbst.«

Akasha wischte Gertrud eine Träne von der Wange, küsste sie auf die andere und ging. Der wahre Schmerz kommt erst noch, dachte sie voller Mitgefühl, und auch dann würde sie da sein.

Tief aufatmend sah ihr Gertrud hinterher. Sie hatte ein Zuhause geschenkt bekommen. Sie hatte eine Aufgabe, eine Freundin und sogar eine Energiekugel, in der sie einen Drachen hatte. Den Rest würde sie allein schaffen. Sie kramte ihr Handy aus ihrer Manteltasche. Und einen kleinen Notizblock mit Bleistift. Denn sie hatte noch etwas zu erledigen.

»Mama? Ja, ich bin's, ja, alles gut. Paul ist im Krankenhaus, aber es ist alles unter Kontrolle. Nierensteine, nichts Dramatisches.« Ihre Eltern würden noch früh genug erfahren, was los war, wenn es tatsächlich zu einer Herztransplantation kommen sollte. Was ja bedeuten würde, dass irgendwo ein anderer starb. Mit welchem Recht dürfte sie sich den Tod eines Menschen wünschen, damit ihr Sohn leben konnte? Es klang so verrückt, das geschah nur anderen. Es konnte einfach nicht sein, dass Paul so krank war. »Sag, Mama. Hast du Klaras aktuelle Handynummer?« Sie hörte ihre Mutter aufschluchzen, dann kritzelte sie die Nummer auf das Papier. »Ja«, sagte sie dann noch, »ich komm morgen zum Kaffee. Gern.«

Sie hatte eine Familie.

Dann ging sie zurück zur Station, hoffentlich erwischte sie diese Ärztin.

Frederik klappte sein Handy zu, sein Anwalt hatte ihm gedroht, ihn zwar voller Hochachtung ob seines Heldentums, aber dennoch eiskalt fallen zu lassen, wenn er sich tatsächlich für seinen Sohn opferte. Er drehte sich um, öffnete die Tür, schaute den Gang entlang. Hatte ihn jemand gesehen oder gar gehört? Er erblickte Gertrud, die mit der Ärztin verhandelte, als hielte diese Pauls Lebensfaden in der Hand. Müde wirkte sie, erschöpft, so, als hätte sie es niemals leicht gehabt, was ja auch stimmte. Frederik nahm sich Zeit, schaute sie unbemerkt an. Liebte er sie wirklich noch, wie er es in der Schwitzhütte geglaubt hatte? Oder liebte er nicht den sechzehnjährigen Traum, das hübsche

Mädchen, das ihn anhimmelte? Diese grauhaarige, struppige Frau, die so gar nichts aus sich machte, die für all das stand, was Donna verabscheute, diese Frau, die schwer an ihrem Kummer um ihren Sohn trug, das sollte die Frau seines Lebens sein? Mit Macht zog es ihn zurück nach Kalifornien, so sehr ihn sein Sohn berührte, so wenig tat es diese Frau. Er sehnte sich einmal mehr nach seinem Schamanen, nach der Schwitzhütte – er würde Paul mitnehmen, so einfach war das. Wenn ihn einer heilen konnte, dann dieser Schamane. Obwohl sich Frederik nicht vorstellen konnte, dass er auch ernstlich geschädigte Herzen wieder hinbekam. Würde er Paul sein Herz spenden, dann flöge er nirgendwo mehr hin, das war ihm schon klar. Aber musste das wirklich sein? Gab es nicht eine Liste, eine Chance auf einen Spender, so wenig er natürlich irgendjemandem den Tod wünschte? Sein Heroismus verflog, wenn er diese Frau genauer ansah. Zu deutlich spiegelte sie ihm, was er ihr zugemutet hatte. Und auch wenn er genau wusste, dass sie für sich selbst verantwortlich war, so trug er dennoch schwer an all den Versäumnissen. Er hatte sie beeindrucken wollen, erkannte er, so sehr er seinen Sohn überraschenderweise liebte, so stolz er aus heiterem Himmel auf ihn war, so sehr wollte er wiedergutmachen, was er Gertrud angetan hatte. Würde er tatsächlich sein Leben opfern, um seinen Sohn zu retten? Oder war das ein kurzes Aufflackern gewesen, ein spektakuläres Feuerwerk von Vatergefühlen, das rasch seinen Zauber verlieren würde, wenn er wieder klar denken konnte? Von dem, wie von jedem Feuerwerk, nichts als eine Menge Qualm und Müll zurückbleiben würde? Er zog sich einen Becher Tee aus dem Automaten, der im Gang stand. Gertrud kam auf ihn zu, schlurfend. Als sie ihn bemerkte, straffte sie sich, ihr Gesicht wurde abweisend.

»Danke, dass du gekommen bist, Fredy. Aber jetzt geh bitte wieder. Er gewöhnt sich sonst noch an dich. Was wolltest du mir eigentlich sagen, als du mich nach Kalifornien beordert hast?«

Frederik blickte ihr in die Augen.

»Ich wollte dich nicht beordern, es tut mir leid, dass es so angekommen ist. Hast du auch nur eine Sekunde daran gedacht, zu kommen?«

Seltsam, wie wichtig ihm die Antwort plötzlich erschien. Und weil Paul so krank war, weil sie sich so sehr schämte, weil sie sich nicht einmal mehr vorstellen konnte, dass sie sich tatsächlich auf den Weg gemacht hatte, sagte sie »Nein. Natürlich nicht. Wozu auch?«

Frederik schluckte, doch sie hatte recht. Wozu auch? Es war alles unglaublich lang her, und sie waren ja auch nur ein paar Wochen zusammen gewesen. All das Zeug, das er in der Schwitzhütte erlebt hatte …

»Auf dem Hof, auf dem ich jetzt lebe, meditiere ich manchmal. Ich hab dich ein paar Mal gesehen, zumindest hab ich mir eingebildet, du seiest es. Aber das war totaler Quatsch, wahrscheinlich war was im Essen. Du siehst gut aus. Hast du was aus deinem Leben gemacht?«

»Ich weiß es nicht. Irgendwie schon. Aber sicher nicht das, was ich aus meinem Leben hätte machen können. Ich war immer für deine Schwester da, und wir hatten sehr gute Zeiten. Wir haben was Großes zusammen aufgebaut, soll das etwa gar nichts zählen? Und doch, ich meine das ernst, Gertrud, ich hätte bleiben sollen. Aber alles hat seine Zeit, oder?«

»Was wird denn nur aus Paul? Wenn er wirklich ein Herz braucht, warum kann ich ihm dann nicht meins geben?«

Gertrud legte sich ihre Hände überkreuz auf die Brust. Sie hatte gar nicht zugehört, außer Paul und ihre Tiere interessierte sie sowieso nichts mehr.

»Weil er dich genauso braucht wie sein Herz, wie soll er denn damit leben, mit dem Herz seiner Mutter? Gertrud ...« Er legte ihr die Hände auf die Schultern. »Gertrud, du bist nicht allein. Ich bin jetzt da, und zusammen schaffen wir das.«

»Ich nehm an, es wundert dich nicht allzu sehr, wenn ich mich darauf besser nicht verlasse.«

Sie drehte sich weg, seine Hände fielen ins Leere. Dann ließ sie ihn stehen, ging zurück zu Paul, setzte sich an sein Bett. Frederik schaute ihr hinterher. Sie hatte vollkommen recht. Noch vor zwei Minuten hatte er darüber nachgedacht, mit Paul nach Kalifornien zu fliegen. Auf Weltreise zu gehen, um Bilder zu machen. Wollte er ihr nun auch noch das Kind nehmen, nachdem er die Schwester einkassiert hatte?

»Ich meditiere auch manchmal, und ich hab dich auch gesehen«, sagte er leise, doch sie war bereits wieder in Pauls Zimmer verschwunden.

Frederik verließ das Krankenhaus, rief ein Taxi und ließ sich nach Hause bringen, in das Zuhause, in dem er bis noch vor wenigen Wochen glücklich und zufrieden gewesen war. Als sich der Fahrstuhl öffnete und er das Penthouse betrat, Donnas Parfüm roch, das immer irgendwie präsent war, duschte und sich in sein gewohntes Bett legte, fragte er sich ernsthaft, ob er sich all das nicht nur eingebildet hatte. Gleich würde Donna zur Tür hereinkommen, und er würde sie lieben, lustvoll wie immer, sie beschützen und alles für sie tun. Alles andere ergab irgendwie gar keinen Sinn. Gertrud. Paul. Ein zweites Leben als Fotograf. Donna verheiratet, verschwunden aus seinem Leben. Das war doch absurd. Er war zu alt für so viel Veränderung. Doch obwohl er noch vor wenigen Minuten geschworen hätte, dass er wach liegen und grübeln würde, schlief er erstaunlich rasch ein. Etwas war richtig, passte, kam zur Ruhe.

20

Irgendwann würde sie dieses Krankenhaus auch heute wieder zumindest für ein paar Stunden verlassen müssen, irgendwann sollte sie duschen und sich ausruhen, dachte Gertrud, doch sie konnte nicht. Ihr Haar war völlig zerwühlt, so oft hatte sie es sich gerauft, ihr Gesicht auch heute fleckig vom Weinen. Sie sollte nach Hause gehen, mit Akasha essen und dann schlafen. Das Treffen mit Frederik verarbeiten. Die Enttäuschung, die Scham. Seit einer knappen Woche täglich der gleiche Kampf, sie verbrachte die Tage an Pauls Bett und musste sich abends zwingen, ihn allein zu lassen. Paul erholte sich sichtlich, seit sein Vater da war, seine Werte wurden von Stunde zu Stunde besser, versicherte ihm die Ärztin, der so etwas noch nie untergekommen war. Es war, als regenerierten sich Herz und Nieren, beinah so, als würde er neu geboren.

»Freuen Sie sich nicht zu früh, das Herz kann sich nicht vollständig regenerieren, das wäre ein echtes Wunder – nicht völlig auszuschließen, aber nichts, worauf man bauen sollte«, warnte sie.

Sie behielt ihn auf der Intensivstation, erstens war er privat versichert, und außerdem mochte sie ihn, diesen jungen und gut aussehenden Patienten. Das waren natürlich völlig unprofessionelle Gründe. Immerhin wartete er nun auch offiziell auf ein neues Herz, sie hatte ihn auf die Liste gesetzt, absagen konnte sie immer noch. Er wirkte rosiger als die Tage zuvor, doch noch lange nicht gesund. Ob eine Kraft vom Vater in den Sohn floss?, dachte sie.

Wer konnte das schon wissen? Auf dieser Intensivstation hatte sie genauso oft Tragödien wie Wunder erlebt und noch nicht herausgefunden, warum mal das eine, mal das andere geschah. Gott würfelte sehr wohl, auch wenn Einstein das nicht glauben wollte. Oder gab es doch eine Art Seele, die sich entschied, zu bleiben oder eben nicht? Sie blickte in Pauls Akte. Ein neues Herz. War das wirklich nötig? Doch die Gefahr, dass es versagte, war groß, selbst wenn es ihm im Moment gut ging. Natürlich ging es ihm gut. Er bekam Medikamente und lag im Bett, sein Herz hatte nicht die gesamte Wucht der Erdanziehung auszugleichen, musste das Blut weder aus den Beinen ansaugen noch den Druck des Blutes, das von oben herabströmte, abfangen, sondern konnte es relativ gemütlich durch seine Adern pumpen. Würde er aufstehen, würde das Herz den Blutfluss wieder vertikal bewältigen müssen, wäre es vorbei mit dem rosigen Aussehen. Zu viele Schäden an zu vielen Stellen, sie konnte nicht einfach einen Septumdefekt reparieren oder eine neue Klappe einsetzen. Das Herz war insgesamt geschädigt, überall ein bisschen, und damit irreparabel. Marode. Zu viele Erwachsenenschmerzen, während es sich entwickelt hatte, zumindest war das ihre Vermutung.

»Gehen Sie mit mir essen, wenn ich hier wieder draußen bin?«, fragte er und lächelte so strahlend, dass man das Angestrengte in seinem Gesicht glatt übersehen konnte.

Sie lächelte zurück. Wenn sie alle Einladungen ihrer Patienten annehmen würde, wäre sie kugelrund und käme vor lauter Essen nicht mehr zum Arbeiten.

»Wer weiß?«, antwortete sie und zog eine Augenbraue hoch.

Gertrud stand auf, ging zum Bett.

»Jetzt wirst du erstmal gesund, dann sehen wir weiter«, sagte sie zu Paul, als wäre er fünf Jahre alt. Dann schüttelte sie den Kopf, schaute die Ärztin an. »Ich geh besser, ich red ja nur noch Unsinn. Kann ich mich darauf verlassen, dass er morgen noch lebt?«

»Mutter. Ich bin genau hier, du kannst mich selbst fragen. Nein, das kannst du nicht, das kann keiner. Aber ich verspreche dir, ich werde alles tun, was möglich ist. Mehr haben wir alle nicht. Geh heim, kümmere dich um dich, es ist alles gut. Ich hab ja meine Freundin hier. Sie passt auf mich auf.«

Er knipste etwas in seinem Inneren an, eine Art Charme, der sie an seinen Vater erinnerte. Der konnte das auch, er konnte ungeheuer überzeugend sein, wenn er etwas wollte.

»Passen Sie ja auf sich auf, sonst brauchen Sie bald auch ein neues Herz«, sagte Gertrud, und man könnte meinen, sie meinte es ernst.

Die Ärztin zwinkerte Paul zu, professionelle Zuversicht ausstrahlend, und verließ das Zimmer. Ein neues Herz, nun ja. Es brauchte eine ganze Menge, bis so ein Herz unwiderruflich brach. Die Dinger waren zäh. Mussten es auch sein. Und sowieso saß sie ja an der Quelle. Ein wenig Risiko war sie bereit, einzugehen, das Leben konnte so unfassbar schnell zu Ende sein. Sie schloss leise lächelnd die Tür und strich sich dann mit der Hand über die Stirn. Ein neues Herz. Wer wüsste besser als sie, wie lange Paul wahrscheinlich warten musste und wie groß seine Chancen waren, eines zu bekommen? Sie sollte den Zettel mit der Nummer des Pizzaservices und die DVD-Sonderedition mit allen Staffeln von »Sex and the City« noch nicht übereifrig entsorgen, dachte sie, und ihr war bewusst, dass nur Galgenhumor sie davon abhielt, in Tränen auszubrechen. Nicht über Paul. Sondern über das Leben, den Tod und alles, was dazwischenlag. Sie straffte sich und betrat das nächste Zimmer, ein weiterer Patient, klein, fünf Jahre alt, der nach einem Fahrradunfall im Koma lag. Würde sie daran glauben, dachte sie, würde sie daran glauben, dann wäre es jetzt ein guter Zeitpunkt, die offensichtlich äußerst nachlässigen Schutzengel des Kindes in die Pflicht zu nehmen.

Gertrud fuhr mit dem Bus nach Hause, duschte, wusch sich die Haare, zog sich eines der bunten Kleider an, um sich selbst aufzuheitern. Sonnengelb und Dunkelrot. Gerade als sie nach Akasha schauen wollte, die noch bei den Tieren war, klingelte ihr Handy. Eine ihr unbekannte Nummer, doch dann erinnerte sie sich an die Zahlenfolge – hatte sie sie nicht vor wenigen Stunden erst auf ihren Notizblock geschrieben? Und tatsächlich, es war Klara.

»Mutter rief an, du wolltest mich sprechen – sie hat mir deine Nummer gegeben, du kennst sie doch, sie lässt nicht locker. Ich freue mich sehr, dass du dich melden wolltest. Frederik hat mir von Paul erzählt, ich kann dir gar nicht sagen, wie leid mir das alles tut. Ich bin schon fast im Flieger, wir kommen rüber. Erinnerst du dich an den Geiger damals, in Konstanz? Mit dem bin ich jetzt verheiratet, und ich bin überglücklich. Es tut mir so leid, Gertrud. Ich werde von nun an, wenn du das willst, für dich da sein, und ich will wiedergutmachen, was ich dir genommen habe.«

Es war, als wollte Klara hastig alles loswerden, bevor Gertrud wieder auflegen konnte. Doch diese hatte gar nicht vor, das Gespräch zu beenden.

»Das ist gut, dass du kommst. Es wird Zeit, dass wir reden und alles klären. Ich hab auch jede Menge Mist gebaut, hab mich in mein Schneckenhaus zurückgezogen, statt dir die Leviten zu lesen. Immerhin bin ich die Ältere, ich hätte auf dich aufpassen müssen, statt dich ziehen zu lassen.«

Gertrud warf einen überraschten Seitenblick auf einen Spiegel, an dem sie auf dem Weg zur Scheune vorbeiging. Ein antikes, angelaufenes Teil mit verschnörkeltem Goldrahmen, das an einer überdachten Außenmauer hing und die von hier aus nicht direkt sichtbare Eingangspforte des Hofes spiegelte. Praktisch, um auch von hier aus zu sehen, ob jemand den Hof betrat. Er war ihr noch nie aufgefallen, dabei wirkte seine verblichene Pracht so fehl am Platz, dass man ihn gar nicht übersehen konnte. Sie schüttelte den Kopf. So würde sie sich den Spiegel vorstellen, den Schneewittchens Stiefmutter immer wieder mit ihrer Fragerei genervt hatte. Der Spiegel der Wahrheit, nun ja, es passte, sie redete gerade mit ihrer Schwester, seit knapp zwanzig Jahren das erste Mal. Ihr Blick fiel vom grauenvoll barocken Rahmen auf ihr Gesicht, und sie blieb stehen, den Hörer am Ohr. Schaute sich an. Es stimmte, das mit dem Aufpassen, weil sie die Ältere war, dachte sie, zumindest fühlte sie es so. Sie kannte doch ihre Schwester. Alles, was sie hatte, wollte diese auch, weil sie sie so sehr bewundert hatte. Sie hätte es wieder geradebiegen können, alles. Es hatte in ihren Händen gelegen, sie war nun mal die Ältere.

»Ich hab dir Energie weggerissen, als ich mit Frederik ging, das weiß ich jetzt, und ich würde sie dir gern zurückgeben. Es tut mir wirklich alles so leid. Was brauchst du, was kann ich tun, damit alles ausgeglichen ist? Ich will Frieden, Liebste, ich will, dass wir alle unseren Frieden finden.«

Gertrud, die sich noch immer im Spiegel betrachtete, sah, wie sie zu lächeln begann, unwillkürlich. Ihr Herz schlug schneller, es war, als fiele eine riesige Last von ihr ab. Sie wollte Frederik nicht wiederhaben, auf keinen Fall. Ihre Schwester aber schon.

»Ich brauche nichts. Wenn du kommst und alles wieder gut wird zwischen uns, dann hab ich alles. Ach ja, und wenn du auf dem Weg zu uns ein Herz findest, ist es willkommen, du weißt, Paul steht auf der Liste.«

Sie hörte sich reden, doch was diese Liste in Wahrheit für ihrer aller Leben bedeutete, spürte sie nicht, das war ihr bewusst. Es war wie eine Art Spiel, sie konnte sich gar nicht vorstellen, dass ihr das wirklich passierte. In wenigen Tagen würde Paul geheilt entlassen werden, dessen war sie sicher, und die Sache mit dem Herzen würde sich als Irrtum entpuppen.

»Ich bring eins mit, Schwester. Versprochen. Mutter hat gesagt, du kommst morgen zum Kaffee, ich schaff es bis dahin nicht, die Zeitverschiebung, du weißt. Aber übermorgen früh bin ich da, und dann wird alles anders. Ich bin jetzt da für dich, das verspreche ich dir. Ernsthaft. Es tut mir so leid.«

Damit legte sie auf.

Warum auch immer allen plötzlich alles leid tat, Gertrud seufzte tief erleichtert auf, klappte das Handy zu, ging näher an den Spiegel heran. Sie schaute sich in die Augen und dahinter, als wolle sie ihre Seele darin erkennen. Und sah plötzlich Klaras Gesicht. Auf einmal wurde alles hell um sie herum, sie erinnerte sich, wusste auf einmal wieder mit unumstößlicher Sicherheit, sie und Klara waren eins. Es war der Seele nachgerade egal, wer welche Erfahrungen machte, wer was verwirklichte, weil sie tatsächlich eins waren. Warum Isis ihrer untreuen Schwester Nephtys vergeben konnte, hatte sie sich neulich gefragt, und jetzt erkannte sie es. Weil Isis trotz all der Tränen über ihren Betrug wusste, dass sie und Nephtys eins waren. Nicht auf diese spirituell verbrämte Weise, mit der man den Schmerz in Schach hielt, sondern wirklich und wirksam. Sie teilten sich eine Seele, waren im wahrsten Sinne des Wortes Seelenzwillinge. Ihre Seele hatte sich in zwei Menschen geteilt, das war ihr plötzlich klarer als je zuvor. Wozu? Damit sie schneller heranreifen konnte, denn sie lebte zwei Leben gleichzeitig. Wer welche Erfahrung machte, war dabei gar nicht so wichtig – auf Seelenebene. Auf menschlicher Ebene dagegen führte diese Beliebigkeit zu Verletzungen, zu Scham, zu Verdrehungen. Oder war es das, was ihre Seele erfahren wollte, wollte sie genau diese Verletzungen erleben, um sich an sich selbst zu erinnern? Gertruds Herz schlug ihr bis zum Hals. Zwillingsseele. Tatsächlich, das gab es. Klara war nicht nur ihre Schwester, sie war sie selbst, wenn auch nicht als Mensch, so doch als Seele. Auf die menschliche Ebene übertragen wäre Klara ein Klon ihrer selbst, nicht mal ein eineiiger Zwilling, sondern wahrhaftig ein Klon. Gab es da überhaupt noch etwas zu vergeben? Auf menschlicher Ebene schon, erkannte sie, weil die Gefühle nun mal anderen

Gesetzen folgten. Doch auf Seelenebene war gar nichts geschehen, sie hatte ihre Erfahrungen gemacht, in welcher Form, das war der Seele herzlich gleichgültig. Gänzlich unerwartet durchströmte sie ein Frieden, den sie in dieser Tiefe zum letzten Mal erlebt hatte, als sie den kleinen Paul in den Armen gehalten hatte. Alles war gut. Jetzt konnte Paul wieder gesund werden. Wer was erlebte, war für ihre Seele wirklich gleichgültig. Sie konnte mit einem Mal all die Energien, die Gefühle, die Erkenntnisse und das, was Frederik und Klara geteilt hatten, in sich fühlen, als wäre es ihre eigene Erinnerung – denn so war es. Sie spürte die tiefe Erfüllung, mit all den Frauen im Studio zu arbeiten, die Liebe zwischen Frederiks und ihrer eigenen Seele, spürte es auf ihre eigene Weise, ohne Klaras Filter. Nur eine Minute lang stand sie da, und doch brausten all die Erinnerungen, all die Gefühle in sie ein, die Teilung der Seele in zwei Menschen hörte auf, und sie spürte Klara plötzlich genauso wie sich selbst. Es war, als würde eine unsichtbare, künstlich geschaffene Trennwand zwischen ihr und Klara aufgelöst, als vereinten sie sich auf eine so unbeschreiblich erfüllende Weise, dass Gertrud aus tiefstem Herzen zu weinen begann. Sie drückte die Rückruftaste auf ihrem Handy, spürte, wie ihre Schwester zum Telefon griff, und brauchte gar nichts zu sagen, als sie sich meldete. Schweigend hielten beide den Hörer für einen Moment lang in der Hand, die Energien flossen hin und her, glichen sich aus, in einer Weise, die man nur als gnadenvoll bezeichnen konnte.

»Ich liebe dich«, sagte Gertrud schließlich und spürte diese Liebe gleichzeitig zu ihrer Schwester fließen und in sich selbst ankommen. Sie fühlte Klaras Lächeln und lächelte zurück, sie würden nie wieder miteinander reden müssen. Von nun ab waren sie eins, wussten, was der andere dachte, fühlte, brauchte.

»Gib Frederik eine Chance. Du wirst ihn lieben. Das verspreche ich dir, ihr gehört zusammen, das weiß ich. Wir beide sind eins, aber wir sind auch zwei, und du brauchst einen Gefährten. Er war für dich bestimmt, ich hab was verwechselt«, sagte Klara.

»Das haben wir alle. Ich verspreche dir, ich geb ihm eine Chance.« Sie sagte es, als hätte sie überhaupt eine Wahl, als interessiere er sich für sie, dachte sie kurz, doch alles war auf einmal anders. »Hab einen guten Flug, Liebste. Wir sehen uns in zwei Tagen, und ich kann es kaum erwarten.«

Damit legte Gertrud auf, lachte sich im Spiegel zu und ging in die Küche, in der Akasha in der Zwischenzeit herumzuwerkeln begonnen hatte, um mit ihr zu Abend zu essen.

»Sag nichts«, begrüßte sie diese, »ihr habt es kapiert, seid wieder vereint. Dann ist's ja gut.« Gertrud setzte sich, der Tisch war geschmückt. Ein krautartiges Gewächs steckte in einer Vase, wenige lila Blüten versuchten tapfer, der Küche Farbe zu verleihen. Jede Menge wuchs davon auf dem Hof, vor allem zwischen den Ritzen des Kopfsteinpflasters hatte sich dieses Kraut seinen Weg gesucht. Gertrud lächelte. Für Akasha war nichts zu unscheinbar, sie nutzte alles zur Dekoration. »Eisenkraut«, meinte Akasha, die Gertruds Blick bemerkte. »Ein uraltes Heilkraut, auch wenn man es heute kaum noch benutzt. Es wurde auch ›Die Tränen der Isis‹ genannt, es erschien mir irgendwie passend.«

Gertrud lachte glücklich.

»Das brauch ich ja nun nicht mehr, Süße, ich danke dir. Jetzt verstehe ich, was du gemeint hast, als du sagtest, wir vier wären noch komplett. Klara und ich zählen als eins, richtig? Und der Vierte ist ihr Geiger?«

»Genau. Aber hätte ich dir das gesagt, hättest du nur auf deine unnachahmliche Weise geschnaubt. Stimmt's?«

Gertrud stieß sie an, tauchte dann ihre Gabel in den Auflauf, den ihr Akasha vor die Nase stellte und aß. Zum letzten Mal für sehr lange Zeit.

Denn am nächsten Morgen, als sie ins Krankenhaus fuhr, hatte sich Pauls Zustand wider Erwarten dramatisch verschlechtert, Frederik war schon da, hielt seine Hand. Mit kaltem Schweiß bedeckt lag Paul im Bett, hielt die Augen geschlossen.

»Ich hab dich nicht angerufen, damit du sicher herkommst und nicht auf dem Weg durchdrehst, ich wusste ja, du kommst. Ich hoffe, das ist okay.«

Frederik war bleich vor Anspannung. Wenn er seinen Sohn retten wollte, dann sollte er so schnell wie möglich einen Weg finden, sein Herz zu spenden.

Gertrud sagte nichts. Sie sackte in sich zusammen, ächzte »Was ist denn nur passiert?« und hielt sich an dem Nächstbesten fest. Das Nächstbeste war Frederik, und er hielt sie, schleifte sie zu einem Stuhl und setzte sie darauf.

Die Ärztin eilte an Pauls Bett.

»Ich habe telefoniert, er steht jetzt ganz oben auf der Liste der Transplantationspatienten. Ich weiß nicht, warum er kollabiert, wirklich nicht. Die Werte waren stabil. Wir beobachten ihn, er bekommt Amiodaron. Wenn nötig, setzen wir ihm einen ICD ein, bis wir einen Spender haben. Das ist wie eine Art eingebauter Rhythmuswächter, der sein Herz mittels eines Stromstoßes wieder zum Schlagen bringt, sollte es erneut aussetzen.«

»Und es geht gar nicht anders?« Frederik hielt Gertruds Hand. »Verdammt, es ist meine Schuld«, flüsterte er, »ich hätte für euch da sein müssen, ich hab ihm zu viel Kummer bereitet.«

»Stopp.« Die Ärztin legte ihm eine Hand auf die Schulter und schaute ihn an. »Tun Sie das nicht. Niemand weiß, warum ein Herz auf einmal versagt. Er hatte starke Schmerzen, und daraufhin setzte sein Herz zweimal aus, Vorhofflimmern, wir haben ihn reanimiert, wie Sie wissen. Die Medikamente, die wir ihm geben, haben massive Nebenwirkungen, das lässt sich nicht vermeiden. Sie sind keine Dauerlösung, weil sein Herz so geschädigt ist. Da waren die Streptokokken, aber es gibt auch andere Menschen mit dieser Infektion, die keine Probleme bekommen. Sie sagen, er war bis vor Kurzem völlig gesund. Ist etwas passiert in den letzten Monaten, das ihn so umgeworfen haben könnte?«

Gertrud hob den Kopf.

»Es klingt merkwürdig, aber nein, im Gegenteil. Wir haben alle auf unsere Weise versucht, die Dinge zu regeln, haben uns all das Zeug, das so lange unterdrückt war, angeschaut. Es kann doch nicht sein, dass man etwas tut, von dem man glaubt, es würde heilen, und dann passiert so was?«

Die Ärztin wiegte den Kopf hin und her.

»Kann es nicht sein, dass es sowieso geschehen wäre? Aber weil Sie alle aufrichtig miteinander umgegangen sind oder was immer Sie getan haben, hat er nun noch eine Chance. Wer weiß, ob er sonst nicht einfach umgefallen wäre. Ein plötzlicher Herztod, das geschieht auch jungen Menschen. Wie ich schon mal sagte, seien Sie froh über die Nierensteine. Seine Nieren arbeiten wieder ganz hervorragend, seine Vitalfunktionen sind sehr gut, er ist der ideale Kandidat für ein neues Herz. Sie schaute zu Pauls Bett. »Beten Sie«, sagte sie, bevor sie das Zimmer verließ.

»Worum soll ich beten, dass ein anderer Mensch stirbt, damit mein Sohn lebt? Wie verrückt ist das denn wohl? Mit welcher Berechtigung dürfen wir beten?«

»Ich hab gestern mit Klara telefoniert, sie sagte, sie bringt ein Herz mit. Irgendwie glaub ich ihr, dass sie das kann.«

Gertrud ließ Frederiks Hand los, es war unpassend, sie zu halten, nachdem die Ärztin gegangen war. Entschieden zu intim.

»Wenn überhaupt einer das kann, dann sie.«

Frederik bemerkte verblüfft, dass sich seine Hand plötzlich leer anfühlte, als fehle etwas.

Gertrud vergrub ihr Gesicht in den Händen. Ihre Schultern begannen zu zittern.

»Sollten wir nicht die Eltern rufen?«, fragte sie, als hätte Frederik etwas dazu zu sagen.

»Er stirbt nicht, Gertrud, das erlaube ich nicht.«

Er nahm sie in die Arme, und so sehr sie sich auch am liebsten gewehrt hätte, sie konnte es sich im Moment wahrlich nicht leisten, Trost abzulehnen. Ihr Körper gab nach, schmiegte sich an Frederik, obwohl sie wusste, dass sie sich auch an Stellen weich anfühlte, an denen »weich«

kein Synonym für »weiblich« war. Er hielt sie, wiegte sie, und gemeinsam begannen sie zu beten. Baten Pauls Schutzengel um Hilfe, vereinigten ihre Energien, jeder für sich, bis sie sich verwundert anschauten.

»Da entsteht eine Art sehr großes Energiefeld«, flüsterte Gertrud, und Frederik, der nicht wusste, dass sich auch Gertrud bestens mit Kraftfeldern auskannte, umarmte sie fester.

»Wir retten ihn, zusammen können wir ihn retten«, sagte er rau und stellte sich vor, sie säßen gemeinsam in der Schwitzhütte. Und so wenig er sich jemals Klara in der Schwitzhütte herbeigesehnt hatte, so stimmig fühlte es sich an, Gertrud dort zu wissen.

»Wir rufen gemeinsam deine Seele«, sagte Gertrud laut und hielt dabei die Augen geschlossen. »Zeig uns, was du brauchst, um am Leben zu bleiben, hier auf der Erde.« Sie ließ Frederik los, beide standen wie abgesprochen auf. Frederik stellte sich auf Pauls rechte Seite, Gertrud auf seine linke. Beide griffen nach Pauls Händen und Füßen, schlossen den Kreislauf, hielten die Verbindung. »Ich rufe Isis«, flüsterte Gertrud, und Frederik war Zeuge, wie sie sich veränderte. Größer wurde, aufrechter. Sie begann zu strahlen, tatsächlich, da war ein deutlich sichtbarer Strahlenkranz um sie herum. Genau das, was Frederik fotografierte, nur, dass hier keine Kamera nötig war. Er verband sich mit dem Schamanen, fragte ihn über den Atlantik hinweg, was zu tun sein, und bat ihn, seine Heilkraft durch ihn hindurch zu senden. Augenblicklich hörte Gertruds Strahlen auf. »Paul braucht deine Energie, nicht die eines anderen, schick ihm einfach deine Liebe«, flüsterte sie konzentriert, und als Frederik sein Herz weit öffnete, strahlte sie wieder. Und so hielten sie ihn, stundenlang, ließen ihre Liebe in ihm kreisen und hofften das Beste.

Klara schüttelte nach alter Gewohnheit ihr nun dunkelaschblondes Haar aus, fand mit einem Griff ihren klappbaren Spiegel sowie ihren Lippenstift in ihrer Handtasche, zog die Lippen nach und fasste ihren Handgepäck-Rollkoffer fester. Sie hatte die Macht des Geldes unterschätzt, obwohl sie selbst genug hatte. Als sie gestern nach ihrem Telefonat mit Gertrud den Hörer aufgelegt hatte, hatte ihn Pedro sofort wieder aufgenommen, etwas gesagt, eine Nummer aufgeschrieben und sie in den Arm genommen.

»Du brauchst keinen Linienflug zu nehmen, Liebste. Meine Plattenfirma stellt mir dann und wann einen Privatjet zur Verfügung. Dein Wunsch, nach Deutschland zu fliegen, geht als ›dann und wann‹ durch. In einer Stunde wirst du abgeholt. Bist du traurig, dass ich nicht mitkommen kann? Ich komm nach, wenn ich hier fertig bin.«

Er steckte mitten in einer CD-Produktion, das Studio war an das Haus angebaut worden. Das kleine Holzhaus, das er Klara versprochen hatte, hatte sich als respektable Villa im viktorianischen Stil erwiesen, dunkelgrün mit strahlend weiß abgesetzten Türmchen, Erkern und einer Veranda, die an den hauseigenen Strand grenzte. Sie war nicht traurig gewesen, im Gegenteil. Es erschien ihr nur richtig, dass sie sich allein auf den Weg machte, um ihre Familie zu versöhnen und ihre Angelegenheiten zu ordnen.

Klara schritt energisch durch den deutschen Zoll, ganz die Diva, als die sie in Deutschland bekannt war. Durch die dunklen, herunterhängenden statt adrett hochgesteckten Haare erkannte sie keiner, zum Glück. Sie wischte sich mit der linken Hand eine lange Strähne aus dem Gesicht, winkte sich ein Taxi heran und machte sich auf den Weg zum Krankenhaus. Es gab sowieso nur eines in dieser Stadt, sie würde Gertrud überraschen. Es wurde Zeit, dass sie endlich für ihre Schwester da war. Sie fuhren durch die vertrauten Straßen, und es kam ihr vor, als sei sie Jahre weg gewesen. Sie würde den Verkauf ihres Salons abwickeln, ebenso das Penthouse veräußern, falls Frederik es nicht behalten wollte, und Deutschland verlassen. Natürlich würde sie ihre Eltern vermissen, aber wenn sie ehrlich war, hatte sie sie sowieso nicht oft besucht. Es war gut so, alles war perfekt. Sie würde einfach ab und an zu Besuch kommen und sie selbstverständlich auch nach Kalifornien einladen, dann hatten sie viel mehr voneinander, als wenn sie zwischen Tür und Angel hereinschneite, einen Kaffee mit ihrer Mutter trank und dann schon wieder Termine hatte. Ihre Eltern hatten vollstes Verständnis. »Wenn ihr glücklich seid, dann sind wir es auch«, hatte ihre Mutter am Telefon gelächelt, und Klara wusste, dass es stimmte. Sie führten ihr eigenes Leben, brauchten ihre Kinder bei aller Liebe nicht. Gertrud. Klara seufzte glücklich. Endlich hatte sie ihre Schwester wieder, fühlte sich mit ihr so eins, so verbunden wie damals als Mädchen. Sie machte sich große Sorgen, ihre Schwester. Klara spürte die schwere Wolke auf ihrem Herzen. Hoffentlich konnte sie etwas tun, zumindest da sein, wenn schon nicht helfen. Natürlich hatte sie kein Herz mitgebracht, aber ihr eigenes, wenigstens das, konnte sie ihr endlich wieder offen und weit zur Verfügung stellen.

»Halten Sie bitte kurz an?«, sagte sie zum Fahrer, als sie einen Blumenladen entdeckte. »Ich will meiner Schwester

Blumen mitbringen, das hat sie verdient und noch viel mehr.«

Der Taxifahrer lächelte und hielt ausnahmsweise in der zweiten Reihe.

»Familie ist das Wichtigste«, sagte er. »Nur zu.«

Sie nickte dankbar, öffnete die Tür und überquerte vorsichtig die viel befahrene Straße. Eine Windböe peitschte ihr diese lange Strähne wieder ins Gesicht, unwirsch klemmte sie sie hinter das linke Ohr. Sie war müder als gedacht, spürte sie, und es nutzte niemandem, wenn sie sich überfahren ließ und mit gebrochenen Knochen herumlag. Sie betrat das Blumengeschäft und stutzte, lächelte.

Sie wies auf verschiedene Blumensorten.

»Können Sie mir das bitte zusammenbinden? Kein Grün, kein Schnickschnack.«

»Sind Sie sicher? Diese Kombination? Das ist sehr ungewöhnlich«, sagte die Verkäuferin, meinte in Wahrheit »scheußlich« und knallte mit ihrem Kaugummi.

»Ich bin vollkommen sicher«, antwortete Klara.

Sie ließ sich den dicken Strauß in Papier packen, nahm ihn, zahlte und verließ den Blumenladen. Die Verkäuferin sah ihr hinterher, so scheußlich wirkte er gar nicht, der Strauß, dachte sie, im Gegenteil, die Blumen passten überraschenderweise perfekt zusammen. Irgendwoher kannte sie die Frau. Sie ließ wieder ihren Kaugummi knallen – verdammt, das musste sie sich einfach abgewöhnen! – und ging in den hinteren Teil ihres Ladens, wandte sich ihren Blumen zu. Das war ihr Glück.

Denn weil der Taxifahrer den Standort wechseln musste, da er einem ausparkenden Fahrzeug den Weg versperrte, weil Donna nach ihm Ausschau hielt, während sie in Gedanken noch bei ihrem Blumenstrauß war – Gertrud würde das Symbol sofort verstehen! –, weil sie übermüdet war, weil eine weitere Windböe ihre diese Strähne vor die Augen wehte und weil ihre Seele sowieso keinen großen Wert mehr darauf legte, mit zwei Körpern zugleich auf der Erde zu sein, weil all das zusammenkam und weil sie Gertrud ein Herz versprochen hatte, übersah sie den LKW, der an einem haltenden Bus vorbei auf sie zudonnerte. Über sie hinweg und in den Blumenladen hinein. Als sie ihn bemerkte, tat sie es schon beinah von oben.

Innerhalb von drei Minuten war der Notarzt bei ihr, sie flüsterte ihm etwas ins Ohr, kritzelte ihren und einen anderen Namen auf ein Papier, während sie intubiert und an eine Infusion gehängt wurde. Da blieb sie hängen, zumindest ihr Körper, auch dann noch, als sich ihre halbierte Seele mit Gertruds Anteilen vereinte. Den Strauß hielt sie noch immer fest an sich gepresst.

Akasha, die gerade im Stall stand und ihre Esel streichelte, hob den Kopf.

»Ich segne dich. Ich verspreche dir, ich kümmere mich um Gertrud.«

Sie ging in die Energiekugel, rief Mutter Erde, und sie schickten Trost und Mitgefühl in die ganze Familie.

»Wir haben ein Herz, ein Unfall, jetzt sofort, es ist auf dem Weg hierher! Ab in den OP, Sie beide müssen jetzt raus hier.«

»Wer …«, stammelte Gertrud, doch natürlich würden sie das nie erfahren. Organspenden waren per Gesetz anonym. Die Ärztin hätte nicht mal den Unfall erwähnen dürfen. »Ich segne dich, ich segne dich, und ich danke dir«, flüsterte sie, dann stellte sie sich eine Lichtsäule vor, um die Seele des Verstorbenen nach Hause zu geleiten. Sie spürte tief in ihrem Herzen eine Art Druck, als wolle die Energie des Verstorbenen in sie eindringen. »Löse dich aus deinem Herzen, löse dich vollkommen aus deinem Körper, und geh nach Hause«, dachte sie, doch der Druck wurde stärker.

»Ich brauch deine Hilfe«, sagte sie zu Frederik, der bereits völlig kopflos auf dem Gang herumlief. »Ich werde die Energie von dem Spender nicht los, hilfst du mir, sie ins Licht zu schicken? Das ist das Mindeste, was wir für ihn tun können.«

Es war überhaupt nicht zu fassen, wie ruhig sie war, dachte Frederik, das musste der Schock sein. Sie dachte sogar noch daran, ihre Eltern anzurufen, weil sie nun doch nicht zum Kaffee kommen würde. Unglaublich. Doch auf Druck hatte sie schon immer funktioniert, sie war vor Klausuren die Ruhe selbst gewesen, der Zusammenbruch kam meistens hinterher. Wenn überhaupt. All dieser Blödsinn durchschoss seine Gedanken, während er auf sie zukam.

»Was soll ich tun?«

Gertrud zog ihn in eine stille Ecke, hier standen einige Stühle für Besucher.

»Hilf mir, die Seele und auch die emotionale Energie aus dem Herzen herauszuziehen, das Paul kriegt, damit sich die Seelen nicht vermischen, ja? Damit die Seele wirklich nach Hause gehen und ihr Herz loslassen kann, nicht hängen bleibt und Paul auf eine verständliche Art besetzt.

Ich würde auch nicht gehen, wenn ein Teil meines Körpers weiterlebt, schon gar nicht, wenn ich so schockartig gestorben wäre.«

Frederik fasste nach ihren Händen.

»Wie kannst du nur so ruhig sein?«

Gertrud atmete auf.

»Ich weiß es nicht. Irgendwas ist gerade ganz komisch. Ich hab die ganze Zeit Klara gespürt, aber seit ein paar Stunden nicht mehr, vielleicht schlief sie, ich hab ja keine Erfahrung mit diesen Dingen. Plötzlich ist sie wieder da, so deutlich, als wäre sie in meinem Körper. Als wäre ich es selbst. Und das fühlt sich unglaublich gut an, als wäre ich die ganze Zeit irgendwie gespalten gewesen und jetzt wieder eins. Verstehst du das?«

»Verstehen ja, nachfühlen nein, aber ich bin ja auch kein Zwilling. Wie willst du das machen, die Seele aus dem Herzen herausziehen?«, fragte Frederik fasziniert. Es erschien ihm vollkommen logisch. Natürlich musste ein Organ erst von der Seele freigeben werden, bevor es einem anderen dienen konnte. Auf dieser und jeder anderen Intensivstation sollten Schamanen mit ihren Trommeln parat stehen, dachte er, um die Verstorbenen heimzugeleiten und sie aus den weiterlebenden Organen zu befreien. Wie sollte eine Seele verstehen, dass sie ins Licht gehen durfte oder sonst wohin, wenn ein Teil ihres Körpers weiterhin voller Lebensenergie blieb? Sie musste hängen bleiben, anders ging es doch gar nicht.

»Eine Lichtsäule, wir rufen die Schutzengel der Seele und die Kräfte, die für das Heimgeleiten zuständig sind.«

Sie sah aus dem Fenster der Station, ihr Blick fiel auf einen mit Blaulicht ankommenden Krankenwagen. Ein zweiter folgte, zwei Männer stiegen mithilfe von Rettungssanitätern aus, wackelig, sichtbar unter Schock. Jetzt öffnete sich auch der erste Wagen. Eine Frau, erkannte sie. Sie hielt etwas fest, das jetzt, als die Frau von zwei Männern, Sanitäter wahrscheinlich, auf eine Trage gehievt wurde, aus ihren Händen fiel. Die Frau selbst konnte sie nur undeutlich von hier oben erkennen, sie trug eine Art Atemmaske im Gesicht, außerdem wuselten Ärzte um sie herum. Ein Blumenstrauß war es. Gertrud seufzte. Wer sollte wohl diese Blumen bekommen, an wen hatte diese Frau vor ihrem Unfall gedacht? Eine Schwester hob den Strauss auf, nahm ihn mit in die Notaufnahme. Und dann zog der Arzt ein Tuch über das Gesicht der Frau, die noch immer intubiert war. Ein Sanitäter presste den Beatmungsbeutel dennoch rhythmisch weiter. Sie begannen zu rennen, durchstießen mit der Trage die Eingangspforte. Scheiße, dachte Gertrud, in wenigen Minuten würde für einige Menschen eine ganze Welt zusammenbrechen. Ob sie wohl … war das die Spenderin? Mehrere Augenblicke lang stand sie am Fenster, war wie gelähmt. Leben und Tod reichten sich immer wieder die Hand, dachte sie, sie waren eins, das eine bedingte das andere. Ihr Paul würde zurückkehren ins Leben, dessen war sie sicher. Dafür ging ein anderer zurück in die Feinstofflichkeit, sie konnte nur hoffen, dass es nicht nur für die Seele, sondern auch für den Menschen zur richtigen Zeit geschah. Sie wusste Paul in den allerbesten Händen, seltsamerweise fühlte sie sich wirklich ruhig. Alles würde gut werden.

»Gertrud?« Frederik legte sanft seine Hände auf ihre Schultern, drehte sie um. Eine Schwester, nein, nicht irgendeine, es war die, die sie eben durch das Fenster gesehen hatte, denn sie trug die Blumen in der Hand, diese Schwester kam direkt auf sie zu. Mit ausdruckslosem Gesicht. Und blieb vor ihnen beiden stehen. »Sind Sie Gertrud?«, fragte sie und schaute so mitfühlend, dass eine kalte Hand nach Gertruds Herz zu greifen schien. Sie nickte, die Schwester sagte etwas, das wie »Es tut mir leid, wir müssen Ihnen eine Mitteilung machen« klang.

Gertrud nahm die Blumen, riss das Papier ab und begann zu schreien. Lautlos. Doch ob sie je wieder aufhören würde, stand in den Sternen. Weiße Nelken. Rosa Pfingstrosen. Sonst nichts. Herzergreifend zart und wie füreinander geschaffen, dachte die Schwester und verbannte diesen Gedanken auf der Stelle wieder. Dann rief sie um Hilfe, denn beide, Mann und Frau, brachen vor ihren Augen zusammen.

»Sie bringt ein Herz mit, hat sie versprochen«, stöhnte Gertrud. »Sie bringt ein Herz mit. Aber doch nicht ihr eigenes.«

Dann wurde es schwarz vor ihren Augen. Und zum dritten Mal an diesem Tag fielen die Blumen zu Boden.

21

Der Schmerz kam in Wellen, auch Wochen später noch. Ebbte ab, zog sich zurück, seine Abwesenheit gaukelte Frieden vor. Brach hinterrücks mit unverminderter Wucht über sie herein. Sie zog in den Stall zu den Tieren, weinte in beinah alle Felle, schlief auf dem Boden bei den Eseln und dem Pferd. Aß ab und zu etwas, das Akasha gekocht hatte, versuchte, ihren Eltern eine Stütze zu sein, und scheiterte. Paul hielt die Eltern, hielt auch den neu entdeckten Vater, sein Herz überstrahlte den Schmerz. Wenn er den Raum betrat, war es, als erklänge die Klaviermusik, die Klara so geliebt hatte. Pedro drang mit seiner unbändigen Klage in die Welt seiner neuen Schwiegereltern ein, brachte alles durcheinander, verschwand wieder auf eine Tournee, verlegte seine Trauer auf die Bühne, ließ die Geige für sich schluchzen. Ab und zu schmiegte sich Frederik zu Gertrud ins Heu, hielt sie, weinte mit ihr zusammen. Der kalifornische Schamane schickte ihm seine Sachen zurück, er schlief manchmal, selten, in der riesigen Penthousewohnung, doch meistens an Gertruds statt in deren geblümtem Bett. Keiner wollte allein sein.

Und doch. Tief in den Herzen, nicht nur in Gertruds, herrschte Frieden. Der Schmerz war überhaupt nicht auszuhalten, so unfassbar war dieser Unfall, so abrupt, so ruckartig. Ruckartig wie Klaras Leben. Doch etwas, so verrückt es klang und so sehr sich Gertrud darüber wunderte, etwas war richtig, gerade so, als hätte sie es geahnt. Das ließ sich immer leicht sagen, »Ich hab's geahnt«, ja klar. »Und warum hast du es nicht verhindert, wenn du es doch geahnt hast?«, diese Frage war wohl berechtigt. Es gab keine Antwort darauf, nur diese: »Weil etwas zu ahnen nicht bedeutet, etwas dagegen tun zu können.« Akasha wusste das. Und so tröstete sie, schwieg und kochte. Versorgte die Tiere. Und redete stundenlang mit Paul. Denn der war auf einmal ständig da, lungerte auf dem Hof herum, genas von seiner großen Herzoperation. Da er seine Tante nie kennengelernt hatte, konnte er den Schmerz nicht teilen, alles an ihm atmete nichts als pure Dankbarkeit für das Geschenk seines Lebens. Er wollte da sein, wo sein Vater war. Es war, als wäre er ein anderer geworden, ein besserer Mann als zuvor. Reifer irgendwie. In sich angekommen. Bereit für seine wahre Bestimmung, worin auch immer diese bestand. Er fragte nicht mehr. Er war mit dem Leben davongekommen, und jetzt gab er sich ihm hin, dem Leben. Und vielleicht auch einer Frau. Man würde sehen. Vielleicht ginge er doch mal mit der Ärztin aus.

So groß der Schmerz war, so tief der Schock, das Leben ging weiter, tatsächlich. Alle Trauernden erlaubten es, niemand verweigerte sich, nicht einmal Gertrud. Denn eines Abends, inmitten der Esel, eines Abends hielt Frederik sie nicht nur, sondern machte da weiter, wo sie vor vielen Jahren auf einem Autositz aufgehört hatten. Und diesmal sagte sie Ja.

Einige Monate später – waren tatsächlich schon Monate vergangen? – traf sich die Familie wie mindestens einmal in jeder Woche auf dem Friedhof.

»Sind sie nicht zauberhaft?«

Gertrud nickte ihrer Mutter zustimmend zu. Noch immer weinte sie jeden Tag um ihre Schwester. Die Eltern knieten am Grab, zupften den Pfingstrosenstrauch zurecht, den sie gesetzt hatten, die großen, prachtvollen Blüten waren weit geöffnet und ließen ihr rosa Herz sehen. Die weißen Bartnelken, die Gertrud dazugepflanzt hatte, brauchten noch ein bisschen, doch auch sie würden blühen und das Leben weitergeben.

»Vorsicht, rückt ein wenig zur Seite!«

Paul hob mühelos die schwere Gießkanne und wässerte das Grab. Es ging ihm gut, hervorragend sogar. Er arbeitete wieder, musste natürlich viele Medikamente nehmen, um die Abstoßungsreaktion seines Körpers zu unterdrücken, doch so viele auch wieder nicht. Er vertrug es gut, das Herz. Ob es Klaras war? Gertrud bildete es sich gern ein. Wissen konnte sie es nicht. Sie hatte den Zettel gefunden, den Klara geschrieben hatte, darauf standen ihr Name und Pauls, dazu war ein krakeliges Herz gemalt. Doch selbst wenn Klara in ihrer letzten Minute ihr Herz ausdrücklich ihm gespendet hatte, so wusste Gertrud nicht, ob es auch gepasst hatte. Möglicherweise hatte es eine Cross-over-Spende gegeben, wer wusste das schon. Sie würden es nie erfahren, damit mussten sie sich alle abfinden, wie mit so vielem anderen. Nun weinte ihre Mutter, lautlos, das tat sie häufig. Ihr Vater nahm sie in die Arme, auch er weinte. Glücklicherweise vereinte die Trauer die Eltern noch inniger, niemand stand mit stoischem Gesichtsausdruck da und litt stumm und steinern. Gertrud stand auf. Schaute über die Gräber und vom Hügel, auf dem der Friedhof lag, herab auf das Städtchen. Ein warmer Körper hinter ihr, jemand umarmte sie fest. Sie lehnte sich an ihn, Frederik war da. Ein Freund nur, zumindest im Moment, aber ein sehr guter, verlässlicher. Sie hatten ihr Experiment im Heu nicht wiederholt, doch das schien nur eine Frage der Zeit zu sein. Zwei Männer kamen auf das Grab zu, der Taxifahrer und auch der Fahrer des LKW. Er konnte nichts dafür, gar nichts, er war weder zu schnell gefahren noch unaufmerksam gewesen. Der Unfall lag ganz und gar in Klaras Verantwortung. Oder in der des Schicksals. Freunde waren sie geworden, die Männer, trafen sich ab und an zu einem Bier und gingen angeln. Manchmal begleitete sie die Blumenhändlerin zum Angeln und ließ jedes Mal eine weiße Nelke und eine Rose – Pfingstrose oder nicht, je nach Bestand – schwimmen. Und ab und zu, in der letzten Zeit häufiger, ging der Taxifahrer mit ihr allein aus, ohne die Angel, die Blumen und den Freund. Gertrud nickte den beiden ankommenden Männern zu, die Eltern begrüßten sie herzlich. Sie konnten nichts dafür.

»Gehen wir?«, fragte Frederik, und sie wandten sich um. Und plötzlich, wie sie es seit Klaras Tod so oft erlebte, durchströmte sie Frieden, so tief, so groß, wie sie es niemals für möglich gehalten hätte.

Arbeit wartete auf sie, der gesamte Hof wurde renoviert und ausgebaut. Mehr Platz für mehr Tiere, eine Aushilfskraft. Eine schulmedizinische Tierarztpraxis, ein Heilpraktiker für Tiere und auch ein Physiotherapeut. Ein Begegnungscafé voller großer Sofas zum Kuscheln mit den Tieren, die Wände vor lauter Bücherregalen nicht mehr sichtbar. Akasha schwärmte seit ein paar Tagen von einem kleinen Kino, in dem sie Tierdokumentationen zeigen wollten, und Paul brütete bereits über den Plänen. Er war immer noch oft hier, trank Kaffee mit Akasha, offensichtlich mochte er Katzengöttinnen. Selbst diese veränderte sich, wurde menschlicher, fraulicher – genau wie Gertrud. Manchmal schminkte sich Gertrud nun sogar, auch wenn sie nur im Stall war. Ihre Seele schien es zu lieben, sich als der Mensch, der sie war, zu verschönern, egal, in welchem Körper sie sich aufhielt. Gertrud folgte ihrem Impuls lächelnd, für Klara. Bestimmt nicht für Frederik. Nun, vielleicht ein wenig.

Gertrud hatte eine Menge Geld geerbt, und Frederik steuerte auch ordentlich etwas bei. Pedro, ihr untröstlicher Schwager, würde zur Eröffnung ein kleines Konzert geben. Er hatte sich in eine Tournee gestürzt, spielte an jedem Abend, ob es zum Programm passte oder nicht, die Chaconne von Bach. Seine Mutter hatte ihm bereits eine zweite Seelengefährtin vorausgesagt, und er hielt sich daran fest, hatte er mit Tränen in den Augen bei der Beerdigung gestanden, er konnte nicht anders. Gertrud hatte ihn fest in die Arme genommen und ihm den Kopf gestreichelt. Was auch immer half, es war legitim. Und vielleicht stimmte es ja.

Was aus ihnen werden würde? Gertrud wusste es nicht. Sie funktionierten als Familie, und das war großartig. Paul hatte endlich Mutter und Vater. Und womöglich das Herz seiner Tante. Die Seele war wieder eins mit sich. Die Trauer war immens, unfassbar. Klara fehlte. Aber da war auch Frieden, da war Trost, da waren Zärtlichkeit und Nähe. Frederik griff nach ihrer Hand, fuhr sie nach Hause. Ein neues Schild wurde gerade über dem Hoftor angebracht, der gleiche Schriftzug, den Klara für ihren Salon genutzt hatte, als sie sich noch Donna nannte.

AngelHeart
In Memoriam.

Akasha stand unter dem Schild, winkte, lächelte strahlend. Gertrud stieg aus dem Auto, kniete sich hin, umarmte Anubis, streichelte ihn wie immer, wenn sie den Hof betrat, egal, ob sie für fünf Minuten einkaufen gewesen war oder einige Stunden unterwegs. Paul kam hinter ihnen angefahren, parkte, stieg aus und umarmte Akasha. Auch sie waren mehr und mehr zu Freunden geworden, die Katzenfrau und der Mann mit dem neuen Herzen.

»Kommt rein. Essen ist fertig«, sagte Akasha und zwinkerte Frederik zu. Er lächelte still und zärtlich, und sie gingen ins Haus.

Ende

Über die Autorin

Susanne Hühn wurde 1965 in Heidelberg geboren. Nach dem Abitur besuchte sie eine Schule für Physiotherapie, machte 1986 ihr Staatsexamen und arbeitete danach als Krankengymnastin.

Der Zusammenhang zwischen dem Denken und Fühlen und dem körperlichen Symptom, das ihre Patienten jeweils zeigten, interessierte Susanne Hühn besonders, und so absolvierte sie Ausbildungen und Seminare zum Thema ganzheitliche Medizin. Mit 28 Jahren ließ sie sich zur psychologischen Beraterin ausbilden, und aufgrund eigener Themen kam sie in Kontakt mit spirituellen Therapieformen.

Parallel zu ihrer Tätigkeit als Physiotherapeutin begann Anfang der Neunzigerjahre Susanne Hühns Weg als spirituelle Lebensberaterin und Meditationslehrerin. Zudem fing sie 1992 an zu schreiben. Nach wie vor faszinierte sie der Zusammenhang zwischen Körper, Geist und Seele, und so begab sie sich auf ihre eigene Forschungsreise. Ihr erstes spirituelles Selbsthilfebuch entstand 1999 und wurde im Schirner Verlag veröffentlicht.

Im Jahr 2005 beendete Susanne Hühn ihre Tätigkeit als Physiotherapeutin. Seither widmet sie sich ganz der Lebensberatung und dem Schreiben von Büchern, Artikeln und Geschichten.

Weitere Informationen unter: www.susannehuehn.de